国民革命军·虎贲独立师系列

（第二部）

——国民革命军第140师抗战纪实

康振贤 著

团结出版社

图书在版编目（CIP）数据

虎贲独立师. 第 2 部, 国民革命军第 140 师抗战纪实 /康振贤著. — 北京 : 团结出版社, 2013.3
　　ISBN 978-7-80214-534-4

Ⅰ．①虎… Ⅱ．①康… Ⅲ．①纪实文学－中国－当代 Ⅳ．①I25

中国版本图书馆 CIP 数据核字(2013)第 030466 号

出　　版	团结出版社
	（北京市东城区东皇城根南街 84 号　邮编：100006）
电　　话	（010）65228880　65244790　（出版社）
	（010）65238766　85113874　65133603（发行部）
	（010）65133603（邮购）
网　　址	http://www.tjpress.com
E-mail	65244790@163.com（出版社）
	fx65133603@163.com（发行部邮购）
经　　销	全国新华书店
印　　刷	三河市腾飞印务有限公司
装　　订	三河中门辛装订厂

开　　本	170X230 毫米　　1/16
印　　张	17.25
字　　数	302 千字
印　　数	6000
版　　次	2013 年 4 月　第 1 版
印　　次	2013 年 4 月　第 1 次印刷
书　　号	978-7-80214-534-4/I・755
定　　价	31.00 元

（版权所属，盗版必究）

目录

自序 1

第一章　抗战军兴，整编出黔 1
东北烽火，西南请缨 1
攘外安内，经略西南 3
内外交困，桐梓系风雨飘摇 6
王家烈失算丢黔政 11
"双枪兵"转中央军 14
整军修武，积极备战 17
被人宰割，人事调整 21
安抚人心，主官换人 23
"张杨兵变"，进逼西安 27

第二章　整军备战，开赴前线 31
"七七事变"，抗战军兴 31
桑梓征兵，扩充实力 35
厉兵秣马，准备参战 38

第三章　立马中条，保卫黄河 41
迁都重庆，布防徐州 41
调防徐州，折返风陵渡 42
归建第8军 45
挺进晋南，民众欢迎 46

摸夜螺丝，旗开得胜 ……………………………… 48
　　与敌周旋，慷慨成诗 ……………………………… 50
　　敌后游击，牵制敌人 ……………………………… 52

第四章　增援徐州，血洒台儿庄 ………………………… 54
　　千里驰援，奔赴战场 ……………………………… 54
　　战云密布，一触即发 ……………………………… 58
　　争夺禹王山，敌我拉锯 …………………………… 63
　　血肉之躯，"肉搏"坦克 …………………………… 68
　　战场血拼，有敌无我 ……………………………… 73
　　沟死沟埋，路死插牌 ……………………………… 75
　　望母山浴血奋战 …………………………………… 77
　　功勋竟没有被写进功劳簿 ………………………… 81
　　战地服务，鲜花送错了可爱的人 ………………… 84
　　弃守台儿庄，撤退打后位 ………………………… 87

第五章　游击抗敌，再战苏皖 …………………………… 91
　　徐州突围，部队冲散 ……………………………… 91
　　突出重围，重聚实力 ……………………………… 94
　　皖北游击，袭扰敌后 ……………………………… 97
　　因应时变，跳出重围 ……………………………… 100
　　严肃军纪，部队归建 ……………………………… 101

第六章　保卫武汉，再立新功 …………………………… 103
　　未雨绸缪，布防武汉 ……………………………… 103
　　平江整补，调防沙市 ……………………………… 106
　　师长对调，接防金牛 ……………………………… 108
　　忍辱负重，靠战绩说话 …………………………… 111
　　付出牺牲，从容撤退 ……………………………… 115

掩护友军，袭敌立功	117
无序撤退，岳阳失陷	119
长沙大火，南岳会议	125
退守湘北，驻防草鞋岭	128
派系之争，师长去职	131

第七章　初战三湘，显树战功 … 134

大兵压境，薛岳抗命	134
天炉战法，请君入瓮	139
拖敌后腿，围点打援	141
锡山奇袭战	144
鸡笼山阻击战	147
夜袭棺材山	151
临危受命，一波三折	153
麦市大捷	156

第八章　冬季反攻，鄂南扬威 … 160

发动攻势，争取外援	160
转守为攻，转静为动	162
通城陷敌，水深火热	163
协作互助，围攻大沙坪	165
攻击外围，苦战锦山	170
攻击通城，全力以赴	174
检讨得失，再接再厉	177
游击制胜，终获通城	179
内部权斗，险被肢解	180

第九章　汨罗鏖兵，出生入死 … 183

畑俊六上任，长沙起硝烟	183

声东击西，大云山扫荡 185
　　短兵相接，新墙河失守 187
　　大炮一响，黄金万两 190
　　激战栗山巷，天狗吃国旗 193
　　一夫当关，万夫莫开 195
　　军情泄密，敌人围点打援 198
　　后院起火，阿南进退失据 203
　　蛊惑人心，阿南玩起心理战 206

第十章　围魏救赵，攻打岳阳 208
　　日军扩张，中国宣战 208
　　兵来将挡，薛岳坐镇指挥 211
　　军情紧迫，从容自如 212
　　紧急受命，迟滞敌人 214
　　马山神遭遇战 217
　　摸夜螺丝，夜袭敌营 218
　　旁敲侧击，攻敌后援 220
　　围魏救赵，攻击岳阳 223
　　宜将剩勇追穷寇 225
　　因功受赏，毛定松升职 227

第十一章　协作友军，与敌缠斗 229
　　硝烟再起，常德危急 229
　　驰援常德，无战而返 231
　　支援衡阳，身陷重围 233

第十二章　反守为攻，抗战胜利 236
　　冈村调整部署，湘粤赣敌我争锋 236
　　遂川阻敌，苦战凉民亭 238

半夜泗渡，偷袭万安 240
神岗山截击，满载而归 242
抗战胜利，完成使命 243

附1 第140师抗日阵亡烈士名录 245
附2 祭抗日英烈文 250
附3 周素园题写贵阳《抗日阵亡将士纪念塔》铭文 252
附4 读者来信 254

后　记 255

参考资料及书目 259

自 序

（一）

去年，团结出版社出版了我的《虎贲独立师·第一部——国民革命军第102师抗战纪实》，该书面市后，在社会上产生了积极的影响。蒙出版社副总编唐立馨老师策划与鼓励，建议我多写几本以国民革命军在正面战场、以师级为单位的作品，拟以"虎贲独立师"单成系列。

唐老师的建议正符合我的想法，因为在此之前我做了大量的资料整理和采访工作，正准备把自己的研究方向定位于微观的战场，定位于黔军。既与出版社达成了共识，所以动起手来就驾轻就熟许多。

黔军，因为抗战史无载，所以一直以来是个研究上的空白，但贵州先后有十一个师奔赴抗日战场，前后输出兵源七十多万，占当时贵州总人口的7%。这个数字只是针对各师管区征兵名册而得到的统计结果，实际数字还远不止于此。

抗战未启时，贵州就有七个师先期出黔，加上贵州征兵制起步较晚，及至抗战军兴，出黔部队均以募兵形式到家乡招兵买马，因而总的数字较为模糊，但仅就七十万而言，对于一个人口不过千万的省份，已经算是个奇迹！

八年抗战，正是依靠许许多多局部战役的拼搏牺牲，才组成了一次次宏大的会战，给了日本侵略者以痛创，阻挡和迟滞了日寇的深入，持久地消耗着敌人的战力，积小胜为大胜，终于在国际反法西斯战争的大反攻中赢得了战争的最后胜利。

抗战八年，贵州兵就在前线打了八年。从"七七事变"后的忻口会战、"八一三"淞沪会战，到徐州会战、武汉会战、南昌会战、长沙会战、常德会战、宜枣会战、鄂西会战，以及后期的两次远征军作战……哪里有恶仗哪里就有贵州兵，贵州对抗战的贡献不可谓不大！而黔军在抗战的部队中又是一支支名副其实的"独立师"。这帮贵州子弟兵穿草鞋、打绑腿、背大刀、戴斗笠，肩扛"汉阳枪"，高唱《义勇军进行曲》，凭着心中对国家的忠诚与爱和一腔热血奔赴抗日战场。

黔军部队自 1935 年接受中央整编以后，消除了地方的潜规则，加入了中央军序列，但在地方军看来，他们是中央嫡系，而在嫡系眼中，他们却又是杂牌，所以往往是吃苦在前，有过无功。这些处境尴尬的"独立师"，在抗日战场上征战南北，浴血东西，冲锋打前沿，撤退打后卫，鏖战八年，屡建功勋，无疑是真正的"虎贲独立师"。

贵州是唯一没有平原支撑的山地省份，长期处于贫困状态的各族人民，在"与野兽争生活"的艰难生活环境中，把自强不息的精神传承了下去。贵州人平时亦耕亦猎，养成了尚武的精神，所以平时的体育竞技娱乐，多如"斗牛"、"上刀山"、"下火海"、"高台舞狮"等节目。

远古的"军傩"，原是古代军队中用来振奋军威，恐吓敌人，是军中举行保证出师胜利的仪式。"军傩"起源于殷商时期，盛极于周代，凡举有战事发生，必先行傩，以壮军威，驱寇疫，恐吓敌人。当战事平息，"军傩"便成为平时训练，祈求丰收、除灾灭疫的傩祭和傩仪。在贵州的田间地头就演变为"地戏"，成了贵州文化一道独特的风景。

贵州人平时为农、战时为军，在艰苦的生存环境中磨砺出了特殊的性格，那就是特别能吃苦、特别能忍耐又特别能战斗，就算没有经过专门的军事训练，照样能征善战。

这就不难理解，黔军部队在抗日战场上一路附属，屡被肢解，但黔军部队打不垮、拆不散，而各师师长均坚持"凭战绩说话"，在抗战的主战场屡建奇功，表现出了当时极为罕见的大局观，极大地维护了黔军的稳定。

抗战期间，国土沦陷，大批东部发达地区的民众转移到了贵州，初来乍到，几乎人人都会抱怨贵州的贫穷落后，可过了不久就开始称赞贵州人的好处了。贵州人的好处在哪里？好在他们特别地吃苦耐劳，好在他们特别地勇敢顽强。那么多难民来到贵州，你没有粮食吃，不要紧，我勒紧裤带陪着你一起挨饿；你失去了家园，别着急，我出去帮你报仇！什么叫憨厚朴实够义气？贵州人的抗战表现已作出了最好的诠释！

抗战时期，贵州不是沦陷区，却是一个兵源大省，贵州兵有着很强的国家意识。在贵州很少听说"抓壮丁"的事，因为只要有一个召集人，他们就立即能组织起来主动参军。贵州不仅出动了十一个师，还直接承担了其他部队的兵源补充任务，比如号称"王牌军"的第74军，其主要兵源补充基地就在贵州"镇独师管区"，所以前方每倒下一个"王牌军"的战士，后方立刻就补进一个贵州兵！

抗战胜利快七十年了，我们有什么理由忘记这些在国家危亡时挺身而出的贵州兵！

（二）

写一个战场容易，因为仅局限在一个空间一段时间。写一支部队难，要牵扯很多战役的背景介绍和描写，简则不能达意，繁则主次难分，因而很难把握其分寸。

第140师属国民革命军中央军序列，其前身为黔军王家烈第25军所部的侯之担教导师。1935年经中央整编后，被正式纳入国军序列，其番号先为新编第25师，后改为第140师。

有着黔军血统的第140师入列中央军序列后，由于国民党军队内部的派系之争，一直处在夹缝中生存，并不断改变从属，在战场上到处找"婆婆"，先后参加中条山阻击战、徐州会战、武汉会战、冬季反攻战，第一、二、三次长沙会战，常德会战。师长也不断更换，先后由沈久成、王文彦、宋思一、李棠、毛定松等担任。第140师在抗日战场，冲锋在前，撤退在后，屡建功勋，从第一战区、第五战区，不断转换战场，最后成为了第九战区的骨干力量。但这支屡建奇勋的抗日部队，在抗战胜利后却被撤销了番号。

在黔军序列中，第140师是一支比较特殊的部队。它曾因阻击红军入黔而留有"双枪兵"的恶名，又因在抗战中是徐州会战、武汉会战中最后撤守的部队，在第一、二次长沙会战中独当一面，屡建奇功，因之得到蒋介石的明令褒奖。

由于笔者过去与第140师老兵多有接触，私交甚好，有机会面对面地作过交流，因而对其战斗历程和战斗场面有过较为深入的了解，所以写作起来相对轻松，当年的采访至今还历历在目。

或许，我对这段回忆，还深感着有太多的幸运，毕竟以绵薄之力抢救回了一段历史；但也常常心怀内疚，让老兵的记忆重回战场，使那段血雨腥风，从死人堆里爬出的经历，重新浮在眼前，怎么说也是一件残酷的事，因而常常会使他们老泪纵横，有的还会号啕大哭，但从他们脸上却丝毫找不到任何为此引以为傲的光荣！我能看到的，只是隐晦、无奈和悲哀。

老兵不死，他们才是真正的英雄！当年他们闻义赴难，朝命夕至，以血肉筑长城，有死无退，阵地化为灰烬，心仍坚如铁石，陷阵之勇，死事之烈，实足以昭示民族独立的精神。

他们不是英雄，谁是？

为英烈立传，为英雄正名，是本书的着眼点，亦是笔者的心愿。所以我只想尽量写得通俗点，让更多的人读懂。专家的品位，百姓的口味是我努力追求的平衡点。

本书引用资料及图片或来源于公开出版物，或来源于当事人手稿，以及笔者采访所得。经过对资料的甄选和排比，形成了一个个证据逻辑链，对许多未经求证的传说，本书原则上均不予采用，在此，诚挚地感谢被引用的作者和出版机构以及第140师后代的积极提供资料。

在尚未完成全书写作时，笔者曾将部分书稿发送了一些不同专业和层次的朋友阅读，是他们及时反馈给了良好的信息，给了我极大的鼓励以完成全书。

这里要特别感谢的是，中山市诚丰投资集团公司董事长骆科云的热心帮助，才使全书得以顺利完成并付梓出版。贵州文史专家朱宇、李连昌、李永颐，《当代贵州》杂志社唐福敬、贵州省图书馆赵晓强为笔者提供了许多宝贵资料，南京民间抗战博物馆馆长吴先斌给我查阅资料的便利，中山市贵州商会副会长蒋先红在百忙之中，带我深入贵州腹地采访老兵；徐州市雷锋车队王荣司机在我考察禹王山战场时给予的配合，在此一并感谢！

由于笔者才疏学浅，加之视野所限，难免挂一漏万和错讹，祈为引玉之砖。敬希读者指正！

僅以此书作为一座纸上的纪念塔，让后人永远铭记那些在国家危难时舍身抗敌的英雄！

抗日英雄永垂不朽！

第一章 抗战军兴，整编出黔

东北烽火，西南请缨

1931年9月18日，日本关东军以突然袭击方式，以武力制造了"柳条湖事件"，悍然侵占了我国东北三省。

十九世纪中叶以前，中国的满清王朝和日本的江户幕府都奉行闭关锁国政策。1840年中国在鸦片战争中被英国打败，被迫打开了国门；1854年日本也被美国"佩理舰队"强行开放国门，日本也面临着与中国被列强侵占、瓜分的命运，但江户幕府仍然实行保守政策。然而，"西风东渐"，日本革新派成功推翻江户幕府，开始了一场自上而下的、全面西化的现代化改革运动，史称"明治维新"。但是清朝方面依旧浑然不知日本国内日新月异的变化，主流看法还满足于对"弹丸小国"的盲目轻蔑。

日本借助"明治维新"走上了现代化的道路。于是，建军备战，野心侵略中国就逐渐成了他们的国策。甲午战争日本从中国捞尽好处，日俄争霸日本又在我国东北得尽了利益，所以觊觎中国之心就一直没死，这点从其首相田中义一的《田中奏折》中就不难看出。他说："要面对世界必须先要取得中国，要取得中国之前先要取得满洲。"

满洲即中国的东北，站在历史学角度来看，满洲具有广义和狭义之分。广义的满洲指1689年《中俄尼布楚条约》之前大清朝在东北方向上的全部领土。大致上西迄贝加尔湖、叶尼赛河、勒拿河一线，南至山海关，东临太平洋，北抵北冰洋沿岸，囊括整个亚洲东北部海岸线，包括楚克奇半岛、堪察加半岛、库页岛、千岛群岛。狭义的满洲则指东北三省辽宁省、吉林省、黑龙江省，或说东北四省区含热河（内蒙古东部赤峰市、兴安盟、通辽市、锡林郭勒盟、呼伦贝尔市）。

"九一八事变"后，日本侵略者扶持前清废帝爱新觉罗·溥仪
在中国东北建立了伪满洲国傀儡政权

伪满洲国地图

第一章 抗战军兴，整编出黔

日本侵略中国的借口是争取生存空间，因为日本国上面积太小、人口太多，所以要侵略中国。随着马占山在东北打响抗战的第一枪，全国抗战呼声日益如火如荼。

在民族危亡迫在眉睫的时刻，全国民众掀起了抗日救亡的高潮。各地相继爆发了大规模的示威游行，学生罢课、工人罢工、商人罢市，知识分子走上街头，张贴壁报、刷写标语、当众演讲，喊出了"打倒日本帝国主义""东洋鬼子从中国滚出去""全国实行抗日"等口号。

在这大敌入侵、山河破碎、国家存亡的紧要关头，远在西南的黔军第25军团长以上的军官，联名通电请缨抗日，北上收复失地。经第25军军长王家烈、副军长犹国材及第六路军总指挥毛光翔三人会衔上报，国民政府军事委员会批准，把第2、第3两个独立旅合编，两旅又各增编一个补充团，整训待命。官兵军帽加了红布帽圈，当时黔人称其为"抗日之师"。

为此，国民政府派中央委员方觉慧前来贵州"慰劳"。这次"慰劳"在遵义营房操场举行，王家烈亲陪方觉慧到遵义召集连长以上军官讲话。方觉慧代表蒋介石对广大官兵的抗日热情予以了充分肯定，同时强调对日军的侵略，应通过外交途径解决，政府有统筹计划，要求官兵整训待命，并代表军委会赠送团长以上每人一张蒋介石签名的半身像片。

1932年1月28日，国民政府中央军和十九路军进驻上海，发起了第一次大规模的淞沪抗战。淞沪开战没几天，刚被逼迫下野不久的蒋介石，再次被推举为国民政府军事委员会委员长，人们相信蒋介石作为一个政治和军事强人，抗战一定会成为国民政府的基本国策。

但是，此时的中国，外患严重、内忧丛生，地方割据，散沙一盘。面对国情以及国民激越高昂的抗日呼声，蒋介石提出了一个与国民期许背道而驰的方针——"攘外必先安内"。

攘外安内，经略西南

自1928年底张学良东北易帜以来，广州国民政府完成了北伐，以蒋介石为领袖的南京国民政府名义上统一了中国，但政治、军制和财政并未得到实际的统一，由于裁军意见的分歧，引发了国民政府内部的中原大战，使旧的军阀刚刚被打倒，新的军阀又不断涌现，中央与地方貌合神离，冲突不断，中央政令更是难出华东五省。

"九一八事变"对于刚结束地方势力与中央政府公开博弈的中原大战的中国来说是旧疾未愈又添新伤。日军的乘虚而入，使中国内忧外患集于一身，所以蒋介石此时认为，抗日虽是国家大计，但只能以"卧薪尝胆"的韬略而谨慎应对。

面对错综复杂的国内外形势，按照蒋介石的想法：

> 倭寇仇我而惧我，如顺之，则可交也；赤俄敌我而恨我，其目的不仅倒我，而且必欲灭亡我国也。英美则欲我为之利用，以抵抗倭寇，但无土地之野心也。以大体论，英美可为与国，倭寇仅为仇国，而赤俄实为中国惟一之敌国也。与国以义待之，仇国以惠施之。惟敌国无法变易，惟有自强以敌之而已。（《蒋介石日记》1933年4月20日）

蒋介石在处理国际事务时持有两个基本观点，影响了他所有的重要决策。其一，他认为由于中日军力过分悬殊，纵使倾中国一国之力，也绝无取胜日本之可能。因此，他也想效法李鸿章以夷制夷的策略，联合强国以制日本。蒋介石首重英、美，但也不排除苏联的可能。其二，他认为由于内政外交相互牵连，如果善为运用，便可在内外两方面获得成就。中国的贫弱限制了自身的外交作为。但若籍国际奥援，增强国力，一样也能事半功倍。

尽管蒋介石在国内没有大张旗鼓地提出抗战的概念，在外交上也不时显出软弱甚至一定程度的妥协，但"一·二八"淞沪抗战后，他还是及时组织了大批精锐的中央军在华北的义院口、冷口、喜峰口、古北口等地进行了一系列的长城抗战，书写了中国抗战史上可歌可泣的一页。

"九一八事变后"，中国危机四伏，蒋介石面临诸多问题，其中最尖锐、最突出的就是日本的侵华威胁和中共在湘赣的"红色割据"以及各地军阀貌合神离的不断背叛。

蒋介石面对上述问题分别采取的策略是：对日实行外交政策，暂时止住其侵略步伐；对内则采取剿、抚策略，双管齐下。因为中共的"红色割据"在蒋看来是心腹之患，所以按其思维："惟攘外必先安内，去腐乃能防蠹。"蒋介石在平息"闽变"后，即腾出手来对中共的中央苏区，实施了第五次大规模围剿。

1934年底，中共在湘赣边境的中央苏区红军因反围剿失败，被迫西撤进入贵州，这为蒋介石积极经略西南以作为日后的抗战基地，提供了历史机遇。正如蒋介石对其"文胆"陈布雷所说："共军入黔我们就可以跟进去，比我们专为图黔用兵还好。"

第一章 抗战军兴，整编出黔

蒋在日记中也写道：

> 若为对倭计，以剿匪为掩护抗日之原则言之，避免内战，使倭无隙可乘，并可得众同情，乃仍以亲剿川、黔残匪以为经营西南根据地之张本，亦未始非策也。当再熟筹之！

这就不难看出蒋介石的想法，就是想利用"围剿"红军为掩护，积极经略西南，以作为日后的抗战基地。蒋介石把追击红军当做了进入西南实力派势力范围的敲门砖，而帮助蒋介石完成从东南到西南，万里追击、截击、堵击的就是在红军中从总司令到伙夫无人不知的薛岳。

薛岳，1896年生于广东省乐昌县九峰镇小坪石村的客家人家，原名薛仰岳，字伯陵。1910年加入中国同盟会，曾担任孙中山警卫团的营长。后在国民革命军李济深第4军任师长。

薛岳绰号"老虎仔"，此人在中央军中

时任北路军第六路军
总指挥的薛岳

黔军将领合影

颇有些狂气。第五次"围剿"中，陈诚在薛岳就任北路军第六路军总指挥的军官大会上说"剿共有了薛伯陵，等于增加十万兵。"此话虽然说得很夸张，但也可见薛岳的确非等闲之辈。

1934年1月，薛岳出任北路军第六路军总指挥。他指挥的第六路军先后夺占了中共苏区赣南重镇兴国及古龙岗，进迫宁都，围困瑞金。10月中下旬，红军主力通过赣南信丰、安远间的粤军封锁线，突围西去。薛岳立即以火急电报分电北路军前敌总指挥陈诚、总指挥顾祝同及蒋介石，主动请战，要求率第六路军追击。蒋介石给薛岳的命令是：

> 第六路军以机动穷追为主，匪行即行，匪止即止，堵截另有布置。如侦察匪军有久盘之计，务即合围，毋容其再度生根。对朱、毛与贺龙合股之企图，务必随时洞察其奸，在战略上要经常注意，加以防范。

薛岳心领神会，便开始了所谓的"机动穷追"。红军在经历湘江之役后，损失惨重，部队严重减员，能力已不可能和中央军抗衡。但是实际的情形却是中央军南北两个纵队的行动却非常迟缓，红军走多远，中央军就跟多远，始终保持着两天行程的距离，在旁观者看来，这哪里是追击，简直就是保驾护航。

薛岳其人，本是亲共反蒋的。早在1927年"四一二事变"前夜，他曾亲自跑到中共中央驻地向共产党人建议：把蒋介石作为反革命抓起来。那时，的确是一个沧海桑田、大浪淘沙的时代。其后不久，薛岳又转身，完成了他人生中最重要的转折，竟成为了蒋介石的反共急先锋和经略西南的最好执行人。

红军长征开始后，向蒋第一个主动请缨要求率部追击红军的薛岳，仿佛与共产党人势不两立。追击虽然是一件苦差事，但红军走了二万五千里，薛岳也不停不歇地跟了两万多里，从江西至大西南，再至川北、甘肃，转战数省。薛岳一面对红军进行追击作战，一面将中央势力打入了过去针插不进、水泼不进的大西南。

内外交困，桐梓系风雨飘摇

1934年8月底，红军长征先遣部队在肖克的率领下进入贵州，同年10月，中央红军相继入黔。此时，执掌黔政的贵州省主席兼第25军军长王家烈受蒋介石令率部"堵剿"。

第25军，为黔系军阀"桐梓系"第一代掌门人周西成所创建，是民国年间军阀的一个重要分支，"桐梓系"集团把持黔政十余年，从周西成、毛光翔到"贵州王"王家烈，一连几任省主席都是桐梓人，以至于当时在贵州有"内政方针，有官皆桐梓；外交礼节，无酒不茅台"之说。

第一章 抗战军兴，整编出黔

桐梓系创始人周西城

黔军创始人王文华

周西成1893年生于贵州桐梓，1911年初到贵阳投军，从此开始了军旅生涯。周西成出身农家，家道贫寒。当兵后身经百战，出生入死，多次以智克敌，在血火纷飞的岁月中建立了自己的威信。1913年周西成进贵州讲武学堂学习，1920年被擢升为黔军第1混成旅10团2营营长。

在护国战争中，周西成在胡成相团任连长，他以"摸夜螺丝"的战术屡建战功，以过人的胆识屡败强敌，在军中展露了头角，后代理营长，接着又一路升迁。

在护法战争中，黔军与川军发生矛盾，爆发大战，5000黔军阵亡大半，只有周西成的营没有垮。在后来的各种战争中，周西成和他率领的部队逐渐强大，脱颖而出。

周西成是个有雄心胆略的人物，从投军起，他便十分注意抓住一切可建立和扩充自己武装力量的机会，升任营长不久，他便利用同乡、亲戚关系，分别委任毛光翔、刘楷森、江国璠、王家烈等人为连长，这样在他身边便聚集起了个人势力，而这些人后来几乎都成了桐梓系集团的重要骨干。周西成率领的桐梓兵和王天培率领的天柱兵，由于战斗勇猛，屡建奇功，成为了雄居西南的强师劲旅。

周西成始终以同乡、亲党、戚族这根纽带，刻意经营，着力培养，遂形成了以自己为首的牢不可破的军事集团，他经常挂在嘴边的口头禅就是"本军前途，即是大家的前途"，使这个地域观念十分浓厚的集团，宛如一个组织严密的封建大家族。

1923年底，周西成将所部改称"靖黔军"，又得到了侯之担、犹国材、蒋在珍、车鸣翼等一批骨干的支持。于是，为了巩固集团利益，后继有人，周西成在四川涪陵召集军官会议，正式确定了"群（毛光翔号群麟）、绍（王家烈号绍武）、佩（江国璠号佩玙）、用（犹国材号用侬）"的继承序位，这标志"桐梓系"集团正式形成。

1925年滇军退出贵州后，周西成先后担任了贵州军务会办和贵州省省长等职。1927年以蒋介石为首的南京国民政府成立后，周西成又以贵州省主席兼国民革命军第25军军长职统治贵州。由于周西成为首的桐梓系，深受联省自治思想的影响，不听从中央政令，致使地处西南边陲的贵州便成了一个独立的王国。

军阀时期，武夫当权，周西成主政贵州却又可圈可点。贵州第一条公路、第一辆汽车、第一座电厂、第一所大学等都是周西成主政期间干的实事。到1929年周西成战死时，共修筑公路两千余里，通车里程一千余里，修筑大中桥10座、小桥140座，至此全省公路初具规模。现在他的故里桐梓周公祠还有一方石碑喻其为"筑路先锋"。

除此之外，为了推动地方经济的发展，周西成兴办贵州的第一家电厂，点亮了贵州的第一盏电灯；设立贵州的第一家兵工厂，造出贵州的第一支步枪；兴办贵州的第一个无线电台；创办贵州大学，成为贵州近代高等教育发展的一个重要标志；铸造贵州大洋；统一捐税；批准省教育厅发展全省中学教育规划；大力兴办相关中学和中等技能学校；举办了贵州历史上的第一个学界和军界的运动会。

周西成治理腐败一以贯之，方法也很特别。他对所任命的官员，一律要他们到城隍庙去发誓赌咒，咒词要在神前焚化。有的官员以为这种赌咒只是做形式、走过场，骗骗鬼而已，但没想到周西成对此却是当真的。后来，独山县县长张某，贪污大洋一千块，周西成核实之后，便按照张某的赌咒，用九子枪将其击毙；遵义县县长拓某，贪污大洋300元，其咒词说若贪赃枉法，便用竹箭穿耳，游八十一县示众，周西成就用一支竹箭贯其左耳，披枷带锁，游县示众，其衣服后背上还要经过各县验盖公章。

周西成用这套赌咒发誓的办法来治军治吏，虽然近乎滑稽，与现代法治精神背道而驰，但在当时历史局限的背景下，对制止官员腐败，建立社会的公序良德起到了很大的作用，狠杀了贪腐之风。

贵州这块土地，历来和蛮荒、落后连在一起，属于长期不发达地区。民国期间，各路军阀混战，当权者朝不保夕，所以忙于争城夺地，很难真正顾及省内民生，但是在周西成主政贵州三年期间，在稳定贵州局势，安定地方，开辟财源，兴办教育，大兴建设等方面创造了不少贵州第一，令贵州这个局促于西南，被贫穷、落后、战乱、无为而埋没于世的小省份，

第一章 抗战军兴，整编出黔

一时之间大开风气，大张声势，成为全国的样板省，一时"南黔北晋"之说使贵州得以大踏步跃进。

周西成对内加强统治，扩充军力，对外则联合两广，对抗蒋介石。致使蒋介石对其常怀不测之心，必欲除之而后快，故屡次挑起贵州内部和滇黔两省的战争，但都未达到让周倒台的目的。

1929年春，蒋桂矛盾激化，蒋介石宣布讨伐桂系，致电周西成，要他"通电表示赞助中央，勿稍犹豫。"贵州与滇、桂两省毗邻，周西成与滇系龙云宿怨颇深，如果再与桂系交恶，势必陷入腹背受敌的窘境。权衡利弊后周西成决定联桂反蒋，所以他断然拒绝服从蒋介石，并复电谴责蒋介石篡夺了国民党的最高权力，把国民党变成了个人的工具，甚至扬言东下与蒋一决胜负。

面对周西成的公然挑衅，蒋介石勃然大怒，于是任命云南省主席龙云为"讨逆军"第10路军总指挥，第43军军长李燊为前敌总指挥，统兵进攻贵州。

周西成闻讯不敢大意，亲率三路大军迎击，赴前线指挥，不料却被李部包围抄袭，在激战中周西成中弹负伤，落水身亡。

周西成死后，李燊率部进入贵阳，组成贵州省临时政务委员会，随后蒋介石明令李燊为贵州省主席。但仅仅十几天后，李燊便在周西成旧部毛光翔、王家烈、犹国材等人的联合进攻下退出贵阳，西走云南，桐梓系集团重新控制了黔政。

南京政府随即任命毛光翔为贵州省主席兼第25军军长，王家烈为副军长。毛光翔是周西成的表弟，又是其桐梓同乡和贵州讲武堂的同学，为周指定的桐梓系第一继承人，但毛光翔执政平庸又与副军长王家烈矛盾重重，蒋介石为统一中国，削弱贵州地方势力，于是利用贵州内部矛盾极力拉拢和支持王家烈，资助他各类新式武器，使王羽翼逐渐丰满，并逐步占据了黔东南和黔东北一带。

1931年11月，国民党召开第四次全国代表大会，蒋介石直接提名王家烈作为25军代表出席会议。1932年2月，王家烈在蒋介石的支持下，率部直趋贵阳，胁迫毛光翔交印让权。其后不久，不甘心就此下台的毛光翔又策动桐梓系骨干蒋在珍、犹国材、车鸣翼等以"背叛长官，破坏团体，危害人

贵州省主席、第25军军长毛光翔

1929年9月11日桐梓系毛光翔就任贵州省主席、第25军军长时与部属合影

民"为名联合起兵讨王,并一度取得了省城的控制权,但随即又被王家烈夺回,最后毛光翔不得不黯然结束其政治生涯。

王家烈武力取得贵州政权后,南京政府立即任命其为第25军军长、贵州省主席兼民政厅厅长、国民党贵州省党部常务委员等职,王家烈正式开始全面执掌黔政。

贵州省主席、第25军军长王家烈

但王家烈志大才疏,大权在握之后,外交内政把握失度,以致造成四面楚歌。在对外方面,王家烈虽是军事强人,却无政治远见,想到处拉拢却四处得罪。对广东陈济棠方面,请甘凤章为代表;广西李、白方面,请张蕴良为代表;湖南何健方面,请胡羽高为代表;云南龙云方面,请毛月秋为代表;四川刘湘方面,请徐大伟为代表,分头联系。

本来王家烈是想修好邻省,搞好关系,以发展地方经济,不想有心栽花花不成,龙云并不买账,未能取得良好效果;对两广,王家烈当初也只是信使往还,但却无心插柳柳成荫,最后形成了与其订立黔、桂、粤"三省互助同盟",这样王家烈就得罪了蒋介石,失掉了中央的信任与支持。

后来,蒋介石派黄埔一期生宋思一到贵阳筹办中央军官学校,王家烈想借此和蒋介石搞好关系,但桂系李、白得知后,坚决反对,并用威胁的口吻对王说:"倘若同意蒋在贵州办军校,广西就禁止贵州购运的武器过境。"王家烈左右为难,六神无主,只好就范,答应了李、白的要求,而拒绝了蒋介石,这就促成了蒋介石要拿王家烈开刀,逼其下台,全面解决贵州问题的动因。

王家烈大权在握,其妻万淑芬也不甘寂寞,不时走上前台,趁此机会肆无忌惮地干预政事,她代表王家烈到广西访问李宗仁、白崇禧,到广东会见陈济棠。她还插手军队及地方人事安排,安插自己的兄弟子侄出任军政要职。因万淑芬是贵州铜仁人,人们便把以万淑芬为中心的小集团称为"铜仁派",当时还有人作了一副对联讥讽:"王纲坠地,万恶滔天。"对联中的"王"指王家烈,"万"就是万淑芬。

铜仁系从桐梓系手中夺去了相当部分权力,所以黔军中有了"金克木"的私语流传,所谓"金克木"就是指铜仁人压制桐梓人。因第25军为"桐梓系"所缔造,王家夫妇"抑梓扬仁"的做法不免遭到桐梓人的反对,使侯之担、蒋在珍、犹国材、车鸣翼等桐梓系骨干人物深为不满,于是便各自为政,占地自肥,贵州遂分裂成两系四派的局面。而王家烈对此却不闻不问,致使贵州一省兵匪横行,贪官污吏比比皆是,税收多如牛毛,军队成了手握步枪和鸦片烟枪的"双枪兵",经济、吏治均一蹶不振,统治基础岌岌可危。

王家烈失算丢黔政

面对红军和中央军相继入黔,此时,执掌黔政的贵州省主席兼第25军军长王家烈,也有比较现实的个人判断。为保住地盘,王家烈暗中打定主意以自保为主,不与红军拼消耗,让红军过境。还总结出两点:一、红军自江西出发,一路长驱直入,势不可当;二、红军之意不在图黔,入黔境后未兵指贵阳,似是要由余庆向北,渡过乌江。

王家烈有此想法,与镇守遵义的第25军副军长侯之担不谋而合。蒋介石曾命令黔军"应于锦屏、黎平两地控制有力部队,俟匪西窜时,相机堵击,阻其入境"。1934年12月12日,蒋介石再次强调黔军应在"玉屏、锦屏、黎平、永从、洪州线上,赶筑坚固工事,先选重要城镇构筑碉堡,以防匪之突窜"。

但是，打着小算盘的王家烈并没有执行上述命令，他既未在锦屏、黎平两地控制有力部队，也没有在重要城镇构筑坚固堡垒，拖了一天，他才对蒋报称："本部兵力十六团，其精干之十一团已配置前线。饬属历兵秣马，严阵固守。"

然而，王家烈这十一个团"配置前线"的部队，仅有四个团是驻防在黔东南的各县，其主力均集中于黔中。他借口"本军因经济上及运动上种种困难迟缓，又因黔东南双方兼顾，不能不位置重点于炉山、麻江一带，以应付明之匪情后之处置"。

本来，红军占领黎平前，黔军在黔东南的防务就很薄弱，红军占领黎平并攻下台拱、剑河后，王家烈又把兵力重点收缩在重安江一线，直至红军渡过乌江，始终保持了这个重点防线。

红军攻占镇远后，王家烈仍把黔军主力集结于重安江以西布防。这时黔军"柏辉章部杜肇华旅退西坪，李成章旅退马场坪"。

当时红军和黔军的战略态势是：红军的战略意图是从黔东南直趋黔西北，渡过乌江，占领遵义，建立川黔边根据地；王家烈的打算是，避开红军兵锋，减少兵力消耗，守住贵阳。也效粤、桂方式礼送红军出境。正如王家烈所言："我深深感到，他们（指中央红军）进贵州后，并未指向贵阳，而是由余庆向北，企图渡过乌江，我又何必同红军硬拼。"

负责乌江江防的是第25军副军长兼教导师师长侯之担，在堵截红军上侯之担所执行的基本政策也是保存实力。侯的想法是红军不会久留贵州，不如将部队分两路撤离遵义。一部分撤到赤水、仁怀，保住地盘，同时也拱卫川南；一部分撤到绥阳、正安，等红军走后，即可就近收复遵义。

侯之担想这样既可保全实力，又可能收复防地，所以对于素称天险的乌江，侯之担的部下根本就不曾打算坚守。他们认为："红军战斗力强，乌江又何能阻止得住。"所以，乌江战斗以后，侯之担就采取不抵抗主义。每次战斗，只要枪声一响，总是不战而退。不过黔军的表演，被红军当成了不堪一击的表现而加以宣传，致使黔军"双枪兵"的形象，成了望风而逃的定格。

侯之担（1894—1950），号祖右，字铁肩，贵州桐梓县人。毕业于贵州讲武堂。1924年任黔军第3师2团团长，1927年任国民革命军第1师副师长兼旅长，同时兼任川南边防军总司令，王家烈主黔后任第25军副军长兼教导师师长，为黔军桐梓系实权派将领。

1935年1月上旬，红军进占遵义，薛岳率十万中央军直入贵阳。此次

第一章 抗战军兴，整编出黔

入黔的薛岳，不单肩负追击红军的使命，还有更加妙算的任务待他去完成。

黔军虽也打着国民革命军的番号，本质却是地方杂牌部队，王家烈又大肆购械扩军，在西南割据，把持行政，截留税收，当然深为蒋介石所忌。只因李宗仁、陈济棠等接连反蒋，蒋介石又忙于应付，一时才无暇顾及，但对王却并未忘其所为。

红军进入贵州，给蒋介石经略西南带来了难得的机会。这下就苦了王家烈，他原以为红军只是路过，中央军也是路过。他哪里知道不但红军要图黔，中央军的薛岳也在谋黔，蒋介石则更要吞黔了！

第25军副军长兼教导师师长侯之担

二十世纪三十年代初，中原大战刚刚结束，西南军阀割据势力又开始崛起。他们名义上归顺南京的中央政府，实则只是向中央政府要饷扩军，中央政令在此难以贯彻。在四川，刘文辉、刘湘叔侄之争，以叔父刘文辉被赶到西康，侄儿刘湘取得川政告终；在云南，龙云赶走了胡若愚、张汝骥，坐上了省主席的位子；在广西，李宗仁、白崇禧虽在蒋桂战争中失败，但蒋介石也难以驾驭李、白，插手广西军政事务；在贵州，王家烈把毛光翔赶下台后，又通过和犹国才的争战，经"关岭"会议达成妥协，坐稳了贵州省主席、国民革命军第25军军长的交椅。

"九一八事变"后，西南各省拉起了抗日反蒋的大旗。但贵州军阀王家烈因势力不足，常常虚与委蛇，左右摇摆，刚从蒋介石身上拿到好处，转身又和粤桂结成联盟。面对王家烈的长袖善舞，无可奈何的南京政府只能以"断供其军饷、分化其部属及军事问责"等各种策略逼其就范。

红军进入遵义后，由于蒋介石与王家烈的相互算计便进入了公开化，其结果是遭受重创的红军因此而得到了短期的休整，并在王家烈心腹将领柏辉章家里召开了中共历史上著名的"遵义会议"，从此改变了中国历史和社会发展的走向；而蒋介石则借此机会，基本完成西南统一，建立了抗战后方基地，为其后的"八年抗战"夯实了基础。

1935年4月，蒋介石以王家烈剿共不力，夺去其在贵州的军政两权，任命吴忠信为贵州省主席，其手下各部队全部接受中央整编，第25军番号交给万耀煌部扩编。国民政府的党、军、政势力迅即进入了贵州，蒋介石又在四川任命刘湘为省主席，结束了四川军阀之间的长期内斗；再通过组织峨眉训练团及授予地方军人军衔官职等多种措施（当年获国民政府授衔的地方军队将军多达数百名），大幅度整顿西南诸省的军事、财政、金融，推行了保甲制度等，加强了国民政府在西南地区的影响。

"双枪兵"转中央军

侯之担第25军教导师在乌江"兵败"，被红军讥笑为"双枪兵"。所谓的双枪，就是一支步枪（或者别的什么枪）再加一支烟枪，意指那些抽大烟军人们的"装备"。双枪兵的产生，也跟风俗有关。

其时，西南贫瘠，盛产烟土，罂粟成了当地的主要经济作物，（论品质，西南的烟土优于西北）。统治集图为了多收税，鼓励甚至强迫农民种植罂粟；而农民为了提高收入，也多乐意种植，种得多了，又没有人禁，价钱也就降了下来，变成了谁都抽得起的东西，抽大烟也就成了一时风气。在西南地区社会各界，上自政要、下至贩伕走卒多有抽烟，尤其以军人为甚。

由于鸦片一沾就上瘾，跟饭和盐一样离不开，销售就没有问题。所以，鸦片的种植也就成为了当地农民的一种对经济收入的追求。由于可以维持生计，且又利润丰厚，以致红军到了川北，发现最大的问题就是没有兵源可以补充，当地的农民无论贫富，凡是男性几乎都是烟鬼，只有吸多吸少的区别。

黔军本有战斗力，在护国战争中起到了不可替代的作用。蔡锷曾评价："黔军此次兵出川、湘，苦战辛劳，每能出奇制胜，以少胜多，略地千里，迭复名城，致令强虏胆丧，逆贼心寒，功在国家，名垂不朽。"大革命时期，黔军能北占川南、东占湘西，北伐时各参战部队均在主战场担当主力就是明证。

黔军本是雄居西南的强师劲旅，这和是否吸食鸦片并无关系，但黔军此时的表演被红军当成了表现，一番宣传上的讥讽，便使黔军"双枪兵"臭名远扬。

黔军在乌江的败北，无论是表演还是表现，都使薛岳抓住了机会，他把部队直开贵阳而来，收拾王家烈留下来的烂摊子。

薛岳以第二路军前敌总司令名义直接指挥调动黔军，以政治施压吞并王家烈部的侯之担教导师，说动并收编了王家烈嫡系部队何知重第1师和柏辉章第2师归附中央军。到了年底，国民政府势力终于在大西南站稳了脚跟。

第一章　抗战军兴，整编出黔

关于西南在战略后方的地位，蒋介石认为："川滇黔为中华民国复兴的根据地……只要川滇黔能够巩固无恙，一定可以战胜任何强敌，恢复一切的失地，复兴国家。"他进而明确指出："将向来不统一的川滇黔三省统一起来，奠定我们国家生命的根基，以为复兴民族最后之根据地……从此日寇非但三年亡不了中国，纵使三十年也不能亡我中国。"蒋介石从持久的战略出发，把西南地区作为抗战的战略后方和根据地，实践证明是正确的。贵州是西南门户，从全国抗战的大局出发，经略西南必先要解决贵州。

侯之担第25军教导师，又称"川南边防军"，因其防地横跨川黔两省，所以就有两个番号，属贵州地方部队，都是原前北伐第九路军总指挥兼第25军军长、贵州省主席周西城所创建的桐梓系统部队。

周西成治军，强调训练军人素质，据说黔军急行军昼夜能跑近三百余里。周也十分注意军民关系，据台湾史料《天一阁人物谈》载：周西成部队往往采取一条鞭的办法，凡遇部队官兵同百姓争执，执法队不问是非，均将自己人痛打军棍，放老百姓无条件走人。军队从不住民房。发现吃空额者，即军法从事，绝不宽贷。因此，周西成所带部队均纪律优良。周西城死后，由毛光翔接任主席兼军长，在毛主持贵州军政期间，萧规曹随，鲜有建树，加之能力平庸，诱发军纪废弛，内部分裂。贵州军政后被王家烈夺取，更是江河日下。

第25军教导师有八个团及一些直属部队，由副军长侯之担统率，驻防黔北遵义、桐梓、绥阳、仁怀、习水、赤水各县以及川南之叙永（永宁）、古蔺、古采等县，这些地区是周西城在北伐前未到贵阳接任省主席之前的"发祥地"（亦根据地）。因周西城与侯之担是"郎舅"关系，与接任周为省主席的毛光翔亦系姻亲，所以在周、毛主黔时期，都以侯之担驻守这一地区。到王家烈接管黔政时，为分化反对势力，他接受了何知重的建议，仍对侯任用如昔，并授以第25军副军长职。但王、侯并没有因之改善关系，依然是貌合神离。侯之担所辖地区的军政、人事、财政等事务，依然不让王家烈插手，侯之担一手遮天，形同割据。

侯之担把总部亦称"副军部"或"总司令部"，设在赤水，对川南的叙、蔺、宋三县实施统治，派中将副司令岑炯昌（贵州独山人，字运煊）负责，另设副司令部于叙永，常指挥两三个团及部分直属部队驻防上述三县。

侯之担兼任第25军教导师师长，裙带关系盘根错节，侯的族弟侯汉佑（字致君）为副师长，设副师部于遵义，副师部设有参谋、副官、军需、军医、军法、军械各处，形同正式师部，侯汉佑实际是执行师长权力，经常有三、四个团及一个特务营驻防遵义、绥阳、桐梓、仁怀各县，归侯汉佑指挥。另有一、二两个团及总部直属部队，常驻习水、赤水作拱卫，当时号称一万五、六之众，但实际各团均不够编，兵力大多不足（有的团千余人，有的团近千人），实有人数不过一万左右。

柏辉章攻克遵义，红军离开黔北，西进入滇，转道川康北上。教导师因"围剿"红军失利，师长侯之担被诱往重庆遭中央扣押。全师也被调往赤水整训。此时刘湘借口该师番号为"川南边防军"，属于川军序列，企图收编，于是派员与该师接触。

该部旅长侯之玺权衡利弊后，便向军事委员会驻重庆参谋团主任贺国光陈情，表示不受刘湘改编，并准备拥侯汉佑为师长。侯之玺有欲当副师长、进而也当师长的意愿，便派中央军校毕业生刘倜昌到武汉去见蒋介石。刘通过蒋的侍从室主任晏道刚的引见（刘是晏的学生），向蒋介石申述了该部愿听中央改编的意见。此时蒋正千方百计削弱川、滇、黔地方势力，当然更不愿意刘湘增强实力，于是顺水推舟，令薛岳负责整编。

在有枪便是草头王的年代，薛岳哪有到手的肥肉放走的道理，有此机会便即将自己的亲信、原任第59师副师长的沈久成调来任教导师师长。当时沈正在南京进陆大特别班，还未及毕业，接到命令也当即赶来赤水就任。薛又由其第二路军前敌指挥部、第4军抽调部分中、高级军官，随沈到任。

沈久成（1901—1951），中将。又名恒先，贵州遵义绥阳乐理乡吐鱼村人。贵州陆军讲武学校、陆军大学特别班第3期毕业。1927年1月任国民革命军第11军26师76团上校团长，参加北伐，6月任第11军26师副师长兼76团团长，1928年8月任第4师12旅副旅长，1930年6月任第4军12师34团团长，1934年3月任第4军59师少将副师长，1935年4月任新编第25师师长，10月任第140师师长。

1935年4月，沈久成到赤水就任后，即根据中央意旨着手整编部队。沈久成是贵州老乡，初来乍到颇为大家接受，但其为人正直，做事欠缺圆滑，刚走马上任马上就按惯例来个新官上任三把火，急不可待地将这支贵州地方色彩很重的教导师进行了中央化改造，并把番号改为新编第25师，进行了人事大换血，因而引起不同程度的反弹。但沈久成能排除干扰，最终完成了整编任务。

这支贵州部队经过缩编后，改为了两旅四团制。沈带来的军官，除唐宇纵（云南人，唐继尧之侄，日本士官学校毕业，原任59师韩汉英部参谋长）为少将参谋长、贺锄非为上校参谋主任、陈竟成为副官主任、左藩为干部大队长外，其余均安排在师部或干部队任职。此时序列为：

师长：沈久成（中将）、副师长侯汉佑（少将）、师副吴传心（少将）。

参谋长：唐宇纵（少将）、参谋主任：贺锄非（上校）。

第1旅旅长：侯之玺（桐梓人，贵州崇武学校毕业，后又进庐山军官团）、副旅长：易少全（少将）。

第1团团长：刘安贞；

第2团团长：王遗（承绪）。

第2旅旅长：林秀生（云南昆明人，保定军校毕业，曾任滇军张汝骥部的师长）；副旅长：刘翰吾（少将）。

第3团团长：罗遇春（振武）；

第4团团长：任骧（佩龙）。

沈久成把被编余的团、营级军官，均改为副职或附员，编余的尉级人员则送至干部队，作为后备干部；裁减淘汰的部分老弱官兵被遣资回家。

侯之担教导师从改番号为新编25师后，其干部队伍就已经不是一个纯贵州人组成的部队了，整个师里除沈久成带来的广东人外，还增加了不少云南、四川籍的官兵。这个师的人员被有意识地"五湖四海"混杂化，是为了消除地方观念对官兵的影响。

1935年夏末，部队整编结束，全师奉命移驻川北昭化、广元及陕南宁羌一带整训。

整军修武，积极备战

蒋介石经略西南，全面解决了贵州问题，王家烈军政两职被夺，进入陆大将官班学习，贵州省主席一职，由中央派遣吴忠信接任。王家烈第25军属下五个师经由国民政府军事委员会统一整编后纳入中央军序列，侯之担教导师改编为新编25师（其后再改为第140师）师长沈久成；其他第25军的另四个师也分别接受整编：原第2师整编为第102师，师长柏辉章；原第1师改编为第103师，师长何知重；原第3师改编为新编第8师，师长蒋在珍；原犹国才部改编为第121师，师长吴剑平。

蒋介石全面解决了贵州问题，但川、滇问题只能部分解决，因两省地方势力太大而又盘根错节，只能采取相对怀柔的政策。

为了改组川、滇、黔部队，实现军令统一，以彻底解决西南问题。

1935年8月，蒋介石在四川峨眉山成立"中央军校峨眉军官训练团"，蒋自兼团长，陈诚任教育长，刘文辉、邓锡侯、陈芝馨分任营长，抽调这三省部队的中、高级军官作短期受训。

参加军训的三省中初级军官们，无论来自行伍还是出身科班的，不惟军事素质低劣，政治上同样问题繁多，许多人对于什么"国民革命"、"三民主义"一窍不通。"反共"军事屡遭失败和抗日救亡运动不断兴起的现实，对这些军官的思想大有触动，认为"长期的剿匪，匪势却愈炽，这样的军旅生涯不啻痛苦的生涯"。惧怕红军的心理，使得他们作战畏缩不前；更有部分官兵"以为剿匪是为极少数人谋利益，做工具，并不是为民众的"，对反共内战心怀不满，并且萌生了北上御侮救国的情绪，反对蒋介石"攘外必先安内"政策。

对于峨眉山受训也有人心存抵触，甚至有人不计后果，上了山又潜逃而去。对这种现实，蒋介石、陈诚等人感到"这是一种危机"，恼怒地斥之为"这部分人简直没有了灵魂"，要进行政治上的思想荡涤，使他们"恢复军人的灵魂"，树立"不成功便成仁"的决心和所谓"仁民爱物"的精神，同时抑制部分人萌生的抗日情绪，让他们在内战战场上出力卖命。

军训团第一期开学的那一天，蒋介石在对全体学员、教官的训示中，讲到了"办团开学的目的之一，是培养学员的新精神"。何谓新精神？蒋自答道："要有自信、信任和信仰，这三种信仰力就是新精神。"蒋介石的理论是，自信就是相信自己一定能战胜敌人，一定能剿灭"赤匪"；信任就是能够"诚坦取下，用人不疑"，使部下个个都有本领，可以尽到他的责任和达到他的任务；信仰就是"首先要有坚定的信仰一种革命主义，其次是信仰上官，尤其是全军的统帅"，"对最高统帅应该有绝对信仰和绝对服从"。蒋介石将自我标榜的"革命新精神"和"革命的前途"扯在一起，号召学员们"勇敢地洗涤自己旧的心灵，换上新的灵魂"。

师长沈久成把新编第25师分两期抽调二三十人，由吴厚安率领到峨眉山接受整训（副旅长易少全、刘翰吾等也在内）。沈久成则率全师开赴川北昭化、广元及陕南宁羌一带驻防，继续防堵红军。

由于刚整编的新编25师从赤水出发时，编余军官多已自动回家（包括原任团长刘安贞、娄利贞、周仁溥、侯相儒、郑廷芳等），当时很多人思想认识混乱，并不情愿接受国民政府的中央领导，因为北伐时黔军的遭遇使大家还心有余悸，彭汉章被枪杀于武汉、王天培被处死于杭州，黔军部队被肢解，受尽了寄人篱下的恶气，所以大家就不免对这次整编抱着抵触、观望的情绪。同时,又值天气炎热,行军非常辛苦,大家也看不到前途,也造成不少不满士兵的逃亡。更有甚者,有的人干脆拉着队伍投奔了桂系。等部队开到广元、昭化一带后,经清点人数,仅剩下了六七千人。

1936年春节将至,沈久成在广元接到军委会电令,将新编第25师番号改为陆军第140师,师长仍由沈久成担任,侯汉佑任副师长,唐宇纵任参谋长,贺锄非为参谋主任,陈竟成任副官主任,左藩(湖南湘潭人,云南讲武堂毕业,系薛岳之第二路军前敌总指挥部少将高参)任干部大队长,以李靖化(四川重庆人,薛岳总部副官主任)任干部大队第一队队长(学院系编余军官及沈带来部分初级军官);唐连任第二队队长;薛仲述(薛岳之弟,第4军参谋)任第三队队长;罗宗华(贵州瓮安人)任第四队队长(第二、三、四队学员均是军士及部分尉级军官)。此时,第140师仍保持两旅四团制。仍归第25军节制,但军长已不是王家烈而是万耀煌了。新旧第25军虽然番号相同,但已有中央与地方的区别。

"九一八事变"后,面对日本的侵略,中国的回击只是在军事抵抗和外交解决两方面作出选择,然而外交努力的屡屡受挫,军事抵抗的准备就显得更加紧迫,国民政府在处理抗日问题的基本方针,就是通过一手软、一手硬的手段。在外交上尽量拖延,在军事上尽量做足准备。

在军事准备方面,国民政府原计划借助德国的帮助编练三十六个德械师,使中国有独立抗衡日本陆军的能力。这个计划中的新制师,按要求辖二个步兵旅、补充团、炮兵团、工兵营、通信兵营、辎重兵营、骑兵连、卫生队、特务连、化学排、探照排等,人数在一万七千余人左右。与日军师团相比,步、炮兵数目装备相近,但骑、工、辎、补充部队稍显不足,全师人数相当于一个日本常备师团的75%–80%。

鉴于上海的特殊地位以及首都南京的意义,面对与日关系的日益恶化,国民政府这时也有了要和日本开战的打算,所以从1934年起就拨出巨款,历时三年,在苏州至福山镇、无锡到江阴以及嘉兴周围构筑了"吴福线"、"锡澄线"、"乍嘉线"等战略防御工事,并于1935年由军令部主持研究拟定华中、京沪杭地区的防御阵地计划,由当时主管京沪防卫的张治中专心从事战事的防御准备工作,并在德国军事顾问团的指导下拟制了《首都要塞计划》,其核心就是以日军侵略中国为背景。这个计划的战略思想是:以淞沪地区为作战前沿,以吴福线、澄锡线作为拱卫首都南京的两道国防防御线。

尽管国民政府只做不说,默默无闻暗地准备。但是,由于中国内战不止,百废待兴,经济准备明显不足。在整军方面,国民政府虽曾有过一个三团制（教导师）的构想，但上述计划均由于从德国购入重武器受阻而最终流产。因此，才有了以后在现有基础上的"调整师"和"整理师"的折中。

1935年10月，国民政府颁布的《陆军整理师编制表》，将各师在原1933年的编制基础上改编为整理师，整理师仍分三团制师、四团制师和五团制师三种，此外，师直属炮兵、通信、特务各一连及师医院等。

从1936年起，国民政府以每半年为期，开始逐步选择六十个师进行调整，这就是被称为的"调整师"。其主要特点是：步兵连为九班混合制，班增编轻机枪；团属迫击炮连分属各营为排，增强战术单位火力；原各营所属小炮排集中成连，直属团部，作为防空及防战车火力。但因受"两广事变"影响而搁浅，到了1936年年底，才完成两期二十个师的整编计划。

1936年秋，"两广事变"刚得以平息，国民政府整军计划再次铺开，第140师重新按新编制撤销旅级编制，改为师直辖三个建制团和一个补充团的调整师，开始换发武器。是时序列为：

师长：沈久成，副师长：侯汉佑，参谋长：唐宇纵。

718团团长李靖化，中校团副汤国成（遵义人，贵州崇武学校毕业），少校团副肖泽州（贵阳人）；

第1营营长王俊臣（遵义人）；

第2营营长李祖明（独山人，贵州崇武学校毕业生，峨眉军官训练团一期）；

第3营营长令狐禹畴（桐梓人，中央军校八期毕业，侯之担的妹夫，原在侯部任教导队队长）。

719团团长由参谋长唐宇纵兼任，唐连任中校团副，少校团副尚毅成（盘县人，军校八期毕业，原任侯部教导大队区队长）；

第1营营长薛仲述；

第2营营长罗宗华；

第3营营长龙正才（镇远人，原在侯部）。

720团团长林秀生（原是第二旅旅长），中校团副罗遇春（字振武，云南玉溪人，云南讲武堂毕业，缩编前历任团长，曾在滇军张汝骥部任旅长），少校团副郭克俄（镇宁人，原在侯部）；

第1营营长刘文宗（云南人，云南随营讲武学校及峨眉军官训练团一期毕业）；

第2营营长徐定远（云南人，随营讲武学校毕业。不久，徐请假离职回贵州，改由吉培根接任）。

被人宰割，人事调整

1928年年底，自张学良东北易帜，南京国民政府表面上统一了中国。蒋介石为了巩固其领导地位，接受了军师杨永泰的"削藩"建议，在国民党二届五中全会上审议通过了军队的缩编方案，其宗旨是"破除军人拥兵据地之恶习，树立全国建设之始基，使国家军队真正党化，完全为人民之武力。"

结果编遣会议适得其反，蒋介石、冯玉祥、阎锡山、李宗仁这国民党四大军事集团都希望借编遣方案扩大实力，削弱对手，结果导致各方矛盾趋于恶化，并且因为各方对蒋不满，遂引发了中原大战。

蒋介石凭美英和江浙财团的支持，重金收买，分化瓦解，一举把阎锡山、李宗仁两大军事集团分化瓦解，占得优势。1930年冯玉祥与蒋介石展开中原大战，蒋介石部队屡受冯部重挫，后因得到张学良的支持，蒋介石获得了最后胜利，至此算是从名义上统一了中国。

中原大战，是国民党新军阀的一次内战，其规模远较其后的五次剿共战争更为激烈，显示出了国民党内部反蒋势力的庞大，足以威胁蒋的地位。故中原大战之后，并未实现蒋介石将军队真正党化的构想，所以在一个旗帜下的国民党军队就有了分属为中央嫡系与非嫡系的地方杂牌部队。

嫡系部队经费主要来源于中央财政，因而待遇较为优厚，武器、弹药、被服、粮饷各方面都得到无限制的补充；而地方杂牌部队，姥姥不疼、舅舅不爱，处境尴尬，其军需粮饷则不被中央重视而由地方自给，军饷还常被恶意克扣。这样就造成了杂牌与嫡系之间的离心离德，中央军通常的做法是驱遣收编的杂牌军前往剿共，待其伤亡殆尽后乘机裁撤其番号，或将其余部遣散，化整为零，改编并归其他部队。

第140师经过这次裁并整编，人事变动很大，原有干部所剩无几。由于经费实行包干，人事又不断变动，造成人心浮动，军心不稳，内部摩擦不断。副师长侯汉佑滞留成都治病，后辞职（实际是被引退）；第一旅旅长侯之玺编余，调师部任少将附员。侯之玺被编余后，心怀不满，他曾是积极推动部队中央化的人，以为走上中央化，不仅粮饷无忧，还能为国建功，比窝在地方打内战强。如今形势比人强，被整编的部队，不但没有享受到中央军的待遇，还要凭人驱使，任人宰割。因此，侯之玺心积怨愤，煽动一部分旧部，企图叛乱，并唆使同被编余的少校团副肖荣光企图暗杀沈久成，后肖被人劝走回乡，加上附和者不多，侯之玺也恐事败受祸，于是也匆促离开。

少将副旅长易少全到峨眉山军官训练团受训回部途中,听到消息,也深感无望,于是未回到部队,就径直返回家乡遵义,其职后改由任骧（印江人,贵州崇武学校毕业,原在宋醒即宋大马刀部,后改隶侯部）接任。第二旅少将副旅长刘翰吾,编余后调师部附员,也深感备受冷落,只好借故请假回家。其它编余的军官,多数被资遣或自动离去,少数较年轻的则被送入干部队,以作后备；吴传心（厚安）由峨眉受训后也径回重庆,不再到部队。

至此,原川南边防军及第25军教导师的中高级军官所留无几,仅留有团长林秀生、中校团副罗振武、汤国成,少校团副肖泽洲、肖义臣、郭克俄,营长李祖明、令狐禹畴、龙正才、刘文宗、冯耀先、徐定远等数人。数月后,肖泽洲、龙正才亦送南京进高教班学习。

侯汉佑辞职后,唐宇纵接任副师长,仍兼参谋长,调干部大队长左藩接任719团团长。

唐宇纵虽升任副师长,但交出所兼的719团团长后,并没有了实权,职务被架空,内心颇为愤懑。于是利用侯之玺所煽动的反沈潜力,唆使部分不满沈的军官（719团全体连长和其它两个团个别军官卷入,但大多数未被串联活动所动摇）联名向军委会、军政部、重庆行营等处控告沈久成"克扣军饷,虐待部署"。当时全师每月经费仅五万元,1936年秋第140师到甘肃后才改为六万元,官兵待遇略低于"中央军嫡系",即所谓"国难薪",所以官兵备感受到歧视。

唐宇纵号绍骧,云南会泽人。云南讲武堂第12期步科、日本陆军士官学校第16期步科、日本帝国大学政经科毕业。1930年12月任粤军第12师参谋长,1932年任第4军59师参谋长,1933年7月兼任庐山军官学校团少将教官,1935年10月任新编第25师参谋长,1936年1月任第140师副师长。

反沈者曾利用沈久成每天早晨到各团参加升旗朝会和讲话的机会,几次质问沈久成,由于双方对峙,形成"剑拔弩张"。

沈久成对唐宇纵从中作祟早有察觉,但他个性倔强,既不回避,更不示弱,仍坚持每天参加朝会。但每到719团时,沈必约唐宇纵一道去,两人并肩站立,并请唐讲话,唐无法个人行动。时间一长,沈的态度变得缓和,双方于是逐渐相互妥协。

不过,唐宇纵等人的控告还是引起了军委会的重视,经军委会派员调查,认为沈久成对整编部队的确有过激之处,但主要责任是唐宇纵"蓄意夺权，煽众作乱"，同时薛岳也有意为沈撑腰，结果处理意见下来，唐宇纵被撤职，副师长改由左藩担任，但其仍暂兼719团团长，参谋主任贺锄非与唐较接近，也被逼相继离开。于是，沈久成再由第4军调朱岳接任参谋主任。不久，军委会调方日英（广东人，黄埔一期毕业）来接任719团团长，唐宇纵正式去职。

是时该师序列为：

师长沈久成、副师长左藩、师副刘翰吾、参谋长朱岳（代理）；

第718团，团长：李靖化；

第719团，团长：方日英；

第720团，团长：林秀生。

安抚人心，主官换人

1936年初，林秀生奉命率720团开赴陕南安康；718团李祖明营也开驻陕南宁芜及沔县，均暂归第49师师长李及兰指挥（李的师部驻汉中），数月后，林团及李营才得以归还建制。

1936年秋，中国工农红军由川康进入甘肃，第140师奉令进驻陕西略阳，718团开赴略阳以北的白水江一带，归王均第3军节制，接替第51师王耀武部周志道团的防务，向甘肃徽县方面警戒；720团开赴略阳西北之徐家坪一带设防，向甘肃康县方面警戒；沈久成率719团及师直属部队守略阳并准备策应前线。

红军第二、六军团肖克、贺龙所部连克康县及徽县，第51师王耀武部在徽县防守的一个团损失惨重，残部向陕西凤县方向溃退。红军二、六军团攻占这一地区，主要是掩护中央红军主力迅速通过天水（当时国民党第3军王均部的主力守卫在这里）以及附近的甘谷、通渭、静宁、会宁等地赴陕北延安。因此，第140师与红军并未接触。

不久，第140师全部开赴天水，随即进驻秦安、通渭、马营、华家岭一带，接替第25师关麟征部防务。此时第3军及第25师在红军之后尾追，第140师一直是接替他们的防务，处于第二线，始终也未与红军接火。

随后，第140师719团方日英部驻秦安，沈久成率两个团及师直属队驻通渭和马营，以718团李祖明营驻华家岭。1936年10月，第四方面军与新成立的红二方面军共同北上，到达甘肃会宁与红军第一方面军会师。第3军军长王均接兰州行营主任朱绍良命令，准备乘飞机赴兰州开军事会议，不想飞机失事，坠死在马营。于是，第140师又改隶第37军军长毛秉文指挥。

第140师到通渭、马营后不久就进入了冬季，虽然北国冬天峰峦披雪，银装素裹，十分悦目，但天气奇寒，第140师南方籍的官兵较多，人马均不服水土，官兵患疟疾者几达半数，军马每天死亡四五十匹，加以所有官兵，对甘肃气候难以适应，感到过冬非常困难。所以部队内沸沸扬扬，怨声载道，士气极为低落。加上其时军饷又是"包干制"，军械、被服补充均受到限制，因而军心出现动摇。

至此，沈久成也感问题的严重，但他为人骄傲、刚愎，从来不肯服输，可是面对着部队一团糟的情况，心情也异常焦躁。沈久成虽然在师长任内能带头勤俭，特别是仅拿蒋介石拨给的有限军费，这近万余众的人吃马喂，今后的日子怎么过？沈久成急与中央沟通要求，又屡无结果，加以军马日有死亡，再过些日子就要死光，骑兵也要变成步兵。沈久成虽百般努力，但是未能改善部队当时所面临的遭遇和困境，所以又造成人心思变。

此时红军北上，纵横西北，军委会惟恐军心不稳，引发兵变，同时大革命时期，沈久成曾与贺龙接触颇多。为了避免不测和安抚军心，军委会便因势利导，调了较为温和的军政部特务团少将王文彦去接任140师师长，调沈久成改任军事参议院中将参议。

王文彦（1902—1955），字人俊，贵州兴义景家屯人、黔军少帅王文华堂弟。黄埔军校第一期毕业，分发到教导第一、二团等部担任干部。第二次东征时，王文彦同宋思一、刘汉珍等（均是贵州人）一起被分发到何应钦第一师任见习军官，后与宋思一一起被派往广西招兵。

1926年，国民革命军誓师北伐，时值国共两党第一次合作时期，何应钦为第一军军长兼东路军总指挥，周恩来任第一军政治部主任，王文彦升为军直属宪兵营营长，旋调任东路军总指挥部特务团上校团长。1929年，蒋介石与冯玉祥在河南爆发了内战，何应钦被蒋任为武汉行营主任，王文彦任行营少将副官处长。1930年，何应钦任军政部长，王文彦亦随何到南京，进陆军大学特别班学习，结业以后任军政部特务团少将团长。

王文彦处事为人与沈久成大不相同，他有着较深的家乡观念，一到任，就首先向军政部

第140师师长王文彦

请领皮大衣及补充棉服。走马上任就为第 140 师干了第一件实事，王文彦马上得到了全体官兵的拥戴。

王文彦原在军政部工作，人缘较好，加之部长何应钦为其姐夫，办事自然方便，但由于路途遥远，运输困难，军政部于是汇款交由师部负责就地购置。由于时间紧迫，王文彦就向第 3 军采购原驻甘部队存于仓库的旧皮大衣数千件发给官兵。

沈久成自担任第 140 师师长以来，对整编部队，更动人事方面操之过急，引起部分下属反感。加上口号多于行动，对下属少有体恤，自然上下关系颇为紧张。

王文彦当上第 140 师师长后，勤于治事，且其性格沉默寡言，遇事谦和，与上下级相处极为融洽，刚好与沈久成傲气凌人、刚愎自用形成了鲜明对比，加以上面信任，全师又交口称誉，王文彦不费吹灰之力就摆平了各方关系。

王文彦做事，也很注重细节。王接任师长以后，除对副师长、参谋长、师部各处处长等自然出缺进行调补外，各团的部队长（包括团、营、连、排长）均未变动，这就不难看出王吸取了前任沈久成的过激导致军心不稳的教训，从而使用了较为温和、慎重统驭部队的方法。

王文彦接任师长后，当时沈久成未离任前，原副师长左藩已先请假离开部队回老家湖南湘潭，王文彦见副师长左藩久不归任，一、二月才向军政部申请，调来他的陆大特别班同学何昆雄到师部接任副师长，原兼参谋长唐宇纵被撤职后，参谋长一职也暂悬缺，王文彦调温靖接任参谋长。

王文彦到马营接任时，随带了较亲信的王绍棠接任师军需处长；周盛鸣接任副官处长；刘熹接任军械处长；蔡心龙接任军医处长。以上数人，多是他原在军政部或特务团工作的旧属。王少平（苏州人，王文彦的岳父，由军政部调来）任驻京办事处长。师部除各处主要人员外，其余变动不大。后来又调陈肃（镇远人，黄埔五期毕业），任 719 团第 1 营营长，其余各团、营的部队长均未更动。

是时第 140 师序列为：

师长：王文彦、副师长：何昆雄（湖南醴陵人，黄埔一期生）、参谋长：温靖（字卓寰，广东梅县人，黄埔三期生）。

第 418 旅旅长：李靖化（四川重庆人）；

835 团团长：李祖明（贵州独山人）；

836 团团长：方成德。

第 419 旅旅长：方日英（广东中山人）；

837团团长：万徐如；

838团团长：任骧。

第420旅旅长：林丽山（字秀生，云南昆明人）；

839团团长：罗遇春；

840团团长：林丽山（兼）。

师军需处长：王绍棠（苏州人）；

副官处长：周盛鸣（贵州遵义人）；

军械处长刘熹（湖南湘乡人）；

军医处长：蔡心龙（江苏人）。

王文彦到第140师以后，由于和军政部的特殊关系，部队很快由"丙种师"而被升级为"乙种师"。武器装备和被服补充等均很快得到充实，同时军费也不再似沈久成时期仅领"包干军费"，而是改为按中央其他直属部队一样的待遇，实行实报实销，官兵薪饷已不再打折扣。因而王受到了全体官兵的信任，并站稳了脚跟。有了各方面的支持，王文彦一切得心应手，第140师的境遇与沈久成时期形成强烈对比。

沈久成出生寒门，少时接受教育不多，后因家庭困厄外出当兵，虽久历军旅，由排、连、营、团、旅长，逐次升为师长，但生活比较简朴。第140师当时虽是经费包干，沈也并没有藉此敛财，购置产业，身为一师之长，生活紧迫，还需友人接济。但他性情倔强，求成太切，操之过急，致使失败。但沈久成也自有其独到之处，他离黔较早，而在排外严重、外省人很难安生的广东部队，却能逐步升迁。由于他家乡观念淡薄，以个人生活标准为标准，较少有以人为本的理念，所以他的治军格言就是"慈不掌兵，义不掌财。"一切唯上是从。

王文彦不同，他出身显赫之门，其兄王文华是黔军总司令、王伯群是国民党交通部部长，姐夫何应钦是国民党军政部部长、参谋总长。

军政部是国民政府时期掌管全国军政的中央机构，隶属于国民政府行政院。掌管全国陆海空军行政，全国总动员之筹划，管区之筹设，兵员之征募编练，军事后勤之保障等。在国民党军事高级指挥人员中，除军事委员会委员长外，便是军政部部长权力最大。军政部下设有：军务司（管部队编制、装备）、交通司（管通信、交通）、马政司（管军马）、军法司（管军法案件）、兵工署（管兵工生产）、军需署（管军费出纳、被服装备、粮秣补给）、军医署（管军队卫生）、兵役署（管征兵）。

王文彦为人宽厚，处世老练，生活作风较为率性。他接任师长以后，由于与何应钦的特殊关系，使第140师在经费、装备补给上得到了特殊的关照，使他在第 140 师师长任上更加一帆风顺，无所挫折。但王文彦对治军、作战的经验均略逊于沈久成。

"张杨兵变"，进逼西安

1936 年 6 月至 9 月，国民政府和国民党内部的地方实力派系：广西的新桂系和广东的陈济棠粤系，利用抗日运动之名义，反抗国民政府中央首领蒋介石酿成了"两广事变"。

该政治事件几乎触发了一场内战，同年 11 月"两广事变"最终以双方达成政治妥协而和平结束。蒋介石又把解决中共问题放到了议事日程，把他的嫡系部队约三十个师，从两湖调到平汉线汉口——郑州段和陇海线郑州——灵宝段，准备入陕，一举消灭红军。

12 月 4 日，蒋介石携张学良由洛阳到西安，向张、杨摊牌，提出两个办法，要他们作最后的抉择：（一）服从中央命令，把东北军和十七路军全部投入陕北前线，在嫡系部队的配合下"进剿"红军；（二）如果不愿"剿共"，就将东北军调闽，十七路军调皖，把陕甘让给中央军。然而，蒋介石所提出的这两个办法，都是张、杨所不能接受的。于是，发动了震惊中外的"西安事变"。

12 月 12 日，张学良、杨虎城扣押了蒋介石。消息传出，为了营救蒋介石，当时南京方面认为有两种途径可行，一为"和平谈判"，一为"武力讨伐"。

"讨伐"的主张最初是得到部分国民党元老支持的，其中以戴季陶最为强硬有力。开始戴季陶对张、杨大有与"汉贼"不两立之势，在 16 日召开的中央政治会议上，他曾大声疾呼，主张声罪致讨，说到"大义凛然"的时候，还不惜大拍桌子，以补声泪俱下的不足。

后来宋美龄在中央军校演讲时指责主张讨伐派是别有用心，戴季陶立马转变了立场。接着在孔公馆召开的一次最高级别会议上，戴季陶不惜下跪磕头说："我是信佛的，活佛在拉萨，去拉萨拜佛有三条路：一是由西康经昌都，二是由青海经玉树，还有一条是由印度越大吉领，这三条路都可通拉萨。诚心拜佛的人三条路都可以走，这条不通走另一条，总有一条走得通的，不要光走一条路。"他的用意非常清楚，就是不想得罪宋美龄，所以改变了主意，不再赞成硬性的武装讨伐。

但是，在国民党内素有"何婆婆"之名，"武甘草"之称的何应钦，平时很少执异立言，但这次却坚持己见，不惜在党内会议上粗暴地呵斥宋

戴季陶、顾祝同、何应钦合影

美龄,"彼一妇人耳,只知救丈夫而已,国家的事不要你管。"在如何解决事变的问题上,何应钦一反常态,为了坚持自己的主战立场,宁可不避"代蒋"嫌疑,不惜与宋美龄交恶。

为了震慑张、杨,南京方面推举何应钦掌握军事大权。17日,何应钦通电就任"讨逆军"总司令,随即任命刘峙、顾祝同分别为东、西两路集团军总司令,组织陆军呈钳形向西安进逼。

12月18日,何应钦已调动十几个师的陆军兵力完成了对西安的合围。为配合陆军的行动,何应钦令大批飞机从洛阳起飞轰炸西安,但后来又改令"空军只轰炸渭南、富平、三原和赤水车站进抵西安示威即可"。

此时,第140师作为何应钦的亲信部队,也被编入了"讨逆军"第十二纵队序列,奉令由甘肃回师陕西兼程进逼西安。

当王文彦所率第140师由甘肃经清水、宝鸡、郿县、周至等县,战备行军向西安包围时,部队刚抵周至,张学良已陪送蒋介石返回南京,事变告一段落,第140师暂无新的任务只好暂驻周至。

当时东北军第106师沈克部亦驻在周至,与第140师相互对峙。王文

第一章 抗战军兴，整编出黔

彦与沈克是陆大同学，平素关系不错，何应钦就此利用王、沈私人关系，对东北军实行分化瓦解。

王、沈私交颇好，又都在静观事态，也因为这样，两军虽有对峙，但始终未起冲突。不几日，西安事变和平解决。

事后，蒋介石对何应钦的"讨伐军事"并无怨尤。蒋介石当时得知南京政府已决定"讨逆"时，他在日记中写道："余心滋慰，益信总理之历史教训遗留深远，虽历任何艰险而无足为虑也。"当张学良告知蒋介石国民党军队在渭南、华县等地轰炸的消息时，蒋介石又在日记中写道："知中央戡乱定变，主持有人，不啻客中闻家庭平安之吉报也。"12月22日蒋介石在日记中甚至写道："今日终日盼望飞机声和炮声能早入余耳。"

何应钦与宋氏兄妹等国民党内的"主和"派，在急于营救蒋介石的问题上，目标是一致的。但何的主张或许更趋于理性，更多的是用政府的立场。他认为营救蒋介石与"整饬纲纪"惩罚张、杨必须同步进行。

在何应钦等主战派看来，张、杨发动事变是依靠地方实力派支持的，"其背景与助力，在内为不尽悦服蒋公之疆吏与将领，如山东之韩复榘，广西之李济深、甚至如河北之宋哲元、四川之刘湘，皆可引为同路。"而且何应钦还认定："因为委员长被扣留，地方主义必将更加抬头。"如果对张、杨妥协，肯定会造成地方实力派势力的上升，破坏了"攘外必先安内"的政策实施，而这一点是何应钦绝不愿意看到的。因为在压制地方实力派势力的问题上，何应钦与蒋介石毫无二致。

从"九一八事变"到西安事变爆发，日本已占领了东三省，华北大部和上海的一部分。已经成为影响中国政局的一支重要力量。日本对西安事变的态度，无疑会影响到国民政府、何应钦的决策。

日本深知，在中国的各党派团体中，中国共产党是主张对日抵抗的最有力者。如果南京政府采取联共方针，国共实现再度合作，就必然使南京国民政府的对日政策改变，而采取抵抗的方针。这将使其逐步吞食中国乃至灭亡中国的计划难以实现。因此，在西安事变的解决过程中，它必然使用强硬态度加以阻挠，反对南京政府以联共为条件的"和平谈判"。

西安事变的消息传出，日本很快就作出了反应。13日清晨日本当局得到蒋介石被扣的消息，随即举行对策会议，虽确定了"静观其变"的方针，但它虽"旁观"却绝不"袖手"。日本海军第三舰队加强了警戒，17日增派海军陆战队到上海、汉口。日本国内的部分舰队，航空队和三个大队的陆战队，也奉命进入临战状态。

何应钦素有"亲日"恶名，他在事变中的"主战"又被夹杂着"代蒋"的嫌疑，但正是他的主战，客观上从反面增加了事变和平解决的紧迫性，促成了张学良不顾杨虎城等人劝阻，于 25 日释放蒋介石回南京的举动。

据张学良回忆：

> 当时国民政府已经威胁我，不惜以武力与我对抗。我们是为了制止内战而发动的事变，如果再发生新的内战，就不好办了。所以我下定决心，由我个人承担责任，解决事变，立即释放蒋介石。

日本在西安事变的半月之内，保持"静观"的态度，何应钦的"主战"避免了给日本以借口，为解决事变造成了一个相对和平的外交环境。如果日本在事变中乘机而动，和平解决西安事变就不会有可能。

西安事变的和平解决为其后的国共携手，派阀言欢，共同抗日留下了伏笔。

1937 年元月，第 140 师又奉调甘肃清水及张家川一带，隶属第 47 军（军长李家钰）序列。3 月份再奉命移驻陕西宝鸡，718 团驻防虢镇、凤翔、宝鸡等地整训。

第二章　整军备战，开赴前线

"七七事变"，抗战军兴

1937年7月7日夜，日军在北平西南卢沟桥附近演习时，借口一名士兵"失踪"，要求进入宛平县城搜查，遭到中国守军第29军严词拒绝。于是，日军向中国守军开枪射击，又炮轰宛平城。第29军奋起抗战。这就是震惊中外的"七七事变"，又称"卢沟桥事变"。

第29军张自忠、宋哲元、秦祖纯、冯治安

"七七事变"是日本全面侵华战争的开始，也是中国进行全面抗战的起点。日本自明治维新以后，逐渐走上对外扩张的道路。从1874年出兵台湾开始，日本发动了一系列侵略中国的行动。1879年，侵占属于中国的琉球；通过"甲午战争"，逼迫清政府签订《马关条约》，霸占中国台湾；"庚子之变"，八国联军入侵中国，日本又借《辛丑条约》取得了在北京和天津的驻兵权；以《二十一条》胁迫袁世凯，借机出兵山东。得寸进尺，屡屡得手，使日本对华政策浓缩成了一句话，那就是："惟欲征服支那，必先征服满蒙；如欲征服世界，必先征服支那。"（《田中奏折》）

二十世纪三十年代初，在席卷世界的经济危机巨大冲击下，先天不足、资源缺乏的日本受到的打击格外严重。日本统治阶级为了摆脱经济危机、夺取新的资源基地和商品市场，并实现其由来已久的"大陆政策"。一方面发动"九一八"事变，侵占中国的东北；一方面加速国民经济军事化，日本为了适应侵略战争的需要，在1936年8月制定的《国策大纲》中确定大量增加军事工业投资，把"扩充国防军备"摆在首位。

日军挑起"卢沟桥事变"后，在全国引起强烈反响。蒋介石提出了"不屈服，不扩大"和"不求战，必抗战"的方针。蒋介石曾致电宋哲元、秦德纯（第29军副军长兼北平市市长）等人"宛平城应固守勿退"，"卢沟桥、长辛店万不可失守"。

在卢沟桥战斗中英勇抗敌的第29军，全国各界报以热烈的声援。各地民众纷纷组织团体，送来慰问信、慰劳品；平津学生组织战地服务团，到前线救护伤员、运送弹药；卢沟桥地区的居民为部队送水、送饭，搬运军用物资；长辛店铁路工人迅速在城墙上做好防空洞、挖好枪眼，以协助军队固守宛平城；华侨联合会也致电鼓励第29军再接再厉。

7月17日，蒋介石在庐山发表谈话，指出："'卢沟桥事变'已到了退让的最后关头"，"再没有妥协的机会，如果放弃尺寸土地与主权，便是中华民族的千古罪人。"同时强调："如果战端一开，那就是地无分南北，人无分老幼，无论何人皆有守土抗战之责任，皆应抱定牺牲一切之决心。"他同时反复强调："我们是弱国"，"和平未到根本绝望时期，绝不放弃和平，牺牲未到最后关头，绝不轻言牺牲。""希望由和平的方法，求得卢事的解决。"

"七七事变"爆发后，日军的进攻遭到了中国军队的顽强抵抗。日军见占领卢沟桥的企图实现不了，便玩弄起"现地谈判"的花招，企图争取时间调兵遣将，以打促谈，压制中国方面就范。到7月25日，日军在平津陆续集结的军队已达六万人以上。日本华北驻屯军的作战部署基本完成之后，为进一步发动侵华战争寻找新的借口，日军又在7月25日、26日蓄意制造了廊坊事件和广安门事件。中国军队第29军将士随之奋起抵抗，壮

第二章 整军备战，开赴前线

日军全面侵华，集结了大量坦克部队

士报国仇，血染平津路，谱写了一首不屈的战歌。

南苑是日军攻击的重点，第29军驻南苑部队约八千余人（其中包括在南苑受训的军事训练团学生1500余人）浴血抵抗，第29军副军长佟麟阁、第132师师长赵登禹壮烈殉国，不少军训团的学生也在战斗中献出了年轻的生命。

29日，北平沦陷。次日，天津失守。

平津沦陷后，华北战火继续蔓延，国民政府认识到"卢沟桥事变"是日本的一次大胆挑衅，想要完全将河北、察哈尔、绥远等省从中国中央政府分离出去，建立另一个"满洲国"。原先日军是想按照惯伎，以战促和提高要价，把这次冲突搞成一场"局部事件"，然后通过交涉停火压迫中国退让，日本又可轻易地占领一块中国领土。这种"蚕食"策略，日本在之前已屡试不爽，但这次日本的盘算却完全落空，因为中华民族已经警醒，而国民政府也已到了忍无可忍的地步。

8月初，蒋介石在南京召集全国军事将领开会，表示决心抗战到底。各将领归去后，即秣马厉兵，积极做好战前动员，准备随时开赴抗战前线。一切的战争准备最终要落实到野战战略的指导，所以要先设想一个全盘性的野战战略构想，把全程的构想弄清楚之后，整个战争指导也就落实了。为了策划一个有利的全程指导，就要先站在敌人的立场，替敌人设想用最好的方式进攻中国。

平、津沦陷后，蒋介石和国民政府都相信，日军下一个步骤，必定是从华北沿平汉铁路和津浦铁路南下，兵分两路直插武汉和南京，进占华中和华东地区。按照日本的战略企图，其从北向南进攻，这将迫使中国军队由东而西建立绵长的防卫体系。但是，在华北的中国军队实力虚弱，缺少机械化机动能力，显然难以取胜。

在华北地区，日军占有地利优势，补给充足。华北平原一马平川，有利于日军的重型武器装备和机械化部队的大兵团运动；加上兵力上的优势，日军很容易得到关东军、蒙古驻屯军、朝鲜驻屯军的增援。这样一来，中国以劣战优就会很快陷入战局被动。而日军一旦得逞，马上就能沿平汉线南下，以东西分割中国，这样我国就会因失去西部后方而陷入全局被动，从而丧失持久抗战的能力。

而在华东地区，由于沟渠湖泊密布、丘陵山峦起伏的地形特点，日军的优势将会大大降低，驻华中地区的中国新式陆军也可得以迅速调集。

上海是当时号称"东方巴黎"的国际性大都会，集聚着美、英、法、德、意等国的大量投资和财产，西方各国自然不希望看到大上海迅速被日本吞噬的结果。与此同时，西方列强又不愿以明确态度强硬指责或阻止日本对中国的侵略，因为他们在对"苏联输出共产革命"的问题上与日本也持有相同的担忧，况且西方各列强其时正全神贯注于纳粹德国虎视眈眈的欧洲，鉴于这一特殊矛盾，他们自然也就无暇东顾亚洲局势了。

蒋介石及其高级幕僚们认为，如果日本人进攻上海，将刺激美国和英国，根据"两害相权取其轻"的战略原则，他们会迅速站到中国的立场上，同时也可利用上海作为国际性大都市的特点，使中国抗击日本侵略的努力迅速传播到全世界，从而有效引起各国的关切与支持。此举既可避免在华北的抗日军事行为被视为"地方性局部冲突"而被国际社会忽略，也能逼迫日本军部调整修改侵华战略部署，让其认清日军必须同时面对相距遥远的南北两个中心，即中、苏两大战场的现实。

鉴于以上原因，蒋介石决定沿沪宁线加速调运军队，以望尽早开辟能有效牵制华北日军的淞沪战场。

1937年8月13日，上海淞沪会战打响；9月4日，华北保定、沧州保卫战拉开序幕。为了战争形势需要，国民政府军事委员会于中国境内规划出各大战区，落实防务责任。以国民革命军为主体而划分的战区，最初所辖范围为长城以南，以山西、河北为第二战区，阎锡山为司令长官；以山东、江苏、安徽为主第五战区，李宗仁为司令长官。就战略与兵力而言，战区划分，则是以第三战区为重心，重点在保卫京沪杭，蒋介石自兼为司令长官。

第二章 整军备战，开赴前线

桑梓征兵，扩充实力

"七七事变"后，抗战军兴，全民动员抗战救亡。第140师在天水作为战略预备队，奉令扩编为3旅6团的甲种师编制。

在国民政府军事高级指挥人员中，除军事委员会委员长外，便是军政部部长权力最大。军政部军务署管军队的编制、装备，自然能操纵全国各军师大小、强弱的命脉，因为当时有甲、乙、丙三种不同的编制，如果一个师被定为甲种师，不仅编制大、器械精、经费多、装备足；反之，定为丙种编制的，自然就先天不足了。所以当时各军师竞相与军务署拉关系、讲朋友、求好处。何应钦虽过于老成持重，常避嫌疑，但王文彦与其的特殊关系，下属是心知肚明的，自然讨好、奉承在所难免。

国难当头，又有了扩充实力的机会，王文彦当然不会放过机会。于是委任418旅旅长李靖化（四川重庆人）兼新兵第一招募处处长，赴四川募兵；委任835团代团长李祖明（贵州独山人）兼新兵第二招募处处长，赴贵州募兵。

1933年，国民政府已制定了民国第一部《兵役法》，确立了征兵制度，但因国家总处于动荡状况而无法真正执行，直到1936年才首次在苏、鲁、浙、皖、豫、鄂等六省得以试行。

全面抗战爆发后，国民政府加强了征兵制的贯彻。但由于征兵制初行，政府各级机关缺乏役征经验，户籍调查不清，地方配套不够健全，因而在征兵工作中存在"乡镇保甲，强拉硬派，买放逃避"，导致各种流弊丛生。

全面抗日，全民动员抗战救亡

晚年的老兵李惕生

由于贵州当时尚未推行征兵制,王文彦也深感工作的棘手,于是欲通过私交,希望得到贵州的地方支持。贵州保安处长冯剑飞和副处长刘汉珍与王是黄埔一期同学,李祖明由陕出发时,王即写信交李带交冯、刘,请他们代为向省政府反映。

1937年8月下旬,李祖明到达贵州,因为有冯剑飞和刘汉珍的帮助,第140师在各地自行招募志愿兵的申请很快就得到省政府批准。

9月中旬,李祖明拿到省政府批文后,立即进行人事安排,在全省范围内设立招募处,开展宣传、招募等活动。由第140师随同来的干部,除何松生担任分处主任外,其他干部分赴各招募分处协助工作。

李祖明是独山人,由于素知黔南民风朴厚,民性强悍,黔南籍战士历来又以"勇敢善战"、"服从性好"著称,于是决定以黔南为招募重点,将招募处设于独山。

独山为贵州南大门,为黔南专员公署所在地。辖都匀、麻江(驻杏山镇)、丹寨(驻龙泉镇)、三都(驻三合镇)、榕江(驻古州镇)、黎平(驻德凤镇)、从江(驻丙妹)、荔波、独山、平塘、平越、罗甸(驻罗斛)等12县。

李祖明人事安排具体如下:

何松生(都匀人,由140师随同来的干部,何原在二十五军军官政治调训练团毕业)任第一分处主任,位于都匀,负责招募都匀、麻江、丹寨、贵定一带志愿兵。

李惕生(独山人,原曾在103师任过军职)为第二分处主任,位于独山,负责招募独山、荔波、军塘、罗甸一带志愿兵(因当时第103师已派李辉到三都招募,因此李未去三都招募,但工作开展后,仍有三都附近部分青年到独山应募)。

陈克仁(贵阳人,贵州陆军崇武学校毕业,曾在二十五军任过营长)任第三分处主任,位于贵阳近郊沙子哨,负责招募贵阳邻近地区的志愿兵。

徐定远(云南人,云南讲武堂毕业,曾在滇军张汝骥军林秀生师任过团长,后在黔军第二十五军侯之担部任过营长)任第四分处主

第二章 整军备战，开赴前线

任，位于毕节，负责毕节、大定、威宁、水城一带招募志愿兵（李祖明和徐定远均曾在黔北毕、威、水一带驻防，当地还散有部分旧部。徐定远在广元整编时编余回黔定居，此次随同出去抗日，后曾任140师副师长，抗战胜利后任某整编旅旅长）。

王随绪（桐梓人，贵州陆军崇武学校毕业，曾在侯之担部任第四团团长，广元再度缩编裁旅后，离职返家赋闲）为第五分处主任，位于桐梓，负责在遵义、桐梓、习水、仁怀一带招募志愿兵。

此时，第140师不仅缺乏三个团的战士，同时干部也很缺乏。因此，李祖明的任务不仅是招募志愿兵，同时也物色过去老第25军改编出省时编余或因其他原因离开部队的人员，尤其在家乡赋闲的军官或佐属，也要尽量考核罗致，以充实干部队伍的力量。

抗战爆发后，全国军心民气异常激昂，同仇敌忾，"地无分南北，人无分老少"，举国同心协力挽救危亡，共赴国难。因此，第140师在贵州的招募工作非常顺利，由于爱国心的驱使，许多城乡青年纷纷自愿应募，不少在校的高、初中学生也纷纷投笔请缨，从军参战。

由于李祖明工作到位，又是黔南本地人，自然得到同乡的大力支持，有的还自告奋勇请求担任招募员，亲赴邻近城乡宣传招募或邀约亲友；有的投效后在招募处处部或分处担任各项工作，如当时在独山参加的蒙永元、徐芳勋、曾性泉、袁思恂、廖汝英、戴绍新、廖锡祥、敖佩高、戴明星、徐义伦、廖汝忠、刘仁恕、舒明易、黄炳才、韦靖、李昌隆、陆如勋、都茂忠、徐乃鼎、邓镇德、莫树森、朱英等，他们或是在任镇长、小学校长、教师、地方机关公务人员、在校高、初中学生（有在贵阳、教匀或独山进高中的）、商人、在乡军官等，都纷纷志愿从戎。

抗战军兴，我国兵制尚未走向正轨，贵州也没有建立征兵机构，出省的黔军各部只能靠自行招募（有扩编任务或需补员），不到两个月时间，第140师在贵州招募得新兵两千六百余人，也包括任用在乡军官（营、连、排长）和适宜担任佐属（军需、军医、书记官、司书等）数十人。

上述募集的官兵，在黔南各县即达一千二百余人，仅独山县境内应募者即有五、六百人，其余都匀、平塘、荔波、麻江、丹寨、贵定、罗甸、三都各县或二、三百余人，或数十人不等。此外，贵阳邻近及毕节地区、遵义地区共募集一千三百余人。

由于战况紧急，第140师将调赴前线应战，奉令将招募工作结束，并令将贵阳各地招募的新兵集中于黔北遵义，暂编为三个营和团直属三个连

（特务连、通讯连、辎重连）。报请以何松生任第一营营长，陈克仁任第二营营长，徐定远任第三营营长，王承绪任中校团附（副团长），其余官佐按个人具体情况分别到各营连任连排长和佐属。

新兵团在遵义集中整编约一周左右，即开赴重庆，由军政部派轮船运至宜昌，换较大轮船转运武汉，再换乘火车经平汉路运至郑州转陇海路到陕西临潼（师部驻临潼）。此时，李靖化由四川募集的两千余人也先后到达临潼，任骧也在陕丁师管区陆续接收征集的新兵两千人左右。

各地新兵到达后，为了加紧训练，以适应作战需要，师部乃将建制团与新兵团混编，由原各建制团抽调部分连排长、军士（班长）、老兵等到各新团，由新编团抽调部分初级干部和一部新兵加入原建制各团，"以老带新"，快速训练，分别调驻临潼、渭南、华阴等县驻防整训，主要训练实战技术。

在陕整编时，对新来干部的安排，除曾在过部队有实战经验或有一定学术能力者编入各团继续担任实职外（如廖汝英、韦靖、徐芳勋、曾性泉、莫树云等二十余人），为了适应战争需要，亟待储备、补充大批干部，李祖明向师长建议，保送由贵州应募来的部分知识青年到中央军校第七分校受训（设在西安，又通称"西北分校"，胡宗南兼任分校主任）；以编余的部分较缺实战经验，但有一定军事知识和工作能力的干部到陕西师管区军官教育队受训（仅短期数月结业，专训练为"接收训练新兵"的骨干，也为野战部队输送干部作储备）。

第140师经扩编后，原三个建制团团长均升任旅长：

418旅旅长李靖化；

419旅旅长方日英（广东人，黄埔一期生）；

420旅旅长林丽山（字秀生，云南昆明人，保定生）。

厉兵秣马，准备参战

王文彦虽有较强的家乡观念，但在人事任用上却比较开明，用人不拘一格，并不计较学籍和地域。王文彦任用的副师长、参谋长、三个旅长等主要将领，分别是湖南、广东、四川、云南等省省籍，仅王文彦本人是贵州人。

第140师虽然血统是贵州部队，但经此改编，干部队伍已是"五湖四海"。团长中有湖南、云南、贵州的；营、连、排长等，则以贵州籍的较多；士兵中贵州籍的虽比重较大，但后来补充有四川、陕西的新兵，贵州

第二章　整军备战，开赴前线

特色稍有淡化。此时全师兵员超一万余人，待整训和补充装备完成后，已是 1938 年初。

第 140 师的国术教官余国雄是四川纳溪县人，父母早逝。十四岁时离家远赴新津，从新津名医胡培伦学习中医外科，兼学武术，其后又拜青城山道长紫霞真人陈遐仙为师，学习青城派武术。二十一岁时，在成都青羊宫花会擂台上表演拳术，与当时中央交通兵团武术队同台表演。团长见他一身武艺，当场聘其担任国术教官，余国雄从此成为军人。

后来，余国雄随军出川，开赴陕西省西安市，他每天早晨都在市内公园教国术。第 140 师少校参谋万学忠看到他身手矫健，交谈之余，了解到他的籍贯和身世后，把他推荐到了第 140 师担任上尉武术教官，在临潼县师部训练警卫连，并新组建了一个由十四岁到十八岁青少年组成的"童兵连"交由他去训练。第 140 师直属队与童兵连各有两百多人，余国雄除训练他们拳术、刺枪、摔打外，主要训练大刀，并以此为基础组建了一个大刀队。

国军大刀队训练后

师长王文彦对此特别重视，于是通过军政部，专门向汉阳兵工厂订造了第 140 师大刀队所使用的大刀。这种大刀不是一般的鬼头刀，而是分为刀叶和套筒两部件的大砍刀，刀叶由上等钢铁锻打而成，长约 50 厘米，形状与鬼头刀一样，但叶子较窄，刀背较厚，尾部不是护手套和手柄，而是阻螺旋（螺栓）；套筒就是刀柄、铁质、中空、开口一端有可与刀叶拧合阴螺纹丝口，长约 80 厘米左右，平时，刀尖向下插入套筒内，丝口拧紧；使用时把刀叶拔出来，反向拧紧螺纹的丝口，便成为一把重约一点五公斤、长约一点三米左右的长柄大刀。余国雄就以这种威风十足的武器训练第 140 师大刀队。

当时第 140 师装备很差，枪支多为旧式的步枪，士兵们冬天也穿得很单薄，尽管如此，大家在余国雄的带领下还是一丝不苟地进行了严格的正规训练，使士兵的身体素质和武艺刀法有明显的提高。

1937 年 12 月中旬，140 师接到参战命令，限两周内整装待命出发。在这两周里，全师更换了武器，步枪一律换发了中正式步枪，各班排都增发了轻机枪，部队配发了一批重机枪，迫击炮和步兵炮等重武器，司令部召集全师官兵在临潼县大操场举行盛大誓师大会。

第三章　立马中条，保卫黄河

迁都重庆，布防徐州

　　1937年"卢沟桥事变"后，中国南北战场同时开打，抗击日军的侵略扩张。到了年底，北面战场的中国第二战区连失保定、石家庄，日军沿正太铁路兵锋直抵太原；南方战场上，军事委员会向全国调集七十万军队到上海进行淞沪会战，到了年底，日军登陆金山卫对中国军队进行战略大包围，第三战区失掉上海，再失首都南京。

　　"卢沟桥事变"后，随着平津等重要城市的陷落与华东局势的紧张，国民党政府也越来越感到迁都是一项紧迫的任务。1937年8月4日，军政部部长何应钦主持会议，要求与会者对战时政府所在地加以慎重、周全的考虑，并讨论是否以武汉为宜。

　　8月6日，国民政府有关部门又内定大战爆发后，如首都遭受敌人空军的激烈轰炸，则可迁往湖南衡阳的衡山。尽管如此，但直到上海"八一三"事变爆发前夕，国民党政府对迁都究竟应迁往何处的问题上，仍未作出最后的决定。

　　"八一三"事变，日军大举进攻上海，拉开了淞沪会战的序幕。当天晚上，四川省政府主席刘湘向蒋介石面呈的"建议中央迁川，长期抗战的种种意见"，得到了蒋介石的嘉许和肯定。不久，蒋介石就明确无误地告知国民政府内的部分高级幕僚："我们将迁都四川重庆"，并令："以此为基础计划同各部开会商议"。虽然此时蒋介石尚未正式作出迁都重庆的决定，但国民政府内部获知内情的高级官员，均已开始作西迁重庆的准备。

　　10月下旬，上海战事日益吃紧。日本飞机也对南京频频轰炸，使得首都南京所受威胁愈加严重，于是政府迁都更是迫在眉睫。蒋介石召集国防最高会议，作出了《国府迁渝与抗战前途》的讲话，确定四川为抗战的大后方，重庆为国民政府驻地。

11月初，日军增援部队在杭州湾金山卫登陆，对我上海守军形成了战略大包围，淞沪会战失败。

正在中国守军撤离上海之际，军事委员会委员长蒋介石与国民政府主席林森共同决定迁都重庆。13日，军事委员会有关负责人何应钦、白崇禧、徐永昌等也频频举行会议，商讨政府的迁移事宜，"议定将南京非作战机关一一向上流移走，以备长期抗战"。16日，蒋介石主持了国防最高会议正式传达迁都重庆，军事指挥机构暂时移驻武汉。

1937年12月中国首都南京沦陷，日寇气焰极为嚣张，企图乘胜沿长江而下追击并一举击溃中国政府军队主力。日军第13师团北渡长江，进至安徽池河东岸的藕塘、明光一线；侵略华北的日军第二集团军从山东青城、济阳间南渡黄河，占领济南后，进至济宁、蒙阴、青岛一线。

日本大本营为打通津浦铁路（天津—浦口），使南北战场连成一片，先后调集八个师团另三个旅、二个支队（相当于旅）约二十四万人，分别由华中派遣军（1938年2月18日由华中方面军改编）司令官畑俊六和华北方面军司令官寺内寿一指挥，实行南北对进，企图首先攻占华东战略要地徐州，然后沿陇海铁路（兰州—连云港）西取郑州，再沿平汉铁路（北京—汉口）南夺武汉。

徐州位于江苏西北部，据苏鲁豫皖四省要冲，位于黄河与淮河之间，为津浦、陇海两条铁路的交汇点，自古以来就是兵家必争之地。中国军队如果控制徐州，一可截断津浦路，将华北、华中两地的日寇隔绝；二可畅通中国军事上的大动脉——陇海铁路，将日军阻截于津浦路以东，以屏障华中，确保郑州和"平汉铁路"的安全。有利于军事指挥中心武汉有充分时间重新部署，达到持久抗战的目的。

而日军如果迅速占领了徐州，就可以将南北兵力会合，沿陇海路西进，直取郑州，并利用中原平坦的地形，发挥其机械化部队的强势，沿"平汉路"南进，一举而攻下武汉。鉴于徐州的战略地位，对中方，徐州势在必守；对日寇，徐州志在必得。

调防徐州，折返风陵渡

南京沦陷，国民政府迁都重庆，军事委员会移驻武汉。北方战事危急，

第三章 立马中条，保卫黄河

河北保定、沧州，山东德州已相继落入敌手，日军沿正太铁路兵锋直指山西太原，而南京的日军也挟其余勇挥师北上，企图南北夹击，攻取津浦铁路战略线上的徐州。

蒋介石意识到局势的严重性，淞沪会战后期即任命李宗仁为第五战区司令长官驻节徐州，韩复榘为副司令长官兼第三集团军总司令，并极力补充韩复榘部所要的军需弹药，命令他率领所属三个军负责津浦路北段的保卫任务。

按原定作战方案，徐州以北的保卫战，由第五战区副司令长官兼第三集团军总司令韩复榘指挥，岂知驻守山东的韩复榘，大敌当前还为保存实力而打着自己的小算盘。日军一部攻陷归仁镇后，韩复榘却率部未战而走，致徐州以北津浦线的正面大门洞开，造成了战场的全局被动。济南随之失守后，日军由博山、莱芜向泰安进攻。

韩复榘连连丧城失地，李宗仁屡屡电令其夺回泰安，并以此为根据地阻截南下之敌，但韩复榘态度轻慢对李宗仁的命令置若罔闻。无奈之下，李宗仁又严令韩复榘将部队开往沂蒙山区以作策应，结果韩复榘仍拒不执行，结果导致日军长驱直入，兵戈直逼苏豫皖，给徐州防守造成了巨大的压力。

1938年元月11日，蒋介石在开封召开军事会议，诱捕了韩复榘，并以"不遵军令，放弃守土，勒销烟土，强索民捐，侵吞公款，收缴民枪"等罪名，将其处决。

日军为了连贯华北、华中两个战场，决心以济南、南京为基地，从南北两端沿津浦铁路夹击，最后会师徐州，打通津浦路。为此，1938年1月下旬，日军先后集中精锐部队，开始南北对进，夹击徐州。

中国最高统帅部极为重视徐州地区的防御作战。先后从各战区调集大军赶赴徐州增援第五战区。按照李宗仁的部署，各主力部队被集中于徐州以北（山东省枣庄市台儿庄区和江苏省徐州市邳州北部山区——1953年1月前，徐州地区隶属山东省），以抗击北线日军的南犯；一部兵力被部署于津浦铁路南段，以阻止南线日军的北进。在黄淮平原的广袤大地上，中日两国军队拉开架势，一场殊死的攻守与反攻守的大战就此拉开了序幕。

为此，第140师接到了军事委员会调遣其开赴徐州的命令，接令翌晨师长王文彦即指派师部正副官长、参谋长，分赴各团、营、连驻地，代表师部向乡亲们辞行，为使第140师在乡亲们的心目中留下了好的印象，王文彦还专门由师属工兵连派出一个排人去给房东打扫卫生和挑水。得到了当地老百姓的称赞，说："这些草鞋兵真好。"

把第140师称为"草鞋兵"是非常确切的。尽管出征前他们换穿了胶鞋，装备虽已换装，但相较日军也仍然不算精良，每个人只加发了两个

"急救包",却没有应备的防毒面具。不过,官兵们并无太多计较,能上前线杀日寇就可以了。

1938年元月8日,第140师正式出发,奔赴抗日前线。部队从临潼城内穿过时,满城民众人人手执赶制的三角旗,夹道欢送。全师官兵昂首挺胸,踏着齐整的步伐,高呼抗日口号,一直走到临潼火车站,原地坐下候车,高唱《松花江上》。午后2时,火车到站,各团、营、连的出发号也一齐吹响起来。官兵们依次上车,还余下一个团,当天夜里凌晨两点,才搭上下一班火车跟上。火车装满官兵开动以后,夹道欢送的老百姓们,还在敲锣打鼓,高呼抗日口号,欢送官兵。火车汽笛长鸣,向我抗日官兵致意。当天,火车到达潼关。

元月9日早晨7时,后续部队到达潼关。改乘同一军列,潼关老百姓,也与临潼一样热闹欢送。火车经由固县向河南疾驶。在灵宝,师长王文彦接到命令"暂驻灵宝待命"。大约过了三个星期,又奉命返回潼关"固守",接第十七军团军团长胡宗南命令,第140师归入黄杰第8军序列。

潼关城左临黄河渭水,右傍南原秦岭,其间沟壑纵横地势险要,自古以来就是兵家必争之地。《春秋传》曰:"秦有潼关,蜀有剑阁,皆国之门户。"由于太原早在1937年11月9日已经失守,日军兵临黄河岸边的风陵古渡准备渡河,潼关完全暴露在日军的炮火之下。守住潼关,就守住了八百里秦川,也就守住了抗战陪都重庆。

日军在黄河岸边建立的炮台

归建第 8 军

在华东战场，中国军队经过淞沪会战、南京保卫战元气大伤，急需调回后方整补。

1938 年元月中旬，第 8 军到达陕西省宝鸡虢镇整补。此时，第 8 军刚从上海及南京战场撤回休整，其下辖有罗历戎第 40 师、柏辉章第 102 师，归十七军团胡宗南节制。胡宗南见第 8 军战后兵力大损，即调其到自己原来的陕南驻防地区整补。柏辉章第 102 师是原黔军第 2 师整编而成，与第 140 师中央化前同属王家烈第 25 军序列，师长柏辉章是贵州遵义人。

因第 8 军在淞沪会战、南京保卫战中折损严重，此时总兵力只能够缩编为一个师，于是胡宗南向军政部申请将驻防在潼关的第 140 师纳入第 8 军序列。此时第 8 军属第八战区序列，归西北行营节制。第 8 军军长黄杰，湖南长沙县人，黄埔第一期生，因与王文彦同学，对其背景实力也有全面的了解。

第 8 军是财政部长宋子文创建的税警总团改编，其武器都是德国和比利时的最新产品，军用器材也很精良，全部经费由财政部直接划拨，军长黄杰为充实该军实力，对第 140 师与其所属由税警嫡系部队改编的第 40 师（师长罗历戎）同样待遇，全部更新武器装备。

第 8 军军长黄杰将军

于是，师长王文彦派李祖明赴位于大荔的军部领取拨补本师的武器。黄杰年仅三十六岁，风华正茂，有较好的文化素养和较强的事业心，对部队也特别热心整顿，所以他最积极做的就是充实部队兵员和武器装备并罗织人才。黄杰见李祖明、方日英两人仪表堂堂，谈吐得体，就起了挖墙脚的念头。方日英因是广东人，在第 140 师没有人脉，与师长王文彦又多有不和，便心有所动；李祖明是贵州人，自 1928 年贵州崇武学校毕业以来，直到部队改编为第 140 师，历任排、连、营、团长，一直未离开过，加之在第 140 师有着较好人脉，上下关系又很好，所以就不想离开。

按照王文彦的部署，师部率师直属部队及 418 旅李靖化所属 835、836 团驻潼关；419 旅旅长方日英所属 837（欠一营）、838 团驻阌乡，并担任阌乡至灵宝之间的河防任务，旅部驻阌乡；420 旅旅长林丽山所属 839、840 团担任灵宝至陕州之间的河防，旅部驻灵宝。

各部到达防区后，在沿黄河各显要地带，特别是大小渡口，加紧构筑了工事，并控制船只集中停靠南岸，以免资敌。师部政工人员还协助动员当地民众组织自卫武装，配合河防和支持后勤。

第 140 师编入第 8 军建制不久，又奉令撤销旅制，835 团改为补充团，不久又分散补充各团，另成立一个辎重兵营，835 团团长汤国臣调为辎重兵营营长，中校团附李祖明调为兵站站长，其余营、连、排长安排到各团或暂调为师部附员，恢复原来三个团建制，番号为 835、837、839 团，由方成德、罗振武、万徐如分任团长，各团兵力较前充实。

同时，第 140 师奉令抽调 419 旅由方日英率领两个团（新成立之 838、840 团）开赴安徽蚌埠凤阳一线编入第 87 师沈发藻部，因该师在上海、南京作战损失较大，急需整补，方旅到皖北后，又接令改变拨入第 87 师的计划，以方的两个团并入第 40 师。同年 8 月，方日英升任第 40 师师长。

第 140 师是时序列为：

师长：王文彦，副师长：何昆雄，参谋长：温靖。

835 团团长：方成德；

837 团团长：罗遇春（振武）；

839 团团长：万徐如。

挺进晋南，民众欢迎

在中国北线战场，由于忻口、娘子关战役失利，日军进占太原。

1937 年底，日军由太原派出一个旅团配属部分坦克、骑兵等特种部队，沿同蒲铁路及两侧地区经临汾、侯马、绛县、坦曲、闻喜等地向南进犯，敌之赓续部队不断增加。我第二战区守军在前线节节抵抗，终因敌人兵力强大，攻势锐猛，并有空、骑、炮、机械化部队等协同配合作战，我军伤亡惨重。

我国当时由于交通落后，援军调运不及，兵败如山倒，各守军只能向晋西、晋东南方向撤退。其中有部分队伍脱离了指挥系统，拟渡过黄河南撤，但遭到了守卫河防的第 140 师的拒止，仅允许负伤官兵渡河。因此，撤退到黄河边上的部队，只好向北岸两侧转进。

日军兵锋直指风陵渡，黄河对岸随时会被日军占领。为防不测第 140 师被军委会紧急回调潼关。面对日趋剑拔弩张的敌情，第 140 师迅速沿黄

第三章 立马中条，保卫黄河

河河套构筑河防工事。

黄河自古以来就被称为中华民族的母亲河，在秦之左膀，晋之右臂之间。由此呼啸而下，行至晋之蒲州以南，秦之潼关以北，便来了个金龙摆尾。而黄河北岸的风陵渡，正是地处晋、秦、豫三省交汇的黄河金三角，是兵家必争的要津。

风陵渡在山西省芮城县西南，与陕西、河南相邻。风陵渡正处于黄河东转的拐角内，是山西、陕西、河南三省的交通要塞，跨华北、西北、华中三大地区之界，自古以来就是黄河上最大的渡口。

日军占领北岸的风陵渡以后，中日两军在这个地方隔岸对峙。对于南岸的中国军队来说，陇海铁路是作为连接兰州和连云港的重要线路，这里是必须背依险峻的秦岭山脉而固守的要地，配备着中央军的一个师和拥有8门重炮的炮兵部队固守。另一方面，对于占据了北岸的日军来说，为了切断苏联支援中国的运输线，并作为进攻西安和四川的渡河地点，在战略上说这里也是重要的地方。

历史上潼关从来未被外敌强行攻破过。如果日军攻破潼关便可直取西安，再而南下，夺取战时陪都重庆便会易如反掌。风陵渡作为黄河要津，西安门户，所以，军委会把第140师紧急回调潼关，算是一个非常及时的举措。

日军进犯晋南，黄河沿线趋于紧张，日军为防我军偷袭，在风陵渡沿河架设电网，夜里发电照得通明，双方剑拔弩张，间有冲突。第140师一边构筑河防，一边决定打破僵局，主动出击，牵制敌人，以赢得更多时间加强河防。于是派出836团第1营，由副团长王俊臣指挥，向晋南中条山挺进。

王俊臣，贵州遵义人，曾在第4军任营长，沈久成入主第140师后，随沈进入第140师任718团第1营营长。王俊臣具有丰富的作战经验和较强的指挥能力，加上为人宽厚，作战身先士卒，深得官兵爱戴。1937年秋第140师扩编时王升为836团中校副团长，其营长职务由第1连连长刘值斋接任。

日军在晋南烧杀淫掳，使当地人民不堪其苦。于是，运城、芮城等地县政府，纷纷派人到第140师驻地求助，渴望国军过河杀敌，拯救人民。

师长王文彦及其参谋，经过审慎研究认为，日军兵犯晋南屯驻黄河，使当地生灵涂炭，并对重庆的前沿潼关构成严重威胁，如不趁敌人立足未稳时主动深入敌后了解敌情，那么两军对峙日久就会陷入被动。同时风陵渡尚有我军许多重要战略物资急待转运，也需要有一支强有力的部队对敌进行骚扰和迟滞。

计划即定,时不我待,在一个风高月黑的夜晚,王俊臣接师部命令即率刘值斋第1营,在当地船工的帮助下抢渡黄河,向晋南挺进。

当时黄河不仅水急浪大,还暗潮汹涌,当地船工娴熟地使用了"抛锚渡"划船方式,即一边划船推进,一边抛锚停船,这样进进停停虽然进展很慢,但在险象环生的风浪中,保证了官兵的安全。

随着船工不断地数着抛锚的次数,一锚、二锚、三锚……数到十几锚时,士兵们忍不住笑着说:"一天二十锚,几时才到对岸?"不过经过船工一夜的努力,天亮前第140师突击部队总算有惊无险得以上岸。下船时,船工告诉官兵,前面的一片沙滩,要用快跑的形式迅速穿过,否则会陷入泥沙之中无法自拔。

上了岸,王俊臣的确心潮澎湃,马上就吟起了那首"立马风陵望汉关,三峰高出白云间。西来一曲昆仑水,划断中条太华山"的诗句。汉关指的就是中国的西北咽喉要道,汉中第一关——潼关。风陵渡,传说中女娲曾在这里用黄河水和泥巴创造了中华民族的祖先,相传"中华"二字便源自"中条山"的"中"与风陵渡口渡对面的"华山"的"华"。王俊臣率部过了沙滩,芮城县政府人员把部队悄悄引进村庄安置。

当地百姓听说国军过河来是为打鬼子,马上箪食壶浆以迎三军。于是送来许多面包、烧饼(锅魁)、小米饭和用柿子酿成的酒等,前来慰问。这些吃惯大米、烧酒的贵州兵,尽管有些不习惯,但在当地老乡们的盛情之下,官兵们还是开怀狂饮饱餐以谢盛情。当地百姓的精心照顾,也更加鼓舞了官兵们的杀敌士气。

摸夜螺丝,旗开得胜

王俊臣率部到达芮城的第二天下午,就接到老乡报告,有一百多鬼子已到距此十余里的村庄驻扎。初来乍到,敌情不明,侦察就成了一个基本的任务,其目的就是在敌占区内摸清敌人有多少据点、炮楼,每个据点的兵力、装备等。王俊臣得此情报,决定半夜摸营,打敌人一个措手不及。

知己知彼,百战不殆。"摸夜螺丝",本是黔军作战的一大战术特色,为了能够胜算在握,王俊臣即率营长刘值斋、连长戴泽堃等,化装与老乡一道潜入目标地点,对现场地形进行了详细的勘察。

他们精心化装成乞丐,或用白毛巾包头,穿着当地农民的服装扮成当地的老百姓。尽管王俊臣虑事周全,对各种可能出现的漏洞也有过考虑,

第三章 立马中条，保卫黄河

但遇到日军检查，一样还是险象环生，敌人不仅要看他们额上有没有戴帽子的痕迹，肩上有没有扛步枪的痕迹，还要检查腿上有没有打绑腿的痕迹，好在当时语言不通，日军也分不清是当地人还是外地人，反正稀里糊涂就让他们钻了空子，捏着把汗蒙混过了关。

面对现场，他们即时商定了攻击路线和方法，规定了联络信号，袭击得手后如何采取逐步分散撤退等方法也作出了决定，并约定了撤退后的地点和时间。侦察回来的路上，他们沿路做好了夜间行进的路标。

晚上部队集结完毕。出发前，王俊臣指示："夜间偷袭，视线不明，不宜使用射击的方法，最好的方法是迫近敌人，以手榴弹、刺刀，才能速战速决，克敌制胜。"

入夜之后，天气很冷，王俊臣率第3连和机枪连在敌人的驻地结合部迂回穿插；刘值斋率第1、2连，分头从敌人哨兵的眼皮子底下爬过去，按预定时间摸入目标地点。信号枪起，各连马上手榴弹倾泻而出，一时爆炸不断，浓烟四起，火光冲天。敌人慌作一团，夺门而出。

敌人慌乱之中忙组织抵抗，但此时建制已被打乱，已没了足够的力量与中国军队抗衡，尽管有的负隅顽抗，但慌乱之中的应战，又怎么能敌得住中国军队士气高昂的拼杀。何况在没有协调指挥的情况下，只好各自为战，手中的武器也变成了擀面棍一样无用。一个小时后战斗结束，王俊臣所率突击队首战告捷。

战斗结束，突击队各连迅即撤到预定集结地点，并安全返回驻地。经人数清点，我突击队零死亡，负伤十三人，其中有两名排长。第二天，附近老乡带来消息，敌人从出事地点抬出五十多具尸体，这是日军窜犯黄河边，遭到第140师的初次偷袭。

日军遭受打击，便开始了血腥的报复行动。为了不连累老乡，也使敌人找不到我军目标。王俊臣决定把部队撤出村庄驻地，分驻到中条山脚下一带的丘陵丛林里。

为了摸清敌情，侦悉敌人动向。王俊臣即时动员群众，开展抗敌宣传，适时与当地群众组织了便衣侦察队。抗战初期，我国军民皆同仇敌忾，团结杀敌，不仅官兵为国图存，不惜牺牲；就是普通民众凭着爱国热忱，一样不畏生死，除老幼、妇孺暂时转移疏散外，一般中青年多会自动组织起来，与国军配合，保卫家园。

有了当地群众的支持，就有了更多的眼线和情报来源。第140师机动突击队不断以夜袭的方式，先后毙敌一百多人，其中击毙敌大队长一名。敌人不断吃亏，便从永济、运城等地不断抽调兵力，对王俊臣部进行清剿。王俊臣获得情报即率部转移，转入了中条山，使敌人扑了个空。

从此，王俊臣部以游击方式，不断与敌周旋，直至奉令撤回归建。

与敌周旋，慷慨成诗

中条山呈东北西南走向，东北高西南低，横向一百七十公里，纵深五十公里，最高峰为海拔二千三百米的垣曲历山舜王坪。

中条山西起晋南永济与陕西相望，东迄豫北济源、孟县同太行山相连，北靠素有"山西粮仓"之称的运城盆地，南濒一泻千里的滚滚黄河。境内沟壑纵横，山峦起伏，关隘重叠，与太行、吕梁、太岳三山互为犄角，战略地位十分重要。

抗战全面爆发，随着山西各主要关隘的相继失守，中条山的战略地位愈加突出。对我方来说，占之，即可以此为根据地，瞰制豫北、晋南，屏蔽洛阳、潼关。进能扰乱敌后，牵制敌人；退可凭险据守，积极防御，配合整个抗日战场。就日方而言，得之，即占据了南进北侵的重要"桥头堡"，既可渡河南下，问津陇海，侵夺中原；又可北上与其在山西的主要占领地相连接，解除心腹之患，改善华北占领区的治安状况。

中条山地区虽属山西省境，但却不属晋绥军的防区，亦不属阎锡山的第二战区管辖。驻在战区划分上则归于程潜为司令长官的第一战区。

王俊臣率部上了中条山反倒尽显了贵州兵的优势，因为贵州开门见山，高山壑谷，连绵不断，贵州人生活在这种环境里，爬山越岭，已成为日常生活的习惯，山势陡峭崎岖，奇峰峻岭到处都有，有的地方就有"一大当关，万夫难开"的险要地形。因此，黔军擅长于打山地战，长于猛打猛攻，以拼刺刀、作白刃战为自豪。

不久，戴泽堃第2连潜伏哨在山腰抓到三名日本便衣。这三人二十来岁，被抓时竟惊恐万状，戴泽堃审讯他们时，更是被吓得浑身哆嗦，屁滚尿流。于是戴连长便揶揄地对下属说："你们看看，这就是传说中的'武士道'精神。"由于戴连部当时没有翻译，戴泽堃审讯他们半天也没弄出个所以然，于是决定交给营部处理。

当时营部一样没有翻译，刘值斋营长不敢怠慢，马上派一排长带上一班人，准备带其渡过黄河送交师部处理。不想他们一行刚一下山，附近村民就听说抓到日俘，于是便操起家伙，不由分说便围将上来，毕竟老百姓

第三章　立马中条，保卫黄河

深受日军蹂躏，早已成了深仇大恨，任凭其排长怎样解释劝说，老百姓的扁担、棍棒还是得理不饶人地雨点般打了下去。排长虽然对日寇也恨之入骨，但军人本能，他清楚这几个鬼子的情报价值；作为军人职责，他还得对上峰交差。为了不出意外，排长只好把这三人重带回山。直到后来奉命撤出晋南，才将这三个日谍交到了师部。

日谍被俘，同样暴露了第140师机动突击队的位置所在，于是日军派出大队，准备进山围剿。

一天拂晓，日军一个大队由山麓上山向刘值斋第1营驻地偷袭，由于山高难行，敌人的行动，早已暴露在我潜伏哨眼里。王俊臣说："既然敌人来者不善，我们也不可太怠慢了客人，来而无往，小鬼子会笑话我贵州人不够好客。"于是派出两个连，在敌人必经之路的山腰处，布下了袋形阵地，就等鬼子来钻了。

日军先头部队搜索前进，刚进入我有效射程，王俊臣一声令下，手榴弹如狂风暴雨冲天而下，机枪、步枪声震山谷，一时浓烟翻滚，火光冲天。日军丢下四十余具尸体仓皇逃离。

王俊臣考虑到敌我力量太过悬殊，且我置于山上，既无援兵增援，又无粮弹补给，敌人后援一到，必然凶多吉少。于是，在敌人还未醒过来时下令转移。当天黄昏，第1营官兵撤至山中五老峰的大庙集中。夜间敌人虽不敢上山，便使用大炮向山上一阵乱射。

山西运城永济五老峰位于中条山脉，是河洛文化早期传播的圣地，也是我国北方道教全真派的发祥地之一。《七鉴道书》称之为"道家天下第五十二福地"。是道教文化名山，它与晋北佛教圣地五台山南北对峙，齐名天下，与西岳华山遥遥相对，历史上素有"东华山"之称誉。

五老峰是永济、虞乡、董村这一地段中条山的高峰。黄河由山西、陕西边境直下，回绕风陵渡，呈半环形奔流东入河南。名山大川相会一起，展现出磅礴的中原气势。山顶大庙，古柏参天，碧瓦青砖，大理石阶，殿内高大的漆柱，衬托出各种精微的浮雕，显出了特有的庄重典雅，肃穆华丽。

由于日军炮程不及，山下虽然炮声隆隆，山腰上不时火光冲起，但山上却平安无事。第2连连长戴泽堃仰卧在殿前的石阶上，他望着蔚蓝色天空的明月，又看看周围，只看到风动树摇，枝移月影，如此幽美的景色；鳌角上的铎玲在风中摇曳，叮当作响，又似在给战士们报警，一时竟感到了战地的凄清悲壮。于是心潮起伏，得诗一首：

> 中条山上烽火红，轻舟飞渡黄河东；
> 指挥若定如僧静，直把炮声作暮钟。

戴泽堃，1913年生于贵州普定县，黄埔1分校（洛阳）军官班第三期毕业。文武双修，读书时就有才名。1934年，他入军校时正值日本蚕食中国，得寸进尺之时。国势阽危，青年军官要求抗日的情绪异常激烈，对国事异常悲愤。他当时在答友人致贺入军校时，有诗两首：

> 极目中华尽创伤，前途家国两茫茫；
> 革命花是青年血，马革裹尸姓字香。

> 北国风光满地愁，男儿岂恋故园秋；
> 胡笳响处声悲壮，誓扫倭寇固全瓯。

如今，戴连长庆幸自己能上前线上阵杀敌，实现了报国杀敌的志愿。

敌后游击，牵制敌人

王俊臣率领836团第1营在晋南旗开得胜后，大大激起了第140师官兵的士气。王文彦师长再次派出836团肖泽洲第2营，837团两个连渡河北进，划归王俊臣统一指挥。

按照王俊臣的部署，刘值斋第1营活动于永济的中条山区；肖泽洲第2营（缺一连）活动于运城及以北地区；837团两个连活动于夏县附近。各个营、连在活动地区，先后与敌发生多次战斗，阻滞了敌人的前进速度，使敌先遣部队蒙受巨大损失，打乱了敌人迫近黄河并企图掠取我军聚集在风陵渡军事物资的计划。

将要迫近黄河的敌人，在遭到第140师机动部队的阻击和牵制后，本想进行疯狂报复，但又慑于中条山的特殊地形和险阻，只好举步不前。

同时，原由临汾、侯马、闻喜一线撤退下来的友军，看到了第140师机动部队灵活偷袭、机动活打，搅得驻地日军寝食不安，也陆续加入游击队伍，一时游击遍地开花，日军找不到了主攻方向，更摸不透第140师这支机动部队的部署。

836团第1营在中条山的活动，成了当地日军的一块心病，敌人数次围剿妄图拔掉"钉子"，均因我情报及时，转移迅速，设伏诱敌，迷惑对手，最终跳出了包围圈。但是，由于天寒地冻，山高风大，且要经常夜间活动，少数官兵因吃小米饭而导致消化不良，有的肚痛腹泻而感到异常艰

第三章　立马中条，保卫黄河

苦。不过有着民众的支持，各方的帮助，并未影响到官兵的抗日士气。

为了减轻敌人对中条山的攻击压力，王俊臣命令戴泽堃第 2 连下山到敌后游击，以迷惑和牵制敌人。戴泽堃受命后，便即选择芮城县城到风陵渡一线作为活动点。

一天下午，戴泽堃探知在芮城县城到风陵渡的公路对面村庄住有几十个日军，而了解该村情况的老乡又自愿做向导。戴泽堃认为机不可失，于是决定用贵州部队最擅长的"摸夜螺丝"的方法，以迅雷不及掩耳的速度，星夜攻打。

薄暮后，集结部队出发。不料，由于事前未做侦察，在快接近那村庄时，被前面一条很大的凹道所阻隔，此时向导不知所踪，而戴泽堃对地形又完全不熟，待摸着下完凹道坎时天已渐明，偷袭已不可能。凹道距公路三十多米，距离目标则有百米。这时退，时间不够；进，没有必胜把握，情况万分危急。

戴连长无奈，只好以胆相搏，他命令全连迅速跑到对面凹道坎的边沿，依托其特殊位置为阵地，集中机枪和各种火力，对准公路和目标村寨，进行封锁。

天亮后，日军走出村寨，刚上完公路，戴连长一声令下，集中火力向敌猛烈攻击。敌人受此突然袭击，一时手足无措，只好弃尸向永济狼狈逃窜。戴连长一看得手，即以一排作掩护，命令两个排沿凹道坎边穷追猛打，直到敌人逃离了武器射程，戴连长方令各排集结转移。

经过不断战斗，日军始终没有摸清第 140 师过河机动部队的实际情况，加上当时谣传四起，说八路军来了，迫近黄河边上骚扰的日军，势单力薄也不敢恋战，于是便向永济、运城方面退守。

第四章 增援徐州，血洒台儿庄

千里驰援，奔赴战场

1938年元月11日，蒋介石在开封军事会议上指出："要维持国家的命脉就一定要死守武汉"，"要巩固武汉，就要东守津浦，北守道清"，因为津浦与道清两条铁路均为武汉三镇的屏障，保卫武汉屏障的责任则由坐镇徐州的第五战区司令长官李宗仁负责。

第五战区成立于1937年8月20日，蒋介石兼司令长官，韩复榘为副司令长官。军事委员会赋予第五战区负责指挥鲁南、苏北地区的战事作战，其任务及指导要义是："本战区作战之特性，为对敌强行登陆之作战，故以立于主动地位，确占先制之利，根本打破敌军登陆之企图，此为作战指导上之第一要义。纵使敌军一部先行登陆，务必迅速围攻而歼灭之，不使后续兵团借此以为安全登陆之掩护。此为作战指导上之第二要义。必要时，在指定地区之范围内扼要固守，绝对限制敌军之进展，运用机动部队而歼灭之，以确保我国军南、北两战场作战联系之中枢。"但在当日又撤销第五战区，同时把其辖区及所属部队改归第一战区。

当淞沪会战局势趋于严峻之际，军事委员会又于10月16日重建了第五战区，任命李宗仁为司令长官，韩复榘为副司令长官，长官部设于徐州，管辖地区为津浦线两侧及山东省，下属部队有第三集团军、第十一集团军、第二十四集团军、第51军以及位于鲁南、苏北、豫东、皖北各地的军事单位和海军陆战队等。

日军占领南京后，为打通津浦铁路（天津—浦口），使南北战场联成

第四章 增援徐州，血洒台儿庄

一片，日本大本营先后调集八个师团另三个旅团、两个支队（相当于旅）约二十四万人，分别由华中派遣军（1938年2月18日由华中方面军改编）司令官畑俊六和华北方面军司令官寺内寿一指挥，企图实行南北对进，首先攻占华东战略要地徐州，然后沿陇海铁路（兰州—连云港）西取郑州，再沿平汉铁路（北平—汉口）直取武汉。

第五战区司令官李宗仁

第五战区司令长官李宗仁为抗击北线日军南犯，确保徐州安全，决定把主力集中于徐州以北地区，一部兵力部署于津浦铁路南段，以阻止南线日军北进。其作战部署是：以桂军廖磊第二十一集团军为基干，配合其他国军，利用淮河、泗河、浍河等地障碍，阻止沿津浦路北进的日军；以庞炳勋、张自忠等部守临沂、苍山之线，堵击由胶济路西犯的日军；以孙震军团守津浦路的韩庄、利国驿沿运河南北地区，孙连仲军团守台儿庄，阻止沿津浦线南下的日军，而把孙桐萱、曹福林、石友三等部配置于郓县、巨野、金乡一带，防止日军从鲁西向徐州迂回。尔后又由河南调汤恩伯军团到邳县、郯城地区，作为机动力量，策应各路守军。

李宗仁这样部署的目的，是在于阻止敌人打通津浦线，并固守陇海线，以保卫徐州。日军津浦线主力南攻不成，于是改变策略，由板垣征四郎、矶谷廉介率两个师团企图会攻台儿庄。

台儿庄位于山东省枣庄南部，地处徐州东北三十公里的大运河北岸，临城至赵墩的铁路支线上，北连津浦路，南接陇海线，扼守运河咽喉，是徐州的门户，自古乃兵家必争之地。日军一旦在台儿庄得手，便可策应津浦路南端日军发起攻势，一举拿下徐州。

矶谷廉介师团长

1938年3月10日，鲁南的日军板垣、矶谷两个师团孤军南下，骄狂无忌地南北乱窜，但此时他们做梦也没想到，中国军队在经过蒋介石杀韩复榘以镇军威之后，上自战区司令长官，下至普通士兵无不受到震动，国内出现了空前的团结，士气也因之而大振。

板垣、矶谷两个师团，是日军精锐之师，此次进攻，来势相当凶猛，大有一举围歼中国第五战区主力之势。中国军队为堵截日军前进，在临沂、滕县等地同日军发生了激烈的战斗，揭开了台儿庄战役的序幕。

参加徐州会战的日军辎重部队

这次战役，结果颇能振奋人心，给日寇矶谷和板垣师团以近乎毁灭性的打击。但是台儿庄也变成为一片废墟，断壁颓坦尸横遍野，日军的钢盔堵塞了运河的水流，手榴弹的木柄碎片积存了一寸多厚，运河水也被染得殷红。

台儿庄战役，是中国自抗战以来在正面战场上取得的首次大捷，沉重地打击了日军的嚣张气焰，鼓舞了全国军民坚持抗战的斗志。在历时半个多月的激战中，我军歼杀日寇一万六千余名，但中国军队也付出了巨大的牺牲，第五战区参战部队有四十万人，但伤亡失踪人数却近三万。遗憾的是当时我军兵力虽多，武器装备却明显不足，乘胜攻击且感乏力，更不可能扩大战果，改变战局。

蒋介石得到台儿庄捷报之后，于一个月内先后调集六十四个师另三个旅共计六十万人，欲与来犯的三十万日军在徐州以阵地战方式"一决雌雄"。此时，蒋介石似乎忘了数月前他在开封所确定的"机动迂回包抄"的歼敌指导思想，也忘了华北平原地区有利于日军机械化部队攻势的现

第四章 增援徐州，血洒台儿庄

实。他更没意识到此举反而存在中国主力部队被敌聚歼的危险。在蒋介石新战略计划的指导下，我军很快开始频繁调动布防，徐州大战已呈一触即发之势。

第140师入列第8军后，一直在潼关一线严阵以待，死守河防，而南线徐州却已打得遍地开花。

3月上旬，第140师接到黄杰命令将防务交给同属第8军的柏辉章第102师，并撤回过河部队归建，再次奉命南调，准备驰援徐州。

王俊臣接到撤退命令，即派第2营营长肖泽洲，将滞留风陵渡的军需物资抢运回南岸，不能带走的悉数炸毁以免资敌。各连相互掩护，陆续撤回归建。

台儿庄大捷，我守军在城墙升起国旗

1938年3月下旬，第140师在潼关集结誓师，然后坐上南下军列。"万里赴戎机，关山度若飞。"运载第140师的军列，黑烟滚滚，日夜奔驰，出了遂平、西平后，沿途景色全变，没有了高山流水，更无小桥人家，也没有稻田，只见一马平川，碧无天际。过漯河，俯视窗外，见从北向南逃难的难民成群结队，扶老携幼。到了此时，第140师官兵才深切感到抗日救亡的声息和流亡曲的意味。也才知道什么叫平原风光。

在郑州休息了两天后，第140师又乘火车经中牟县、开封、兰考、民权、商丘、虞城、砀山各县市，开抵徐州。

4月23日，第140师到达了台赵铁路（台儿庄至赵墩铁路线）的车辐山（今江苏省邳州市车辐山镇）车站下车。车站上军用卡车川流不息，人来人往，逃难的百姓以及从各战区来的穿各种杂色服装的部队也在此云集。

第140师刚集结完毕，就有运河两岸的老百姓跑来欢迎，他们或带水壶，或带鸡蛋，或提着果品，眼含热泪亲切地喊着："老总喝口水，吃个鸡蛋，不要钱。为了保护咱老百姓，你们来打鬼子，辛苦了。"官兵们看着张张朴实而苦难的脸，双双流着眼泪的眼睛心里酸楚欲泣。白发苍苍的大娘喊着一声声老总，握着战士们的手问长问短，把鸡蛋、烧饼硬往口袋里塞，两情依依，尽在不言。

当天，师长王文彦到徐州，谒见了李宗仁、白崇禧。李宗仁告知王文彦，台儿庄以东战况吃紧，让其立即率部前往，归第二集团军孙连仲指挥。孙连仲命令第140师集结于枣庄附近的邹坞，作为二线部队待命。

战云密布，一触即发

1938年3月下旬，汤恩伯、孙连仲、张自忠等部在台儿庄及其邻近战场与日军恶战，取得了国军自抗战以来的首次大捷。

台儿庄大捷后，蒋介石决定乘胜"扩大战果"，将精锐部队大批调往徐州，意欲在此与日军决战。

日军曾扬言三个月灭亡中国，但自两国开战以来已经半年，中国不仅没有灭亡，反而抗战热情更加高涨。日军以精锐之师、挟新胜之勇，不仅没有取得预期的胜利，反而损兵折将惨败台儿庄，自然引起了其举国震惊，天皇裕仁也为之大怒。日本大本营察觉到第五战区在徐州地区集结重兵集团后，也迅速调整了部署，命令原攻临沂失利而败退费县的板垣师团放弃临沂战场，与困守峄县枣庄一带矶谷师团的残部合流，死守待援。

板垣征四郎与部下研究攻击方案

第四章　增援徐州，血洒台儿庄

日军统帅部于4月7日制定了《徐州地区作战指导要领》，迅速调集华北方面军第5、第10、第14、第16师团从北面向陇海路进攻，调集华中方面军第9、第13师团从南面策应华北方面军作战，企图以三十余万人再次南北推进，铁壁合围，一举消灭中国军队第五战区主力。

此时，日军磨刀霍霍，而中国军队意气风发，围绕着台儿庄揭开了徐州会战的大幕。

日军分三路南犯，其右翼以第10师团（矶谷师团）、第1师团（河村师团）为主力，配合部分骑兵和装甲部队、坦克部队，沿津浦铁路两侧向滕县地区进攻，与我第二十二集团军孙震所部及第二集团军孙连仲所部的一个军在滕县以北的辛庄、界河、东郭、郭里集一带激战。日军攻势猛锐，我军抵抗强烈，守军在城郊的阵地工事多被敌机炸弹和炮火炸毁，孙震所部牺牲将士达七万八千余人，第122师师长王铭章在滕县殉国，滕县最终失陷。

日军中路以第3师团（藤田师团）和第1师团一部为主力，配合大部骑兵和坦克部队，由平邑以南的郑城、梁丘及费城地区向枣庄方面进犯，与我第二集团军孙连仲部激战，敌遭到强烈抗击，进展迟缓。敌左翼以第5师团（坂垣师团）为主力，配合其它师团及坦克部队和骑兵沿公路两侧向临沂、苍山一带进攻，遭我第二十军团汤恩伯部，尤其是第52军关麟征部顽强抵抗，给敌以重大打击。

孙连仲将军

滕县沦陷后，临沂亦相继失守，我军各部不得不作战略转移，固守在台儿庄以北枣庄、沂城、郑县苍山一带。日军强兵压境，李宗仁责令各部一定要消灭窜踞台儿庄之敌，孙连仲部池峰城师守军虽损失数千人，但仍据守台儿庄部分阵地继续抵抗。日军兵潮如涌，眼看情势危急，池峰城打电话告急，这时孙连仲已无预备队可派，急了就一句话丢下去："士兵打完了，你就自己填进去，你填过了，我就来填进去！"台儿庄壮烈的争夺战立即展开。

孙连仲第二集团军的当面之敌是日军第10师团，由于该师团兵源多来自日本近畿地方的姬路，所以又有姬路师团之称，它是日本陆军的一个甲种师团，在"二战"爆发前是日军十七个常备师团之一，装备非常精良，被日军作为现代化师团的样板。该师团在作战中经常违反国际战争法使用毒气战。其序列为：

师团长矶谷廉介中将，参谋长梅村马郎大佐；
步兵第8旅团旅团长长濑武平少将；
步兵第39联队联队长沼田多稼藏大佐；
步兵第40联队联队长长野义雄大佐；
步兵第33旅团旅团长田鸠荣次郎少将；
步兵第10联队联队长赤柴八重藏大佐；
步兵第63联队联队长福荣真平大佐；
骑兵第10联队联队长桑田贞三中佐；
野炮兵第20联队联队长谷口春治中佐；
工兵第10联队联队长须磨学之大佐；
轻重兵第10联队联队长前野四郎大佐。

此时，按矶谷廉介的部署：濑谷支队在右翼，仍然沿台枣铁路向台儿庄方向进攻；长濑支队在中间，向兰陵镇、甘露寺、禹王山一带进攻；坂本支队在左翼，向向城、四户（今江苏省邳州市四户镇）方向进攻。

矶谷师团的进攻一延伸到禹王山，坂垣师团也在连防山、虎皮山、碾庄等地同时展开进攻，两师团意欲在陇海线上的运河站与台儿庄一带会师，企图西取徐州。

第140师自归建第8军后，武器装备有了很大改善，还配备了比利时式的钢盔。到了徐州后，第五战区又给第140师的每个团分别配发了一门高射炮和一挺高射机关枪。

第140师有了精良武器，士气更为高昂，接令后当即乘火车出发，车刚离徐州不远，已经是日上三竿，麦地里的青苗已长出两寸余长，天下着蒙蒙细雨，一架敌机飞到第140师军列上空侦察，当发现目标时，它立即折头飞去。但没有过多久，第五战区的防空监视器就发出了报警，第140师司号员随即吹起紧急防空警报。

在这平原地区，既没有防空工事制敌，也没有什么可资利用掩护的东西，师长王文彦迅速指挥部队下车疏散隐蔽，并命令将满载辎重的火车脱钩分成几节，以躲避敌机轰炸。

在这种环境下，第140师官兵只得卧倒在麦地里，等待敌机的狂轰滥炸。当时，敌机猖狂，有恃无恐，飞得很低，甚至飞行员都可看见，尤其在其投弹时，飞行员头朝天、臂朝下，对准目标扔炸弹的动作都看得清清楚楚，此时打飞机是最好的机会。

师长王文彦观察得聚精会神，不想一枚炸弹从天而降冲他而来，王文

第四章　增援徐州，血洒台儿庄

彦脸不变色，泰然处之，但炸弹飘落在其距离5米处爆炸，他的马夫、坐骑当即被炸死，他本人也被气浪掀倒，飞起的浮土埋了他半截身子。王文彦立即爬起来身来，还未顾及伤痛就口中骂道："他妈的狗杂种欺人太甚，给老子狠狠地打。"

本来，第140师配备有高射机枪，但开始顾虑暴露目标，没有先发制人，没想到部队还未拉到前线，敌人就来这样的"欢迎"方式，一时激起了官兵的愤怒，接到王文彦的命令，各团立即摆开架势，用高射枪炮一齐猛打，当即就击毁击落敌机各一架。日机见有伤亡，不敢恋战，遂仓皇逃去，把炸弹扔投到了附近的村庄，顿时炸死炸伤了很多百姓以及牲畜。

敌机虽被打跑，但铁路已经被炸毁坏，王文彦察看地形，想进一步了解敌我情况。此时的台儿庄，天上已少有鸟飞，镇里更没有一间完好的房屋，到处断垣残壁，城墙只留下了半截，街上空无一人，地上却死尸累累。看着日军的暴行，满目疮痍、哀鸿遍野的现实，真的令人痛心疾首、怒火中烧……

师长王文彦只好命令第140师官兵改为徒步！部队日夜兼程，在鲜血遍地的战场上，一切困难都没有把官兵们吓倒，他们一道高唱：

　　救国兴兵赴战场，八千里路马蹄忙。
　　乌蒙健儿皆扬长，远征斗士强复强。
　　怒发冲冠慨而慷，杀伐用枪保国疆。
　　前进！前进！
　　冲锋陷阵，显我军神勇，和倭奴血战，
　　劳王师，击虎狼，万人难送塞路旁，
　　前进！前进！
　　冲锋陷阵，显我军威风，和倭奴拼命，万夫之雄，
　　为民前锋，报国尽忠，
　　信义诸君，马到成功！
　　救国兴兵赴战场，八千里路马蹄忙。
　　三迤健儿皆扬长，远征斗士强复强。
　　怒发冲冠慨而慷，杀伐用枪保国疆。
　　前进！前进！
　　冲锋陷阵，显我军神勇，和倭奴血战，
　　劳王师，击虎狼，万人难送塞路旁，
　　前进！前进！

冲锋陷阵，显我军威风，和倭奴拼命，万夫之雄，
为民前锋，报国尽忠，
信义诸君，马到成功！

　　第二天清晨，第140师抵达枣庄附近的邹坞。邹坞这座古镇虽然历史久远，文化底蕴丰厚，曾经是文化古迹鳞次栉比，但此时第140师官兵已没有心情去体验千年古镇的文化底蕴！尽管邹坞在封建社会时期曾有过鼎盛时期，谱写过一段千年古瓷民窑的文化史。但此时战火所及悠悠的蟠龙河水已被血色尽染，哪里还看得出那千年的繁华，往日的繁荣景象已成为历史，但那些断垣残壁和散落满地的古瓷碎片却记录着昔日的辉煌。所以官兵行走在乡间陌里，遍地尽尸骨，路上无活人，根本就感受不了这里淳朴的民风民俗。

　　邹坞附近的台儿庄是一座小古城，方圆不到四华里，坐落在运河的西北岸。此时，城的周边已没有一间一檐一瓦完好的房子，这里既没有鼠的滋扰，也没有鸟的鸣唱，除了日军被歼突围时遗弃的尸体经过挖坑浅埋后招惹的苍蝇追腐逐食以外，已看不见任何生物。可以说台儿庄已被战争摧毁成了一座死城。

　　师长王文彦安置好师部驻地，即做部署安排，派出两个团奔赴枣庄构筑工事，并留万徐如839团作师部预备队。此时，835团团长方成德因病未能前往，王文彦改派兵站站长李祖明代理该团团长职。

835团团长方成德

835团代团长李祖明

　　部署完毕，各团驻守着各自阵地，远望火光冲天的战场，严密地监视着敌军的动静。师长王文彦到各团巡视了一周，对官兵进行了亲切的慰

第四章 增援徐州，血洒台儿庄

问。转到一块空地，埋葬的都是日军的骨灰，从插上的标签看，都是日军军官的坟墓，标签密密麻麻，数不胜数。

此时的台儿庄及其附近战场战斗极为惨烈，日夜的枪炮声不停不歇，机枪声犹如瀑布奔泻，未闻中断；炸弹、炮弹爆炸声如山崩地裂，震耳欲聋；手榴弹、步枪声，完全被霍……霍……霍似流水的机枪声、大炮声所淹没。到了晚上双方发射的照明弹、曳光弹、信号弹等更交织飞舞于天空，使整个战场及其数十里外围如同白昼。

争夺禹王山，敌我拉锯

4月下旬，新到第五战区增援的第60军（滇军卢汉部），辖张冲、高荫槐、安恩博等三个加强师，全军共约四万余人，均拨归第二集团军孙连仲指挥，也被立即投入了台儿庄争夺战。第60军担任台儿庄主战场之正面攻击。

第60军在邳州陈瓦房、邢家楼、五圣堂、西黄石山、蒲汪、辛庄、后堡、火石埠等地英勇抗击日军，打退了敌人无数次的进攻，消灭了敌人的大量有生力量。

日军见正面突破台儿庄的图谋难以得逞，只好改变方向，把战略进攻的重点放到了禹王山，企图绕过台儿庄，切断陇海铁路，直取徐州。禹王山遂成了继台儿庄战役第二阶段的中心主战场。

4月24日晚，蒋介石亲到车辐山车站督战，并电话通知第60军军长卢汉前往谈话，蒋介石说："台儿庄的得失，有关国际视听，必须以一个师坚守。"卢汉去前线视察时，在丁家桥与第184师师长张冲研究，张冲建议："敌人向我右翼进攻，企图从我右翼突破．直下切断陇海线。台儿庄只有一道土墙，工事不坚，敌人在此已吃过亏，只要守住禹王山，就能保住台儿庄。禹王山不守．台儿庄也守不住。"卢汉认为张冲师长的见解是很符合当时实际情况的，于是当机立断下令第184师向禹王山转移，与此同时第140师亦接孙连仲命令向与禹王山隔河相望的望母山转移。

台儿庄一带，最重要的战略要地当数禹王山，其海拔约一百二十五米，是座缓坡形的石头山，为整个台儿庄地区的制高点。苏北一带因为都是平原。因此，在滇黔人看来，禹王山只能称为坡坎一类的小丘陵。它位于邳州市戴庄镇境内，因其山顶有座禹王庙而得名。其西为黄石山，扼大运河、珈河咽喉要冲，北窥台、枣，东接湖山、窝山。

禹王山下的大运河

古运河边835团阵地

禹王山地势不高,但可俯瞰整个台儿庄、枣庄地区,属敌我必争之地。日军如占据它,便可控制大运河。向东,可由其纵深经台赵铁路支线切断陇海铁路而直取徐州,这样就会使中国军队三百里防线尽成虚设;向西,则可以居高临下沿东侧一路摧毁中国军队在台儿庄的防线及津浦铁路。因而,禹王山的战略地位凸显,成为敌我双方的必争之地。在这无险可守的地方,毋庸说,它也是守卫台儿庄最可宝贵的要地。

第四章　增援徐州，血洒台儿庄

第140师师部机关驻在离禹王山很近的李村民居，地方非常简陋，外墙用夯土筑成，屋内的隔墙则用高粱杆编好再抹上稀泥做的。村内居民早已逃走，室内都是空空如也。师长王文彦及参谋十几个人就挤在这十几平方的几间民居里工作。因为李村离战场较近，师部炊事班也设在附近，师部和前方指挥员的饮食，都由这里做好再送到前线的战壕，所以李村既是第140师的指挥部，也是前方补给最重要的地方。

第140师的指挥部，由于设施简陋，每个人除一个吃饭的口缸、一只水壶、一条军毯，各个屋里的地上都铺上一层厚厚的稻草当褥子用，盖的就是军毯，有时大家共同合作，用几张军毯作垫再用几张军毯作盖，因为日夜奔忙，睡觉的时间非常珍贵，只要头一着地就会睡得像死人一样。

为保证师部安全，师长王文彦还编了几个小组轮番值勤、警卫、巡逻，以防敌特的潜入破坏。有一个夜晚，师部住地附近遭敌人炮弹轰击，弹片把房子击破了，大家虽被惊醒，却无人惊慌失措而起身躲避，好像没事一样，一会儿又睡着了。

4月下旬，矶谷、板垣两个师团兵力得到补充后，即整顿队伍，挟其精锐，辅以机群炮群，像猛虎扑羊一样又扑向台儿庄，誓言要雪台儿庄被歼之耻。

此时，峄县、临沂、枣庄都已先后失守。日军将主力长濑支队（步兵第8旅旅团长长濑武平指挥的部队）以一个联队的兵力，在炮火和坦克的掩护下，24日进入肖汪附近，26日占领胡山，27日开始攻击禹王山下的李家圩（今江苏省邳州市戴庄镇李圩村），李家圩无险可守，守军第60军曾泽生团奋起抵抗，营长何起龙在李家圩激战中阵亡，李家圩很快落入敌手。随后，日军长濑支队便从禹王山西北向山顶发起攻击。

禹王山形如马鞍，一前一后两个山包，全为坚硬的青石，靠运河一侧的山包稍高为中国军队的第60军第184师防地。

为了抢占战场主动权，第184师师长张冲接到任务后，即指挥所部向山顶疾进，以抢占制高点。他们刚到山顶，就与日军遭遇，双方随即开火。因为彼此都志在必得，欲夺取对方山头以控制全局，顷刻之间山里的各垭口，浓烟滚滚，迷雾蔽天，短兵相见，难分敌我，喊杀震天。浓烟散后，这里已是死伤遍野，血流成河。

为了守住禹王山，第60军第184师师长张冲把全师拉上阵地，其指挥部也设在禹王山上。防守山顶的第60军旅长王肇端，更身先士卒，临阵指挥，多次击溃了日军的进攻，战斗中他胸部中弹，仍然坚持指挥战斗。

日军见我军占领了禹王山主峰，情急之下，以炮弹像雨点般向我阵地狂轰，一时之间整个禹王山震得颤抖起来。敌人炮火一延伸，步兵立即发起冲锋。在其炮火之下我官兵所携带的锹镐根本无法在遍地石头的山上构筑工事，只能以弟兄的遗体和山包作简单掩体，因而造成极大伤亡。后来张冲率全师到达，加入战斗，双方才形成胶着状态。

张冲抓住战斗间隙，命令赶修工事，但禹王山地质系碎岩层，挖掘战壕根本没有可能，很多士兵虎口磨出了血最终还是徒劳无功。情急之下，战区长官部立即调拨麻袋两万条，第184师官兵立即装上土石后堆砌成胸墙，到了天亮，终于在前沿架设了铁丝网，设置了障碍物，并把一个个弹坑改造成了一些单人散兵坑和机枪掩体。并在沿山的东、南、西三面设三道防御线。张冲将自己的师指挥部也设在禹王山西南坡上，全体将士发誓要与禹王山共存亡。

29日凌晨，日军先以飞机侦察，继而在阵地上空升起气球，指挥炮兵向禹王山阵地轰击，然后出动步兵、骑兵、坦克联合进攻。张冲接受了前一天的作战教训，日军炮轰时，他仅派出少数哨兵监视，当日军步兵进攻时，及时用旗语通知部队进入阵地，先以机枪、步枪打击日军的步兵，继而用集束手榴弹对付日军的坦克。

与此同时，第60军在车辐山的重炮营也对日军炮兵进行压制射击，半接楼的野炮营则以猛烈火力封锁日军进攻的要道，战防炮连也在禹王山前沿阵地阻滞日军坦克的进攻。但疯狂的敌人还是像野牛一样一群群地冒死前进，向禹王山阵地冲来。

张冲指挥部队，先以步机枪，继以手榴弹，最后是白刃战，把进犯的敌人大部消灭在阵地前面。但志在必得的日军长濑支队，头一股刚被击败，第二股又继续上来，整天激战不止，我官兵不畏生死，前仆后继，负伤不下火线，工事随毁随修。

禹王山争夺战异常激烈，守军一线被突破，官兵们立即退到二线继续抵抗，一旦援兵到来便又及时出击，夺回丢失的一线阵地。就在双方步兵浴血鏖战的同时，炮兵也不闲着也展开激烈对射。

4月29日，李宗仁致蒋介石密电，陈述战场情况：

限即到。武昌委员长蒋：冲密。感未手令奉悉。鲁南敌情及作战概况已于沁午电详陈。关于尔后作战指导，当遵手令要旨实施，以期迅速决战。惟沂河东岸马头镇之敌已增至一旅团约三千余,并向张自忠军压迫。张残部战斗兵只剩二千余,决难达成牵制任务。樊军进路被阻,自亦不能放胆迂回以形成会战有利态势。140、50师现在邳、台后方,非不得已决不使用,但为援应第一线之危急,已以一部增加汤军正面。王长海师不甚完整,已开利国驿,拟仍以三、九两师控置运河至台儿庄间构筑阵地,并准备策应第一线之攻击。刘汝明军遵令调徐,俟攻击进展时可由左翼正面出击。是否有当,谨电呈核。职李宗仁、白崇禧。艳已。印。

30日清晨,日军发动了全面进攻,张冲师阵地第一道防线被突破,禹王山顶也被占领。第二道防线也出现局部动摇,敌人又不断延伸炮火,向我军后方射击,给我弹药运送和伤员转移造成很大困难,形势对我不利,气氛非常紧张。

禹王山阵地

禹王山一旦失守,首先受威胁的是在台儿庄的孙连仲指挥部,以及运送伤员、给养、弹药的后方通往前线的一条大动脉——台赵铁路。为此,战区司令长官部立即电令卢汉,不惜牺牲,把禹王山夺回来。因张冲第184师所部伤亡太大,孙连仲忙令同属甲种师的第140师抽一个团增援。

第140师师长王文彦接到命令,即派837团团长罗遇春率该团增援,暂归第 184 师指挥，加入战斗；另派作为预备队的万徐如 839 团，接替罗团担任望母山一带的阵地的防守任务，与右翼本师的 835 团（代团长李祖明）所据守的禹王山左翼阵地衔接。

第 140 师罗遇春所率 837 团士气正旺。罗是昆明人，曾在滇军服务，西南混战时兵败加入黔军。如今与兄弟部队并肩作战，打得特别卖力。第 184 师有了增援，力量倍增，张冲师长身先士卒，亲自率部向禹王山之敌猛攻。日军负隅顽抗，施放了一串串烟幕弹和毒气，一时禹王山上浓烟滚滚，迷雾满天。不过谋事在人，成事在天，恰在此时风向突转，将烟雾刮向敌方。

张冲抓住这奇迹般而又稍纵即逝的机会，当即命令全师号兵一起吹起冲锋号，顿时喊杀声响遍山野，我官兵一鼓作气，攻克了禹王山山头。张师长立即报告卢汉军长："收复了禹王山！"

禹王山的收复，第 140 师罗遇春功不可没，张冲命令打扫战场时，在阵地上发现一百多阵亡战士，他们身上并没有明显伤，却卧伏在战壕里，且面目狰狞，这是第 140 师 837 团增援官兵，因对日军施放毒气没有经验，预防不足所致。

血肉之躯，"肉搏" 坦克

李祖明临危受命代理 835 团团长，奉命率部到运河沿线布防。为了赢得时间，李祖明即率部向前沿目标推进。在赴运河的途中，沿途村庄房屋多被炮火所毁，还有许多尸体未及掩埋，散满道边，由于天气炎热发出腐烂的臭味。在这些残垣破壁的村庄中，依稀还能辨得出哪些曾经是作坊、哪些是商家的字号名称，地上到处散落着一些钱庄印发的布质钱票。

此时，运河上已经架有浮桥，第 60 军在运河左岸一带的禹王山高地布防，835 团官兵看到他们来往的士兵都是二十多岁的青年，身体强健，精神焕发，武器也很精良，且有炮兵，是这一地段防御的主力。由于相互都出自西南，语言相通，彼此很快融洽相处。

835 团的防御阵地在第 60 军左翼的运河右岸望母山一线的低洼地带，左翼为孙连仲部第 30 师，阵地大多平坦夷，右依泇河，左靠台儿庄，背临大运河，已形成背水为阵。

大运河的兴建，从明朝的朱棣开始，经过"靖难之役"后，朱棣从侄儿手中夺得皇位，成为了大明第三位皇帝，改年号为永乐。毕竟是篡位之

第四章　增援徐州，血洒台儿庄

君，朱棣从登基开始就在不断谋划如何迁都到自己的"根据地"北京去，当然此举应该还有更深远的政治和军事意义。朱棣在北京大兴土木的同时，他为配合迁都还做了另外两件重要的准备工作，一是从各地往北京大量移民，二是疏浚京杭大运河以打通南北运输线。

为使运河免受黄河泛滥的影响并避开三百六十里的黄河航程，后面的几位皇帝又陆续开通了从今山东至淮安南阳镇以南的四百四十里的新水路，使原经沛县、徐州入黄河的运河路线，改道为经夏镇、韩庄、台儿庄到邳县入黄河的新河道，台儿庄成为大运河水道上的重镇后，逐渐呈现出"商贾迤逦，一河渔火，歌声十里，夜不罢市"的繁荣景象，清朝乾隆皇帝曾御书"天下第一庄"。

万历后期开凿的泇河是继南阳新河之后的又一避黄工程，其开凿过程中伴随着国家利益与地方利益的冲突，结果是导致国家新运河道的确立与地方城镇徐州、台儿庄的兴衰更替。从国家利益的角度来看，泇河的开凿有效地避开了徐州段的黄河、二洪之险，有利于漕运的畅通，而且城镇的更替于国家利益无损，无论是徐州的衰落抑或台儿庄的兴起，不过是运河城镇位置的变动而已；从地方城镇利益的角度视之，河道变迁则是其自身发展机遇的重要转折，影响深远。835团阵地就在这两河之间的三角地带。

敌人是主动进攻，而835团是固守阻击。这里地形开阔，有利于敌人机械化部队活动，而835团只有步兵轻重武器。黔军擅长于打山地战，长于猛打猛攻，以拼刺刀、作白刃战而自豪，一般不屑于筑工事作掩体，并把它视为胆小怯懦的勾当，被人耻笑。但如今时迁地变，第140师已远离云贵高原，北上抗日，到了一马平川的北方平原，这里既无山可恃，又无险可凭，只能依靠自己双手构筑工事，此所谓因天时地利的变化，身为战场主官，李祖明也必须随之变化。

战斗开始之前，团长李祖明到前线查看，发觉这里前宽后窄，地势平坦，两面临水，真的有进无退，原有防御工事薄弱，当即下令各营不分日夜加强工事的构筑，以倒品字形布阵，加强了阵地的纵深。官兵们一到指定位置，即昼夜加强工事构筑，准备迎战敌人。

不料友邻部队第30师，听说第140师就是当年在乌江被红军打得屁滚尿流的"双枪"部队，在私下戏谑时就难免会有些冷嘲热讽。没想到这事偏偏传到了团长李祖明耳中，让他有一种被轻视的感觉。作为军人，他心里骤然感到一股耻辱于当下，于是立即召开连以上军官紧急会议。

中国军队的战壕工事

李祖明说:"弟兄们,大敌当前,友军就已开始轻视我们,怀疑我黔中子弟到底还能不能顶住鬼子的进攻。"几个少壮的军官已压不住怒火,攥着拳头,面色铁青道:"这口恶气我们怎么能咽得下?"

"咽不下,也得咽!"李祖明看着群情激奋的下属,强忍怒火语重心长地说:"记住,现在我们打的是日本鬼子,是为国家打仗,为民族打仗!"话毕,一拳砸在桌子上:"无论胜败,我们竭尽全力就是光荣的,全国的老百姓也都会记住我们!我们的敌人拥有大炮,而我们呢?我们充其量就有一些迫击炮!可是,我们手里的枪也不是烧火棍,除了这个,我们还有手榴弹,还有刺刀、大刀。子弹打完了,你们就给我用手榴弹招呼,手榴弹甩光了,你们就给我上刺刀,和小鬼子肉搏!"说到激动处,他挺了挺胸膛,厉声说道:"总之一句话,有敌无我,有我无敌!我835团全体官兵务必抱着宁为玉碎、不为瓦全之决心,誓与阵地共存亡,一定要以不怕牺牲的精神,打出我黔军的荣誉,倘有贪生怕死后退者,杀无赦!"

团长的一番话,激起了大家的斗志。于是,有人就开始骂骂咧咧:"老子非得好好打他几仗,让他们第30师这帮龟儿瞧瞧!"

李祖明不是黄埔系,军旅出身为贵州崇武学校,因而颇受创办人周西城的影响,不管别人怎么说,自己总充满自信,当年周西城到崇武学校演

第四章　增援徐州，血洒台儿庄

讲就颇有味道："彭汉章把贵州弄得乌七八糟，遍地是匪，看看今天的贵州，夜不闭户，道不拾遗，人称南黔北晋（山西阎锡山），当之无愧嘛。我办的崇武学校，人们也称道：'中央有个黄埔，西南有个崇武，四川湖南都遣有学生前来求学，这不是个证明吗？你们要做武官，非进我的崇武不可，要做文官就要进我的贵州大学……'"

禹王山争夺战，敌人在我阵地前沿遗尸累累，于是不断增加兵力，扩大阵线。

不几天，日军大举进犯，开始向835团阵地炮击，整个战场一下沸腾起来，炮弹像雨点一样落到阵地的前后左右。敌人大炮一直轰鸣着，835团官兵无炮还击，只好缩头藏身在战壕里，多数士兵早被隆隆的炮火掀起的泥土埋住了半截身子。这时，官兵们没有沮丧说自己被打活埋，反而互相戏说鬼子为我们送来了"土盔甲"。

835团的阵地，虽经修整加固也被炮弹掀掉了一层。很多士兵，连敌人的面还没有见着，就这样死在敌人的炮火之下；很多人死的时候身上连伤痕都没有，后来打扫战场，掩埋战友的尸骨时才发现有些尸体会忽然七窍流血，黑色的血——这是被爆炸震死的。如今敌人没见着就死去不少袍泽，气得活着的官兵个个咬牙切齿，誓要血债血还。

随着敌人炮火不断向我阵地纵深延伸，一大队鬼子兵端着三八大盖、举着太阳旗，排成几路纵队浩浩荡荡一路冲来，人腿、马蹄荡起了一片尘烟，使战场气氛更加紧张。

战士们磨刀擦枪，束紧腰带，吃口凉馍，喝口凉水，万事俱备，只等候敌人接近距离就开打！835团阵地为东西走向，向东而望，前沿一片平原开阔地，平整得就连可供敌人利用掩护的小坟包也没有，阵地工事虽然简陋，且尚未开战就有损毁，但也不失有一定优势。

日军在几辆坦克装甲车的掩护下，前扑后拥，嗷嗷狂叫，杀气腾腾地冲了上来，形势十分危急。很快敌人迫近了各营阵地，当敌人走到距离我前沿不到一百米的时候，各营长大喊了一声："开火"！一时间枪声大作，战士们的轻重武器一齐射向了敌人密集的队形，把敌人步兵打得晕头转向，霎时倒地一片。但看着日军坦克耀武扬威地冲来，这样的庞然大物别说打，就是老兵都没几人见识过。投手榴弹吧，除了腾起的弹雾，根本就伤不着它；枪就更加不用说了，子弹碰上钢板更不知会飞到何处，身在前沿的几个班排长一心急，就直接打电话到师部，询问如何对付这种"铁壳虫"。

看着鬼子的装甲车如此嚣张，第1营的2连连长刘宗繁急得红了眼：

"我操他妈的，老子把这乌龟壳儿给炸了！"于是带着三个士兵，一跃而起跳出战壕，奋不顾身地爬上首先冲过来的坦克，想从射孔把手榴弹塞进坦克，但狡猾的敌人把炮塔转来转去，四人立足不稳，全被甩下，当即就有两人被碾于车下，一时脑浆崩裂，大肠挤出。杀红了眼的排长刘宗繁一看战友惨死景象，马上冒死怀抱集束手榴弹滚到坦克之下，与敌人同归于尽！

刘宗繁，贵阳人，牺牲时年仅二十二岁，1935年由洛阳军校毕业后加入第140师。他是原第25军军部参谋处长刘宗芬的胞弟。

刘宗繁的壮举，大大激励了阵前我官兵的士气，835团各营、连马上就自发组织起了各自的敢死队，他们三五成群，选定目标，冲向坦克，他们既不匍匐前进，也全然忘掉了训练时战术要求的"S"形冲锋，而是或怀抱炸药包、或拿着集束手榴弹，一往无前的呈直线猛冲上去。于是，中日战场上最惊心动魄的一幕上演了：中国士兵以血肉之躯向敌人的装甲力量发起"肉搏"攻势！

虽然敌人的坦克装甲车有着射击死角，但步兵则不然。跟在装甲车后面的鬼子见到有人冲上来，立刻瞄准射击。有的子弹正好打在炸药包上，抱着炸药包的士兵顷刻间血肉横飞，其余的也在枪林弹雨中纷纷倒下。毕竟距离太近，在敌人的交织火力下，835团敢死队官兵无论采取何种趋避方法都无济于事。

战场的残酷已不容选择，835团官兵只能以集束手榴弹与敌人同归于尽。但经验是打出来的，官兵们发现敌人坦克顶上有个铁的盖子可以撬得开，于是各连敢死队组织掩护，派人摸上去，撬开铁盖子，把一捆手榴弹扔进去。最后，官兵们再发现，只要把炸药包塞进坦克车的履带，爆炸后坦克就会如同废铁一样动弹不得，这时再"关门打狗"，更事半功倍。由于这些贵州兵在攀爬坦克时动作敏捷又不畏生死，被敌人戏称为一群"蛮子军"。

对付坦克的方法一经总结，再经推广，敌人的坦克也就显得够威不够力了。坦克攻击失效，用武士道精神武装起来的日本皇军也无不感到震恐，他们在日记中写道："在满洲见识了猴子军，今日遭到了蛮子军的顽强抵抗！"

随着坦克报废增多，阻滞了日军的进攻通道，使835团官兵增多了一道防御屏障，战场态势有了根本性扭转。但敌人的后续步兵蜂拥而来，继续向我835团阵地冲锋。狭路相逢勇者胜，第2营营长秦春阳见敌来势凶猛，马上一声令下，1连兄弟们上刺刀跟我上，话音未落，自己已身先士卒冲出战壕，1连官兵也争先恐后冲入敌阵，号兵也站上战壕吹起了冲锋号。

双方肉搏，喊杀震天，搅成一团，双方拼的是精神和勇气。很多战士冲锋时，身上挂满了手榴弹，一冲到敌人群里就马上拉响，拖着几个敌人去死，他们知道拼刺刀未必拼得过，但打一个够本，打两个有赚，所以这样打最占便宜……

第140师至归建第8军以来，可以说装备是焕然一新，但士兵脚上穿的却仍是草鞋。这些从大西北跋山涉水到徐州用稻草编制而成的鞋子，在战场上却发挥了意想不到的效用。

由于835团阵地，濒临运河，两面靠水，地面上，敌人的坦克炮在不停地定点轰击，飞机临空更是一拨接一拨，狂扔炸弹，激起无数水柱，织成了一道高高的水墙，使我死伤人员不少让水冲走，同时也造成路面的泥泞，泥土被炮弹炸得稀松，一脚落地就会深深地陷进去。日军穿的是猪皮靴子，肉搏战时，陷进烂泥里很难拔出来，加上经水浸泡奇重无比，因而鬼子走一步，我战士已经移动了十步，步伐笨拙的日本兵自然就成了刺刀的靶子。

毕竟，战场最能历练人，有了血的教训，鬼子兵也学得聪明起来，今后凡是在战场上，只要拣到我军遗落的草鞋，敌人都会如获至宝地收缴回去，甚至穿在自己的脚上。

第140师835团初上战场，与敌拼杀，正打得难分胜负。这时我第五战区梁家庄及板埠的友军炮兵也集中火力向五圣堂、邢家楼、辛庄一带猛轰，封锁敌军增援要道。在东庄的友军杨定义旅的严家训团及常子华团，火石埠守军原陈钟书旅的莫肇衡团也乘机反击，集中轻重机枪、迫击炮、手榴弹全部火力向敌猛射，敌人拼命抵抗，但大都被我消灭，遗尸累累。

当《大公报》记者范长江采访孙连仲时，得到了一本缴获的日军《战地日记》，上有一首打油诗："四小时下天津，六小时占济南，小小台儿庄，谁知道竟至于这样困难！"其后，范长江把徐州会战的所见所闻，在《慰问台儿庄》一文中用"炸裂了的土地"来描述战争的激烈。

战场血拼，有敌无我

第140师835团与敌接战的第二天，敌人卷土重来。835团官兵虽然抱定了必死的决心，但还未接战，密密麻麻的日军野炮和步兵炮弹就像麻雀一样满天飞了过来，835团经此一轰，工事几乎全毁，断肢残体满天乱飞，哪里还谈得上什么坚守阵地。第140师虽是能征善战的部队，但历战无数的官兵也没经历过这种阵仗。

日军炮兵摧毁我阵地大部分工事后，认为我835团已无凭据抵抗，一面以炮火延伸猛轰，接着又继之以步兵在坦克的掩护下对我阵地发起猛烈攻击。

李祖明深知，攻击就是最好的防守，既然毁了工事，血肉之躯就是最好的钢铁长城，我不怕敌，敌必怕我，精神力量也是无坚不摧的战斗武器。

"弟兄们，杀身成仁的时候到了，给我冲！"副团长王俊臣挥舞起鬼头大刀，第一个跃出战壕。835团1、2营官兵全体出击，这帮贵州子弟虽是初历如此惨烈的战场，但经过炮火洗礼和一天拼杀，已是衣不蔽体，加上烟熏火烤肤色变得红一块、黑一块，他们或端着刺刀，或挥舞着鬼头大刀，狂叫着冲入敌阵，向敌人发起了白刃战。

那些担架兵虽无武器也扛着单架没命地向前冲，看到倒下的战士，上前一摸有气，就立即抱上担架抬起就往回跑，遇上没气的就暂且搁置，等战斗结束再收。

当年在长城抗战中，第29军的大刀早就杀得鬼子闻风丧胆，令许多日本军人只要一看到中国军队的大刀就会心有余悸。几个鬼子稍一迟疑，早被冲上来的王俊臣手起刀落，劈翻在地。其他的鬼子刚缓神来，渐渐发现这伙挥舞着大刀的中国军人似乎并不像传说中的第29军那样威武高大，但他们舞起刀来却颇有章法，有板有眼，显然不是只凭着一时的血气之勇。

日本也是一个崇尚冷兵器作战的国家，看到拿着大刀的中国军人围攻上来，他们那种被"武士道"精神所熏陶出来的格斗意识立刻被刺激得高涨起来。这些日军士兵在端起刺刀迎战之际，还不忘严格按照《步兵操典》的规定退出枪膛里的子弹。技术与精神的比拼，顿时双方搅成一团，敌人的炮火也失去了优势。一时喊杀震天，血肉横飞，尸横遍野，血流成河。

正当835团向日军反攻时，邻近的友军西北部队第30师也以一部分人构筑工事、射击掩护，另一部分主动出击增援，掩杀过来。争夺阵地，战况极为惨烈，血战数小时，敌人由于伤亡过大，取胜无望又怕后方被我友军截断，于是开始溃退。835团反守为攻，向敌追击。这样有了兄弟部队相互配合协作，交替前进，形成了波浪似冲锋。

李祖明团长见战场态势开始朝有利我方倾斜，马上指挥部队采取跃进的方式，攻击前进。第2营很快攻下了几个村庄，营长秦春阳详细察看现场后，发现日军并没有坚固的工事（由于战况激烈，敌人来不及构筑），虽然敌人的火网配置较为周密，射击也较精确，但由于835团攻击时跃进速度较快，日军火网尚未形成配置，就被打得溃不成军了。

初战得胜，835团士气大增。邻阵第30师有一连长，与835团戴泽堃营长是洛阳军校同学，两人劫后余生得以相见，顿时热泪满面，在互致问候后，对方高兴地对他说："你们初到前线时，看你们个子小，武器也不是太好，真的惟恐你们顶不住。不料你们表现很勇敢，很坚强，真的打得出色。"得到了友军的肯定，戴泽堃也不无自豪地说："勇敢善战，是我们黔军的传统特色啊！"

当天晚上，戴泽堃在《阵地日记》中写下了充满豪情的词句：

运河水，清又长，战火纷飞两岸旁，战士的勇气高万丈，战士的热血洒疆场，舍身报国不回顾，誓斩倭奴保家邦，马革裹尸男儿志，青山埋骨永流芳。

沟死沟埋，路死插牌

日军武器精良，有制空权，且擅长白天作战，尤其喜欢在傍晚或者拂晓发起进攻。而我军历经淞沪、太原会战，制空权逐渐丧失，火力也不能压制敌人，但夜战、近战却是黔军的基本作战样式，可以说是手法最多，经验最为丰富的强项。

日军大举进犯，突出在运河外的835团阵地一带似乎成了攻击重点。敌人为对我军禹王山侧面出击，企图先以炮火对我835团阵地进行摧毁。整天的猛烈炮击不歇不停，官兵们躲在战壕内水深气冷，加之空中爆炸的子母弹烟雾浓稠，火药味重，呛人熏人，十分难受。

白天835团要严密防守，阻止日军渡河，到了夜间李祖明则令各营派出小分队不断出击，以"摸夜螺蛳"搅乱敌人。副团长王俊臣亲自带领尖刀排趁夜潜伏到日军的一个碉堡附近，在大部队发动攻击时，对敌据点实施突袭，打得敌人措手不及，有效消灭并牵制了敌人的有生力量。

有天晚上天降大雨，王俊臣带领尖刀排战士在敌人的阵地结合部迂回穿插。日军的工事附近不仅设有固定哨和游动哨，且外围还埋了地雷，并用铁丝网进行封闭，鹿砦等障碍物更是布满四周。

尖刀排要想接近敌据点，就必须在敌探照灯扫射的间隙快速从敌人的眼皮底下通过，不然就会暴露在敌人的火力之下。王俊臣命令士兵以班为单位，以侦察、警戒、出击的分工，利用地形地物掩护，由敢死队一班人，绕小道爬到民房顶上，向日军工事投掷手榴弹，将其机关枪炸毁。由于王俊臣指挥有方，各班行动得力，这样尖刀排在约定的时间，部队发起进攻时，已圆满地完成了任务。

围绕台儿庄的守卫与争夺，从整体到局部形成了一个特点，即是敌中有我、我中有敌，相互"包饺子"。往往我军刚把一部分鬼子包围了，自身却被更多的鬼子包围着，更有甚者常有掉队的士兵误跑到对方营地。因此，突围与反突围的战斗，在这里就一刻也没消停。

在台儿庄方圆数十里，日军的探照灯、照明弹，以及我军指示进攻的信号弹等时明时灭，枪炮声更是时疏时密，昼夜不止。虽然在此持续了二十来天的拉锯战十分艰苦，但第140师官兵们士气旺盛，战斗精神不减。

"兵马未到，粮草先行"，这是战场古训！但两军打得犬牙交错，双方给养补给就成了问题，敌人的给养还可以由飞机往阵地上送，有时我军就只能勒紧裤带挨着，但经常也会有敌机把给养误扔到我军的阵地上来，于是就成了"太公分猪肉，见者有份。"有了这种机会，大家就扯开喉咙大喊："狗日的多送点来嘛！"

战士们一日数餐，并不是自身给养充足，而是与敌争夺，抢到便吃，有时也会边打边吃。有了短暂的时间，官兵们就会斜靠在战壕里休息，精力好的就会聚在一起扯谈子、话家常，一仗下来，转瞬大家阴阳相隔，所以战场上士兵聊的就很少有正经事，大抵都是摆尻摆卵当过年，这与低俗无关，只是暂时麻醉，忘掉生死而已。

每次开战，官兵们总会眼巴巴地看着弟兄一个个地倒下，其躯体就躺在旁边，活着的人眼里自然会喷出复仇的火焰。在835团阵地后方的凹地里，仅有的数十亩麦地都埋满了阵亡烈士的遗体，新阵亡的官兵已是无地可埋。有的刚埋下，遗体又被日军的炮火掀起。由于日军炮火轰炸不断，导致了有些人员尸骨无存，最终被列入失踪人员名单。

在激烈的近战中，一股敌人潮水般冲向第1营阵地。在前线督战的副团长王俊臣一时被激大怒，他像一只发狂的狮子亲自端起一支三八大盖，一声："弟兄们跟我上"，便身先士卒冲出弹坑，率先冲入敌阵，有了当官的带头，士兵们也不会怠慢，一个劲跟着往前冲。那一刻，每个人的脑子里只有一个"冲"字，反正怕死也没用，所以大家抱着的信念是"必死不死，幸生不生，不成功便成仁"，官兵早把生死置之度外，做好了牺牲的准备。当时835团里就流行一句土话："人死卵（阳具）朝天，不死留过年（娶媳妇）"，后来大家感到这样说不雅干脆就来个："沟死沟埋，路死插牌"的口号。

王俊臣身先士卒冲入敌阵，只见他手持步枪和敌人的刺刀刚一碰到，敌人手里的步枪就脱手飞了出去，然后他第二下就把刺刀捅入了敌人胸膛。只一会儿工夫，七八个敌人就被他一个个撂倒，大家奋力拼搏，打退了敌人一次又一次的冲锋。

王俊臣双手紧握长枪，跟十几个穿黄毛尼军服的日军绞杀成一堆，他面容憔悴，全身伤痕累累，衣服褴褛，血染征衣，浑身上下灰色的军装已被敌我双方的鲜血染成了暗红色的血斑，他犹如一个血人，在刺死一个日军队长的同时，不想其前胸后背也被同时插入三把刺刀，当场壮烈牺牲。

王俊臣是140师在抗日战争期间阵亡的最高级军官，死后被国民政府追赠为上校。王副团长的榜样，极大地激励了浴血鏖战的官兵。在连续不断的争夺战中，连、排长伤亡共二十余人，伤亡士兵八百余人。因伤亡过大，王文彦决定将作为师预备队的直属教导队（教导队的成员属于储备待补充用的初级干部）两百余人增援835团。在惨烈的争夺战中，教导队后来也伤亡近百人。少校队长张我威（贵州黄平人，贵州崇武学校七期毕业生）壮烈牺牲。

835团伤亡惨重，日军也没占到便宜，经十多天的激战、厮打、肉搏也死伤惨重。835团阵地前敌尸堆积如山。日军为抢回尸首火化运送回国，往往会以飞机在上空扫射、炮兵轰击，阻碍我军清扫战场，以致整个战场在初夏的热浪下，搞得炽热难耐，臭气熏天。

望母山浴血奋战

万徐如839团刚接替837团在望母山的防线不久，日军就蜂拥而来，望母山位于禹王山的左侧，这座山不高，尽以砂石构成，所以又有砂石山之名。望母山看上去并不起眼，不过山不在高，有仙则名。就是因为这里有个美丽的传说，使得望母山声名远播。

相传古时候，世外高人鬼谷子先生（苏秦、张仪、孙膑、庞涓的老师），少年时靠讨饭为生，主要活动在鲁南苏北一带。鬼谷子为了能养活自己双目失明的母亲，他白天去讨饭，便把母亲安置在一座小山的山洞里，这个山叫做"寄母山"（现在邹城市城前镇境内）。每天他外出讨饭，每走一段路就登上一座山，向北张望一下，看看母亲是否平安无事。这一天，鬼谷子讨饭途中登上山，向北一望，看到一只狼正在袭击母亲。他飞速赶回把狼赶走，但是母亲的一条腿已经被狼吃掉了。他灵机一动，立即把自己养的一条公狗的腿割了下来，安在了母亲身上，使母亲的这条腿恢复如初。而后，鬼谷子又给这条狗做了一条泥腿，狗的腿也立刻痊愈了。所以，后来当公狗撒尿的时候总是抬起一条后腿,就是怕弄湿了自己的那条泥腿。因为有了这段传说,人们就把鬼谷子曾经攀登过的这座山叫做"望母山"。

望母山上有座王母娘娘庙,庙里面供奉着王母娘娘、华佗老爷、灵官老爷等尊像,所以,当地人也称其为"王母山"。后来由于谐音的缘故,就成了现在的望母山。由于有了日军的侵略,一个有着美丽传说的小山,成了国人的痛苦记忆。

万徐如839团刚与罗遇春团交接完阵地,各营也刚到指定位置,日军就已抢占先机,占领了有利地形,团长万徐如一看敌人也立足未稳,加上自身有兵力优势,就立即发起了反攻。由于839团空前的士气,加上指挥得当,杀得敌人尸横遍野,血流成河,839团很快就占领了阵地。

在这场遭遇战中,师国术教官余国雄手持大刀,身先士卒,带领警卫连和童兵队四百多名弟兄冲入敌阵,拼命地往敌人头部、腰、腿等要害处一阵猛砍。这场殊死的肉搏战,杀得惊天地、泣鬼神,不消一个时辰,敌人就丢下了两三百具尸体和数不清的武器辎重望风逃去。

中国军队的大刀队

第四章 增援徐州，血洒台儿庄

余国雄杀得兴起，正欲乘胜追击，这时敌人的增援部队赶到，在方圆不到一两里的战场上，敌步兵、大炮、坦克、天上的飞机一齐压了上来；日机成品字形编队从天上向839团不断俯冲扫射，狂轰滥炸。万徐如只好命令余国雄等撤回原地，凭险据守。

进攻徐州的日军坦克部队

在追击敌人中。余国雄等缴获了一部分步枪和轻机枪以及各种重武器，不能带回的便就地销毁。

按照师部命令，839团的任务是占领望母山阵地，居高临下，阻击日军。当时第140师各团与师指挥部的电话都是明线，铺在地上，如遇炮火炸断，通讯兵就会随断随接，并不会影响通讯的畅通。但后来电话线经常短路，故障无法排除。一查，原来是些丝毛小洋狗咬的。这些小狗是日军训练过的军犬，专门用来破坏电话线路，中断我军通讯指挥的。

30日上午，号称"常胜"王牌的日军矶谷师团长濑支队一个大队，配以坦克、骑兵，沿着大小杨村、湖山、窝山，摇着膏药旗，来势凶猛从禹王山西北坡向359团展开攻击。

第140师野炮营，虽以猛烈火力封锁敌人进攻的要道，战防炮连亦在禹王山前沿阵地阻滞日军坦克的活动，火力被受牵制，难于展开。但疯狂的日军仍顶着炮火冒死前进，像一群发疯的野牛向第839团阵地冲来。

第1营阵地首当其冲，营长刘植斋沉着指挥，先以步机枪，继以手榴弹，最后是白刃战，把进犯的敌人大部消灭在阵地前面。但志在必得的日

破坏中国军队通讯线路的日军军犬

军,头一股被击败了,第二股又继续进犯,全天激战不止。第1营官兵前仆后继,负伤不下火线,工事随毁随修。本来胆气十足且志在必得的日军,竟被这帮贵州兵视死如归的精神吓得发愣。

敌我双方的步兵浴血鏖战同时,炮兵也在激烈对射。居于绝对优势的日军炮兵集中几十门重炮向839团炮兵阵地狂轰滥炸,但我炮兵官兵沉着冷静,不断调整炮位以牙还牙,有力迟滞了日军的进攻。

在望母山守卫战中,敌我双方肉搏冲杀也极其惨烈。长时间的消耗战,打得双方精疲力尽,使得炮声隆隆的战场上,有的人居然还能酣然入睡,尽管睡的是"地滚龙"又没有床被。

本来矶谷师团是日军号称"常胜"的王牌部队。它自踏入中国领土以来,战无不胜,攻无不克,所向披靡,因其以长驱直入,所向无敌,而载入其战斗史册。所以在骄横的矶谷眼里,中国部队就如枯枝朽木,根本就不堪以击,不料台儿庄一役,却被我第五战区几乎打残。

但是,矶谷刚得到补充,稍得以恢复元气就马上骄横起来,云南部队不在它的眼里,贵州部队更根本就没当回事,谁知禹王山上一次争夺战,竟被滇黔两个师打得丢盔弃甲,经过一场场血肉拼搏,禹王山仍牢牢抓在第60军手中;而贵州部队在望母山上,阵地又固若金汤,矶谷又怎么可能认输给自己看不起的敌人。

第140师和第184师的举动,无异于从老虎口中拔牙,太岁头上动土。矶谷和他手下的将校,满腔怒火的强度,简直不能用度量来衡量。恼羞成怒的矶谷于是再集中精锐的部队，调动了所有的炮火，他要用铁和火的威力，倾向禹王山头，他要夺回山头，誓要雪日军之耻。连续十几个昼夜的拉锯战斗，你冲过来，我杀过去，双方打得血肉横飞，陈尸遍地，正像两头野牛，两角相力，反正对方不认输，谁也不会后退一步。

第140师和第184师守御禹王山和望母山的部队，不知多少次阵地被敌人摧毁、轰平，构筑工事已经来不及，只有拿着阵地上牺牲战士的遗体和敌人遗弃在我们阵地上的尸体垒成堵头，架成掩体和敌人继续拼搏下去。最后，敌人绝招耍尽，冲刺无效，只能像败下阵来的野狗，夹着尾巴，蜷伏在禹王山下面，怒目相向，鏖战又转入胶着对峙的局面。

第140师839团团长万徐如为了养精蓄锐，白天只好留置部分监视哨，其他的退到后山暂作休息，来个敌不动，我亦不动，基本上是白天不打枪，只是监视敌人的阵地。没有步兵来攻就任他狂轰滥炸；监视哨一旦发现敌情，马上就用旗语通知，其他人员马上归阵。

够不着不打，敌人不到射程决不放枪；瞄不准不打，839团训练有素，子弹还真的少有浪费。敌人快冲近阵地，就用集束手榴弹一阵狂轰。总之打出了经验，敌我双方也打出了默契。每天黄昏和拂晓，团长万徐如就集中猛烈炮火，轰击敌人。而敌人也像准时上下班一样，白天攻、晚上守，不停不歇，又持续了十来天。

功勋竟没有被写进功劳簿

收复了禹王山，张冲师长志满意得，马上操起电话就报告军长卢汉，不想卢汉一开心马上端起望远镜就看过来，他看到一个小山包还有日军的膏药旗在迎风招展，旋又气不打一处来，拿着电话对着张冲厉声吼道："既然收复了禹王山，为什么还有敌旗在山上飘荡？是不是你的眼睛瞎了，视而不见！"

张冲被骂得一头雾水，心也急了，当即命令王开宇团，挑选敢死队，歼敌夺旗，官升三级，赏洋五百。"重赏之下，必有勇夫。"冲在前头的是王团长的警卫兵。他抢过一捆手榴弹，一连串地扔在日军旗杆周围，敌旗被炸得稀烂，敌人的护旗队也被炸得血肉横飞，这位抢旗英雄也负了重伤。卢汉在望远镜里看到这情景，电令"传令嘉奖"。

从5月1日起，敌我双方在禹王山对峙，每晚黄昏、半夜、拂晓前各有一次激烈炮战和步兵的攻守争夺。由于长时间的对峙，官兵们弄得疲惫不堪，特别是天亮前和天黑后两段时间，是我官兵最难熬的时段，敌人常常会借着夜幕的掩护，悄然来袭我方阵地。

日军以小股渗透的方式，杀掉我哨兵，摧毁我指挥所。所以每天到了这个时候，张冲便会安排机枪组成交叉火网，不停息地扫射，使整个阵地像海啸一样。尽管如此，战场莫测，难以想象的事情，还是出现了。

5月2日，早上开饭时，柴跃光副营长没有过来，电话怎么也摇不通，营长以为他晚上太疲劳睡着了，先后派了三个人去叫，但派去的人一样久久不见回来，营长着急了又叫了几个人持枪去叫。刚接近营掩蔽部，里面突然响起了歪把子机枪声，弟兄们在枪声中纷纷倒下。到了这时，才知道给敌人摸了营，营长连忙命令弟兄们卧倒，并和团部取得联系，于是集中六门82炮和迫击炮一阵猛轰，打塌了掩蔽部。过去一看，才知道是三个鬼子在拂晓前摸进了营掩蔽部，杀死了柴副营长，披上了柴副营长的大衣，掐断了电话线，杀死了去叫柴副营长的弟兄。

为吸起教训，罗遇春团长更加紧了所率837团的防范，并且先发制人也组织战士特务队，摸鬼子哨兵。

日军丢了禹王山，于是改变战术，白天以飞机轰炸扫射，晚上则发动强袭。张冲师长识破了敌军的用心，便命炮兵将全部火力集中于禹王山前沿阵地之前和其进攻必经之地，一俟夜袭敌人摸到己方已测定好的射击位置，便群炮齐发，给予重创，步兵紧接着猛烈反击，日军的夜间强袭又以失败告终。

5月4日，悄然摸上山头的日军，在其掩体上插上了日本膏药旗，并极力向外扩张，不断向我方阵地开枪射击。罗遇春团长一看感觉特别刺眼，于是趁夜调来迫击炮连，事先将十几门迫击炮隐蔽在距离日军约75米远的掩体内，命令炮连长瞄准山顶目标，十几门迫击炮一起开火，正击中日军掩体，日军被腾空炸飞。2营副营长李荣昌乘机指挥步兵冲上了山头，将残存日军全部消灭，清除了禹王山顶的隐患，一度紧张的战场局面又得到了缓解。

日军认为第60军张冲师和第140师这两颗硬钉子，对它的攻势计划阻碍很大，只要集中力量消耗损伤这股实力，攻占禹王山一带重要阵地，即可直下徐州。

5月7日拂晓，在837团3连左前方约五百米处，日军突然以92炮十余门，集中火力向禹王山顶及左斜面连续实施破坏性射击约半小时，将禹王山顶棱线上的射击掩体全部摧毁，守军大量伤亡。这时，3连新补充上去的士兵已来不及修复工事，只好用阵亡的弟兄身躯作依托，以猛烈的火力打退敌步兵的多次冲击，又将日军赶下山去。这样坚守禹王山战斗的1

第四章 增援徐州，血洒台儿庄

营3连，坚守七八天之后，全连多次补充，有二百八十六名官兵牺牲在禹王山上，幸存仅三十余名。

第140师837团与第184师，经过一周的并肩作战，积累了许多坚守阵地的经验，始终占据着禹王山要点，屡屡挫败了日军的进攻。以后，敌军与我对峙，双方小攻小战日夜不停，鏖战至14日，禹王山阵地依然无恙，而台儿庄亦得以保全。

禹王山一战，敌军全线溃败，伤亡七千余人，遭受了在台儿庄战役中最惨重的失败。为了掩饰失败，日本方面竟然在广播中

老兵匡超

散布谣言，说在禹王山附近发现有苏联军官参加指挥作战，为自己遭受的巨大损失找了一块遮羞布。

禹王山血战，滇军威震敌寇，享誉华夏，5月5日，《云南日报》援引4月28日武汉报纸报："我卢汉部队张冲师28日晨在禹王山与敌发生猛烈奋战，战况空前……"美联社和路透社记者也很快把第60军战绩发往国外。就连日本报纸也惊呼："自九一八与华军开战以来，遇到滇军这样猛烈冲锋，置生命于不顾，实为罕见。"蒋介石也致电第60军军长卢汉："贵部英勇奋斗，嘉慰良深。查敌之苦困缺乏，较我尤甚，盼鼓舞所部，继续努力，压倒倭寇，以示国威。"

淞沪会战时，法国顾问建议国军伤亡过大时，直接将兵员送上前线补充，部队不换防（整个部队不撤下来整补）以免换防发生危险，有作战经验的老兵也能带领新补士兵延续经验，称为拨补制度。这种制度的代价是，许多前线官兵已濒临死亡仍被拒绝送医，因过多新补兵员训练不够也容易出现临阵退缩，要是中下级军官在场监督不力，部众可能怯敌轻弃阵地，导致精锐干部与老兵严重伤亡，后期无力发动全面反击。同时，因为原阵地负责责任明确，后援部队往往有过无功，也造成相互间的矛盾；地方个别部队惧怕被吞并，也常常出工不出力，在关键时刻保持实力，而造成贻误战机。

第140师由于属于打援，以致这段历史几成空白。暂归第184师指挥的第140师837团牺牲很大，副营长李昌荣（贵州习水人，贵州崇武学校毕业）及该团副营长冯俊之在作战中捐躯。该团伤亡连、排长二十余人，伤亡士兵九百余人，但功勋却没有被写进功劳簿。

战地服务，鲜花送错了可爱的人

在禹王山最艰难残酷的日子，中国军队浴血奋战、视死如归，其英雄事迹通过电波传遍大江南北，感动了全国人民。各地的慰问品源源不断，战地服务团也纷至沓来，随军效命。

"七七事变"后，炎黄子孙携手抗战，全国各地抗日救亡团体相继建立。云南省昆明市、贵州省贵阳市大中小学的女学生们在民族危亡的生死关头，也纷纷组织抗日游行，要求奔赴前线参加抗战。

云南省政府挑选了六十名女学生组成云南省妇女战地服务团。推选徐汉君女士为团长，胡廷璧为副团长，关秉坤、宋志飞、姚仙名为区分队长。每人交5元伙食费，自带行李到昆明西山华亭寺集训。每日鸡鸣，女学生们起床爬山，继以习操练武，学习救护，练习演讲，教唱抗战歌曲，排练街头短剧，每天风雨无阻。

不久，云南妇女战地服务团接到省府命令："接第60军卢汉军长来电，要战地服务团到前方工作，准备出发。"女学生们闻讯，个个兴高采烈。消息传出，千余女学生吵嚷着要求到前方去抗日。因人数所限，当局只好疏导、动员她们做好思想准备，争取参加第二批战地服务团。

云南妇女战地服务团，最大的不过二十五岁，最小的只有十五岁。为了到前方去抗战，有的冲破了家长的阻拦，有的说服了未婚夫推迟婚期。女学生换上了戎装，准备了背包、水壶、饭盒、工作服、医药品，整装待发。

云南妇女战地服务团奉命出发，开赴前线。军车过滇入黔，爬山越岭，第二天到达贵阳市。战地服务团女战士的到来，轰动了贵阳，各界人士召开了隆重的欢迎大会。贵阳上百女学生蜂拥挤到主席台前，呼喊着要参加战地服务团，随同去前线抗战。这样，云南妇女战地服务团又增添了六名贵州女战士，形成了西南妇女战地服务团。

西南妇女战地服务团到达湖北省后，在驻地武汉得到了第60军军长卢汉的接见。于是，战地服务团又集中在武汉女中整训，科目有：日本侵华史、抗日民族统一战线、军事知识、游击战术、战地救护、野战医院临床、街头剧排练、救亡歌曲的演唱指挥、墙报编写宣传等。邀请的教师有当时工作战斗在武汉的郭沫若、邓颖超、史良、田汉、许楷贤、冼星海和胡若愚等人。

战地服务团正在紧张训练时，英国《大陆报》记者专程来服务团采访，并写了一篇通讯报道，专门介绍西南妇女战地服务团的英雄事迹。这篇文章编入了英国自修大学的教材，目的在于唤起西欧妇女，抗击德国法西斯。英国记者还把妇女战地服务团的受训情况、救护演习、讲演宣传、文艺演出、生活情况等摄制了纪录片，带回英国在各地播放。

台儿庄烽火又起，第60军在台儿庄附近与日军遭遇数日，打退了敌人的多次反扑。西南妇女战地服务团宋志飞等人闻讯，积极请战。随即刘先德、刘佩兰、彭明绪、张丽芬、陈琼芬、孟昭文、黄自仙、姜笛芳、苏志贤、汤炳贤、马绍良响应，没等上司批准，背上群众送给前方的慰劳品，自动跑到火车站，说服了后勤部门的长官，钻进了军车直奔战地。

第140师在禹王山与日军惨烈厮杀，这些女兵，不听长官千般劝阻，主动参加了伤员的救护工作。女战士携带慰问品，冒着敌人的炮火，爬过运河浮桥，穿过枪林弹雨到达禹王山下。敌人一阵枪炮打来，女战士即卧倒在麦地里，枪声一停，即跃起上前救护伤员，送水送物到战壕慰劳战士。

还有几个特别英勇的团员，搜集了战地初开的鲜花，她们精心加以捆扎起来，挂上帆布包，带上八桂丹和一些药品，冲破敌人层层火力的封锁，爬上禹王山战斗的最前线，在战壕里向为民族生死存亡而战斗的战士，进行亲切地慰问。

前方的战士对于她们不顾生死的壮举无不感动，为了保护她们的安全，战士们教她们如何隐蔽，但这几个女青年既为有着爱国心的驱使，同样也有冒险和好奇的心态，刚到阵地她们就竟然提出了"要亲自开枪杀鬼子"、"想去试试敌人的枪法"等一连串冒险要求，战士们在她们死赖硬磨之下，对她们提出了必要条件，然后让她们向敌人阵地放了几枪，顿时引起日军狂扫一阵。日军见了这些"不怕死的"的女兵，称她们为"女南蛮"。

为了警告她们战场的危险性，有个战士就把钢盔顶在枪头上撑出战壕，只听"叭、叭、叭"三枪点射，撑出战壕的钢盔已被打开了几个洞。从这里他们亲见日军的军事素养和射击技术。

日军在距离837团不到一百米的地方也构筑了阵地和掩体，两军对峙，犹如两虎相向，各不相让。敌人可以听见我们战壕里战士的歌声，我们也能听到他们"哇哇啦啦"的谈话。在有些崎岖的地方，837团的阵地与敌人的阵地呈犬牙交错。

在战壕里战地，服务团的几个女兵和战士一起唱起了《义勇军进行曲》，在枪林弹雨敌我对峙的激战中，听到了"中华民族到了最危险的时候，每个人被迫发出最后的吼声"的情景，抒发了抗战将士的一片爱国丹心和奋勇杀敌的感情。

最后，战地服务团的女兵，把她们带来的鲜花，毕恭毕敬地捧送给她们认为最英勇、最可爱的人，谁知她们竟碰了壁，搞得个个灰头土脸。不仅她们辛苦采来准备敬献的鲜花被战士们拒绝，最难堪的还是受到了战士们冷眼和恶意揶揄。有的战士干脆背转身去装着注视敌人再也不答理她们，个个生怕她们把鲜花沾染在自己身上，女兵们一时傻了眼，处于极度地尴尬之中。

她们百思不得其解。最后，只能在冷漠的气氛中走下火线，受了一肚子委屈。为了解开这个谜团，她们回来以后，求教了一些老一点的军官，这才揭开了谜底。原来在西南的军队里，传布着这样的陈规迷信，他们把负伤叫做"带花"或"挂彩"，所以在战场的日常语言中都很忌讳"花"、"彩"两字，都认为这是不好的兆头。所以，战地服务团女兵的献花，遭到了他们的冷眼也成了必然。

本来战争让女人走开，但她们的到来，不仅为战士们送来了几千里外亲人的关怀想念，畅谈家乡情况，帮写书信，为战士缝补衣服，战士们紧握手中枪，两眼监视敌方，她们把慰问物品送到身边，饼干粮食送到口里，慰问伤员，换药，抬担架、帮助护理，比亲姐妹还亲。也使一帮"和尚兵"感到了人性的温情，大大地激发和鼓舞了战士们奋勇杀敌的士气。

禹王山的后面就是运河，为了给前线送饭、送给养、枪弹，架起了一座浮桥，但这座浮桥，白天是敌机轰炸的重要目标，夜间则是敌人炮火封锁的焦点，照明弹连续飞来，腾空照耀如同白昼。浮桥随断随修，对前方的补给，须穿过弹雨，也付出了很大伤亡。热兵器时代，战场半径拓宽，已分不出前方和后方，没有什么安全港可以避难，一旦要进入战场，谁都要进行战斗，死亡之神在谁的身上都随时可能降临。

在鲜血遍地的战场上，一切困难都没有把这些女兵吓倒，她们不怕流血牺牲，一心为前方战士服务，她们成了伤员们的精神支柱。从我军收复禹王山之时起，日军反复进行了十多次的决死猛攻，强行袭击，发誓要消灭我军，重新占领禹王山的制高点，但敌人一次次冲锋上来，又一次次陈尸山头，败退下去。有时我守军也阻挡不住敌人，突入我们阵地，这些来自西南地区的蛮子兵就和他们拼刺刀，丝毫不肯相让。号称军事技术素养高强的日军，在这些技术落后但不怕死的蛮子兵面前，才领略到什么才是真的"武士道"精神！我不怕敌、敌必怕我，短兵相接其实打的就是一种精神。

敌人弃尸败下，839团的阵地屡毁屡修，官兵们经过血的洗礼越战越勇。战地服务团与坚守禹王山阵地的战士同进同退。有时为躲避空袭，战地服务团的队友们在防空洞谈论起这些事时还觉得挺好玩，于是写下了一首打油诗:"古有花木兰,今有女南蛮。奋起为国家,解放又何难。"

第 140 师战地医院,就设在运河南岸桥边一个村庄的寺庙里。作为前方医院,重伤员由担架兵运到这里,天黑以后再送上火车后运。但因为连续不断激战,伤员激烈剧增,医护人员忙不过来,战地服务团也随即投入抢救,打针、换药、倒屎倒尿,忙得衣不解带。战地医院的庙宇民房,已经无法安置,只能把伤员放在村外麦地里摆了一大片。人数一多目标就大,敌机飞来侦察、轰炸、扫射,卫生员、护士,只得拔些麦草,撒在他们身上掩盖,除此以外,别无他法,只有听天由命!

5 月 15 日,日军完成对徐州地区的战略大包围。在危急形势下,军事委员会决定放弃徐州。17 日,第 60 军在台儿庄奉命转移,卢汉军长命令妇女战地服务团随特务团同行。女战士把伤员全部送走,背上毛毯、大米、手榴弹,与 140 师弟兄们挥泪告别。

中国军队的炊事班

弃守台儿庄,撤退打后位

台儿庄的屏障——禹王山、望母山一带正面战场各阵地,两旬多来不断遭受日军集中力量的猛烈攻击,整个山头阵地被炮火犁了数遍。由于第 184 师和第 140 师英勇抵抗,日军无法从禹王山、望母山向台儿庄突破,只能惨烈苦战，反复争夺，直至第140师奉命离开战场，日军也始终未能完成攻击计划，且还死伤累累，伏尸数里，付出了沉重代价。

日军对台儿庄久攻不克，于是改变策略。从5月初起，日军就不断调整部署，抽出大量兵力从鲁西菏泽渡过黄河，又从苏北连云港登陆，再从皖北亳县、宿县进行大迂回，企图炸毁陇海铁路大桥，再由津浦铁路南北进攻，采取了三翼并进的钳形攻击方式包围徐州。

在此最后关头，中国最高军事机关在武汉开会，决定徐州附近各部队，向日军兵力薄弱的西南方向豫皖鄂地区突围，撤离徐州。5月14日，第五战区司令长官李宗仁来到邳县车辐山台赵铁路南站，召开军长以上紧急会议传达了蒋介石命令。

5月15日，南北日军在徐州以西的砀山会师，对徐州形成了包围之势。到了此时，徐州会战我军已失主动，豫东战场又悄然吃紧。各路守军完全陷入日军的四面包围之中，面临全军覆灭的危险。

面对突然改变的战场态势，第五战区司令部为避免与敌人在不利的情况下作战，奉准作战略转移，放弃徐州。李宗仁命令第60军火速退守徐州，以掩护数十万大军向西南撤退。以一部兵力占领徐州的外围据点牵制敌军前进，主力向徐州西南撤退。

5月下旬，第五战区各部队集结于皖西、豫南，撤退时秩序严整，远较淞沪战场的撤退要显得从容，究其原因：（1）徐州会战未待败溃，已作主动性适时先行撤退，所以部队相当完整；（2）军委会对徐州会战之撤退有完整周密的参谋作业，所以部队能从容撤退，避免敌机之轰炸。

5月16日，张冲接到李宗仁下达的撤离命令时悲愤地说："我守军将士用热血和生命守住了禹王山，保住了台儿庄，却落得个仓皇南逃的结果。"

徐州吃紧时，第8军军长黄杰奉命率柏辉章第102师和第40师及军部直属部队由潼关一带兼程开赴徐州增援。行至砀山，徐州已告失陷，日军已迫近砀山，在遭遇战中，经过激烈战斗，第102师团长陈蕴瑜阵亡，官兵伤亡过半数。

5月18日，在夜幕和烟雾弹的掩护下，第184师已奉命撤下阵地，第140师全面接替第60军张冲部在台儿庄前沿禹王山一带的阵地防务，掩护第184师撤离前线退过运河。

第二天，张冲率部到达徐州近郊时，日军已攻陷萧县，炮火也已打到徐州西郊。敌机终日轰炸，火光熊熊，行人稀少，交通要道已无大部队通行，惟有零星散兵向南奔驰，道旁负伤官兵则倒卧呻吟，难见援手。徐州

第四章　增援徐州，血洒台儿庄

东火车站附近的仓库及停置路轨上的列车中，有堆积如山的弹药、粮秣、器材等物资无法带走，为免资敌，第五战区长官部正命放火焚烧，一时爆炸声不停。

徐州已告失守。

第60军在台儿庄与日军激战后伤亡十分惨重，所余兵力不足半数。暂归张冲第184师指挥的第140师837团，牺牲亦很大。

在掩护第60军撤退后，第140师与日军形成孤军作战。但徐州失守，禹王山一带防线已没有战略意义。在20多天中，敌人向我军阵地倾泻了上万发炮弹，组织了数十次冲锋和偷袭。许多官兵长眠在禹王山上。幸存的弟兄蜷伏在战壕里，头发逾寸，伸手就可抓下满把的虱子。

到了5月20日，第140师才接到孙连仲放弃禹王山一带防线转移的命令。但命令层层传达，李祖明835团接到命令时，时间又过了一天。

当第140师接到撤出禹王山准备大突围的命令，由师司令部传达到前方部队时，个个诧惊愕首，诧异莫名犹如晴天霹雳，官兵们都舍不得用血肉夺取的禹王山，更舍不得离开埋在身旁战友的忠骸，何况大好河山拱手让敌，实在心有不甘，有的官兵在嘀咕埋怨，有的在流泪哭泣，整个部队的感情，沉溺于一片惶惑伤感之中。

无奈之下，李祖明只好给营、连长说明道理，做通思想动员工作。让他们层层传达，直至到最基层的每一个战士。撤退命令传到底层，平时最英勇的战士也流下了眼泪，有的甚至哭出声来，这声音虽然低沉、压抑，但却显得非常凄苦和揪心，让人肝胆寸断。它不仅包含与死去战友的告别，与生死与共的阵地分手，更包含国破家亡后发自心底的悲声。战地上每一个人像互不相识的陌生人，谁也不肯吭声。有的战士端起枪，最后向敌人射出了仇恨的子弹，刚换防下来的人忙赶上前线，向阵地作了最后的巡礼。

谁都知道，两军正在激战之中，任何一方拽枪而走，撤出战斗是很不容易的，必定会遭到敌人的追击，伤亡更大。李祖明以第1营（营长刘植斋）作后卫在运河南岸继续防守，阻止和迟滞敌人的追击。

当天晚上月亮刚升起，第140师官兵撤下禹王山，按照师部规定的行军序列，向宋庄前进。当晚晴空如洗，月光的清辉，照遍了广漠的原野，映照着沉寂的乡村。官兵们埋着头"沙、沙、沙"地前行。至此，第140师已在台儿庄禹王山一线与第184师并肩作战，不眠不休，坚守了整整二十个昼夜，饥疲交困，艰苦情况概可想见。敌人在飞机、坦克的掩护下，几十次的不懈进攻始终未能突破防线。官兵们用鲜血和生命谱写了中国抗战史上辉煌悲壮的一页！

　　5月22日，刘植斋第1营在完成掩护任务后，才开始撤离运河前线，成为整个徐州会战第五战战区最后撤离的部队。这时沿途满地都是遗弃的尸体、鞋子、皮带、绑腿、破雨伞以及随风乱飞的废纸。刘植斋所率第1营刚撤到徐州以西十余里一个村庄时，被敌人包围，经反复冲杀，敌我均伤亡惨重，第1营官兵伤亡近百人才突出重围，向西撤退。

　　第140师禹王山、运河一线阻击战，校尉级军官阵亡三十余人，负伤四十余人，伤亡士兵近三千人。

第五章　游击抗敌，再战苏皖

徐州突围，部队冲散

由于日军南北夹击，鲁南一部已侵入徐州，第140师各团纷纷向西南方面转移。由于时间紧迫，不得不白昼行军，加之平原地带，民夫挑运行李辎重难以隐蔽，目标更加容易暴露。

第140师奉令由禹王山、望母山、宿羊山、洞头集一带撤退，经贾汪、矛村、大许家、大黄山等处到徐州集结。不想部队撤到徐州时，城内街道房屋、商铺被日军飞机炸得一塌糊涂，原坐镇徐州的第五战区长官部早已不知去向，连战区前线指挥所也没了踪影，指挥瘫痪，通讯中断，各部联络不畅，以致先到与未到的部队相互失掉了联系，在此困难之际，第140师各部只得自寻出路。

起初，第140师的主力部队，在师长王文彦的紧紧掌握之下，秩序还算井然。按照命令第140师准备是通过徐州向永城、宿县边上行进，目的是突出包围到河南。但谁会想到，在撤退一天之后，敌机频繁侦察，第140师的行进方向已经完全暴露，引致敌机不断地跟踪轰炸、扫射，敌坦克、骑兵等到处横冲直撞，师属各部多被分隔冲散，军队的建制也被打乱，一时官不识兵，兵不识官，致使智者不能尽其谋，勇者不能竭其力，谁也指挥不了谁。

当时，铁路已被破坏，运输弹药、粮秣全靠汽车，但我国车少油缺运力有限，在无运兵交通工具的情况下，战士们还要负重步行。在苏北平原上敌人以骑兵、坦克、机械化等优势部队乘势追击，第140师无险可凭致使师属各部伤亡加大，失散增多。

为了早日走出重围，第140师一面作战、一面撤退，在敌人的防线里迂回穿插。好在此时敌人兵力不足，只是占据了一些重要地点，根本没有形成严密包围，所以才留下了第140师的回旋余地。

这时对于部队指挥员来说，最困难的问题是师以上的指挥系统已完全瘫痪，包括无线电通讯已经全部断绝，造成敌情不明，而当地又是一马平川，除了日出、日落时可以辨认东南西北方向外，中午时分或到夜间，四野茫茫，根本辨不出方向。王文彦虽然随身携带着五万分之一的军事地图，但由于当地人已跑光，找不到参照坐标，所以有时竟连自己所在的位置都不知道。徐州已被日军占领，部队既找不到向导带路，又不时遇到敌人的包围阻击，所以不得不东弯西拐避开敌人。

进入徐州城区的日本89式坦克

日军攻占徐州

第五章 游击抗敌，再战苏皖

第140师失去了电讯联系，简直就像航行在汪洋大海中的孤舟一样。天空晴朗，北极星升起来，师属各单位指挥员还可以凭它辨认方向。有的指挥员备有指北针，查问所过的村庄，对照军事地图还可以知道自己的位置所在。否则，就如被蒙着双眼在做捉迷藏一样，不得要领地摸来摸去。因此，有的营、连单位不免常常往返周折，从禹王山突围出来，一路奔走了十几个昼夜，有人一望地图，就只好摇头傻笑，这一段路，怎么居然要走这么长的时间？这与蚂蚁走路又有什么区别！

第140师主力开始是日夜急行，后来为躲避轰炸又改为昼伏夜行，有时夜太黑，根本就没法瞧清楚路，点着火把走更是荒唐，这简直就是给日军当靶子用。过了徐州友军才逐渐增多，有时双方因辨不清对手而发生误会，导致夜战火拼，后来听到枪声不同后，才知道是自己友军，双方才停止了战斗。有时部队遭遇敌人阻击必须进行战斗，为掩护师大部队，有的营和连还得绕道而行，有时还得停下来，等待后续部队。即便在这种情况下，整个部队除了少数人落伍，或者因沉睡不醒丧失了和部队的联系以外，王文彦师长基本还能带领部队进退迂回，而且即便是在最困难的时候，他都巧妙地给部队安排了煮饭吃饭的时间，因为部队事先带足了干粮，部队最初突围时并没有发生过严重的饥馁事件。

到了后来，日军出现日多，市民跑得无影无踪，食品就无处可买了。为了省粮，部队只好规定减少了每一餐的饮食数量。体力要明显增加而饮食逐日下降，条件艰苦自不必说，每天除了几碗干饭或稀饭以外，有点盐水作汤就已不错，那里还吃得上油汤、蔬菜和肉食的营养补充！

一日无粮千军散，后勤的补充也让王文彦焦头烂额，于是派人东询西访才找到一个被遗弃的粮食仓库，士兵们脱下裤子当成米袋，用肩驮回来了些大米、白面，不料正欲埋锅造饭，日机又来轰炸，轰炸之后，营地已成焦土，一片凄惨情景。

第140师从接到突围命令，官兵们就开始日夜奔驰，惊险成日毫无间隙。经过了十七个昼夜，官兵们目不交睫承受着饥渴困劳。

一般而言，饥还可忍，渴尤难耐，最难对付的还是"困"字。人在队伍行列当中行进，脚在行走，睡神经则已进入梦乡，等头碰到了前面人的枪托，疼了醒来，再走几步，又昏然沉睡过去。突围途中，官兵反复如此，前面的战斗打响了，人又被惊醒起来，炮火平息，人又沉睡过去。为了对付睡神，官兵们只好采用了几个人携手，一个值班的办法，一听号令牵起后一起行动，不然的话，虽然侥幸未战死于疆场，但如掉队，沉睡不醒，就有被敌人俘虏杀害的危险。

第140师主力在徐州与敌经过剧烈战斗，且战且退，才由王文彦亲率往东南的房村、渔沟、冯庙等地突围到皖东北的灵壁、泗县收容集中。835团第1营与师部、团部失去联系后，自行向西撤退，中途遇到839团，于是随同向安徽亳县转进，再经付出重大牺牲后才各自突出重围。后由839团团长罗遇春（振武）率领经河南萧县、永城、商丘、信阳等地撤到武汉。

徐州会战历时四个多月，日军虽然打通了津浦线，攻占了战略要地徐州，但欲消灭中国军队主力的目标和速战速决的企图却未能实现，所占领的徐州几乎是一座空城。而中国军队将日军主力吸引到津浦线上，暂时转移了日寇的进攻方向，为部署尔后的武汉保卫战赢得了宝贵时间。

日占领军进入城镇休整

突出重围，重聚实力

日军在徐州的报复作战扑空，天皇和陆军部更加恼怒，决心集中大军进行一场规模更空前的大进攻，以攻占中国战时的军事、政治中心——武汉。

日军大本营的战略方针是：华北、华中日军在追击从徐州突围的中国军主力时，在行进中转进并展开武汉会战。即：华北派遣军以一

第五章 游击抗敌，再战苏皖

个军的兵力沿长江由东向西仰攻武汉；华中派遣军全力沿淮河由东向西推进；华北方面军主力则在攻占郑州后兵锋直转南下，与华中派遣军主力合攻武汉。

华中派遣军总司令畑俊六大将（原司令官松井石根因制造了震惊世界的"南京大屠杀"，迫于国际上的舆论压力，日军大本营不得不将其撤回，由畑俊六接任华中派遣军司令官）根据大本营的战略意图，以一部兵力配合海军舰队，从长江水路进攻，另一部兵力（参加徐州会战的日军南路兵团）尾随从徐州突围的中国军队，向安徽淮河流域的蚌埠地区追击（集结）。华北方面军主力则从徐州附近掉转头西向，沿陇海铁路南侧向郑州方向扑来。

日军华北方面军主力第2军此举，原本为配合徐州会战，切断徐州中国军队向西突围的退路和阻止中国第一战区军队增援徐州，却不料酿成了与中国第一战区的兰封会战，并由此转变为武汉会战的序幕。

5月中旬，华北日军第14师团二万余人，分乘数百辆战车、汽车和大炮牵引车，在师团长土肥原中将的指挥下，几天之内连陷内黄、仪封、野鸡岗、楚庄等地，掐断了陇海铁路线，兵临兰封城下。正当土肥原志满意得自以为是的时候，不料却被第一战区第一兵团总司令薛岳部宋希濂、俞济时、胡宗南、邱清泉、王耀武、黄杰、李汉魂、桂永清、商震这一批战将率部团团围住。

土肥原

薛岳此时是第一战区前敌总司令，负责指挥十个军计二十万部队夹击鲁西南下的土肥原师团，掩护徐州主力西撤。他已将孤军深入的土肥原从东、西、南三面合围于归德、兰封和睢、杞之间。但由于我军各部协调不力，导致兰封会战失败。

1938年6月6日，日寇进占了开封。

兰封会战失败后，蒋下令撤职查办了第8军军长黄杰和第27军军长桂永清，押解汉口军事法庭审理；枪毙了第88师师长龙慕韩，但没有追究薛岳应负的领导责任。

日军迅速西进占领开封，6月7日占领中牟、尉县，进逼郑州；其中有一支日军快速部队迂回穿插到郑州以南的新郑一线，截断了平汉铁路。郑州即将陷入日军的四面包围之中，形势万分危急。

国民政府军事委员会为阻击日军西进，确保平汉线郑州南段安全，赢得时间部署武汉保卫战，于是启动了紧急预案，秘密指示第一战区蒋在珍部的新编第8师，在6月4日至9日间于郑州花园口，两次掘开黄河南岸大堤，以堵截日军，打破了其从平汉线南下进攻武汉的企图（阻滞日军推进的军事效果，已在战后的日军档案中得到证明）。

黄河决口，日军南下武汉受阻

第140师成功突出徐州，到达安徽灵璧、泗县一带，经参谋长温靖清点人数，全师（不含罗遇春837团）官兵仅剩一千多人，连同收容各部散兵数百人共约两千余人。

中日开战以来，我军每次败退之时，日军总是派有很多人装扮成难民和败兵混入其间一起撤退，这些特务在沿途中偷袭我军粮仓、军火库，暗杀我军官，由于抗战初期我军防范意识不强，特别沿途收拢败兵时都未审查，所以吃了很大的亏。

这次第140师在泗县收容各部散兵，就不敢稍作大意，稍事整顿后，全师才开到泗县的马公店集中，继续收容散兵。凝聚力量，准备再战。

第五章　游击抗敌，再战苏皖

黄河水到之处，日军寸步难移

皖北游击，袭扰敌后

第140师在皖东北立足刚稳，第二集团军司令孙连仲、参谋长王化宇也化装成商人由徐州往西突围而出，雇民船撤至淮阴，孙即令王文彦派一较高级别军官，把第140师所余人员整编为第二集团军的游击总队，王推荐原旅长李靖化担任总队长，并暂归川军孙震部（参谋长胡畏三，贵州独山人）第124师师长曾甦元指挥，在苏北、皖北一带活动（曾师原属二十二集团军孙震部，临时拨归孙连仲指挥）。

李靖化就职没几天，不慎从马上摔下而受伤入院。无奈之下，经胡畏三推荐，孙连仲只好改派李祖明任总队长，令狐禹畴任副总队长，在泗县马公店将所部编为四个营，以王若坚（贵州兴义人，中央军校八期生）、刘金照（贵州兴义人）、令狐禹畴（贵州桐梓人、军校八期生）分任一营、二营、三营营长，傅鼎成（贵州黔西人）任独立营营长。总队部直属一个特务连和一个侦察排。

不几日，孙连仲又由韩德勤设法护送到上海，经香港乘飞机回武汉的。孙连仲临走前，令游击总队在苏、皖北部游击、截堵日寇，并掩护友军收容、集结撤退。

孙连仲刚离开泗县，苏、皖北部地区就变

令狐禹畴

得群龙无首，师长王文彦没了指挥权，便即携参谋长温靖及旅长李靖化等化装成百姓，取道淮阴一带经上海、香港转到武汉。

王文彦离开泗县之前，特别指示李祖明在皖北继续收容部队，执行一段时间的游击任务之后，相机突围越过津浦线向武汉方面转进，以保持第140师之基本力量。

中国自全面抗战打响，国民党中央与地方暂停内斗，共同拥戴蒋介石为领袖，团结抗战。但此时，中央嫡系并没改变其对地方部队的潜规则，不断找机会消灭这些杂牌部队，各地方部队于是处处小心谨慎，力图自保。第140师虽已入列中央军序列，在地方看来是中央嫡系，但在中央嫡系的眼里还是一个未完全训化的杂牌军，加上军队派系各有所属，所以，兼并与反兼并就成了部队首长的一块心病。

日军占领了邳县、徐州以后，旋即发动了打通陇海线的军事行动。苏北、皖北一带的敌后抗日武装面临的形势十分严峻。

李祖明率领游击总队在泗县、马公店、双沟、五河、新集一带活动，截击日军零星部队和辎重部队，屡次得手，有效地扰乱了日军的侧翼。游击总队的不断行动，引起了日军的高度紧觉，华北派遣军欲抽调其野战军团主力，会同由山东南下的部队，在徐州、皖北地区集结，在东边的连云港地区，敌已有五个海军陆战队正处于待命状态。

敌人的想法是分进合击，企图一举歼灭我在苏北、皖南一带的中国政府军所控制的游击队。苏北皖南失陷后，国民政府在此的地方机构随之解体，社会更加动乱，各种名目的"司令"如蜂四起，散兵游勇到处都是。

马公店一角

第五章　游击抗敌，再战苏皖

皖北游击队的抗日标语

他们都打着抗日的招牌，有的成立什么"游击队"，有的到处抢劫；靠近铁路的地方还成立了维持会，专为日军效劳。土匪结伙成群，搜枪觅炮劫掠财物……中共也在此成立了弱小的抗日地下武装等等。

三个星期之后，日军从徐州和皖北的固镇出动，向苏北、皖北发动了大规模扫荡。南下的日军，以坦克、装甲车开道，步炮兵随其后，浩浩荡荡地向游击总队杀来。

由于苏北、皖北一带敌人力量增强，并经常使用飞机配合步、骑兵和坦克等纵横扫荡，缩小包围圈，而平原地带隐蔽困难，李祖明部被多处分割，联络隔断。恰在此时，游击总队又与相距数百里的第124师联络中断，造成给养、弹械补充的极度困难。

黄河大堤被炸开后，汹涌的黄河水从天而降快速奔流，使下游的贾鲁河、涡河流域至淮河的乡村、城镇成为一片泽国。加之6月12日，日军主力波田支队在安庆登陆，在此作牵制性的游击作战已失去意义。于是，李祖明便决定率部突围。

当时在敌后活动的，还有八路军的政工人员，因在当地群众基础较好，常有人为其通风报信，因此，八路军的政工人员得以大胆而自由地出没于敌驻地附近，对敌情及我军动态较为了解。李祖明经侦察和情报交换，获悉明光车站（蚌埠东南）仅驻日军一个连队，其他较大股的日军多系流动性质，李祖明于是决计率部冒死由明光车站附近突围。

因应时变，跳出重围

1938年6月4日，日本华中派遣军在江南以五个师团编成第11军，在江北以四个师团编成第2军，分别向九江和合肥集中。

安庆失陷后，武汉会战开始，国民政府军事委员会确定江北的第五战区和江南的第九战区联合进行保卫武汉的作战。江北的第三兵团（总司令孙连仲）、第四兵团（总司令李品仙）由李宗仁指挥，担任江北和大别山区的防御。

明光位于安徽省东部，滁州东北部，中国南北分界线江淮分水岭之上，距津里几十公里，南近石坝，东临七里湖，是通往淮河、长江的咽喉要道。日军为控制这条重要的交通线，在据点内驻扎了日军一个小队，伪政、军、警约二百多人。虽然有重兵把守，但它有个弱点，就是孤立，属于盱嘉三角地带的一个"角"。

6月19日，李祖明团长召集全团营长开会并慷慨陈词，激励以必死的决心效忠于国。于是部署以第1营两个连掩护北面侧翼，以独立营两个连监视南面侧翼，派出第2营于深夜袭击了明光车站，以牵制其主力。

部队出发，谁也不能咳嗽，更不准身上任何东西鸣响，偶尔只听到从前面的人附耳轻声传来"上刺刀""上刺刀"的口令，直往后传，传到最后一个人又反传回来"传到了""传到了"，一直反传到最前面。有时传来"跑步"，有时传来"匍匐前进"，有时传来"卧倒"的口令。这时身负轻伤的也仍随部队前进，负重伤有人抬着也不敢出声。

李祖明身先士卒，率部冲锋在全团之前，直扑日军据点，一时杀声震野，势不可挡。敌军猝不及防，受此猛击，不支向南仓皇溃逃，缺口突破后，李祖明令全总队即分三路迅速通过铁路。

次晨拂晓，游击总队全部刚到达红灯寺集中，还未来得及休整。日机十余架已飞到明光车站西南一带，在附近数十里地区进行盘旋侦察，好在当时遍野的高粱正是茂盛的季节。所谓"高粱高似竹，遍地参差绿。粒粒珊瑚珠，节节琳琅玉"——布满着高粱的"青纱帐"是中国北方特有的景色，如刀的长叶，连接起来恰像一个大的帐幔，微风过处，千叶摇拂！部队一钻入"青纱帐"里，就成了掩护的最佳环境。敌机没有发现目标，盲目投弹扫射后很快离去。

游击总队以零伤亡安全突围，集结后继续西进。由于部队夜以继日的战斗和强行军，战士们天天钻草丛、蹲树下，有时刨个坑蹶着就睡，时已

第五章 游击抗敌，再战苏皖

入夏，蚊叮虫咬痛苦不堪。肚子里没有吃的，有的人就不免会一步三摇，背负的弹药更显吃力。人人都形容枯槁，面带菜色，连说话的力气都没有，因而难免会有人掉队。

突围后，大家松了口气，但一样不敢大意，仍马不停蹄向西撤退，到底走了多少路，谁也说不清楚，只是一门心思想早日归建，但师部在哪儿谁也不知道。李祖明考虑到，部队这样的盲目行动艰苦太甚，弄得部队疲惫不堪。只有找到第五战区副司令长官部，问题才能解决。

李祖明正在为难之际，竟然天公作美，在路上与在徐州突围时被冲散的副师长何昆雄不期而遇。游击总队到达六安后，副师长何昆雄同总队长李祖明去拜会第五战区副司令长官李品仙，这才得知本军师部已撤到武汉，何昆雄经向军政部查寻，才得知师长王文彦的行踪。

此时，第140师师长王文彦已由沪、港转到武汉，已成了名副其实的"光杆司令"。王文彦接到何昆雄电后也欣喜异常，立即复电将"游击总队"名义取消，恢复835团建制，以李祖明代理团长，率队徒步开赴武汉集中，归还第140师建制。找到了师部，何昆雄也欣喜万分，于是搭乘便车先期赴武汉报到。李祖明则率835团步行赶赴武汉。

严肃军纪，部队归建

安徽地处长江中下游，长江、淮河横贯境内，将全省一分为三，世称"三皖"。其南部地区文风素盛，清代盛极一时的所谓"桐城派"即出于此。而皖北地区，特别是夹淮两岸，则民气强悍，清末以来安徽地区战乱不止，当地民众在饱尝战祸的同时也经历了血与火的锻炼。与太平天国同时的捻军起义，即以皖北为其策源地；李鸿章以两淮子弟为基础组建淮军和曾国藩的湘军一起，成为清王朝"同治中兴"的支柱；袁世凯、段祺瑞编练新军，又继淮军之后，巩固了淮系军人在北洋军阀中的地位。

进入民国，连年军阀混战，两淮地区更是兵匪为患，导致大量武器散落民间，而士绅乡民为保家护产也纷纷组织自卫。因此，在这块土地上民间尚武的精神，人民反抗的传统，士绅自卫自保的经验，都为江淮民众奋起反抗日军的践踏奠定了基础。

李祖明率部队撤退时，沿途有民众武装（多系"红枪会"，）手执红缨枪、梭镖，也有部分现代武器，他们环立山间通道，对各撤退部队形成"监视"。如果部队纪律不好，对老百姓有骚扰行为，他们就会袭击并阻拦去路。对于那些力量弱小或零星的部队，稍有不慎就会被其缴械。如果遇到纪律严明、秋毫无犯、公买公卖的部队，不仅会得到他们的保护，还可能得到可靠情报及粮食、肉、菜等食用物资的支持，使部队得以顺利通过。

李祖明处事细心周到，在部队西撤前就对当地情况有较多了解，于是比较注重约束部队官兵，并详加说明告诫利害，严守纪律。一面派干部沿途交涉，一面注意买卖公平。对一些好的民众武装，李祖明还会主动为他们补充弹药、装备，以加强他们的自卫力量，因此，835团步行西撤十余天，沿途都较为顺利。

经过商城近郊时，第2营（前卫营）一个传令班长拉走农民一匹马，未经讲价交易，骑着就跑，在当地造成恶劣影响。李祖明接到报告，即派两名军官乘马急追，行程三十里，才将逃走的人马截获。部队到达竹园附近宿营时，李祖明即对其提审，不想此人出言不逊："老子出来到这里打仗，拉个马代步有什么了不起，我劝你不用管老子的闲事。"李祖明说："我们是抗日部队，我们打仗，为的是保国保民，不能伤害群众利益。"此人见李祖明文质彬彬，更加放肆。不但不思悔改，反而大骂李祖明不关顾与自己出生入死的兄弟！李祖明回敬他一句："你这种行为，简直是个土匪！"经审讯弄明事实。次日清晨，为严肃军纪，在部队出发前，李祖明集合全总队官兵，对此人宣布罪行，随即枪毙，派人将马送还失主。随后835团过商城、经麻城也到达了武汉。

嗣后王文彦得知837团团长罗遇春（振武）也收容官兵千余人，已到达信阳停留数日，经取得联系，王文彦电令罗部也开到武汉。

第六章　保卫武汉，再立新功

未雨绸缪，布防武汉

蒋介石的"以水为兵"打乱了日军从平汉线南下进攻武汉的计划，但是，却并没有对日军侵华势头产生根本的遏制。日军随即以主力从长江逆流而上，另以奇兵从大别山和广州两个方向对武汉进行战术抄袭和战略包围。

1938年6月12日，日军主力波田支队在安庆登陆，历时四个半月的武汉会战，就此拉开了序幕。

6月21日，日军大本营为了加强华中派遣军的力量，早日攻下武汉，下令编组成立第11军，冈村宁次中将任司令官，吉本贞一少将任参谋长，归华中派遣军畑俊六大将统一指挥。

冈村宁次（1884－1966），日本东京四名坂町街区人，陆军士官学校第16期毕业，后入陆军大学第25期深造，是从基层做起而又阅历丰富的军人。

6月14日，中国第九战区正式成立，陈诚任司令长官，下辖薛岳第一兵团、张发奎第二兵团，长官部设在武汉（后移驻湖南长沙、郴州），作战区域为长江以南，湖南全省以及江西南浔铁路以西地区。

陈诚，浙江青田人，保定军官学校第八期炮科毕业。1924年入黄埔军校，任炮兵连长、教练部炮兵科长。此人平生有两大特点，一是对蒋介石忠心耿耿，他曾多次公开宣称："自问一无所长，唯有主义与领袖，窃慕古人所谓忠义耿耿，公诚自矢之义，不避嫌怨，不计毁誉，知无不言，言无不尽。"二是为官较为正直廉洁，能够不分亲疏知人善任，重用会带兵

武汉卫戍总司令陈诚

打仗的人，从不揽功诿过，反而常为部下护短。另外，陈诚还有一些特殊条件：陈的夫人谭祥系宋美龄干女儿，加上与蒋介石是浙江同乡，又是黄埔军校学子元宿，这些有利条件的总和，使得他在国军序列一路飞黄腾达。

1938年1月4日，陈诚在参加了淞沪抗战以后，转道徽州来到武汉。此时的武汉，因南京沦陷，已为日军所势在必取。陈诚对于武汉防务并不陌生。早在1935年春，他就奉命在武昌主持武汉行营陆军整理处，着手军队的整编和训练。当时，陈诚资望不高，加以客观困难，全套解决部队的编组、训练、装备和补给问题实属不易。他只是拟定了一些计划，点验了一批部队，实际收效不大。同年，武汉行营撤销，其下属城防整理委员会转隶于陆军整理处，陈诚进而负责武汉地区的城防建设。

武汉位于长江、汉水两江汇合处，由隔江鼎力的武昌、汉阳、汉口三镇组成。东连淞沪，西通巫峡，南极潇湘，北连豫州，京广线贯穿南北，龟山蛇山隔水相望，地理位置重要，水路交通发达，有"九省通衢"之说，历来为兵家必争之地。

陈诚主持编制的《武汉城防计划》：以武汉为中心，东起白浒山，东南经九峰山，南经花山、八分山，西南经金刚山、天官山、大军山及朱山，西经蔡甸附近之马鞍山、大黄山，西北经吴家山、丰荷山，北经横店附近吴家陡山，东北经阳逻附近之半边山、查家山等处，形成圆周一百公里、核心半径平均约十五公里的环形要塞。

抗战全面爆发前，陈诚陆续完成了部分江防工事和陆防工事，修筑并改造了部分公路，增设有线通信线路，并针对汉口日租界秘密建设了部分军用设施。

南京失陷后，国民政府宣布重庆为陪都。但此时，武汉实际上在扮演着"抗战首都"的角色。这里除了国民政府主席林森及其办公机构，监察、司法、考试等部到了重庆之外，最重要的关键性的政府职能部门，包括军政、外交、财政、内政、交通、经济、教育、卫生等部和经济、建设、侨务等委员会、四大银行、邮政储金总局以及国民党中央党部、国民政府军事委员会等正面战场最高决策指挥机构等，都是直接迁在武汉办公。此外，各国驻华使馆也都是移至武汉。因此，武汉会战爆发之前，武

第六章　保卫武汉，再立新功

汉事实上就是当时中国的政治中枢和抗战军事指挥中心，是不是首都的首都。

陈诚受命担任卫戍总司令以后，紧急筹组卫戍司令部，于1月10日正式成立并对外办公，直接担负"保卫武汉之伟大责任"。陈诚身兼数职，位高权重，当时的人们难免就把守住武汉的希望寄托在他的身上。5月19日，徐州弃守，武汉更直接成为日军的主攻目标，日军扬言8月15日以前拿下武汉。危急形势之下，陈诚上书蒋介石，提议集中事权于武汉卫戍司令部：所有卫戍区内之党务、政治、军事指挥之权责，统一集中于卫戍司令部；授权卫戍总司令，指挥命令所有卫戍区内各级党政军机关、民众团体、部队、机关、团体。

此时的武汉，到处弥漫着抗战的气氛，作为指挥抗战的中枢、全国救亡运动的中心和抗战文化的汇合点，数以千计的作家、艺术家、文艺和文化教育工作者空前团结，纷纷主动投入动员民众、服务抗战的时代大潮之中。

与此同时，中国方面自中央政府迁都重庆，军政首脑驻守武汉之初，蒋介石就命令国防参谋部制订保卫武汉的作战方案。徐州会战失利之后，特别是花园口决堤之后，国民政府进一步加快了作战部署。

武汉会战前，中国军队已经历了淞沪会战、太原会战、南京保卫战以及徐州会战。虽然我国军队勇挫敌锋，沉重打击了日军的嚣张气焰，平型关、台儿庄等大捷也极大鼓舞了全国的民心士气，但客观上只是迟滞了敌人的进攻，消灭了敌人的相当兵力，总体上敌强我弱的态势并没有出现明显的扭转，并付出了抗击战线递次后退的沉痛代价。

徐州会战中的有益经验，为中国军队准备武汉会战提供了重要的参考。在总结经验教训之后，痛定思痛的中国政府军事委员会提出了武汉会战的基本构想，这刚好与日军的战略意图针锋相对。

我军武汉会战的总体构想是，要以持久战、消耗战，打破敌人速战速决的企图，确保以武汉为核心的持久抗战，以争取最后胜利为目标。所以此次作战，将不以一城一地的得失进退为重，而在于自动地选择有利的作战地区，达成歼灭敌人有生力量的目的。

武汉周围为沼泽地区，湖港星罗棋布，但适宜防守的山岭却少之又少，所以陈诚提出的总体构想是，会战要以各战区为外廓，发动广泛的游击战，同时在赣北、湘东、鄂西、皖西、豫西等武汉外围各山地构筑强韧阵地，配置精锐兵力，待敌深入到新阵地，再与之决战。也就是说其基本的指导思想是将防御的重点设立在武汉外围地区，无论情况如何变化，是以"保武汉而不战于武汉"为原则。

为保证武汉会战的顺利进行，针对日军的进攻方向，最高军事委员会决定以陈诚为司令官的第九战区和以李宗仁为司令官的第五战区联合实施对日作战。按军委会签署的《第三期作战计划》，构筑了马当、田家镇、黄鄂三大要塞，同时在武汉外围东起葛店，西迄新沟，南抵贺胜桥，北达道士店又构筑了上千个钢筋混凝土工事以确保武汉，并在此与日军主力决战，借此扭转抗战以来中国军队节节败退的不利局面。

中国空军主力则集结于武汉、南昌机场，担任轰炸日军在长江中的舰艇和袭击敌沿江机场的任务；工兵则沿江放置水雷，以阻敌舰西进。炮兵部队则配置在沿江要地和田家镇要塞地区。中国方面投入保卫武汉的总兵力为一百二十九个师，四十余艘舰艇，一百余架飞机，共有一百二十万人马。苏联援华志愿飞行大队和战斗大队也参加了保卫武汉的会战。

自抗战以来，中国空中形势急转直下，至淞沪会战后，中国空军的飞机几乎耗尽，战力几乎归零。虽然中国空军提前向欧美订购了三百六十三架战机，无奈直到1938年的4月仅运进八十五架！根本无法满足战事的需要。其后应中国政府的紧急请求，苏联向中国提供了军援，并派遣志愿航空队参加中国抗战。1938年2月止，苏联售与中国的飞机为二百三十二架，尽管苏联政府一直对中国心怀叵测，但其即时的援助对中国空军来说也可谓雪中送炭。

蒋介石炸了黄河花园口，水淹日军，使敌人不得不放弃西进平汉路，南下武汉的计划。日军见平汉路不能达到目的，便改变了策略，从公路和水路向武汉进攻。5月29日，日军大本营命令华中派遣军与海军舰队协同作战，从芜湖向西，沿长江两岸攻占安庆、马当、湖口和九江，以此作为进攻武汉的前进基地。

负责攻略武汉地区的是刚组建的第11军，冈村宁次领导的第11军是日军在关内唯一一支战略机动部队，他直接与国民党第三、第五、第六、第九四个战区以及大别山游击区接壤，担负着牵制和消耗中国军队主力的任务。

平江整补，调防沙市

第140师经过"徐州会战"伤亡惨重，突出重围以后，各团更是被打散成天各一方，李祖明所率的游击总队和罗遇春837团经辗转数省，才撤退到武汉归还建制。因为归德一役，黄杰失职致使被困的土肥原脱逃，而

第六章　保卫武汉，再立新功

使兰封会战功亏一篑，黄杰被捕，第8军建制撤销。第140师随之也失去了归属，被军政部调入平江整训，归第九战区节制。

在湖南平江整训时，由于第140师在台儿庄减员较大，需要急时补充，军政部由贵州各师管区拨来两个补充团的新兵，计三千余人，补充到了第140师。师长王文彦得知后喜出望外，忙派李祖明、肖泽洲、郭克俄、张承颜等干部前往岳阳接收。不料，这些新兵刚从贵州运到岳阳车站，就突遇敌机轰炸、扫射，由于新兵没有经过军事训练，没有很好掌握逃生技能以致造成了伤亡五六十人的惨剧。

随着人员的不断增加，第140师的建制得到了恢复，师长王文彦即时做出了人事的调整。原835团团长方成德、837团团长万徐如在徐州撤退时，因被冲散，与部队失去了联系，到平江归队后，由于万徐如与王文彦私交较好，台儿庄一役有军功，所以未受到任何责难仍回任839团团长；而方成德则没有那么幸运，因战场无功，所以未得到职位的安排，只能待职留于军中。方成德待了一段时间，身感前途渺茫，便自动离开，加入了贵州部队的第103师任补充团长。因835团团长遗缺，何应钦举荐了军政部侍从副官张涛充任。李祖明虽有战功，但因没有人事背景，所以只能交出代团长职。

1938年6月26日，日军第6师团向长江北岸进犯，占领了太湖，中国军队经过了数次反攻，未取得有效战果，双方势成胶着。但中国守军的艰难苦战大大阻滞了日军的进程，使其付出了沉重的代价。7月下旬，日军第3师团在海军炮火的掩护下，在小池口登陆，配合了第6师团展开钳形攻势，对我广济线的田家镇要塞构成了极大威胁。

8月初，第140师划归第九战区预备队，接令移驻湖北荆州（江陵及沙市）整训待命，师部设在江陵。第140师到达驻地，一边在沙市、荆州一线布防，一边整训，随时准备投入战斗。

9月1日，日军经过调整，分三路向广济以东猛攻。中国守军冒着日军施放毒气的危险，与敌展开数日激战，虽然予敌以巨大杀伤，但我军也牺牲巨大，阵地最后被敌突破，剩余各部只好转移到广济以西的界岭南北第二线阵地及田家镇要塞。

田家镇坐落于鄂东广济县（今武穴市）东部的一古镇，它位于大别山南麓，在九江以西约五十公里，这里地形险要，素有天险之称。浩荡的长江在此奔流而下，江面陡然转窄，使江流如束，形如咽喉，江面横宽只有五百多米。作为战斗要塞的田家镇，是入武汉的锁钥之地，乃攻荆入楚的重要门户。田家镇要塞前面是滔滔长江，背后是绵绵丘陵，东西并列着黄泥、马口两湖，两湖当中有鸭掌山孤峰擎天，钓童山在西北，半壁山和马鞍山在江对岸，半壁山东面有富池口，是富水进入长江的入口，军山耸峙在富池口之后。

富池口三面的丘陵互为掎角之势，尤其田家镇与半壁山如同锁江之钥，阻止了日舰溯江而上，此关一失，武汉东面、沿江两岸则门户洞开而无险可守。因此它是沿江要塞中最坚固、最大的堡垒，而被称为"楚江锁钥"。中国军队在田家镇派驻重兵，第2军军长李延年被升为第十一兵团司令，负责保卫田家镇要塞。

9月19日拂晓，日军出动十五架飞机先对田家镇要塞进行轰炸，然后敌舰近百门大炮又向我军阵地倾泻炮弹。刹那间，田家镇要塞硝烟弥漫，瓦砾乱飞，千年古树也被连根拔起，中国守军冒着敌人的炮火轰击和毒气危害，进行了英勇顽强的抵抗，鏖战经旬。张义纯第48军、萧之楚第26军、何知重第86军等猛攻敌之侧背，形成夹击歼敌之势，战至9月下旬，日军死伤甚众。

9月28日，日军从广济西进，联合飞机七十余架，大小舰炮百余门，对田家镇要塞狂轰滥炸，我军阵地几乎被炸毁，守军伤亡殆尽。

师长对调，接防金牛

第140师新任师长宋思一

田家镇危急，第140师作为第九战区战略预备队，准备被调入前线，归李延年第十一兵团节制，不料部队尚未开拔，田家镇已经失陷。

第140师经过台儿庄战后已是残羸不堪，经过平江整补，稍稍恢复了元气。这时王文彦身感力不从心，经何应钦在军政部协调，王文彦奉命与驻贵州的第八补充兵训练处处长宋思一对调，由宋出任第140师师长。王文彦从此离开第140师。

宋思一（1894—1984）原名中渶。陆军中将，1894年2月17日生于贵州省贵定县都六乡。早年曾留学日本，归国后在第一次国共合作初期，经恽代英（共产党员）介绍加入中国国民党，并进入了黄埔军校第一期学习军事，毕业后任国民革命军教导第一团

第六章 保卫武汉，再立新功

（团长何应钦）中尉副官参加北伐，因此与何应钦建立了较好的私人关系，后来又得到何的关照出任了京沪杭警备司令部任副总司令。上海、南京等地失陷后，宋思一得何应钦的推荐被调入军政部直属的贵州第八补充兵训练处任处长。

宋思一到沙市接任后，王文彦带领一批骨干官佐万徐如、任骧、王若坚、肖义成、肖泽洲、刘金照、王绍棠、周盛鸣等人到贵州就任。王文彦到贵州后，第八补训处在黔西、大方、毕节一带接收和训练新兵，陆续补充前线各野战部队。1941年，王文彦又调陕西胡宗南部任第80军军长，后又任二十四集团军副总司令。在西北陕、甘、晋一带继续抗日。

宋思一到任交接期间，正值日军加紧进犯武汉，军情万分危急之时。宋思一看到第140师刚刚整补的三个团，官兵虽斗志昂扬，但却只是支徒手部队，大多数人连枪支都没有，要想应付眼前的局势的确非常困难。由于王文彦带走了部分干部，副师长何昆雄调任湖北襄郧师管区司令，参谋长温靖又调任第九战区长官部军务处长，造成了干部队伍的严重缺员。

此时，第140师就像一个烂摊子，如果主官无能，根本就无能力领导这支部队。好在宋思一从戎多年，颇有带兵经验，所以新官上任三把火，重点放在个人威信的建立，第140师官兵多是家乡子弟，他们骁勇善战，但性格上却大多桀骜不驯，要带好这支队伍，除了要有铁的纪律，还更应有爱的关怀。宋思一除日夜督励官兵加强训练，还教导士兵明耻教战的道理。不到半个月工夫，部队就整顿完毕，经过人事调整，这时第140师序列为：

师长：宋思一，副师长：李棠（陆大毕业），参谋长：谭心，参谋主任：邹平凡，副官主任：许忠五。

第835团团长：张涛，团副李祖明；

第837团团长：徐定远；

第839团团长：朱皋，团副牟龙光。

军需主任：安伯松；

师直属辎重营营长：陈肃；

师直属工兵营营长：熊增晖；

师直属迫击炮营营长：程奎朗。

1938年10月5日，田家镇要塞失陷，武汉门户大开，直接暴露在日军攻击之下。10月初，日军利用长江水道侵入田家镇要塞以西，在蕲春、兰溪、巴河、黄冈、阳罗等多处登陆，策应广济西进之敌。

10月12日，中国守军放弃信阳，退守到桐柏附近山地，日军沿平汉线南下攻击，武胜关、平靖关相继失守，日军前锋直逼汉口北面。另一路日军在9月16日攻占商城、麻城后，与溯江西上的日军遥相呼应。10月24日下午4时左右，中国近现代史上的一代名舰"中山舰"被炸沉于金口龙床矶。至此，武汉外围的要塞、阵地均已失陷，日军从东、北、东南三面形成对武汉的包围态势。

第140师刚刚整顿完毕，日军已兵临武汉城下，看着眼前的光景，刚做完交接的宋思一心急如焚，再也坐不住了，于是亲自跑到武汉军政部，去请发枪支弹药和领取全师经费。好在师长宋思一与何应钦关系较好，军政部又颇多故旧，有了熟人的照顾，自然就轻车熟路许多。

宋思一未经周折，事情很快就办得圆满，第140师很快得到了不少新型武器。在武汉逗留的两天，宋思一看到武汉街头到处都是保卫大武汉的油画和标语和无处不在的军民抗战热情，使他备受鼓舞。自抗战全面爆发以来，武汉蔚然成为全国抗战文化的中心，群众热情高涨，起到了宣传抗战，振奋士气，凝聚人心的作用。看到民众的抗战热情以及官兵们的抗战士气，宋思一颇受感染，求战心理更加迫切。

武器刚拿到手，宋思一正准备运抵荆州，就接到第九战区命令第140师编入李延年第十一兵团第37军建制。任务是立即开到鄂南的金牛南端的太平塘，以掩护武汉的侧翼金牛的安全。

田家镇失陷后，接军委会命令，李延年、赵家骧率第十一军团第2军经蕲州至黄石港对面渡江，转到大冶、阳新对敌作战。由于李延年所辖各部损失严重，第57师伤亡殆尽，脱离其建制，兵少将多，人不敷用，所以第九战区把第140师并入第37军后加入其建制。

第37军前身是湘系贺耀祖部。1926年8月，贺耀祖率湘军第1师与湘军总司令赵恒惕决裂，其所部被广州国民政府编为国民革命军独立第2师。1927年3月，该独立师扩编为第8师。1932年8月，蒋介石为加强对中共苏区和红军的围剿，将第8师扩编为第37军，毛炳文任军长。下辖：第8师，毛炳文兼任师长；第24师，许克祥任师长。

该军编成后，先后参加了对中央苏区和红军的第四、第五次围剿等作战。1936年，该军奉命由江西调往甘肃，参加阻击红军三大主力会师的作战以及围剿红军西路军的作战。

抗战全面爆发后，该军由甘肃调防上海，隶属第4预备军，参加对日的淞沪会战。在此次会战后，由于该军损失惨重，无力补充重建，只保留番号，原辖师改隶其他军建制。1938年年初，军委会对第37军进行了整编使该军恢复编制，隶属第三战区第32集团军。同时，将原第46军第92师、第22军第50师及新组建的第197师调归该军建制。同年6月，军长毛炳文调任湘鄂川黔四省边区绥靖公署副主任，由黄国梁继任军长，许克祥任副军长。

黄国梁字日如，广州增城县人。曾在粤军中任职，参加过东征、北伐，历任团长、副师长、师长、长沙警备司令等职。此时，该军下辖：第50师，成光耀任师长；第92师，陈烈任师长；第197师，丁炳权任师长。9月，该军由上海开赴湖北，隶属汤恩伯第三十一集团军，参加武汉会战。在此次会战中，该军与第92、第54军共同防御茅田河、燕庆、慈口一线，担任阻截日军西进的任务。武汉失守在即，第37军随即并归第十一军团，归李延年指挥。

金牛镇地处黄石、大冶两市西南边陲，东依黄石、大冶，西通武汉江夏，南接咸宁，北邻鄂州，大金、铁贺两条省道穿镇而过，古来就有五县通衢的美称，也是武汉的南大门。特殊的区位优势铸就了金牛悠久的商贸历史，"小汉口"、"金金牛"的美誉闻名鄂东南。

早在隋唐，金牛就有集市贸易。《湖北通史》载：南宋宁宗嘉定十七年（公元1224年）议升金牛镇为县。明初仍设镇于此，委百户成守。元、明两朝金牛属武昌和寿昌，清属武昌府武昌县，并在金牛设巡检司。民国22年（1933年）金牛镇属鄂城县第三区。特殊的地理优势，既造就了经贸繁荣，也使这里成了兵家必争之地。

在阳新至金牛一线，尤其是金牛南端的太平塘一带，到处是起伏的丘陵，林木杂生，沟壑纵横，荆棘遍野，地形较为复杂，中间有条乡土公路，可跑汽车，是日军进犯咸宁和贺胜桥的必经之路，因此，日军必予夺取之，而我军也不会轻言放弃。早在武汉会战之初，军委会就按作战计划将关麟征、李仙洲、周祥初等部以主力控置于此。

忍辱负重，靠战绩说话

日军第11军主力在江西九江的德安、庐山地区，遭江南战区右翼第一兵团薛岳部的歼灭性打击后损失惨重。日军华中派遣军遂调整了进攻武汉的兵力部署，在收缩战线完成补充后备兵力后，于是集中五个师团的兵力，兵分二路。一路波田支队沿长江两岸在其海空军的配合下，攻占田家镇后，直取武昌；一路采取大迂回的战法，渡过江西的修水，攻占排市后,再兵分二路:以第9师团攻占咸宁以北的金牛、贺胜桥和咸宁城,企图截断武昌守军的退路,将武昌守军包围在咸宁以北三角地带而歼灭之;另一路以第27师团向慈口、通山一线攻击前进,夺取崇阳和蒲圻。形成二道包围圈,欲将防守在武汉南线的中国守军六个军分割包围,逐个歼灭,以报万家岭之仇。

田家镇失陷后,第九战区为了掩护武汉各机关安全向南撤退,特令关麟征指挥李延年第2军的甘丽初师和第200师的高吉人团及张纲的暂编军,在贺胜桥以东的金牛镇一带占领阵地,阻击敌人西进。

中国军队在保卫武汉的作战中,虽然取得万家岭聚歼日军一个师团万余人的胜利,但敌强我弱的局面未能从根本上得到改变。最高统帅部鉴于日军兵力集中,不易分割歼灭。中国军队经过四个多月的战斗,已予以日军重大打击,消耗了日军有生力量,武汉保卫战的战略目的基本达到。为实现长期抗战的目的,避免持久消耗而带来的不利,最高统帅部在10月16日决定,会战至10月25日我军主动放弃武汉。

10月中旬后,汤恩伯所指挥的第85军、第13军、第195师等部队逐步向阳新县西南方向撤退。张纲的暂编军也逐步向金牛镇方面撤退。第九战区令李延年军团所部在贺胜桥以东的金牛镇一带占领阵地,与日军周旋,阻击敌人西进,以掩护武汉部队向湘转移。

宋思一在武汉领取枪弹后,当即派员运回沙市分发给各团,一面电告师部,即刻将全师船运到蒲圻起岸,开赴太平塘接防。由于军情紧急,他本人也不敢怠慢,没有再回沙市师部就径直到了金牛前线察看地形,安排布防去了。

宋思一刚到金牛太平塘前线的第二天,日军就攻入了武汉市区外围。第140师各团接到宋思一的命令,即整装出发,星夜开拔,马不停蹄奔赴前线。宋思一刚到太平塘,马未卸鞍就立即安排指挥部的运作,命令通讯连队架设电台同战区长官部及各守卫部队取得联系。安排特务连负责维护各部队撤退的纪律和秩序,并维护阵地周边的治安;在指挥部完全开始履行职能后,即率领参谋长谭心、副官等一干随从人员到周围观察地形,向几个团长当面指示了任务。

鉴于整个会战已接近尾声,驻守在这一线的守军,多是先期从前线撤退的部队,经过四个多月的战斗,各部队已被大量消耗,且非常疲惫。虽然还打着三个军的番号,实力却不及三个师。原计划是从前线撤退经金牛至贺胜桥乘铁路直接向湖南转移,由于战场上兵力不足,陈诚便安排他们在此休整,并担负一般警戒任务,组成了辛潭铺——金牛——大冶防线,

第六章 保卫武汉，再立新功

掩护后续部队逐次撤退至安全位置。

第140师虽然新兵较多，但算得上新生力量，不想部队齐装满员刚到达太平塘，刚好武汉卫戍司令兼第九战区司令长官陈诚一个电话打到了李延年那里去检查防务，因武汉形势危急，而太平塘防线就只有刚整补好的第140师驻防，陈诚心里一急便说："140师几个'寡'团有何用，将它分给其他各师作补充行了。"李延年说："宋思一是我的同学，第140师是军队的番号，我不能任意撤销，长官有命令，我照办。"陈诚听此软推，大敌当前，也没再坚持。

宋思一是贵州人，是何应钦保荐的人，因而对陈诚说的这话就难免有些犯忌，心里极不舒服，原因是陈诚与何应钦有矛盾，因而心生敏感。只是李延年为人正直，陈诚怕生误会也暂作缄默，这事就没有引起太多麻烦。

但宋思一也是个倔强的人，受此屈辱自然心有不甘，他虽为了服从大局而不愿从深处去想，但想打好仗赢得军人荣誉的想法一刻也没有放下。此时，战场形势已急转直下，万分紧急，宋思一深知金牛一线是武汉最后阻击日军的防线，如果日军突破了太平塘，那么整个防线就要崩溃，武汉会战在最后一刻就会功败垂成。可眼下战区已抽调不出部队来堵这个口子，纵然有已是远水解不了近渴。为此，宋思一专门召开干部会议，强化了思想和纪律，还特别强调此次作战对本师的意义。为了不出差错，宋思一不顾辛劳，亲自跑到各团去检查落实防务。

835团刚到太平塘附近布防时，前哨连一个号兵，因心怀畏惧，就只身离开阵地，悄然下山欲逃，不想鬼使神差跑到了团部驻地，被哨兵截查，其人张皇失措被交到团部处理，团长张涛问他为何擅自离队？他说："去买香烟"，张涛一听倍感纳闷，这里前不着村，后不着店，离镇上尚有十余里地，显然是借故临阵潜逃（因敌军先头部队已逼近前哨阵地），为严明军纪，以儆效尤，张涛二话不说，立即命人将该号兵枪毙于村上道旁。

835团团长张涛

第140师军需主任安伯松领取全师的经费后，刚离开武汉两个钟头，武汉即已沦陷。虽然他侥幸逃脱了被日军俘虏的厄运，但在逃出武汉的途中遭到日机轰炸，手上负了伤，但总算不辱使命，所领经费一文不少交到了师部。

第140师工事刚修完，人员还未各就各位，敌军就跑到了眼前。宋思一为就近指挥，把前进指挥所放在前沿后山，忙组织各团阻击，第140师虽然新兵较多，但老兵毕竟见过世面，所以没有出现不必要的慌乱。

日军固然武器精良、训练有素，但打起仗来也有一个固定的套路，即：飞机炸、大炮轰、坦克冲、步兵攻。日军的这些套路，第140师老兵早就习以为常，而新兵感觉这种运动与火力的配合，怎么就和战斗演习相近似，一动一止，几乎都和步兵操典、野战教范的原则吻合。

日军行进中的炮兵部队

习惯了日军的打法，各团长也就有条不紊地应对，以逸待劳，首先避其凶锋，待其迫近，再猛攻猛打。两军对垒，拼死而战，半天下来，敌人毫无便宜可占，倒在我阵前伏尸累累。第140师首战告捷，不仅打掉了新兵心中的"怕"字，有此历练还打出了信心和士气。

一路势如破竹的敌人，当然不会善罢甘休，稍作休整又卷土重来。日军有固定打法，但宋思一懂得"战无常势，兵无常形"的道理，等敌炮火一过，即命令师属迫击炮营程奎朗对进攻之敌猛轰猛打，为了不暴露目标，迫击炮营利用地形和丛林掩护，不断转换阵地，使敌人的报复行动找不到目标。

在各阵地，漏网的敌人刚冲至阵前，严阵以待的官兵，就铺天盖地把早已准备好的手榴弹扔了出去，一时尘土卷起、火光冲天、弹片四溅。

这一仗打得干净利索，敌人付出惨重代价，却未能向前推动一步。打扫战场时，手榴弹的残柄木屑堆起厚厚一层，敌人的残尸碎体挂满树上，各种武器散落一地。

进攻作战，可以说是一鼓作气，再而衰，三而竭。日军的两次进攻被打得落花流水，士气也大为受挫，因为天已入暮，双方暂时罢兵息战。为防敌人摸营，师长宋思一要求各团加强夜间戒备。

付出牺牲，从容撤退

时进晚秋，天气转凉。一天战斗下来，官兵们兴奋的心情一时难以平复，再加上衣不解带席地而睡，很多战士快天亮时才睡着。人刚进入梦乡，日军的炮火就铺天盖地而来，猝然之下给第140师造成不少伤亡，835团阵地更是惨遭敌机地毯式轰炸，1营李绍云排整个建制被炸飞，活不见人死不见尸。

一阵狂轰滥炸之后，敌步兵马上排山倒海而来，835团立即指示各营补上缺口，奋力阻击。837团受损较小，团长徐定远较为从容，因为熟悉套路，当敌机轰炸和炮击时，837团官兵都蛰伏在散兵壕和掩体中，以避免过早发生重大的伤亡；等到敌步兵攻至近距离时，敌炮兵为避免伤及其步兵而延伸射程到我阵地后方之后，837团官兵才开始从掩蔽的工事中露出头来，配合各种障碍物，发挥侧射与曲射火力，歼灭敌人于阵地前。

由于正面是敌人攻击重点，837团伤亡较大，敌人也乘虚突入，但我阵地配置较为合理，所以两侧阵地能适时配合，立即以火力封锁了缺口，掩护了正面守军，并用手榴弹或刺刀逆袭，歼灭敌人于阵地之内。

在武汉会战后期，不仅是最激烈的战斗时刻，作战的条件也是非常艰苦的。9月19日，陈诚在家书中说：

> 天气入秋，自然凉快。惟军队冬衣不知何时方能领发，深以为念。因日间尚无问题，而夜间既无军毯，又无夹衣，连日病兵非常之多。不要穿、不要吃、要拼命，实在只有中国军队。尽管如此，就是这样广大的"不要穿、不要吃、要拼命"的官兵，无不置生死于脑后，英勇奋战。我军所用步步为营，节节抵抗，总算争取了时间的胜利。计自七月二十三日敌从姑塘上陆起，两个月中间，敌每日前进不能超过两里路，然其伤亡则甚大。

敌人空军不断向我第一线阵地和阵地后方的贺胜桥、崇阳县城猛烈轰炸，金牛失陷。第140师各团与敌鏖战到中午，李延年一个电话打到第140师师部，他告诉师长宋思一，武汉已经失守，命令第140师各部，马上撤出战场，以掩护关麟征第三十二军团撤往湘北。宋思一回答，现在两军交火甚炽，马上撤退会引起混乱，造成不必要的伤亡，等天黑以后再说吧！李延年不置可否，丢下一句"你好自为之"，就放下了电话。

这次日军志在必得，进攻非常猛烈，835团团长张涛和团副李祖明已深入前沿，官兵们虽然作战不畏生死，但由于新兵比例太大而影响到整体战力的发挥，一天下来，835团牺牲连长一人、排长五人，伤亡五百多人。

入暮，战事稍息，师长宋思一命令各团相机撤退。

自青岛、上海等地相继沦陷后，广州就成了中国最重要的港口。但是，由于国民政府抗日战线太长，顾此失彼，所以广州与其重要性相比，防守却显得很薄弱。蒋介石认为日军已经倾尽全力在武汉会战，不可能还能抽出兵力在其他方面有所作为，于是，竟抽调了半数以上的粤军参加武汉会战。

本来，日军也的确因兵力不足，原打算在武汉会战结束后，再抽调兵力来进攻广州，谁知在武汉会战中中国军队顽强抵抗，使得战局进展久拖无果，日军等不及了，加上粤军余汉谋部在大亚湾走私钨矿，出海通道被日本间谍侦察得知，于是日大本营迅速抽调三个师团组成21军，由古庄干郎大将统领，在大亚湾登陆奇袭广州。

21日下午，广州沦陷。而武汉外围也全面吃紧，英山、罗田等地相继发现敌踪。10月24日，日军已对武汉形成了东、北、南三面的战略包围。

广州一失，日军占领粤汉铁路南端，整个战略态势发生了根本变化，死守武汉就没了意义，面对这种情况，蒋介石吸取了南京保卫战的教训，不做孤城困守，决定放弃武汉。蒋介石在日记中这样写道："此时武汉地位已失重要性，如勉强保持，则最后必失，不如决心自动放弃，保全若干力量，以为持久抗战与最后胜利之根基。"实际上，早在9月底，田家镇要塞陷落后，武汉就已无险可守，蒋介石和国民政府军事委员会为了能持久抗战保存实力，决定放弃死守武汉的计划。并有计划、有步骤地开始分批撤离党、政和地方政府机关，疏散城内的老百姓。避免了"南京大屠杀"的事件再次重演。

10月24日，蒋介石正式下达放弃武汉的命令。国民政府军事委员会在武汉举行中外记者招待会，郑重宣布"我军自动退出武汉"。汉口市市长吴国桢宣称："保卫大武汉之战，我们是尽了消耗战与持久战之能事，我们的最高战略是以空间换取时间……我们于人口的疏散，产业的转移，已经走得相当彻底,而且我们还掩护了后方建设……"同日,中国共产党的中央机关报《新华日报》和国民政府军事委员会机关报《扫荡报》分别发表了告别武汉的社论。

10月26日,武汉三镇全部被日军占领。武汉会战历时四个半月,以中国军队主动撤出武汉而告结束。

10月31日,第140师奉命南撤,又成了武汉会战的最后一支撤守部队。此时武汉沦陷,后勤中断,粮秣供应困难重重,第140师官兵们只好挖生薯、芋头,喝生水造成许多疟疾病,加上伤亡惨重,伤兵得不到及时救护,由于担架奇缺,伤病员艰难痛苦的行动。那种祈援待救的目光和无声的饮泣,使很多屠弱的身躯刚下阵地就死了。一时阵地、山谷中到处散有官兵的遗体。

掩护友军,袭敌立功

武汉沦陷,长江南岸的第九战区所属部队也逐步向湘、鄂、赣交界地区撤退,武汉会战的长江南岸作战就此结束。但此时武长公路上,汽车、大炮、轿车、摩托车以及满载军用物资的军车、坦克挤在马路上时走时停。马路两侧田野由难民、溃退下火线的官兵组成百路纵队向后撤退。那些失掉家园的难民,并无自己的目的地,只能逃到哪里算哪里。

日军攻击部队,向我军进攻

第140师担任掩护任务，转战于阳新、通山之间。日军以一个联队编为追击队，穷追不舍。在转移途中，835团搜索连发现友军第146师（师长范绍曾兼任，后刘兆藜，参谋长张六师）两个团在嘉鱼、大冶之间被敌人截杀，通讯中断，并与该师师部失去了联络，随时都有被包围的危险，张育英连长见状，当即向团部作了报告。

835团团长张涛接报，当即主动叫团部写一个《战斗通报》，并派副官及两名士兵分别送达到该两个团手上，使其了解敌情和第146师动向，以便让这两个团根据当前情况，自行决定他们的行动。这两个团长见到第140师的《战斗通报》后，立即采取措施，很快摆脱了险境。

第140师因撤退较晚，只能在咸宁、蒲圻之间与敌纠缠，且战且退。宋思一正寻思如何摆脱敌之纠缠，突出险境，突接李延年命令：着该师星夜撤至蒲圻县迤西一带高地，布置阵地，以迟滞敌人的前进。

835团在转移新阵地途中，蔡世康（贵州遵义人，黄埔军校第8期工兵科。）第2营以战斗队形沿着右侧高地搜索前进，这时正好发现有日军约一个联队（团）已突进到蒲圻赵李桥以东较为平坦的地带，正准备集结。蔡世康看其态势，似有企图向我军侧翼包围。

团长张涛很快得到了蔡世康的敌情报告，当即与李祖明商量了对策，李祖明说："哪有煮熟的鸭子，还让它飞走的道理！"，两人意见一拍即合。于是，团长张涛派第1营营长张承彦率该营两个连加强蔡营侧翼的警戒，同时集中机、炮强大火力向正在集结的敌人发起突然袭击，日军猝不及防，被猛烈扫射近十分钟后才缓过神来，敌人想抵抗又没凭借，便四散惊逃。

这次奇袭敌人死伤三百余人，遗弃不少枪械弹药。835团系奉命兼程到新阵地布防，责任重大，不敢恋战，仅在敌人原集结的地带进行扫荡，所以未予穷追，使敌残余侥幸逃走。

第140师出其不意袭击敌人，打了一个胜仗，不仅予敌以重创，还缴获颇丰，又大大提高了我军士气。军团长兼第2军军长李延年获悉，开心不已，马上就致电第140师，通令嘉奖。

宋思一认为835团此次行动，为第140师挽回了面子，还给自己增光了不少，于是也一通电话打到张涛那里，狠狠地表扬，大大地许诺了一番，消息传开，第140师士气也随之得以提升。

在蒲圻县迤西一带高地，第140师左翼是友军第146师（川军）的作战地境，最前面一个小村庄的关王庙，是两师战斗地境线的分界线。第140师守备该村的部队是839团的一个连。

在布防时，师长宋思一和副师长李棠、参谋长谭心等曾亲到前线视察,为慎重起见,宋思一特别叮嘱团长朱皋说:"关王庙是我们守备的要点,是敌人必争之地,务必负责死守到底,决不能失。"朱皋也表示,不辱使命,人在阵地在,绝不让敌人前进一步。

半夜,日军追击部队到达。当时正逢望日,明月如昼,敌人当即向关王庙发起猛攻,听到炮火声,宋思一不放心即以电话再三叮嘱朱皋千万注意关王庙的守备,不可有失。宋思一放下电话二十分钟,正和副师长李棠、参谋长谭心等在烛光下研究军情,突然接到军长黄国梁的电话训斥,说敌人已窜入临近的川军阵地。宋思一听完,马上也火冒三丈,为了解其真实情况,他拿起电话正准备严斥朱皋,可话还未讲到主题,宋思一又接到了第十一兵团总部严斥守备关王庙部队的失职,使临近友军遭受极大损失,团长朱皋应即押解总部依法裁决的电报。

关王庙本是两友军守备的结合部,也是第 140 师防守要点。但 839 团团长朱皋对防务要求认识不足,且玩忽职守,不深切注意师长宋思一的指示,导致了第 2 营副营长朱铁明阵亡,这还事小;因一村之失而牵累友军,致使第 37 军军部遭到袭击,严重影响了大局,引起军团长李延年勃然大怒,声言一定要送交第九战区军法处查办。当时军长黄国梁也准备杀朱皋以正军纪,但经查实责任不全在朱皋一人,且 839 团副团长牟龙光又很快恢复了阵地,朱皋才得以免死,被就地免职。朱皋一走,团长一职由副团长牟龙光代理。

牟龙光(1906—?)贵州安顺人,黄埔六期生,原在第 82 师前身独立第 34 旅任营长,素有"冲锋陷阵、凌厉无前"的口碑。牟龙光履新后,团番号改成了 840 团。

无序撤退,岳阳失陷

中国军队撤守金牛后,日军第 27 师团宫崎支队切断了粤汉线,追击我军直迫岳阳。

关麟征第三十二军团由金牛镇贺胜桥一带沿粤汉铁路线(当时铁路已破坏)和湘鄂公路向湘北方向撤退,原归关麟征指挥的第 5 军第 200 师高吉人团各归还建制,张纲的湖北省保安部队开往通州归还湖北省政府。

关麟征(1905—1980),陕西户县人。黄埔军校第一期学生,国民党陆军中将。参加过两次东征、北伐战争。1933 年率部参加长城古北口抗战,虽被炸伤,但仍继续指挥战斗,后因作战有功获"青天白日"勋章。抗战全面爆发后,任第 52 军军长、第三十二军团军团长、第十五集团军总

日军攻击近我岳阳外围

司令、第九集团军总司令等职。

当时,关麟征令第82师开湘鄂公路的南江桥附近,担任湘鄂公路方面防守;令第195师的一个旅(该师师部及另一个旅因作战伤亡大,开后方

日军在岳阳城外集结准备进城

第六章 保卫武汉,再立新功

整顿补充)开临湘附近担任铁路防守。当时在城陵矶和岳阳方面只有由后方开来新成立的新23师和湖南省一个保安团。关麟征为防止敌人南犯,急调在醴陵附近整理补充的第52军开湘北岳阳以南地区。1938年11月8日,日军飞机已开始轰炸城陵矶,其兵舰也开始在洞庭湖活动,对城陵矶构成很大的威胁。

素称长江中游第一矶的城陵矶,自古以来便是湖南向外通江达海的咽喉要地,平时商贾云集,物流交汇繁忙异常,战时地理位置则更显举足轻重。驻防在城陵矶的新23师官兵因对日军作战缺乏经验。因此,在敌飞机、兵舰轰击和炮兵的双重攻击下,不支而退。11月10日,城陵矶和岳阳相继失守。

日军攻占岳阳城

消息传到长沙后,长沙秩序极为混乱,大有风声鹤唳、草木皆兵之势,退到长沙的各军政机关由于不相统属,协调困难,连第九区长官部也与前方部队断了联系。

日军占据岳阳城陵矶后,又转向桃林尾追关麟征军团的撤退。此时,第 140 师刚退到桃林，第 37 军军长黄国梁用电话对宋思一说："现在你的任务是：在桃林一带布置阵地，以掩护关麟征兵团的撤退。他撤走时，不会通知你，你部署完毕后，可告知前线与关军团邻近的部队联系，看他们确实撤走了，你就可以自行撤走，不再下命令给你了。"

当晚半夜，日军并未到达桃林地带，因而没有产生战斗。在前线靠近关麟征军团司令部的 835 团第 1 营营长张承彦打电话与宋师长报告："关军团已撤走半小时了。"宋思一得到报告马上操起电话向军部联系。但军长黄国梁及军部已撤走了，电话根本就要不通，至于何时撤走，撤往何处，更是不知道。宋思一此时处境极为尴尬，可以说是请示无路，汇报无门！但为了慎重，宋思一也不敢无令擅自行动。

第 37 军军部撤走时，军长黄国梁并没有预先指示第 140 师撤走的方向和尔后的任务，使得师长宋思一无所适从，进退两难。大约等了一个多小时，各方毫无动静，宋思一急了，再用电话向前线的部队询问，得到的回答说："关军团确已撤走多时了。"这时第 140 师在前线已成孤军，主官若优柔寡断将断送全师性命。于是，宋思一不再犹豫决心撤走，向新墙河方向转移，一面派人四处寻找军部。

第 140 师撤出防线，漫无目的地向湘北新墙河转移，这时已入午夜，前面山坳之下出现了几点星火，在星光下还能影影绰绰见到一座村庄的轮廓。因为情况不明，宋思一不敢轻举妄动，于是命令部队就地休整，在路边停下候命，参谋长谭心派人靠近村子潜伏侦察，了解实际情况。

没多久，派出的战士回来报告，前方村庄为友军部队，宋思一正为找不到军部归建而发愁，一听有友军部队，就想前去联系，以便相互有个照应。

宋思一带着警卫刚进村，就看到一家院落的房子里闪烁的火光透出窗户，在火光下看到有一个穿将官制服的人，从身形和举手投足来看，就是军长黄国梁。宋思一喜不至甚，一面大声招呼，疾步近前行礼，不想黄军长瞟他一眼，默不做声，转身就走。宋思一不知所措也追进他住的屋子。黄军长突然对宋大发脾气，拍着桌子大骂："屌你老母胲，一切由你负责！"黄国梁一口地道的广州白话，使宋思一简直莫名其妙，不知是怎么一回事。

黄国梁见他不懂，就改用夹生的国语说："关军团未撤走，你就撤，有事你完全负责"。宋思一说："我是照你的指示办的，关军团若未撤走，有事我负完全责任。"黄见宋出言顶撞，气不打一处来，不屑地躺到床上，不再作声。

这时宋思一也发火了，就大声对他说："你气也解决不了问题，你不下命令指示我的行动，你才真要负完全责任！"但黄国梁爱理不理，仍然

第六章　保卫武汉，再立新功

无动于衷。宋思一就向他的参谋长田西原说："军长发这么大的气，我不知为什么？我过去没有和他处过，不了解他的性格和情况，你和他搭档多年，你军部再不作出决定我就走了，这绝不是可以开玩笑的。"

田西原为打破僵局，就过去找黄国梁商量，黄又问："关军团走了没有？"宋思一说："关军团没有走我负责，你不指示我的行动，出了事你负完全责任！"田西原又同黄继续沟通，同时将地图展开，要宋思一仍回桃林布阵以掩护军团的撤退。宋思一说："口授不行，拿命令来！"这样田西原又草草地下了一个简单的手令，宋思一要黄国梁盖了私章才作罢。

折腾半天，宋思一回到师部，已是当晚的四点半钟，副师长及参谋人员也没敢睡，一直在焦急地等待。宋思一当即打开地图会同副师长李棠、参谋长谭心，向几个团长指示了任务。

第140师遭此折腾，一是来自国军指挥系统的教条主义传统，历史悠久，难以改变；二是来自撤防部队贻误职守，他们一接到命令就撤走，阵地不移交，情况不介绍，以邻为壑，各自为政。

万籁俱寂，只有脚下的沙沙声。虽然军人以服从命令为天职，但没有章法的瞎折腾也极易引起官兵的反感，处理不慎还易引起哗变。宋思一平时处事亲和，从不摆架子，宁可犯上也护下，官兵家中有生活困难，他必汇款资助，伤病在医院治疗者，他必派员携款物慰问，所以此时官兵们心里虽受委屈，但也还是乐为与之效命与他共进退了。第140师在行进间，不少战士顺手捋下一把把路边小树上的树叶，就往嘴里送，由于饿得慌，真的已经饥不择食了，但还得要挺住。第140师撤退时大约走了一个小时，这下回去由于军情紧迫，加上路熟的缘故，仅跑了二十多分钟就到达了桃林的指定位置。

第140师各团刚刚占领阵地，日军的追击部队就已到达。由于天黑目标不清，双方又互不知敌情，彼此之间没有贸然开战。但为防敌人偷袭，大家绷紧神经，官兵谁也不敢入睡。

天刚拂晓，各阵地就像炸开的锅，一时硝烟弥漫，枪炮大作，喊杀震天。日军的追击部队兵力为一个加强联队（团），战斗到正午，敌人的枪炮愈加猛烈，四五架飞机来回在第140师阵地上轮番轰炸，由于我官兵已有战场历练，掌握了敌人战法，经过一番灵活机动死守活打的周旋，敌我双方打成平手，各伤亡约三百余人。

军长黄国梁听到猛烈的枪炮声，忙用电话向宋思一了解情况，宋说战斗相当猛烈，敌人正向左翼包围我们。黄国梁又再次问关军团到底撤走了没有？宋思一一听就勃然大怒，此时战场危急，军长居然不考虑救援，也没指示破敌,而只是一心考虑自己的责任得失,于是就不怀好气地回答道:"不知道!你派人来看看好了。"黄说:"那么,你就准备撤退吧。"宋思一说:"现在不能撤,若现在撤,恐怕伤亡很大,黄昏以后看看情况再说吧。"黄说:"那由你自己决定吧。"但宋思一仍顾虑重重,于是再次请示往哪里撤?黄说:"撤至草鞋岭集结待命。"黄昏后,宋思一借着暮色,命令全师依次撤退,敌人恐有疑兵也不敢追。

由于我国电讯器材奇缺,湘北二十多万的军队,在协调混乱通讯不畅的情况下,一边抵抗,一边向长沙以北附近各县撤退。第140师亦沿粤汉铁路东侧高地,经蒲圻东侧山区向岳阳撤退。宋思一到达岳阳附近时,听说湖南省政府打电话问战区长官部前方的情况,因长官部已移动,无法联系,又得不到岳阳方面的具体情况,也是焦急万分。日军占据岳阳及城陵矶后,曾有向南进犯的蠢动,但均被我军击退。日军为巩固占领,在岳阳附近构筑了工事防守,停止了南下。

准备南下的日军部队

因通讯中断,整个第九战区乱成了一锅粥,第140师找不到军部,省政府联系不上战区长官部,关麟征军团的电台与长官部电台也失去联络。

经过一天一夜的煎熬，关麟征才与罗卓英取得联系，得到了长官部电令。有了战区长官部明确的指示，各个环节才开始理顺。关麟征部受令撤到岳阳以南的新墙河一线担任防守。次日晨，第140师各团经过一夜奔波，才安全到达草鞋岭集结。

日军占据岳阳后，中国军队据守新墙河，双方形成对峙，直到1939年春，我军派出游击部队袭击其据点外，湘北局面基本处于稳定的对峙状态。

长沙大火，南岳会议

1938年11月11日，日军攻陷岳阳，长沙人心也随之浮动，加上敌机狂轰滥炸，长沙市民自中秋以后便自动展开疏散，各学校也陆续搬迁至湘西南一带山区，商店大都歇业疏散，市面一片萧条，城内除守军及战地服务团的青年们外，就剩下后方无力收容和安置的四千余伤残官兵暂留原地。

岳阳失守两日，日军在向岳阳以南离长沙还有一百多公里的新墙河进犯时，由于警备团译电员疏忽，竟将前方电讯漏一"墙"字，致将"新墙河"变成离长沙仅有十二华里的"新河"。此信息的失误，导致了闻名全国的"长沙大火"。

"长沙大火"又称"文夕大火"，是长沙历史上一次毁坏规模最大的火灾。在第二次世界大战中，与斯大林格勒、广岛和长崎一起被并列为毁坏最严重的城市。临湘、岳阳等地相继失守，中日对峙新墙河。

长沙的局势十分严峻，蒋介石提出焦土抗战的作战思想，认为即使烧毁长沙也不能让日军获得任何物资，目的是打破敌人"以战养战"的图谋。湖南省政府主席张治中接到电报，于11月10日（一说12日）的会议中传达了蒋介石的思想，并组织纵火队伍，规定了当城东南的天心阁放火时，即开始全城放火。

11月12日深夜（13日凌晨2时），长沙南门口外的伤兵医院突然起火（是故意纵火的信号或是无意失火，至今仍然是谜）。纵火队员以为是信号，便全城放火。大火持续了整整五天五夜，古城长沙两千五百多年的历史财富几乎被毁灭殆尽。为了平息民愤，蒋介石下令枪毙"长沙纵火案"三个"当事人"：长沙警备司令酆悌、警备二团团长徐昆和长沙市公安局长文重孚。张治中也因此去职。因为12日的电报代码是"文"，大火发生在夜里（即夕），所以有些历史记载也称此次大火为"文夕大火"。

长沙大火

正当第 140 师退守草鞋岭时，蒋介石在南岳主持召开国民党军事委员会军令部军事会议。自武汉失守后，国民政府的军政重心暂时移至湖南衡山。衡山历史悠久，人文荟萃，是我国五岳名山之一，素有"五岳独秀"、"宗教圣地"和"避暑胜地"的美称。位于湖南中部偏东南，南起衡阳白露坳，北止长沙城西，长约八十公里。南岳始封于唐虞，是古代帝王巡狩祭祀的地方。祝融峰之高，藏经殿之秀，方广寺之深，水帘洞之奇，境内古木参天，植被繁茂，奇禽异兽，品类众多，每当烟云骤起，云蒸霞蔚，色彩绚丽，宏大壮观，变幻无穷，故又以"南岳独如飞"的意境突出于五岳之中。"春日之烟云，盛夏之茏松，金秋之日出，冬雪之冰琼"，四季风光各异，名为南岳"四奇"。

这次南岳军事会议，第三、第四、第七和第九战区的司令长官、军团长、军长、师长等一百余人出席了会议。会议历时四天。史称第一次南岳军事会议。

岳阳沦陷，面对侵华日军的步步进逼，会议检讨了"第一期抗战"（从卢沟桥事变到岳阳沦陷）的得失。蒋介石认为，第一期抗战，就一时进退看，中国表面上是失败了，但从整个战局上说，则已依预定的战略，陷日军于困敝失败莫能自拔的地位。

会议讨论了如何夺取"第二期抗战"胜利的问题。蒋介石认为第二期

第六章　保卫武汉，再立新功

抗战是"转守为攻，转败为胜"的时期，其战略方针是：

> 连续发动有限度之攻势与反击，以牵制消耗敌人，策应敌后之游击战；加强敌后方之控制与袭扰，化敌后方为前方，迫敌局促于点线，阻止其全面统制与物资掠夺，粉碎其以华制华、以战养战之企图；同时抽调部队，轮流整训，强化战力，准备总反攻。

这个方针的特点在于，注意了游击战争的作用，决定派遣部分力量争夺敌后控制权；对正面战场的主力部队，虽然要求发动有限攻势，但侧重于整训部队、恢复和培养战斗力，亦即保存实力，这是在抗战进入相持阶段后，蒋介石一直强调的核心问题。

"七七事变"到武汉会战，国军屡败屡战，国民政府也意识到问题所在。自1928年年底东北易帜以来，国民政府政治上统一了中国，但军队建设一直未完成统一整编，因而军队从属关系复杂，"派系"意识严重，军制混乱，无法协调指挥。军队重复领导，职责不明，使战斗力大打折扣。命令、指示及报告，层层递转，费时费力，于作战有损无益。

经历了淞沪会战、太原会战、徐州会战、武汉会战，中国军队暴露出编制、指挥系统的诸多问题，尤其在军、师两级建制上极不健全，军兵种结构不甚合理，调度上常常不利于迎战。

日军一个师团兵力，约相当于我军三个师的兵力，日军不仅兵力补充系统完备，后勤支援系统和机械化水平也让中国军队望尘莫及。日军每次增援，平均时间不到十天，最远的甚至调动的是遥远的关东军，从停止进攻，转进千里登舰，再航行到上海战区集结，平均不到十天，在这方面充分显示了军队机械化的优势，日军赢得时间，就是赢得空间。

而中国军队，穿草鞋，徒步走，乘车还经常受到日机袭击，以致未到战场就已伤亡。如：杨森的第20军9月1日奉令开赴淞沪战场，从贵州出发全凭两条腿，一直走到湖南辰溪方才乘船，从长沙坐火车被运到前线已是10月8日，足足用了三十七天；廖磊第二十一集团军9月中旬奉调淞沪，9月15日在桂林誓师出发，经十三天步行到达湖南衡阳，待转乘火车，到达上海昆山车站已是10月19日，又足足耗费了三十五天！

为此，蒋介石在第一次南岳军事会议上，对以往战事进行了全面检讨，决定了整军方案。

为顺利实现改革目标，扭转历来各路军队编制杂乱的问题，整军方案确定重新编制序列。决定废除兵团、军团两级，以军为战略单位，改师属各旅为师直辖各团。战区之下，其层级依次为集团军、军、师、团等，减少了指挥层次。

在会上蒋介石提出:"政治重于军事,游击战重于正规战;变敌后方为其前方,以三分之一兵力于敌后方扰袭敌人"等重要训示。同时举办游击干部培训班,重视敌后战场。变更战斗序列,增设冀察、鲁苏两敌后游击区,派遣部队进入敌后,加强游击,扩大面之占领,控制沦陷区之面,使敌困守点线。同时,各战区划分前方若干地区为游击区,指定部队从事游击,打破敌人"以华制华,以战养战"之图谋。加强战地政务,成立战地党政委员会,各游击区成立分会或区会。由各战区最高军事长官兼任主任委员,以期党、政、军一元化,明确合作,集中力量,发挥总体战、全面战的效力,以打击敌人,争取最后之胜利。

会议提出整顿军队任务:一是一年内完成全国军队整训;二是整理各级指挥部和司令部业务。会议对军队指挥系统和战区划分作了调整。南北各战场划分为第一、第二、第三、第四、第五、第八、第九、第十战区及苏鲁、冀察等共十个战区,撤销广州、西安、重庆行营,设立桂林、天水行营,以统一指挥各战区作战。

这次南岳军事会议简化了繁琐的多层指挥体系,统一了杂乱的编制体系,加速了军队国家化(中央军化)的进程,应该算国军有史以来最为成功的一次军事会议。

退守湘北,驻防草鞋岭

草鞋岭位于湘北岳阳与临湘之间,据史料记载:"新墙河上流分为两支,南为沙港,北为油港,草鞋岭居其间,自新墙至桃林及杨林街,大道分过其南北,临岳既陷,中国军队据此以制敌,迤东之大云山,跨临岳边境,形势险峻,与草鞋岭势成犄角,我军事前进据点也。"

第140师刚到草鞋岭,已是疲惫不堪,正准备停下来休整,这时瞭望哨来报,看到日军由桃林向西塘前进,就在我师集结的侧面经过,从头到尾,看得清清楚楚。宋思一听完后极为兴奋,有了有利的战机他当然不肯放过,于是忙用电话将情况向军长黄国梁汇报:"因地形对我很有利,拟全师对敌侧面进行袭击,很可能打个很好的胜仗,以挫敌人的气焰。"不想黄国梁回答说:"等研究一下再决定。"军长一瓢冷水泼来,宋思一心凉了半截。

以逸待劳,可以给敌人严重的打击,也可给自己的部队避免付出重大的伤亡。当然,遇敌避战是要担负严重军事责任的。作为一个战场指挥员,不能没有敢于承担责任的胆量。本来这事不用汇报,就当成一个遭遇

第六章 保卫武汉，再立新功

战，只要抓住战机见好就收。但此时宋和黄沟通困难，无话可讲，又怕黄将来借故加害，不得不处处小心。

战场情况，瞬息万变，处于通讯联络设备又非常落后的情况下，宋思一不能根据情况变化，主动决定对策，只能事事都死板地听从上级命令，当然也是失策。隔了约五分钟，黄国梁来电话指示："这不是我们的任务，算了吧。"宋思一眼看煮熟的鸭子给弄飞了，气得直跺脚。无奈，军人以服从命令为天职，只好放下眼前的机会。

一个部队要是打了几次败仗，遭受损失，尽管你大讲"胜败乃兵家之常事"，部队的士气肯定会受到影响。相反，如果连打几次胜仗，干部战士就会产生骄傲情绪。所以部队要在胜胜败败之间不断总结经验教训，提高自己，这就是战争发展变化的客观规律。总是常胜或者常败的事是根本没有的，即所谓"兵无常势。"能从胜败的经验中不断前进，但要防止骄傲，因为骄兵必败；打了败仗要防止气馁，总结失败的教训以便今后更好的作战。

基于这样的认识，宋思一对军长黄国梁产生了成见，认为这种怯懦无能、缺乏主张的人是不应该担任战场中主要指挥官的。

牢骚要发，但事还得要做，宋思一安排完防区，各团就地驻扎。第二天早晨一觉醒来，835团发现在村庄宿营地，轻机枪被盗两挺、步枪数支，团长张涛急得火冒三丈，当即派兵搜寻，结果在村庄附近的密林中将枪查获，并捉住了四个嫌疑人，经审讯，得知是汉奸所为，张涛当即下令就地正法。

由于第140师在鄂南战斗中减员太大，需要补充。为此，军政部批准由长沙伤兵休养院（伤兵治愈，由伤兵医院转入休养院待命分配）拨给伤愈士兵（有部分排、连长在内）两千人补充。

有了命令，师长宋思一当即指派839团副团长彭裕初、840团3营副营长黄德升担任接收新兵的任务，两人各负责一个大队，各接收伤兵一千人。当时，黄德升才二十多岁，怕带不好伤兵，有些顾虑，不敢贸然接受任务，但想到作为军人，以服从命令为天职，也就只好硬着头皮受命，不想还出色完成了任务。

黄德升，贵州安顺人，黄埔军校8期毕业，受835团团长张涛相邀进入第140师。黄德升将接收的伤兵交给在沅陵接收伤兵的团长牟龙光。不久上级要他立即到湘北新墙河归队候命，1938年12月下旬黄德升到达团部。不久，内部人事调整，第3营营长令狐禹畴升任副团长，黄德升接令狐禹畴任营长。

1938年年底，第140师师部奉命成立了一个野战补充团，835团团附李祖明调任补充团团长。李祖明先前曾两次代理过835团的团长，可惜在该团团长人事调动时却没有得到升充,此次调任补充团团长也算是给他的一个补偿。但是翌年年初,第8训练处的任骧,在送新兵入湖南时,被宪兵查出部队有携带鸦片,于是被逮捕重处。李祖明与任骧同为崇武同学,又是战场生死弟兄平时多得其照顾,在案件中李祖明替其说情而被去职,于是师部改派副官主任何希濂接任该团长。

由于广州失守。蒋介石在南岳会议上免去余汉谋第四战区副司令长官的职务,改派张发奎为第四战区司令长官,蒋光鼐任参谋长,设司令长官部于韶关,并调吴奇伟第九集团军驻防潮梅地区。李祖明得老乡第4军参谋长刘之泽介绍,调入吴奇伟第九集团军任参谋。

1939年春,根据南岳会议精神,国民党军队的战斗序列取消了军团制,关麟征于同年4月间被任命为第十五集团军总司令,归第九战区司令代长官薛岳指挥,担任湖南湘北方面的粤汉铁路正面和湘鄂公路方面的指挥防守任务。

当时归第九战区指挥的还有杨森的第二十七集团军,担任平江县东北长寿街湘赣两省交界防守。王陵基的第三十集团军接杨森集团军右翼,担任赣北方面守备。此外,在赣北方面还有其他部队统归第九战区指挥。

同年6月底前后,关麟征的第十五集团接令改为第九集团军,在湘北第一线担任防守的部队,由张耀明的第52军(三个师)担任铁路线正面新墙河一线的防守。夏楚中的第79军在南江桥一带担任湘鄂公路方面防守任务。第37军主力控置于汨罗河北岸长乐街附近——汨罗河南岸与湘江交汇处的三角洲营田附近担任守备,防止敌兵舰掩护陆军由该处登陆。此时,第37军人事改组,军长黄国梁去职,由陈沛接替。

第140师奉命由草鞋岭转移到岳阳及湘阴境内新墙河南岸一带布防,师部驻杨文贵和傅堡一带村寨,师长宋思一抓紧时间部署,把835、837两个团布防于第一线,牟龙光率840团到长沙整补,随后回防湘北。由于此时得到了全面补充,全师人员装备比较充足,均为德国和捷克武器。

第140师刚到防地即构筑工事,以备将来作战需要。其后又移驻汨罗江中游之长乐街、浯口、杨子源、土洞等地。这时归第九战区统一指挥的驻湘北部队,共计二十多万人。

这时,第140师序列是:

师长:宋思一,副师长:李棠(陆大毕业),参谋长:谭心,参谋主任:陈肃。

第835团团长:张涛;

第1营营长:张承彦,

第 2 营营长：蔡世康，
第 3 营营长：黄德升。
第 837 团团长：徐定远；
第 1 营营长：杨伯超，
第 2 营营长：傅鼎臣，
第 3 营营长：郭光程。
第 840 团团长：牟龙光；
第 1 营营长：宋希平（贵州贵定人，黄埔军校南京本校第 8 期），
第 2 营营长：韩润民；
第 3 营营长：张学渊；
补充团团长：何希濂；
师直属辎重营营长：彭裕初；
师直属工兵营营长：熊增晖；
师直属迫击炮营营长：程奎朗（贵州贵定人，黄埔军校南京本校第 8 期炮科）。

派系之争，师长去职

1939 年的 7 月，第九战区为了协调湘北防务，在新墙河一带驻地召开了集团军司令、军长以上会议，在会议中李延年突然接到了第九战区长官陈诚的命令，内容是："宋思一另有任用，调盛逢源接任第 140 师师长"。李延年感到纳闷不解，就顺手把接到的调令文件交给关麟征看，关麟征也觉得奇怪便问："思一是否犯过错误？"李延年一本正色地说："他一向表现很好，在这次战斗中还有功，曾受到军委会通令表扬过，在战地上无故调换主要将领是不利的，而且思一调任何职并未提及，那就更不应该。"关麟征说："这样不合理的调令，我们应该顶回去。"于是，李延年同关麟征就想着法子拒不执行，准备把这份长官部的调令顶回去。

不想，李延年的参谋长赵家骧用电话询问防务时，无意间把这事告诉了宋思一。他一听，哪里还受得住这窝囊气，当时就气得火冒三丈。宋思一为人正派，秉性刚直，不会吹牛拍马，不善交际应酬，他回答赵家骧说："请你代我感谢两位长官的盛情，但我还是决定辞职，以免将来遭受不白之冤。"张涛在旁听见，就说师长能不能把话说的委婉一点，不想宋思一答道："贵州人说话开门见山，我就是这样，一根肠子通屁眼，直来直去。"

尽管李延年和军长陈沛均反对宋思一辞职，但宋在心理上怎么也过不

李延年将军

了这道坎，他认为这完全是黔系与浙系之争，是何应钦与陈诚的矛盾引起的，自忖自己与陈诚素无瓜葛又无恩怨，陈为何要一再排斥自己呢？宋思一思前想后，总是不得要领。联想到第 140 师自归属第 37 军以来，与黄国梁的种种不快，使他更顾虑到在战地上"欲加之罪，何患无辞"的风险，加上陈诚无端找茬，使他有一种报国无门的锥心之痛。因此尽管李延年、陈沛等都在极力挽留，但宋思一顾虑未除，更不想在勾心斗角的人事上去趟浑水。于是，宋思一便以老母年老多病为借口，越级直接电告了蒋介石，请辞去师长职务回家奉母，并请以副师长李棠升任师长，团长张涛升任副师长。

陈诚与何应钦的矛盾由来已久。1925 年，国民革命军第一次东征讨伐陈炯明时，黄埔军校两个教导团编入了东征联军序列，何应钦任第 1 团团长，陈诚在 1 团任上尉炮兵连长。东征结束后，何、陈都因战功得到了升迁。不久，何应钦代蒋介石继任国民革命军第 1 军军长，以东路军总指挥名义率部北伐，陈诚任第 1 军 21 师 63 团团长。"四一二"后，第 21 师师长严重辞职，何应钦奉蒋介石令宣布陈诚为代师长。

1927 年 8 月，北伐军在徐州战败，军阀孙传芳挟胜仗余威，趁南京政府内部纷争之际，集中兵力南下，一举攻占栖霞山、龙潭一线，南京危急。何应钦急命陈诚率 61、62 两个团驰援。不想陈诚亲临前线，坐在轿子内指挥，引发何应钦的强烈不满。虽然陈诚收复了龙潭、栖霞山，取得了龙潭大捷，但还是遭到了何的一顿训斥。何应钦没有想到的是，当时陈诚正患胃疾，抱病上前线督战，盛夏之中太阳爆晒有几次几乎晕倒，不得已才以马换轿。何应钦因未了解实情就大动肝火，而使陈诚既难堪又委屈。

其后，陈诚因撤换作战不力的 61 团团长李树森，引起黄埔同学不满。他们联合起来到何应钦处倒陈。何应钦是日本士官学校毕业生，从在黔军任职起到投身国民革命就一直为"士官系"首领，在黄埔中与"保定系"形同水火；何应钦在黄埔军校时任总教官，与任教育长的"保定系"邓演达教育观点相左，而陈诚是邓演达的亲信，因此何心理上对陈诚有距离感。他听了第 21 师副师长孙常钧等人的汇报，在未作调查的情况下就以陈诚作战不力为由免去其师长职务。陈诚作战有功，未受嘉奖，反遭何应钦的严厉责备，遂愤而辞职，从此两人产生芥蒂。

后来在江西苏区的历次作战中，陈诚遇事便越级直接请示蒋介石，根

第六章 保卫武汉，再立新功

本不把顶头上司何应钦放在眼里。蒋介石为抑制何应钦的权力过大，也乐意利用其手下这些部属之间的矛盾，来完成控制与平衡。何应钦也颇有城府，遇到此等事也绝不会只是干瞪眼，一有机会也会让你试试小脚鞋。随着陈诚地位的日益提高，何陈双方相互掣肘便成了家常便饭。

宋思一屡受闲气虽未必真与陈何矛盾有关，但宋思一有了思维定势，李延年和陈沛怎么劝或打圆场也无济于事。

宋思一的请辞也可以说是一波三折，好不容易才得到了上峰的回电批准，宋即准备向李棠移

晚年的宋思一将军

交。但李棠的任职批文却还没有拿到，不得已宋思一只好将情况电军委会核备，又延了三个月时间，待与李棠交接后，宋思一才离职。宋思一回到贵阳，稍事休息后即到重庆向蒋述职，经蒋介石亲批就任军委会中将高参职务。

李棠能顺利接上第140师师长一职，并不是因为有了宋思一的推荐，而只是与自己的人脉有关。第九战区最初的人选是赣人盛逢尧，但盛也把这次人事调整当成是陈诚调虎离山的不怀好意，于是辞而不就。而当初宋思一到第140师时，由于缺少自己的班底，老友卫立煌把老乡李棠推荐而来，李棠与第九战区副参谋长赵子立是同事兼陆大同学，私交甚笃，因此在第九战区有较好的人脉。

经过数年的战斗消耗和多次兵员补充，以及下级军官的补充调配，第140师已经大换模样，下层官兵已不惟贵州人，而以湖南、湖北地区征集的青年替代。李棠接任后，各级军官全部换成了黄埔军校、中央军校的毕业生，高级军官多换成李棠的亲信和同乡。第140师已经被完全改造成中央化的嫡系部队，只是黔军敢于硬打死拼的老传统依旧。

第七章　初战三湘，显树战功

大兵压境，薛岳抗命

正当日军泥足深陷中国战场取胜无望、亡华无期进退维谷之际，其法西斯伙伴德国于1939年9月1日，突袭侵占波兰。接着，德意法西斯互为呼应，又取得了对英法作战的胜利。

而此时，驻守在武汉的日军第11军司令冈村宁次也完成了他的研究成果，制定出了对中国第五、第九两个战区施以政、战谋略的方案和指导大纲。其核心思想是：以政治、军事和派遣特务等各种手段，策反杂牌军，孤立以黄埔军校少壮系为主的中央军，然后积聚力量一举消灭之。其计划要领是：

一、对第五战区的敌军（指中国军队），置重点于策动广西、四川军队反叛，借此使全战区走向崩溃；其次对该战区的中央军及其旁系军加以影响，也要不失良机进行工作。

二、对第九战区之敌（指中国军队），可对四川军及游击旁系军施以怀柔工作，对其他军队（直系军以外）进行积极的谋略宣传，引导其丧失战争意志和走向投降、逃亡……

三、任务分担：第6师团对杨森军策反工作；第33师团对王陵基军策反工作；军特务部担任对五战区的四川军的策反谋略工作，为此应接受有关师团长的援助。

在大力开展策反工作的同时，冈村宁次又制定了《江南作战指导大纲》，将第九战区的中央军列为武汉日军的打击重点。大纲的中心意图是：以奇袭手段，尽量在短期内歼灭中国军（中央军）。

第七章　初战三湘，显树战功

日本在其法西斯伙伴暂时胜利的刺激和鼓舞下，开始策动了以攻占长沙为目的的军事行动。

1939年9月上旬，日军第11军司令官冈村宁次指挥五个半师团十余万人，在大批舰艇、飞机的支援下，从赣北、鄂南、湘北三个方向，准备向长沙发起进攻。

第11军作战的用兵原则，是根据以一个大队可以和中国军队一个师对抗的程度和战斗力量来判断的。冈村宁次不无自负地说"当然和中国军队相比，我方有比较优势的航空兵力相助，炮兵力量一般也占优势。"

9月12日，日军中国派遣军司令部在南京成立，总司令西尾寿造批准了冈村宁次的作战计划。次日，冈村秘密部署完成，在鄂南咸宁设立了战斗司令部，并亲临指挥作战。第11军各参战部队接到命令后，也开始向各指定地点集结。

按照冈村宁次的部署，日军第101、第106师团由南昌赣江两岸及永修、张公渡、武宁向奉新、靖安集中；第33师团由鄂南咸宁、蒲圻、崇阳向通城、大沙坪及其以东地区集中；第6师团主力逐渐向西移动；第13师团由武汉乘火车至羊楼司五里牌，向大云山及其以南地区集结；第3师团由武汉运至岳阳集结；波田支队、长江舰队舰艇两百余艘及海军陆战队两个大队，亦逐渐向岳阳湖面集中。

长沙自岳阳失陷就成了整个战时的大后方，此时又成为了整个大后方的最前沿，是捍卫西南各省的前哨阵地。日军如沿粤汉铁路攻下长沙，直逼衡阳，那么韶关、桂林均将受到威胁；赣西、赣南也有被包抄的危险；如沿公路西趋常德、桃源，则鄂西宜昌、沙市亦将被其控制；湘西宝庆一旦被侵，川黔就会门户洞开。所以，保卫长沙就是保卫大西南，其战略意义不言自明。

日军重兵集结，湘北局势的骤然紧张，引起了守备在前沿关麟征的特别关注，他立即意识到敌人可能想趁湘北一带农村收割稻谷以后，田间无水，便于战车、炮兵、机械化部队活动时，向我军发动攻势。于是，关麟征立即向第九战区代长官做了汇报，并命令部队进入紧急状态，做好了防范准备。

此时，第九战区司令长官虽是陈诚，但真正主事的却是薛岳。薛岳是个脾气火爆，但做事认真的人。自他主政湖南以来，一方面发展生产，一方面整军备战。他提出了"安、便、足"三字方针。"安"是使老百姓安居乐业；"便"是"便民、便国、便战"；"足"则是"足粮、足兵、足智"。薛岳还搞了个"六民之政"，即"生民、养民、教民、卫民、管民、

与我军对峙的日军炮兵

用民"。他的这些措施都使湖南在战时经济得到了相当的发展，粮食也连续获得了丰收，同时也极大地调动了群众参加抗战的积极性和主动性。

此时，敌兵犯境，薛岳认为第九战区各部队已经有了近一年的休整，可以说基本恢复了元气，战力也有所增强，加之年初南昌失守曾受到蒋介石的严厉训斥，所以他也一直耿耿于怀，觉得有失自己作为主将的面子。鉴于此，薛岳决心在长沙地区与日军展开较量，以打出第九战区的声威，并以此激励士气。

知己知彼，百战不殆。就在冈村宁次潜心研究第五、第九战区的情况时，薛岳也组织了一帮参谋人员，在潜心研究本地区的地理环境特点、日军的企图以及敌我双方兵力、战力、武器、装备等情况，经过综合分析，于是得出了基本判断：

（一）日军将以主力从岳阳、通城方向南进，直取长沙城；

（二）日军将以有力之一部，从南昌方向西进，以策应湘北主战场。

基于以上判断，薛岳确定第九战区的作战指导方针为：争取外翼，后退决战。

原来湘北地形十分特别，长沙城至岳阳间一百多公里的地段，右有幕阜山、九岭山，自北而南侧峙而立；左有八百里洞庭湖水作屏障；长沙虽然地处平原地带，但自岳阳以下，中间形成了一条狭窄的通道，却有新墙河、汨罗河、捞刀河和浏阳河四条水系横卧挡道，形成了一道道天然屏障。所以争取外翼，后退决战方针，就是薛岳针对这一特殊地形确定的。

薛岳认为在第一线的新墙河与敌决战，则敌强我弱；在汨罗河与敌决战，敌军锐气已减，敌我双方将势均力敌；若在捞刀河与敌决战，敌已被拖得疲惫不堪就转换成了敌弱我强。因此，他的作战指导方针具体是：在新墙河、汨罗河地区，均采取节节抵抗，用疲劳战术迟滞敌人；再将敌诱至捞刀河、浏阳河地区进行决战。同时，第九战区主力要避免被敌包围，力争在运动中跳到侧翼，相机出击。

第七章 初战三湘，显树战功

这时，日军进犯长沙的意图已经暴露无遗，薛岳决定固守长沙，围歼来犯之敌，并把方案上报了重庆最高统帅部，不料蒋介石的回电要薛岳放弃长沙。

9月14日，在南昌西面的靖安、奉新、高安等地，日军第106、第101师团各一部，在飞机的配合下，开始向西进攻，拉开了第一次长沙会战的序幕。

长沙，是一座历史悠久的古城，据《史记》记载，中华民族的始祖炎帝、黄帝都来过长沙，黄帝曾"披山通道，南至于江，登熊、湘"，后来把长沙这片土地封给他的儿子少昊，于是少昊成为了远古长沙的氏族首领，堪称开发长沙的第一人。春秋末期，楚国的势力进入了长沙，使之成为了楚国东南边陲要塞。公元前222年，秦国灭楚，将长沙及周围的一些县设为长沙郡。自此之后，长沙开始建筑城墙，并逐渐成为历代兵家必争之地。

长沙的重要地位，《长沙地方志》曾这样描述："邑居省会之冲要，控荆湘之上游，吐纳洞庭，依附衡岳，荆豫唇齿，黔粤咽喉，保障东南，古称崇镇。"

自武汉失陷之后，湖南长沙成为了拱卫大西南后方的战略要冲。湖南土地肥沃，物产丰富，稻米充足，是重庆大后方的重要补给基地。国民政府深知日军选择这时开战，有其要"以战养战"的目的，俗语说："湖广熟，天下足"，湖南既是中国主要谷仓之一，日军攻略长沙只是迟早的问题。

就在长沙战事一触即发之时，远在重庆的陈诚和白崇禧也根据湘北战情，拟定了死守长沙和主动放弃长沙的两个作战方案，并送呈蒋介石抉择。

蒋介石鉴于年初南昌失守的教训，联想到统帅部曾作的是死守南昌和拼死夺回南昌的方案，结果南昌没守住，而失去之后也没有再夺回来，前线部队却为了一城一地损兵折将，白白地付出五六万人牺牲的惨痛代价。血的教训，殷鉴不远，蒋介石牙帮一咬痛下决心，取不守长沙方案："第九战区应避免与敌硬打硬拼，保存主力，相机歼敌。"并派出陈诚和白崇禧前往湘北，传达统帅部不守长沙城的作战方案。

陈、白二位"钦差大臣"赶到长沙，正值日军主力正大举进攻，守军第九集团军正与日军在新墙河、汨罗江一带节节抵抗、节节后退，阵线仿佛呈不支状态。两位大员马上向薛长官出示蒋介石的指示，令其马上放弃长沙。他们以为这下定会使薛岳大大地松了口气，为丧城失地找到借口，从而体面下台。不料,薛岳此时是开弓已无回头箭,听说蒋介石要他放弃长沙,马上就火气上来,厉声质问二位大员:"我九战区几十万大军驻在湘北,竟然不守长沙,这军人的职责哪儿去啦?"

　　此时,日军进攻疯狂,战况险恶,陈诚和白崇禧虽理解薛岳的想法,但上命在身不敢不执行。所以,竭力相劝其执行统帅部命令。可薛岳牛脾气一上来,就只丢下一句话:"将在外,军(君)令有所不受"。陈、白二位"钦差大臣"无论怎样相劝,他就是油盐不进,拒不执行统帅部的命令。

　　日军继续倾全力向长沙方向猛攻,第九战区各路大军,按着薛岳的作战计划继续节节阻敌,节节后退。仿佛长沙已是兵临城下,危在旦夕。陈城和白崇禧看在眼里,急在心里,一方面担心第九战区精锐被敌包围歼灭,或在长沙城下与敌拼光打完;另一方面也为薛岳本人捏着一把汗,公开违抗统帅命令,稍有闪失,这脑袋准掉无疑。

日军阵地

　　军情十万火急,陈诚、白崇禧再也坐不住了就连续给薛岳打了九次电话,严令他立即执行蒋委员长的命令,马上把长沙的守军撤出,其他部队也尽快作转移。但薛岳仍然我行我素,在电话上慷慨陈词:"湖南所处战略地位特殊,关系国家民族的生死存亡,作为军人,我们应该具备良心血性,誓死保卫它!我已下定决心,第九战区誓与湘省共存亡!誓与长沙共存亡！"

作为副总参谋长的白崇禧，既据理力争又耐心相劝："正因为湘省战略地位重要，才配置第九战区长期持久守卫，如果因一座长沙城失去主力，还怎样长期坚持，现在已处于相持阶段，相持阶段的主旨在于保持实力，与敌相持，以图总的反攻。来日方长，应尽量避免与敌死拼和与敌同归于尽。要知道，日军一直求之不得的是速战速决。南昌会战的教训应该吸取！"

白崇禧不提起南昌那一战还好，一提更是火上浇油，本来薛岳就忌讳这一败笔，不想白崇禧哪壶不开提哪壶，薛岳觉得心头被人猛地戳了一刀，冲天斗志一下就被激发了出来，冲口喊道："这里绝不是南昌，长沙城我是守定了！"

白崇禧大为光火，也拿着话筒对吼起来："不要感情用事嘛！服从命令是军人的天职！"薛岳回答得更干脆："就是砍我脑袋，这长沙城也绝不放弃。"两人于是在电话里大吵起来。

陈诚觉得这样吵下去不是办法，更有碍军机。他与薛岳共过事，了解他那军人坚毅的性格，不轻易下决心，但拿定主意后，就是掉脑袋也断难改变。再说，第九战区部队以及当前的作战情况，最有发言权的还是薛岳，统帅部的决定只是根据纸上谈兵的理论，倒不如听听他的意见。

陈诚从吵得面红耳赤的白副总长手上拿过电话筒，问薛岳道："守长沙你有把握吗？"薛岳的回答相当干脆肯定。陈诚又问目前第九战区部队的情况如何，薛岳报告说："除少数部队失去联系外，绝大多数都在英勇作战或有计划地调动转进，全军杀敌热情非常高。"陈诚搁下电话，与白崇禧商量：先尊重薛岳的意见，让其守长沙，但要马上把这里的情况向委员长报告，请他重新裁决。白崇禧表示同意。最终还是在陈诚和宋美龄帮助下，蒋介石才勉强同意了薛岳的作战方案。不过此时，日军已日益逼近长沙。

天炉战法，请君入瓮

1939 年 8 月中旬以前，日军在岳阳、临湘、通城一带的兵力约一个师团（据当时侦察系第 13 师团），分别驻扎在岳阳和通城之间的铁路两侧，他们占领据点，构筑工事防守。

1939 年初秋，原守备湘鄂边境幕阜山、麦市、九岭之线的第 92 军军长李仙洲，调任冀鲁豫边区任游击总指挥。第 140 师奉命开赴平江的南江桥，接替第92军第21师担任新墙河南岸的防务。

李仙洲军调走后，第79军军长夏楚中率第98师王甲本部开到鄂南九岭接防，第140师及守备岳阳县属湾头以东阵地的第82师也被转属第79军建制，夏楚中第79军军部驻上塔市。第140师归入夏楚中第79军建制后，不久又移驻湖北通城加强警戒。

换防之后，第140师成为了与敌接触的第一线部队。按照师长李棠的部署，835团第1营张承彦部占领麦市以东的322高地，837团占领麦市附近的鸡笼山至凤凰林一线，840团进出清水塘、堰市、高冲、鲤港地区在敌后游击。第140师得当面之敌为第6师团45联队，自攻陷岳阳以来，该联队就在锦山、锡山一带修筑坚固工事，凭险据守。联队长池田纯久驻通城，师团长稻叶四郎驻崇阳，服部旅团驻大沙坪。与中国军队形成对峙状态，双方时有炮击。

日军第6师师团长町尻量基

第140师换防到前沿，可以说是担沉而责重。为使防御更为主动，刚接任师长的李棠决计以营为单位派出突击队，经过侦察选定目标，对敌人据点进行了不间断地袭击、骚扰，破坏了敌人的通讯设备，炸毁了铁柱港大桥。由于我突击队计划周全，部署得当，因而颇有斩获，计缴获通讯电线五六千米，枪弹、被服若干。使敌驻军防不胜防，一度处于消极被动的境地。

自日军增兵湘北后，局势骤然紧张，日军的意图已显而易见。第140师深处前沿，自然压力也是最重，为便于指挥，师长李棠将师指挥部由南江桥移驻到了通城之李家墩的鱼牙口附近。

日军的频繁调动，薛岳判断其有南下企图，并根据本战区地形和日军的部署，判断出了日军的进攻方向。据此，薛岳决计使用"天炉战术"，将"诱敌深入至长沙附近地区，将其包围歼灭之。"要进行"天炉战术"，其先决条件是地理环境，所以要求作战地带的纵深要够，否则便不足以将敌人拖垮。

为了实现战略目标，薛岳将第九战区主力部署于湘北方面，并利用横亘于此方向纵深内的新墙河、汨罗河、捞刀河、浏阳河等构筑多层阵地，加强防御的纵深和韧性，并将机动部队控制于东侧的幕阜山、大云山山地，以便侧击进攻日军。

第七章 初战三湘，显树战功

日军之所以选择9月份秋收以后打长沙，除了其战略的目的外，就是要"以战养战"。按照冈村宁次的想法，秋收后田里都是干的，有利于部队破田为路，加强机械化运动。薛岳也看穿了其用心，于是针对日军机械化部队"快"的特点，立即动员民众犁田灌水，针锋相对地来了"化路为田，运粮上山"。只要能彻底破坏道路桥梁，让日军也用两条腿走路，就不难胜算在握。

薛岳这样做的目的，就是要日本的机械化优势失掉运动能力；"化路为田"就是把田埂缩小变窄，只有一尺之内，这样日军就只能单兵纵队行进，拉长了其补给纵深，加上日军穿的是猪皮皮鞋，经水浸泡难走异常，说穿了"化路为田"就是不给敌人一条路走；"运粮上山"就是不给敌人一口饭吃。补给线本来就是进攻的"生命线"，而撤退的时候又是便于逃命的"生死线"，薛岳把部署延伸到了这一层面，表明他的战术思维有着立体的构想，为打赢这次会战做出了一个好的开局。

日军拟三路进攻，薛岳在兵力部署方面亦按照三路部署：罗卓英第十九集团军四个师加卢汉第一集团军四个师协同防卫赣北；王陵基第三十集团军四个师守备修水方向；杨森第二十七集团军四个师挺进咸宁、蒲圻一带游击应战；霍揆章第二十集团军守备洞庭湖地区；关麟征第十五集团军八个师守备新墙河、浏阳一线。其他部队则分布于各处，另留十五个师作为第九战区总预备队。第4军三个师守备长沙；新6军两个师守湘潭、株州；第70军两个师集结于长沙附近；第74军三个师集结于上高、万载地区；第5军集结广西兴安、全县地区；第99军两个师分驻岳麓山、澧县。总计兵力达三十二个师、二十四万人。

这个部署的"天炉战法"，以超过对方一倍多的兵力，通过层层设防以消耗敌军有生力量，待其消耗殆尽，然后再围而歼之。薛岳将这一战略部署的核心总结为八个字："后退决战，争取外翼。"这种后退作战的方法，看上去完全属于被动挨打的态势，但后发制人的威力，使薛岳于武汉会战时万家岭战役曾得意一时。

9月14日，集结于湘北的日军第6师团、上村支队、奈良支队共五千余人，以日军长江舰队和上百架飞机为掩护，沿粤汉铁路方向向新墙河发起全线进攻，企图迅速突进，直取长沙。

拖敌后腿，围点打援

日军为了攻取长沙，实现其以战养战的目的。冈村宁次从第11军中抽调了第 6、第 33、第 106 等师团主力和第 3 师团上村支队、第 13 师团奈良支队、第 101 师团佐枝支队等共约十多万人，准备以"分进合击"、"长驱直入"战法，从赣北、鄂南、湘北三个方向向长沙发起进攻。

此次作战，冈村宁次以湘北为主战场，欲在汨罗江畔平江周围地区围歼中国第九战区主力；以赣北为辅战场，在消灭高安附近的中国守军后，转向修水上游策应湘北方面作战。部署在主战场的兵力有据守鄂南通城、崇阳的第 6 师团、上村支队、奈良支队、第 33 师团等部队。辅战场为盘踞江西靖安、奉新、高安、武宁等地的第 106 师团及配属该师团作战的第 101 师团佐枝支队。此外，直接支援第 11 军作战的还有陆军航空兵第 3 飞行团及海军一部。

由于第 6 师担当主攻部队，第 33 师团担任助攻，原鄂南守备的防务便交由其他部队接替，第 33 师团集结在通城、大沙坪地区。

第 33 师团，1939 年 2 月 7 日在日本仙台编成，属警备专用的三单位制师团。下辖：第 33 步兵团（步兵第 213、214、215 联队）、搜索第 33 联队、工兵第 33 联队、山炮第 33 联队、轻重兵第 33 联队、通讯、兵器勤务、卫生队、病马厂、第一和第二野战医院。3 月 25 日，该部在师团长甘粕重太郎中将的率领下，奉命侵入中国，编入到第 11 军战斗序列。9 月 4 日，中国派遣军成立后，该部担负了江西安义、武宁地区的警备。

日军第 33 师团师团长甘粕重太郎

为着策应第 6、第 13 师团等主力对新墙河北的作战，第 33 师团于 9 月 21 日开始蠢动。甘粕重太郎师团长先以一部向通城以东大围地方进行所谓扫荡，同时以主力向麦市、桃树港进攻，企图得手后越过幕阜山天险的天岳关，迂回到杨森第二十七集团军在九岭方面阵地的右侧背。

敌人在崇阳大沙坪等地接换交防时，已被第 140 师 840 团团长牟龙光侦察得知。牟团长为了扰乱其部署，当即加紧游击活动，以先发制人牵制敌人交替，并当即把这一重要情报向李棠师长作了报告，其内容是："敌第 33 师团前来接替第 6 师团后，现已向我麦市附近之阵地前进，其先头部队已渡过浚水，正与我宋希平营激战中。另一部出锦山以东、鸡笼山以北向麦市前进。向我前进之敌为新接替的第 33 师团之门胁联队。撤下来的第

6 师团，以大卡车数十辆运往崇阳方向。"李棠师长将报告转报夏楚中军长，并下令各团进入战斗状态。

日军第 33 师团渡过浚水后，与牟龙光第 840 团在清水塘、高冲发生激战，为避免部队被我军纠缠拖住，随后甘粕重太郎师团长命令门胁联队直扑麦市北端的鸡笼山及其东面的 322 高地。牟龙光 840 团与敌战斗两日后，才逐渐悟出了其动向所在。

第 33 师团之所以把主力全部集中在高冲、鲤鱼港，其目的是企图攻占麦市，然后沿幕阜山东侧越过天岳关、虹桥后直趋平江，进取长沙。

牟龙光的这一判断很快通过李棠报到了第九战区，薛岳适时调整了部署，9 月 25 日，关麟征致电蒋介石：

> 重庆委员长蒋：膺密。职集团遵司令长官薛令，变更部署如下：（一）第七九军（第二师、九八师、一四零师）为右地区队，在尖山、盘石、上塔寺、皂家洞之线占领主阵地。一部在九岭一带占领前进阵地，一部在平江附近警戒。（二）第五二军（欠一九五师，附第六十师）为中央地区队，在浯口、长乐街、伍公市，亘新市（不含）之线，沿汨罗河南岸占领阵地，并以一部在河北岸占领前进据点。（三）第七十军（附第九五师及第七三军欠第十五师）为左地区队，在灰市（含）、归义、坛标、乌龙嘴、湘阴、于家嘴之线，占领阵地。（四）第一九五师控置于白沙桥附近待命。谨闻。职关麟征叩。有辰。利。印。[福临铺]

为了抢占先机，第 840 团虽然与敌激战了两日，辛苦异常。牟龙光团长看出敌人动向后，即不辞辛劳率部星夜绕道从黄茅大山脚到达麦市，堵在了敌人前面。在战场上时间就是生命，所以牟龙光赶到预定地点，虽然疲惫不堪，但未敢作片刻休息，他立即派出部队占领大白墩附近高地，并在箭头、磐石两处高地构筑工事，阻截了日军由此通往天岳关直下平江的路。

837 团傅鼎臣营刚在鸡笼山站稳脚跟，即与敌人为争夺山头而终日鏖战；郭光程营迅捷占领了棺材山，扼制住敌人进攻苦竹坳、南楼岭的制高点，迟滞了敌人的行动。当日下午，第 20 军第 133 师由崇阳接到命令回撤，占领了南楼岭、苦竹岭、葛斗山等高地，与第 140 师形成了相互应援。第 835 团张承彦营原守 322 高地，因被敌围困伤亡极为惨重，打到弹尽粮绝，阵地一度失守。师长李棠接报立即指示 835 团第 1 营邓肇英副营长指挥方宏才等两连火速增援。援兵到达后，张承彦营长也即派兵协助，经半日激战，835 团夺回了 322 高地。

行进中的日军部队

　　1939年9月20日午后，日军兵分两路由大白塅进攻苦竹岭，由张冲源进攻南楼岭。由于第20军守这两个高地的部队兵力太过单薄，与敌鏖战，不及半日即不支退走。当时牟龙光认为放弃苦竹岭无关紧要，但如南楼岭不收回，敌人就可以由此通过盖文岭上天岳关而直下平江。于是牟龙光立即亲率刘植斋营及第98师的骆营（军部派来支援的）进攻南楼岭。

　　这次战斗打得异常艰苦，才经一日就阵亡副营长一人、宋应槐连长等三人，排长刘喜良三处负伤仍坚持战斗，担架排中尉排长王尚为尽可能抢运伤员，不断在战场上来回穿梭，不幸被敌炮炸飞。840团在付出巨大的伤亡后，才于薄暮时攻下南楼岭、葛斗山两个高地。

锡山奇袭战

　　日军主力沿粤汉铁路、公路和水路（洞庭湖、湘江）向长沙方面进犯；其左翼第33师团，企图由通城绕过幕府山经平江等地迂回包围长沙。当面守备通城南部地区南楼岭、苦竹岭防线的是川军杨森的134师，南楼岭两侧山地（距南楼岭数一公里，隔着一段宽一公里多的开阔地）是第140师防地。第33师团自通城向南楼岭、苦竹岭一线进犯，第140师835团第1营奉师部命令驰援南楼岭北麓322高地阻击日军前进。

　　835团第1营邓少英副营长指挥方宏才等两连，刚攻下南楼岭侧的322

第七章 初战三湘，显树战功

高地，脚未站稳工事还没修好，又遭到日军第33师团右翼一个联队以上的步炮兵联合攻击，322高地再度被日军占领。由于众寡悬殊，方宏才等两连伤亡较大，被迫无奈李棠只好命令835团第1营撤到322高地两侧，继续阻击敌人，以掩护本师的正面。

1939年9月23日早晨，837团1营3连中尉排长许俊陶接到连长王展魁的命令，责令许俊陶率领本排立即出发，向通城方向搜索前进，发现敌情及时汇报。显然许俊陶排并无战斗任务，只是负责侦察和探路。

许俊陶接受任务后，立即命令全排士兵轻装集合，下达了战备行军的紧急任务，并命1班长管少舟率领该班为尖兵担当斥候，沿公路两侧向通城方向搜索前进，其余2、3班次第跟进。

开始许俊陶排一路还顺，沿途未发现任何敌情，但行约五华里时，只见公路两侧插有不少相同大小的小木棍，相距约五十米一根，棍上还挂着白纸条。这标示什么呢？许俊陶疑窦顿生，虽然他当时并不明白其用意何在，也无法作出正确判定，但他把这一发现即时派人向连、营部做了具实汇报。到了第二天，营部任务下达，许俊陶才知道是日军用作指引坦克车行进的标志。

下午3时左右，许俊陶排搜索到远离本连驻地约十五华里后，到达通城西北方的锡山上。锡山旧名银山，位于通城隽水镇南郊，由九宫山、瑞庆峰、积翠岩等组成，距县城约三里地，素有"小匡庐"之称。据《读史方舆纪要》记载："锡山在县南七里，旧产银，曰银山。又产锡。志云，唐初置锡山镇，后改为通城云。"锡山属幕阜山支脉，面积约四平方公里。地质结构多为花岗岩构成，主峰海拔四百七十一米。

锡山松竹苍翠，风景秀丽，古时就有"锡山八景"（瑞庆峰、映天池、积翠岩、金轮岭、邀月台、钟秀泉、碧澜溪、栖霞石）载入史册。锡山左前山腰有一巨石峭立，平展如门，中有直裂石缝，似门开闭，上有巨石覆盖，如同平顶，面积约二十平方米。登上石顶，凭栏远眺，通城县城一览无余。

九宫山是锡山的一座山峰，海拔三百五十五米。传唐开元元年（713年）通城人罗思远在北峰建"九宫庙"而得名，故九宫山又名罗公山。清同治六年（1867年）的《通城县志》载有："九宫山，白沙图，锡山东支，一名罗公山。"光绪六年（1880年）崇阳人傅燮鼎续修的《通城九宫山志》载云："通城锡山东北一峰特起，旧传唐道士罗公远修炼处，一名罗公山，亦呼九宫山，上有九宫寺。"光绪十八年《湖北舆地记》亦载有："桃源洞之西曰桐陂山，又北曰锡山……又西曰柳家山，又北曰九宫山"

等可知。今九宫庙遗址东侧，留存有"九宫界碑"，上刻立碑时间为"干隆甲子"即乾隆九年（1744年，碑发现于1984年）。今九宫山留存有红桥（今称园艺桥）、元帝庙、李自成墓、姜家畈、九宫界碑、九宫庙等遗迹。《明史》、吴伟业《绥寇纪略》等书认为，明末农民起义领袖李自成曾战死于此。

管少舟率领的尖兵班在行进中发现一个大队的日军（约六七百人）正在山脚下集合，这股日军站成密集的缺口队形，个个荷枪实弹，似有出战的样子。日军指挥官正在传达着什么，许俊陶不懂日语，无法从敌人的讲话意图做出判断。但发现敌情，有仗可打，而且敌人在明我在暗，有着很高的胜算，许俊陶想到此马上兴奋起来，立即命令全排士兵迅速隐蔽在山顶的灌木丛里，屏住呼吸，密切注视着山下日军的一举一动。

日军炮兵观测部队

许俊陶观察了一下敌人所在的位置以及周围的地形，这里一山横出，脊如刀背，上面列有三块巨岩，岩前陡壁如削，岩下深洞通幽，岩上宽阔如坪，像个簸箕形。山上杂草灌木丛生，从半山上到山脚下均是杂木林，日军正巧集合在"簸箕"中间的一块凹地里。战机稍纵即逝，许俊陶当然不想放过这个千载难逢的杀敌机会，于是下定决心与其来个突然袭击，出其不意地狠狠打它一顿再走。

根据地形观察和攻击角度的比对，许俊陶果断地命令各班分别迅速占领山顶和山腹的要地，防止日军反扑；同时命令副班长谈保成率领列兵带轻机枪两挺、步枪兵四名（狙击射手）匍匐潜进，待到有效距离（约八百米）时实行突袭。

在谈保成那边机枪开始发出怒吼的时候，许俊陶当即命令所有掩护的部队一齐开火。一时枪声大作，手榴弹的爆炸声震耳欲聋，浓烟四起，火光冲天，子弹像暴雨般的射向日军。遇此突袭的敌人，猝不及防被打得东倒西歪，抱头鼠窜。一阵猛打之后，在这块凹地里横七竖八地倒下了几十个敌人。

那些窜进树林里的日军清醒过来之后，即准备组织力量进行反攻，并用枪炮向山上还击。此时，因为只是一场遭遇战，许排本身也准备不足，所以许俊陶也只能见好就收，于是他把各班收回归队后，就果断下令撤退。为了退却安全，许俊陶命3班长率领该班充任后卫掩护，紧跟1、2班循原路返回。日军因不明情况也不敢追击，许俊陶排撤离锡山顶后约行了一华里，远远还听到锡山方面的枪声。

这场战斗，许俊陶排出其不意，攻其无备，使日军先头部队一部伤亡惨重。日军万万没有想到，处于绝对劣势的我军竟敢虎口拔牙，给它当头一棒，以少胜多。战斗中，许俊陶排仅副班长肖泽银负伤，士兵刘少青阵亡。

鸡笼山阻击战

许俊陶排得胜而归，返连归建后，捷报顿时传开，官兵们奔走相告，鼓舞了全体官兵的战斗士气，当夜个个磨刀擦枪，准备迎接新的战斗。

日军第33师团沿湘鄂公路南犯，因九岭险要难攻，于是甘粕重太郎师团长派一部绕道麦市，企图再辟路径以达成任务。

9月24日拂晓，连长王展魁再次向许俊陶传达新的战斗任务，要其迅速率领本部占领鸡笼山右翼阵地，与在左的第9连阵地衔接，配合9连作战，归第9连连长曾吉林指挥。任务是：固守鸡笼山，截击日军辎重部队，断绝日军的粮弹供应。

许俊陶接受任务后，立即集合队伍，传达了战斗命令，然后以战斗队形向鸡笼山快速挺进。全排战斗人员进入阵地后，先易后难，构筑了散兵坑，再逐步完成交通壕，完善了防御工事。

鸡笼山位于湖北通城县，紧邻千年古镇麦市，山体呈南北走向，南北约一点五公里。鸡笼山山势陡峭而突兀，他的顶峰高约五百多米，远远望去，形若鸡冠，所以当地人把它叫做鸡笼山。鸡笼山最南，紧接麦市河，河边潭深莫测，古时在岩边凿有一条小道，仅能一人通过。鸡笼山的西侧山下的黄土公路是日军攻击部队的必经之路。第140师固守鸡笼山就可控制此路运行。因此，鸡笼山便成为敌我必争之地。

许俊陶安排防御阵地采取了纵深配备，以一班、三班在第一线防御；第二班为预备队，占领侧后小高地，互为掎角，相为援应，构成交叉火网，按照许俊陶的想法就是要消灭死角，防止日军利用薄弱地段进行锥形突破。

天亮以后，日军第33师团的门胁联队在陆空联合、步炮协同下，对我鸡笼山阵地狂轰滥炸，企图彻底破坏我军防御工事，为进攻长沙扫平通道。从早上到黄昏，鸡笼山守军一直被淹没在日军的炮火硝烟之中，爆炸不断，血肉横飞，我官兵的鲜血染红了鸡笼山。副班长赵琪右眼球被炸裂，班长何树清耳被震聋，士兵被炸死炸伤四十余人，其情之惨，其状之烈，并肩战友转瞬阴阳，让活着的人都不忍面对，但我官兵没人擅离阵地半步。为了鼓舞士气，班长何树清扯着沙哑的嗓子对着大家说："日军的暴行，只能更加坚定了我鸡笼山守军寸土不让的斗志和誓与阵地共存亡的决心。"

黄昏时，炮击停止，敌我双方保持对峙状态，互相窥测，寻找战机。趁此时间，连长曾吉林率领战士加强工事，严防日军夜袭，作好夜间战斗准备。

上半夜，鸡笼山阵地一片沉寂，黑夜沉沉，只有各种虫子鸣叫。下半

与我对峙中的日军

第七章　初战三湘，显树战功

夜3时左右（9月25日），守军官兵睡意袭来，突然枪声大作，喊杀声起，日军袭击了许俊陶排左翼第9连的主阵地，并一度得手，攻占鸡笼山顶。第9连官兵拼死争夺，摸黑混战，充分发挥了贵州部队长于夜战、善于山地的优势，奋勇出击，黎明前终于将日军重新赶回山下，总算反败为胜。

日军夜袭山顶失败后，于25日早上重新部署，改变战法。开始用飞机火炮猛轰鸡笼山右翼许俊陶排阵地，接着以约一个大队的兵力，从相距一公里的图龙坳发起进攻，以疏散分段的方式向前跃进。敌人通过山前开阔地带时，利用稻草作伪装，渐渐向许俊陶排阵地逼近。

连长曾吉林在山顶用望远镜观察敌情时，不幸被日军炮弹击中头部，为国捐躯。曾吉林，贵州晴隆人，牺牲时年仅三十余岁，留下了一妻一女。

我阵地本就居高临下，占尽了地理上的优势，面敌方向又是一人多高的断岩。接手全连指挥的许俊陶命令全连战士沉着应战，除安排少数士兵作监视外，其余全部进入掩体。

许俊陶强调敌不动，我不动；敌若动，我先动。够不着不打，瞄不准不打，所以不许乱放枪，以免暴露目标。必须要等到日军进入有效射程时，听到信号一起发射，违抗命令者，将按军法论处。

就这样，我守军利用山上的石头、土堆做隐蔽，养精蓄锐，以逸待劳，只要看到日军露头，狙击手就放冷枪。敌人见我军阵地没有动静自以为得计，当即胆大和嚣张起来，一会儿就窜至了我阵前约百米处。许俊陶见时机成熟，于是下令射击，转瞬之间各种轻重武器一齐开火，打得日军前翻后仰。一个高举太阳旗的日军小队长哇啦高喊冲锋，许俊陶对其脑门就是一枪，敌人想疯狂报复，但无论其怎样地前赴后继，冲到岩脚下就再也无法前进了。

敌人只好躲在岩脚死角之下，进入了我射击盲区，使我机枪、步枪均无力发挥作用，许俊陶即命令用手榴弹猛轰，炸得敌人无处藏身，刚一露头又被我狙击手击毙。

许俊陶身先士卒，多谋善断而又悍不畏死的精神，有效激励着官兵的士气。不料，他刚刚投出一颗手榴弹，便被日军狙击手，一枪击中左颈项，顿时血流如注。

在此短兵相接的关键时刻，作为一个战地指挥员绝不能退缩，许俊陶叫勤务员万和善给他上药包扎后，继续指挥战斗，直到把日军的攻势打退后，才命令排副李光荣代理他的职务。并促其严阵以待，随时警惕日军的动向，交代清楚后才与全排士兵告别，由万和善扶着离开阵地，到后方就医。

由于日军中路沿粤汉铁路进展神速，已切断了长平公路线，造成了第

晚年的第140师排长许俊陶

140师的伤员转运困难,师野战医院只好将重伤员分散藏进幕阜山区,并号召能步行的伤员自行绕道经江西边境去衡阳第94后方医院。许俊陶无奈,只好重新换药包扎,领取伤票后,即与本连的伤员罗树清等五人一道,经江西铜鼓、湖南平江长寿街日夜负痛兼行。到了10月上旬,才抵达醴陵第134后方医院。

不想长沙紧张,该医院又准备疏散,许俊陶等只好匆匆换药后,又徒步经株洲、衡山到达衡阳第94后方医院。日军昼夜空袭衡阳,进行无差别轰炸,为保证伤员安全,几天后许俊陶等又被转送到零陵第62后方医院。本来这种安排是为了伤员能安心养伤,没想到日军探知宋美龄要到零陵医院慰问伤员,并发给奖金的消息,马上就派飞机追踪而来,一阵空袭,医院顿成焦土,走不动的伤病员和来不及撤走的医护人员被炸得血肉横飞。很多伤员在前方没有战死,负伤住院后却死于日军的狂轰滥炸之下。

许俊陶12月伤愈归队,本连已推进至通城外围一带的山区。战友重逢,感慨之余向他谈及幕阜山区鸡笼山战斗概况:9连在李光荣接手后继续带领战士据鸡笼山天险阻击日军,在日机及其炮火的猛烈进攻下,坚守了三天三夜,最后全连(含许排)只剩九人。为了加强鸡笼山的守备力量,第837团徐定远团长再派增援,牢牢固守阵地,完成了阻击日军的任务,日军辎重部队始终未越雷池一步。战斗结束后,团长牟龙光将牺牲的烈士合葬于鸡笼山西麓。

9月29日,关麟征致电蒋介石:

限即刻到。重庆委员长蒋:膺密。(一)艳申敌步骑兵三千余,由金进南犯至石门痕附近,我覃师刘旅予以伏击,敌伤亡四百余,我获步枪二支,刻尚在激战中。(二)昨申窜至上杉市附近之敌,今续增至二千余,经梁、覃两部协力夹击,敌死伤过半,我亦颇有伤亡,刻仍在猛击中。(三)昨窜至永安市附近之敌已被第二十五师击溃。(四)桥头驿附近之敌三百余未前进。(五)社港市(浏阳北九十里)发现敌便衣队,人数未详。(六)夏军一四零师俭日在鸡笼山、苦竹岭一带与敌激战,获步枪五支,敌死伤甚多。谨闻。职关麟征叩。艳西。利。印。[普迹]

这次会战由于第140师打得顽强，拖住了第33师团的后腿，使其无法完成合围长沙的战略计划。会战结束时，第140师得到战区长官部嘉奖，并通报表彰。许俊陶也得到了第九战区嘉奖，并晋升为上尉连长。

夜袭棺材山

日军第33师团被我第140师缠住后，就像陷入了一个大的沼泽，走不开、跑不动，拔不出身，一时阻止于大白塅、鸡笼山、磐石、箭头、麦市之间，三日不能动弹。

甘粕重太郎师团长恼羞成怒，紧急调来坦克十余辆，妄图以铁甲开路杀出重围，打开一条血路。不想这些耀武扬威的坦克刚到大白塅附近，即被我留在高冲附近的唐明轩连，以埋设的集束手榴弹炸毁了四辆，其余坦克只得全部退回通城。

甘粕重太郎看着铁甲行动被粉碎，于是又以血肉之躯全力向南楼岭、葛斗山猛扑，却遭到第840团的顽强抵抗，并遭到我322高地守军835团的侧面威胁。气急败坏的日军便对322高地发射了数十发催泪瓦斯弹，第140师守备部队已不是初入战场，久经历练早已成了沙场老手，加上这帮贵州兵，多来自农村，每年秋后烧火土，早已积累有丰富的生活经验。他们见敌人施放催泪瓦斯，便马上也放起山火，其火焰即将敌人瓦斯冲入了高空，以致守军中毒者很少。其后，第140师以火攻毒的经验，得到了第九战区的表彰和肯定，并以此向全军推广。

322高地的战斗，敌我都付出相当高的代价，可以说是"魔高一尺，道高一丈"，战法不断翻新，最终打成了相持状态，死死拖住了敌人的后腿。冈村宁次三路进攻长沙的计划，因此被减少了一路。

冈村接报，也顿时恼羞成怒，于是又出动七八架飞机对我阵地和指挥部轮番轰炸，840团团部遭到惨烈轰炸，警卫排长钟启昌、通讯连看守总机的班长和士兵十五人相继牺牲或重伤。

日军第33师团目的是进攻南楼岭，其主力两个联队属山野炮兵，他们趁840团团部在躲避轰炸而疏于指挥之机，迅速甩开张承彦第1营，占领了322高地，以掩护其主力直趋南楼岭进攻第134师；其左翼又有约一个联队兵力，也适时配合向苦竹岭进攻。

黄德升第3营为团的预备队，奉令驰援第1营，敌人为围点打援，以飞机飞临第3营上空，轰炸、扫射，企图阻止其前进。

为完成任务，第3营在黄德升的率领下继续冒死前进，部队刚挺进到

日军的火箭筒

距 322 高地约两公里的一个山坳时，黄德升接到了团部电话，为避较大的伤亡（因为要通过一个五六公里开阔地），命令暂时停止前进，隐蔽待命。

到了下午四五点钟，南楼岭和 322 高地方面的枪声逐渐稀疏，飞机也往南楼岭以南而去，日军进攻南楼岭已得手，团部命令第 3 营去接替第 1 营的防地，并相机向南楼岭搜索前进和占领它以作为前哨阵地，以掩护本师的正面。

黄德升营长刚率部到达第 1 营的防地，又接到团部的电话，令第 1 营掩护黄德升营向南楼岭攻击前进。黄德升即率所部以攻击队形边搜索边前进。从 322 高地山脚至南楼岭垭口及其附近高地，已经没有敌情，黄德升第 3 营就轻易地无血占领了南楼岭垭口及其附近高地。

当时天色已黑，黄德升营长命令各连边休息边构筑防御工事，面向北、向西警戒。同时，叫 9 连连长白治江派一个排，去占领棺材山顶峰，以掩护全营安全。

棺材山位于赣北武宁县城沿修江东下约三十里，抬眼北望，可见一条山脉横亘在修河中下游开阔的丘陵地带，其山脉最高峰如一座巨大的棺材耸立云天，当地人因此称其为棺材山。但是，棺材山在古县志上有一个很雅的名字，叫作观风山。清道光《武宁县志》载："观风山县东三十里，横亘如屏，其巅平端豁露，可以坐观一邑之风。"可惜曲高和寡，知道的人不多。

棺材山成为赣北重要的军事据点，是由其特殊的地理位置造成的。山的南面是修河，有南昌至武宁、修水直到湖南长沙的公路；山的北面有南昌至湖北的公路；山下沿修河是三座古镇，东为箬溪，西为武宁古城，中为巾口。此山虽不很高，海拔不足六百米，但它矗立在修江平原及丘陵地

第七章 初战三湘，显树战功

带，从山顶至公路有十多里的斜坡，因此就显得较为高远。

1938年武汉会战开始后，赣北修水河边上这座普通山脉，就成了兵家必争之地，李玉堂第8军曾在此一战成名。

第二天上午，黄德升营长接9连长白治江派传令兵回营部报告说：棺材山西边的苦竹岭有日军通讯兵队几十人（能听到电话响声），还有一些堆积物资。黄营长听后兴奋异常，当时估计这是日军自通城前进的中间通讯站，其堆积物资可能是因带不走而被迫留置的被服装具等。

黄德升一想，发洋财的机会来了，于是喜形于色，当即要通了师部电话，直接将上述情况越级报告师长李棠。李师长认为机不可失，即命黄营长加强侦察后，立即组织攻击。

放下电话，营长黄德升即率7连长苏光普、9连长白治江到棺材山以东向苦竹岭侦察，一切弄明白后，马上在山上作了夜袭苦竹岭之敌的部署：以9连为主攻连，7连为助攻连，并占领棺材山以东高地，掩护9连沿棺材山至苦竹岭山梁向日军袭击；第8连和3连、炮排在南楼岭附近占领阵地后，向南楼岭以北、南、西方向警戒，黄德升在苦竹岭指挥。

摸夜螺丝是贵州部队的强项，由于事前准备充分，不消一会儿工夫，9连就告得手，日军数十人大部分被消灭，一部分往通城、江西方向逃跑了，其中有两个日本兵磕头乞降，被我士兵当场击毙。

这次袭击行动，第3营伤亡不多，但缴获却很大，除部分枪支（三八式和马枪）、军刀、电话总机、电缆、马匹、罐头食品、手表、日钞外，还有大量的呢大衣、棉毛军毯、提花毛毯等七百件。

与此同时，8连、机枪连在南楼岭附近山沟里，还捡到中正式步枪（无机柄）一百多支，估计可能是第134师士兵被俘后，将人拉去当夫役，而把枪留下。第3营一齐拣回上交了师部。

这次战斗和缴获，黄德升第3营得到第九战区长官司令部通令发给奖金四千元法币。师长李棠按功行赏，除第3营官兵每人分了一件（主要是毯子之类）缴获品外，其余均由师部派人照相后上缴军部。第3营官兵个个引以为豪，但等来等去第九战区长官司令部发给的奖金，却没有兑现，更加没有下文。

临危受命，一波三折

经过夜袭棺材山的战斗，黄德升营已全部控制了湖北通城通往江西、湖南两条大道的南楼岭、苦竹岭要隘，切断了日军往通城、长沙、江西的通道。

消息传到师部,黄德升营即受到师部表彰,随后师长李棠以电话方式,命令黄德升营立即加强工事。此时黄德升营为师的前沿阵地,与师正面刚好形成丁字形配备,向南——通城、向北——江西、向东则可向九宫山方面警戒;西背靠的是距营三公里的牟龙光840团的阵地。

黄德升营的防线很长,按山脊道路从南楼岭西侧高地至苦竹岭东侧高地,上下有二十多里,只能采取重要山头和垭口间的重点配置,目的是警戒和必要时迟滞敌人。黄德升营在守备中,经常遭到从通城方向日军守备队的炮击,其中以棺材山、南楼岭、苦竹岭垭口大道的工事最为频繁。

第140师虽面临重大伤亡,但宁死不退,苦苦坚持两昼夜,敌人见目标难以达成,只能改变攻击重点,转而向苦竹岭攻击,然后进入修水县之桃树港向长寿街前进。日军自以为得计,不想途中又遭到我第20军第133、第134两师在白沙岭的堵击,不仅付出极大的伤亡代价,还迟迟到不了长寿街。

第33师团作为进攻长沙的助攻部队,现在又深深地陷进杨森部队和大批游击部队的包围之中,不但不能协助主力围歼中国军精锐"助攻"长沙城,连第33师团本身,也成了泥菩萨过河——自身难保了。

这是因为:第27集团军第134师的一个团,在白沙岭一线阻敌时,打死一个日军军官。军官战死本是寻常之事,不想敌人突然不顾生死,像发了疯一样,不惜代价地要前来抢夺尸体。这边我军一看,那尸体竟如此贵重,必有原因,于是便也发了疯似地用猛烈的火力打退抢尸的日军。于是,双方展开了一场因抢夺尸体的恶战。结果那尸体最终被我军给抢了过来,从那死尸身上的图囊里,搜出了第33师团的作战任务区分和标图,以及其它极为重要的各类义件。

第九战区得知第33师团将从南岭攻白沙岭,再攻龙门镇,直下长沙,助攻长沙城的意图后,更加加强了对其的攻击力度,以拖住其后腿。

第33师团前锋部队,不但没有实现其目标,在此还被我第82师切成八段,由于后勤补给中断一度陷入困境,只能靠天吃饭,如果没有飞机的补给,不是被围歼,就是被困死,有些日军士兵饿得走不动,只好听天由命坐着等死。

10月1日,负责主攻长沙的日军第6师团主力部队因后援不济从长沙撤退,第33师团也接到命令由原道返转。第33师团前锋部队刚撤至南楼岭、苦竹岭山脚下,刚好与通城守备队前来接应的炮兵汇合,于是企图从南北方向向黄德升营阵地夹击。

第七章　初战三湘，显树战功

黄昏时，黄德升发现日军在多处山下（山脚至垭口十多里）生火造饭，于是判断第二天拂晓必会遭敌进攻。黄德升第3营正面太宽，一个营分散在一二十里的正面上，由于缺少纵深，不可能阻止日军一个师团和通城方向守备日军的夹击。

为防不测，黄德升直接要通电话向师长李棠做了汇报，并请示如何战斗，同时请求派兵增援。李棠师长当即指示黄德升要尽力抵抗，万不得已时，可逐次向牟龙光840团右翼（靠幕府山方向）撤退，并由牟团掩护，并希加强联络。

当时，黄德升既无副营长，又无副官，只有一个书记官和几个上士跟随。接电话后，黄德升随即将命令要旨下达给各连：7连在棺材山东侧掩护；9连向苦竹岭沿棺材山半腰利用树林遮蔽撤退，至南楼岭西侧山脚下集结警戒待命；8连、机枪连在南楼岭以火力掩护7连、9两连撤退后，待命转移。

第二天拂晓，黄德升发现棺材山脚下的日军分十几路向棺材山及两侧的苦竹岭、南楼岭方向前进。同时，北、南方向的日军已开始炮火向我阵地轰击，7连、9连阵地上也传出了向敌军射击的机枪声。

黄德升营长在机枪连阵地指挥，由于天未全亮，看不清楚目标，机枪连只能向日军太阳旗下射击，以封锁其火力。当机枪从南楼岭向棺材山北半山腰猛烈侧射日军时，黄营长突然听到右侧后山头8连2排阵地的机枪，向其指挥的山头射击，这时他才发现右侧正面的半山腰上有敌人在冲锋的喊叫声中，向其阵地步步逼来。

经过两个多小时的战斗，这时黄营长身边只有传令兵和机枪连战士，人手不足且伤亡很大，眼看众寡悬殊，有三面被围的危险。黄营长当机立断命令所部往左侧后山方向撤退。连长杨玉春和排长各持一挺轻机枪，利用敌炮烟幕指挥和掩护所部撤退到了原计划的山脚集结地。

7连、9连和8连一部收到黄德升营长撤退命令后，也一边抵抗逐次撤退到了预定地点。当黄营长在山上遭到敌人冲锋攻击的同时，在指挥所山下的营部也遭到敌人的冲击。这次战斗黄营伤亡数十人，其中以8连、机炮连和营部指挥所伤亡较大。

这时，黄德升营长发现已撤退下来的8连2排不见排长，便问排副怎么撤退的，排副回答："我排由于疏忽，没有很好的掩护营主阵地右后方的安全，以致指挥所遭到敌人的射击和冲锋，我排抵挡不住，便没有按计划撤退。"本来侧翼被袭造成全局被动，黄营长正要追查责任，一听这排副的自我检讨，气就不打一处来，本想临阵枪毙这个排副，但又转念一想排长也阵亡了,排副又能有多大责任,这事也就算了。

战斗结束后,直到下午四五点钟,各连才陆续到达预定地点。部队集结完毕,黄德升营长一面派传令兵将战斗情况呈报师部,并请示而后行动;一面叫各连就地埋锅造饭,休整待命。同时派人搜山,掩埋我阵亡战士的遗体,抬回重伤员。

不久,师部召开全师营以上的军官作战会议,检讨本次作战得失。当黄德升营长汇报至该营北撤是根据李师长的电话命令行动时,李棠却一反常态,翻脸不认人,根本就不承认他曾回过这个电话。因为当时没有第三者的笔记作证,李棠不承认,黄德升营长也没有办法。后来经过副师长张涛、团长陈肃、牟龙光和参谋主任程奎朗的分析,肯定了835团第3营的战绩,但不作"功"、"过"对等看待,也就是说第九战区长官司令部原先发给的四千元的奖金不给了。

在战场上拼死拼活的老兵,其实心里最计较的就是到底还有没有人关心自己的死活,只要还能够从上司的口中感觉到一点点可怜的暖意,前线的士兵都会很受感动,但黄德升受此教训,只感觉到冰冷。不是奖金不奖金的问题,官兵不计生死,浴血拼杀,功劳没了,连苦劳也被抹掉,让黄德升怎么也想不通,以后凡师部的电话命令,黄德升除本人要记录外,还要副官、参谋当场用笔记下,以免以后招来杀身之祸。

麦市大捷

由于第33师团被我军分段截击,其尾随前进的辎重兵团,刚行抵大白墈附近时,又遭到棺材山与鸡笼山的第140师837团和840团的联合夹击,程奎朗迫击炮营更是集中火力猛烈轰击,敌人伤亡惨重,驮马百余匹被击毙,使辎重兵团无法跟大队前进,只得丢下辎重狼狈不堪地逃回了通城。

第33师团先头部队因粮秣不济被困长寿街,原在武宁、修水、铜鼓的第78军、第72军以迅急的速度赶至长寿街,向北迎击,敌近十天内都陷在桃树港、长寿街之间冲不出去,还弄得粮弹俱缺,看天吃饭,只能天天等着空投,不仅无法完成对长沙的攻击任务,反而身陷泥淖难以自拔。

这一战役,第140师835团一个营缴获战马六匹;第837团缴获战刀数十把、战马十二匹;第840团缴获手枪四支、电话线八卷(每卷千米)、战马十五匹、地图二十余张(五万分之一的军用地图,注记详细),生俘敌人七名。另缴获的一本日军上士本田四郎的战斗日记,其记有遭我炮兵射击,大腿负伤的情况,并写有诗一首:"长江之水往东流,中国河流永

第七章 初战三湘，显树战功

不朽，要使中国不抗日，除非长江水不流。"诗中表现出了强烈的厌战情绪。

此次，对长沙的进攻，按日军第11军司令官冈村宁次的作战部署，是以外线作战方式，从赣北、鄂南及湘北分三路向长沙进攻，其主力第6师团沿粤汉铁路南犯，进展迅速，推进到了永安市的三姐桥；在赣西北方面，敌第101师团、第106师团遭我军阻击，进展缓慢；第33师团沿湘鄂公路，企图越过九岭经平江直下长沙，但在麦市附近却遭到我军第140师的顽强抵抗，经过十余昼夜的激战，始进到长寿街以北。这就使右纵队三姐桥之线日军陷于突出，有被全歼的危险，加之后勤补给困难，冈村宁次于是下令全线总退却。

日军全线退却使我军始料未及，直到10月2日，第十五集团军才得知日军撤退的情报，关麟征一边报告薛岳，一边命令第73军突进，拟阻敌撤退。由于我军情报滞后，致使痛失围歼日军的最好时机，第九战区只好下令追击歼敌。

第九战区各部队接令后全速追击，但日军毕竟训练有素，撤退迅速而有序。除8日我军第2师、第25师在新墙河南与敌掩护部队激战外，基本上没有发生大的战斗。而薛岳也没有命令各部乘胜追击，打过新墙河收复岳阳等失地。至此，日军发动的第一次长沙会战以彻底失败告终，敌我双方又暂时恢复了战前的状态。

日军主力第6师团沿粤汉铁路北撤，一路有惊无险，很快全身而退。而第33师团却没有那么幸运，其前锋部队刚撤至桃树港，就遭到第140师第835团的阻击，费了九牛二虎之力，付出了惨重伤亡，刚逃出险境到达大白煅、鸡笼山附近准备休整时又被140师第840团袭击，并在魏家煅与我骑兵连及第840团第1营激战终日，被打得丢盔弃甲，伤亡惨重。入夜后，第33师团才借着夜幕，得以狼狈逃去。

这次会战，第140师先后与敌激战二十余日，第840团从开始敌后游击至战后清扫战场、掩埋尸体，共计四十二日，总计消耗子弹近四十万发。战后在麦市、南楼岭、322高地收回的铜弹壳就有三十余挑，足见战况之烈。

由于第140师在麦市战役中坚守阵地，顽强抵抗，迟滞了日军第33师团的行动，给敌人以沉重的打击，使日军会攻长沙的计划完全破产。战后，师长李棠因此被授予二等宝鼎勋章；牟龙光被授予四等宝鼎勋章；营长傅鼎臣被授予六等宝鼎勋章，并晋升为中校。还有多人受奖，并由国民政府主席林森签发奖状。第九战区司令长官薛岳亲到第140师慰问，集合全师官兵表扬战功,并奖给银洋五千元。

第一次长沙会战,极大地鼓舞了国民对于抗日胜利的信心,各地民众奔走相告,尽管他们饱受战争之苦,就算节衣缩食仍慷慨解囊支援前线,仅慰问三军将士医疗创伤的捐款就达到了三十四万元。湘北各地民众在会战中,积极配合薛岳的部署,伏击敌军后勤供应队伍,破坏各地交通设施,致使敌军补给困难和援军难以即时应援。战后白崇禧、陈诚、薛岳都赞叹:"军民的亲密合作和民众空室清野工作的成功,是这次湘北会战胜利的原因之一。"

10月18日,香港《大公报》发自上海的报道《孤岛的国庆》称:"自从租界当局限定悬旗的日子以后,孤岛上已经四五个月不见国旗了。正当湘北大捷声中,青天白日旗又满街飞舞,激动每一个人的热情,吐出一口窒悬已久的长气。"蒋介石给薛岳的电报也掩饰不住喜庆之气息:"此次湘北大捷,全国振奋,诚是为最后胜利之佐证,而对于人民信念、国际视听,关系尤钜。骏烈丰功,良深嘉庆。"

这次大捷适逢国际反法西斯战线处于低潮之际。希特勒9月1日进攻波兰,拉开了第二次世界大战的序幕,正当德军势如破竹之际,东方反法西斯战斗的胜利,无疑鼓舞了全世界。以至于国际社会不相信自己的耳朵。美联社、合众国际社、泰晤士报、塔斯社等国际知名媒体组织联合战地记者团,赴湘北考察证明此次大捷确有其事,纷纷向世界报道,中国的军威扬名世界。

此刻,在"湘北大捷"的喧闹声中,独有一个《大刚报》记者王淮冰写了一篇题为《奔赴长沙》的战地通讯。该通讯大意是,在日军南侵时,他由衡阳奔赴长沙,路过朱亭时遇见第九战区长官部某熟人,知道司令官薛岳已由长沙撤退到朱亭,中国军队将放弃对长沙的防守。这篇通讯在衡阳《大刚报》上刊登了,可是两天后,"湘北大捷"轰动全国。薛岳认为王淮冰在"造谣",要封闭《大刚报》,并要抓王淮冰,扬言要枪毙他。此时,王淮冰躲在关麟征总部不敢露面了。

11月14日,冈村宁次在对军部的报告《关于迅速解决日华事变作战方面的意见》中承认:

> 摧毁敌军的抗战意图,迅速解决事变,此虽为大本营指示的对华处理重点,但如国军仍继续采取过去的方针措施,安能达到上述两大目的……
>
> 敌军以游击战、特务战为其抗日战略,将主力保存于后方,并不

第七章　初战三湘，显树战功

主动寻求大规模反攻作战。对敌此等长期抗战形势，我军如无相应策略，势必坠入其术中。对于摧毁敌抗战意图之道，卑职以为除穷追猛攻之外，别无他图。

此外，敌军抗日势力中枢，既不在于中国四亿民众，也不在于政府要人之意志，更不在于包括若干地方杂牌军在内的全部二百万抗日敌军，而仅在于以蒋介石为中心，以黄埔军校系统青年军官为主体的中央嫡系军队的抗战意志。有此军队存在，迅速和平解决事变，无异缘木求鱼。

日本军部的总结报告也承认：

中国军队攻势的规模很大，其战斗意志之旺盛，行动之积极顽强，在历来的攻势中少见其匹。我军战果虽大，但损失亦为不少。

1940年3月，园部和一郎接任冈村宁次，成为第11军第二任司令官。

第八章　冬季反攻，鄂南扬威

发动攻势，争取外援

抗战进入战略相持阶段后，中日双方的战线保持了相对的稳定，日本侵华政策也逐渐趋向以保守占领为重点的转变。这是因为日军的战略一直有着北进和南进之争。北进就是进攻苏联，而南进则是与日英美争夺太平洋，这其实各代表了其陆军和海军的利益。因为北进是陆军的主张，南进代表了海军的利益，这样当时的国际关系被弄得错综复杂。

苏联为应对西线的德军，就要力避在西线与日军作战，所以尽量祸水南引，让中国拖住日军；英美的利益主要放在欧洲，精力也集中在应对德军的行动，当然也不希望日军南进，所以也就特别关注中国战场。

为了尽早解决"中国事变"，以彻底摆脱困境，日本修正了原来"不以重庆国民政府为谈判对手"的立场，重新提出了"如果国民政府抛弃以前的一贯政策，更换人事组织，取得新生的结果，参加新秩序的建设，我们并不予以拒绝"的新方略，加紧对重庆国民政府展开诱降活动。

1938年12月29日，时任国民党副总裁的汪精卫，为响应日本政府旨在招降中国政府的第三次近卫声明，发表了"艳电"，公然投入日本侵略者的怀抱。

1939年8月28日，以汪为首的伪国民党第六次代表大会在上海召开，标志着亲日派从国民党中彻底地分裂出去。此后，汪派人物紧锣密鼓、积极筹备成立傀儡政府，妄图与迁往重庆的中国政府分庭抗礼。汪精卫的投敌叛国，造成了国民政府内部的分裂与混乱，也对敌后人心士气造成恶劣影响。

第八章　冬季反攻，鄂南扬威

为阻止汪伪政权的成立，同时也为检阅中国军队的战斗力，打击日军的有生力量，按照南岳会议关于第二期对日作战的方针，各战区对所属部队进行了轮流整训。到 1939 年 10 月，第一、第二期整训完毕，部队战斗力已明显普遍大增。蒋介石认为，日军已"楚歌四面、备多力分，论侵华军事，日暮途远，进退维谷。"为打击日军的有生力量，并粉碎日军以华制华、以战养战的企图，各战区应"同时发挥威力转取攻势。"

武汉、广州失守后，国民政府接受国际援助的通道只剩下粤港国际交通线和滇缅国际交通线。由于潮汕、南宁的失守，粤港国际交通线已被日军切断，滇缅国际交通线也受到日军的极大威胁，随时有被切断的可能。国民政府为确保这条重要国际交通线的安全，决定趁第一次长沙会战胜利的士气，发动一次全面的反攻，由于正值冬季，这次行动被命为"冬季攻势"。

"七七事变"爆发后，世界上爱好和平的国家纷纷发表宣言和讲话，谴责日本发动的侵华战争。一些国家还向中国伸出了援助之手，如苏联政府向中国提供了大量的武器装备及数笔大宗信用贷款，价值三亿美元，并派飞行员直接来华参战。

在"七七事变"后，西方列强只是从道义上谴责日本的侵略行径，英美政府并未向中国进行实际援助，同时也未停止向日本出售战略物资。后因日本不再承认中国的"门户开放"政策，使英美的在华利益受到了很大损害。由于自身利益的考虑，英美政府对日态度渐产生转变。英美政府认识到，只有支持中国政府继续抗日，才能使日本无暇他顾，以保证自身利益。因此，在增强对中国政府的援助上，才有了后来的转变。

1939 年 9 月 1 日，德军入侵波兰，欧洲大战爆发。蒋介石对国际形势的变化可谓是喜忧参半：喜的是欧战爆发，美国对日态度就会趋于强硬，无疑有利于中国抗战；但另一方面，在日本的笼络下，美英出于欧洲利益的考虑，难保不会堕入其彀中。因此苏联驻中国顾问团提出："为获得英美支持，提高中国的国际声誉，牵制日军北进攻击苏联的企图，中国军队应发动一次大规模对日攻势。"

为向国际社会表明中国政府抗战到底的决心，以争取到更多的外援，蒋介石正式向中国各战区下达了发动"冬季攻势"的命令。

转守为攻，转静为动

第一次长沙大会战结束后，第140师835团奉令担任锡山、锦山以南数十里的山地防御任务。835团的防御阵地以第3营（营长黄德升）、第2营（营长韩润民）担负正面，其左侧数百米为第98师第1营（营长张学渊）为预备队。当面之敌是日军通城守备部队，约一个大队的兵力。

在锡山、锦山的防御线上，敌我双方最近的距离仅一百多米，双方守备的阵地山形都很陡峭，敌我的工事都做得比较坚固，因而易守难攻，彼此之间只能互相射击，没法展开大的动作。

一天夜里，黄德升和韩润民突然接到副团长转来师参谋处的电话，说："长官部通报，左邻第98师已占领了通城，命令你等两营迅速占领锦山。"并补充道："日军已经撤退了。"

当时两个营长听得莫名其妙，但又半信半疑。疑的是他们身在前沿，根本没有听到锡山方面有枪炮声，敌人不会也不可能不战而退；信的是也许第98师是沿武昌、长沙公路绕过锡山，通过"围魏救赵"的方法偷袭通城，才迫使锡山、锦山之敌回援而撤走。

军人以服从命令为天职，两营长怀疑归怀疑，接奉团部命令，自然不敢怠慢，当即商议后达成共识，以黄德升第3营为掩护，第2营则抽出一个连兵力，沿大道向锦山作试探性攻击，如真的是日军撤走，然后第2营和第3营从正面和右侧，一齐占领锦山一带阵地。

第2营韩润民营长选派第4连为前哨，以攻击队形搜索前进，第4连趁夜摸到锦山山脚的半山坡时，四周还一片沉寂，确实没有发现任何敌情动静。正当前哨部队开始放松警惕，快速接近锦山东侧敌军阵地时，突然敌阵枪声大作，猛烈的机枪扫射吐出的火光，使原先伸手不见五指的敌阵暴露了目标。虽然前进受阻，死伤数人，但官兵的沉着应战，使第4连挽回了损失，也讨回了代价。但当时该连接受的任务不同，没有采取强打硬攻，在敌情不明的情况下，连长只好下令后撤。当时夜色深沉，黑夜里敌军也不敢盲动，使该连再未造成重大伤亡。

这次行动，835团两个营本想转守为攻，化被动为主动，不想情报不实而冤枉死伤几个人，使两营长在事后的自我检讨中深感情报工作的重要。但在后来的师部会议上，两营长却遭到了师长李棠莫名的训斥，李棠斥道："身为主官当面之敌撤了还是没撤都不清楚，这种严重失职将按军法惩处。"李棠所说不无道理，但后来经过调查了解，是第98师为贪天

第八章　冬季反攻，鄂南扬威

之功谎报的军情所致。李棠自知错怪，遂转而又宽慰两营长。

10月末至11月初，国民政府军事委员会在南岳召开第二次军事会议。蒋介石在会上提出欧战爆发后中国应采取的战略："我们今后的战略运用和官兵心理，一定要彻底转变过来，要开始反守为攻，转静为动，积极采取攻势。"会议决定实施冬季攻势。据此，军事委员会准备将全部兵力的46%，约80多个师投入反攻。规定第二、第三、第五战区为主攻方面，第一、第四、第八、第九战区则担任助攻，牵制各地日军。

就在中国军队厉兵秣马之时，1939年11月，日军以一个军团重兵，在钦州湾登陆，攻向南宁。日军抢先发动了旨在切断沿南宁至龙州公路补给线的战役，广西战云密布，危在旦夕。蒋介石急速抽调各战区部队星夜驰援，反攻广西，投入桂南，中国军队浴血抗敌，此为桂南会战。

此时，第九战区士气正旺，薛岳也想再逞第一次长沙大会战的余威，及时组织了一系列的冬季攻势，以有效地重创日军。

通城陷敌，水深火热

1938年11月8日，鄂南通城陷落敌手，使之成为了中日交战的又一个主战场。

通城县别称银邑，简称隽，是个千年古邑，吴楚分疆之地。通城位于崇阳西南，湘鄂赣三省交界之处。东南与赣修水交界，南与湖南平江接壤，西和西北与湘岳阳、临湘毗连，北与本省崇阳相邻。南倚幕阜山脉，三面环山，境内溪河交错。清末洪杨之乱，太平军围攻武昌，曾国藩在长沙誓师，就以胡林翼率主力取通城、崇阳一道直逼武昌。北伐时崇阳则以汀泗桥、贺胜桥两场恶战扬名战史，叶挺所率"铁军"在此成名。苏维埃运动兴起，为红军的主要根据地之一，罗荣桓元帅即起兵于此，使其成为国民政府政令所不及的边区地带。直到抗战军兴，这块边区才正式有隶属国民政府的行政组织。

日军第11军主力驻扎在武昌，其外围鄂南则驻有该军所辖的三个师团和一个旅团。冈村宁次以第11军中最精锐的第6师团驻守崇阳、通城，以屏障武汉的安全。

第一次长沙会战结束之后，进攻湘北的日军回窜到长江南岸的鄂南占领区，以岳阳、武昌为中心，坚守崇阳、通城、蒲圻各要地，全力修筑碉堡工事。其驻扎在通城的第6师团，在通城共设有十八个据点，分别为县城、沙堆、锦山、锡山、北港等地。

第6师团（熊本）为日本陆军中最强悍的劲旅，战力非常强韧，是侵华日军中的中坚。这个师团在1937年"卢沟桥事变"后，作为日军华中派遣军的矛头，转战于永定河、保定以及石家庄。之后被配属给柳川平助中将指挥的第10军，在杭州湾登陆。日军的这一战术行动，迫使在淞沪战场的中国守军全线崩溃，退向南京。第6师团也立即与其他部队一起调转方向追击中国军队，并完成了对南京的合围。

1937年12月13日，中国首都南京陷落，第6师团率先进入南京，进行了惨绝人寰的南京大屠杀。其师团长谷寿夫并亲自示范杀人方式，罪恶可以说是罄竹难书。之后为避开国际舆论，第6师团更换师团长为稻叶四郎，接着又参加徐州会战，在武汉会战中第6师团孤军独进，一个师团沿长江北岸西进，在李品仙、李延年两大军团十几个师的内外合击中，强夺半壁山、田家镇要塞，砸开了武汉的大门。

日军第6师团进驻通城后，为达到"武运长久"的目的，便采取一系列行动来实现其企图。在马未歇鞍的情况下，联队长野岛便率部继续南犯，直抵九岭推垅桥附近，向驻扎在这里的中国军队发起进攻，不想遭到沉重打击，而不得不退居县城。

恼羞成怒的师团长稻叶四郎，从崇阳调来增援部队三百余人，开始在县城内增设据点，不到几个月时间又占据了铁柱港至县城一线，并在柳畈、仓下畈、白沙嘴、摇鼓山、杜婆山、鲁家嘴、下湾头、白少岭等地设重兵把防。不久，又在冷家畈（今新塔畈）修建飞机场，以供总司令冈村宁次视察和调用军需。

稻叶四郎为巩固统治，实现其大本营"以华治华"的目的，日军利用汉奸吴竹林于12月组成了"通城县维持会"，1939年春，更名为"政府筹备处"，设立了"巡捕房"，其后又扩编为保安大队，组成了汉奸团队。为了使当地群众屈服，日军不断采取"三光"政策，以烧杀掳掠等惨绝人寰的方式迫使老百姓就犯。手段无所不用其极。

日军先后采用了断喉饮血、油浇火焚、灌水踏腹、倒栽活埋、聚众枪杀、勒食蛇蝎、剜心剖腹、乱刺穿胸、投河溺毙、汤煮甑蒸、犬噬日曝、倒悬树上、四马分尸等种种暴行，残害通城百姓。

长沙会战结束，第6师团由湘北败退回来，其师团长的职务由町尻量基中将担任（参谋长：石川浩三郎少将），在接替第33师团的防务后，町尻量基以第36旅团的第45联队驻守通城城外重要据点大沙坪，第23联队驻守崇阳、羊楼司，第11旅团驻守通城，在各据点强征民工赶修工事，屯弹积粮，加强防御。

协作互助，围攻大沙坪

日军第6师团在长江以南占领崇阳、通城、咸宁、蒲圻一带作为武昌的屏障，使长江以南形成一个突出部，左连岳阳与商震、霍揆章的第二十集团军对峙；右接瑞昌、奉新与罗卓英的战区前敌总部相抗。如果能够克复这个中央突出部，国军将可沿粤汉线直逼大武汉。

薛岳在长沙会战胜利之后锐气正盛，当年北伐时统兵御将，横扫两江湖广的革命豪情又再度勃发。此时他接到国民政府军事委员会冬季攻势的密令后，决心以革命军人大无畏的精神，正面攻击盘踞于鄂南的敌军第6师团。

为达到光复武汉的目的，薛岳调集了第十五集团军、第二十七集团军共九个师，将冬季攻势的重点置于崇阳、通城，希望以此攻掠，并一举消灭第6师团这个丧心病狂的日军劲旅。

崇阳为鄂南重镇，为湘鄂公路的中点，公路四通八达。东达通山，北至咸宁，西到羊楼司，南达通城，与各公路网贯连，形成鄂南的交通中枢。崇阳、羊楼司之间的公路横越粤汉铁路，隽水由通城经崇阳城南北至蒲圻县境，汇入长江，境内多系绵延山地。

通城、崇阳自武汉会战沦陷之后，始终是第九战区急欲克复的首要目标。第九战区要攻掠崇阳，通城就是首要的目标；而要夺取通城，就必先取其屏障大沙坪。

第九战区司令长官部在制定攻击编组上，以第十五集团军总司令关麟征中将指挥战区攻击兵团主力，正面进攻通城；第二十七集团军总司令杨森上将指挥第20军与第8军，正面进攻崇阳。希望以此两路并进的方式，对第6师团断其头、切其尾，干净利落予以歼灭。

日军第6师团在大沙坪的阵地，是以镇中的市街为核心，与各村落及山头构成防御主体，以大量梅花式小支点合为一村落或山头的独立据点，据点之间再以鹿砦、外壕、铁丝网环绕。各支点均密布机枪、掷弹筒、迫击炮及轻型自动武器，组成细密的交错火网。而把威力最大的山炮集中于核心阵地，八面支持。

日军在大沙坪外围的田家岭、桃源岭、桂口市、石城湾等地亦布置成独立据点，使之形成了一个完整的阵地带。第6师团以第36旅团负责崇阳、大沙坪的防务。其旅团长井上以大沙坪为司令部驻地，指挥第45联队布防于大沙坪至铁柱港之间。

第79军军长夏楚中

第九战区参战部队集结完毕，薛岳司令长官命令：第79军军长夏楚中负责指挥该军围攻通城；第8军围攻大沙坪；第20军推进到南宁桥、白霓桥附近对崇阳之敌佯攻，制止其后援部队向大沙坪及通城增援。

第79军奉命后，军长夏楚中即制订了一个围点打援的策略，指令第140师由浚水以东先突击到通城东面，然后集中火力攻击锦山、锡山等高地，待攻击成功后，再迫近通城东门，向该城发起攻击；第98师由九岭西下，迫近通城西门，向该城攻击；第82师在通城与岳阳之间的要道，监视岳阳之敌阻击其前来增援。

第140师奉命后，师长李棠即召集团长以上人员开会，指定第835团（团长陈肃）负责攻占锦山及锡山，再由通城南面迫近该城；牟龙光指挥第840团由浚水东尾选定两三个突破口，对敌实施突破性攻击，得手后即向通城东门进攻；第837团（团长徐定远）进驻清水塘、堰市，并派出熊增晖工兵营进到大沙坪以西通城、崇阳公路之间，破坏敌之通讯设施，并阻止其由崇阳来援的敌人。任务下达后，各团星夜进到预定攻击点。

12月12日拂晓，第140师837团又接军部命令配置98师作为先遣部队向大沙坪挺进。13日中午，夏楚中军长以第98师步兵指挥官朱志席少将率第292、293团及师迫炮营两个连开始正面强攻大沙坪。按照第98师王甲本师长分配的攻坚部署，以第140师837团从西侧进击，292团与293团由朱志席少将指挥正面突破，294团与补充团则为预备队。

12月15日拂晓，第98师292团向田家岭、田家嘴高地攻击前进与日军争夺制高点，292团第1营一鼓作气冲入大沙坪街市，遭日军阵地交叉射击，伤亡惨重。下午4时，日军逐次投入千余人于东关逆袭，朱指挥官即投入第293团一个营，将该敌击退。

此时第140师835团在团长陈肃的指挥下，已占领西侧徐家、崇南亭一线，并已与刚克田家岭的292团取得联络，对敌渐成夹击之势，并击退日军多次反攻，在大沙坪前站稳了脚跟。薛岳见攻克行动已初见成效，到了中午便电告关麟征总司令："大沙坪志在必得，已令第77师于乌龟石南

第八章 冬季反攻，鄂南扬威

进，会攻大沙坪。"

第二天拂晓，第 98 师 292 团与 293 团 1 营由田家嘴北向出击，日军发射毒气弹对我军进行强烈阻击，双方形成胶着。

日军违背国际公约施放毒气

在围攻大沙坪期间，第九战区司令长官薛岳两度电谕各军，指示作战原则：

> 我军攻击目的在歼灭敌兵力而获良好战果，如敌死守阵地，则以一部牵制，一部绕敌之后破坏交通通讯，断其归路，迫其孤立。诱敌离开据点而歼灭之。或牵制据点之敌而击来援之敌。最忌徘徊不前，或扼守一点，或迟滞一隅，不果决，机动，敏活，协同，制敌机先。勿披失良机。盼将此意转各军师长。铣电（16 日）

攻敌据点要领：

> 攻敌据点需集中山炮、迫炮、平射炮、重机枪之火力，制压敌人及摧毁敌铁丝网，开辟冲锋路。如无山炮，以敢死队匍匐前进接近敌铁丝网，使用大量手榴弹开辟冲锋路，或以工兵利用夜间接近铁丝网施行爆破，开辟冲锋路，将敌火力压倒。冲锋路开辟成功之后对敌据点一举攻掠之，不可仅以肉弹主义，作无谓之牺牲。申电（18 日）

薛岳这两份电令，对战术细节的指导可算详尽，但直接反映出的是中国军队在战场上所面临的困难。17 日，渐显颓势的日军也组织了大反攻，一时飞机、大炮、坦克、步兵轮番进攻，双方不停不歇打到第二天中午，在田家岭的 292 团官兵伤亡惨重，被迫放弃田家岭。

到了深夜，薛岳严令关麟征总司令："第140师与第98师各一部应于19日前攻占大沙坪，其有功官兵论功行赏，如徘徊不前、进攻不力而有误战机者按法议处。"关总司令接到电报后，立即转给夏楚中军长。

此时第98师被困于大沙坪外侧高地，如向前突进必然遭到日军据点的多面射击，师属迫炮营又无力铲除这些碉堡据点，使得军长夏楚中焦虑万分，不得不寄希望于第140师837团与第98师的顽强拼搏。他想只要第77师230团能同时多面挺进，必能达到突击效果。于是，夏军长要通王师长电话，特别指示遴选敢死队潜入敌后，俟机响应。

第二天刚拂晓，第98师王甲本师长便集中所有迫击炮掩护293团第3营对敌胡家祠据点进行攻击，第3营官兵不畏牺牲奋力猛冲，总算冲进了胡家祠，却遭敌相邻据点的侧射而无法立足，不得已只好退出攻击，未完成任务。

到了晚间，夏军长得知日军原驻崇阳方面的23联队主力已经转运大沙坪，急忙电令王甲本师长构建预备阵地，以防日军反攻。

午夜，急于完成任务的第79军夏楚中军长决定集中所属五个团，全力向大沙坪做向心攻击。午夜1时许，第140师837团的1连、3连由徐家渡过隽水冲进大沙坪，营长付鼎成亲率第2连许俊陶连长在西门城楼前指挥，从水上实行勇敢逆袭打开突破口，用手榴弹组、火攻组攻入敌人占领区域内（全为木房屋），实行爆炸，经过反复火攻与白刃冲杀十余次，驱散了日军位于河堤的警戒部队，营长付鼎成指挥破坏河堤障碍，希望能为大军清出通路。这时日军碉堡与田家嘴方向互为犄角，两面夹射，使第140师837团伤亡惨重，835团第1营邓肇英营长见状，急忙转向冲上田家嘴，逐退敌人守军。

杨森总司令电令第77师以主力协攻大沙坪，柳际明师长接到电令之后即投入作战。20日拂晓，第77师230团向桃源岭西南高地据点攻击，连占土堡三个，日军三次组织反攻均遭击退。231团第1营一举冲到大沙坪主阵地，日军凭借点三面包夹射击，1营死伤惨重。下午6点，231团与230团均已迫进大沙坪街市约三百米处，231团前卫营并一度突入大沙坪街市，日军以优势火力猛射，第77师无法再行推进。

12月21日，第140师师长李棠严令837团徐定远团长务必克复大沙坪。第77师柳际明师长也将其231团投入大沙坪助攻。

徐定远团长与231团刘士伟团长协商，决定先集中所有的迫击炮与77师的一门平射炮轰击徐家东北高地，为进攻部队扫除障碍；再以三个连组成敢死队冒死猛冲，这样就能轻易冲过敌碉堡间的狭窄正面，占领日军工事。下午4时，第140师徐定远团长指挥两团集中迫击炮与一门平射炮一齐猛轰日军碉堡。随后837团第1、第3连与231团第7连跃出阵地，向日军碉堡挺身冲锋。徐家周围的日军阵地线第一圈土堡已被徐定远炮火轰击后部分残毁，敢死队拼死冲近这些碉堡脚下。班长杨焕章用枪托砸碉门，因门太牢固而未能砸开，不得已他往敌射空塞手榴弹，但塞进去的手榴弹反被敌扔出，在碉前爆炸，杨焕章班长被炸身首异处。

敢死队长许俊陶率领所部，强攻猛打绝不让步，用火逼使敌人撤出碉堡，敢死队员与日军展开白刃血战，日军抵挡不住，慌忙向第二圈核心阵地退逃。这次战斗，班长何大发、王福林、2排长姚家熙等不幸阵亡，敢死队长许俊陶、3排长向俊超负伤，一连中尉排长高紫光身负重伤后不治身亡。损失非常惨重。

在武汉会战之前第九战区即于大沙坪筑有半永久性工事，阵地配置严谨。自我军退离之后，这个易守难攻的阵地反为日军所用，日军占领此地后大力经营，加之其土木工程技术和建筑水平的确更为高明，所以使我攻击其第二圈核心阵地时，部队付出了不小的伤亡代价。

面对日军坚固的防御工事，我军死伤惨重，在炮火的配合下，敢死队屡败屡战继续冲锋，发起了一次又一次的猛攻。日军第二线早已有备，在碉堡内以优势火力向外扫射，我军虽经多次反复较量，仍是功败垂成，第一批敢死队在敌火网交织下全队覆没。

徐定远团长见状，马上又挑第二批敢死队再行冲锋，整班、整排、整连地往上攻，在敌火网下再度伤亡殆尽。

第231团刘士伟团长见攻击不利，部队伤亡惨重，悲愤填膺，振臂高呼："兄弟们跟我上！"亲自拉起部队，身先士卒就向敌阵冲锋，硬是用手榴弹将碉堡内的敌人全部炸死，并连续占领了两座土堡。但当刘团长率部冲击敌第三座碉堡时，由于距离关系，手榴弹投掷不到亦失去效用，碉堡还没攻下，官兵们的忠骸就已在敌碉堡前横倒成一大片，鲜血染红了大沙坪街市。

21日，徐定远团长改变了进攻的策略，干脆在日军据点周围埋下地雷，对其进行反制，封锁不让他们出来。白天日军露头就打冷枪，现身就扔手榴弹，准备晚上再行进攻。不料，晚间薛岳见大沙坪战况不利，改变了使用第73军参加大沙坪围攻的想法。直接电谕彭位仁军长视战况自行决定兵力的使用方式。如果彭军长认为大沙坪攻取无望，则可将第77师抽出加入第15师在桂口方面的索敌攻势，减轻压力。

第15师在桂口方面的索敌行动，以逐屋逐据点攻击而成，战斗也异常惨烈。第 77 师归建后，第 73 军全力出击，与日军争夺据点工事，将徘徊于桂口与大沙坪之间前来增援的第 23 联队节节击退。第 230 团李国重营长亲自督促部队猛攻而身负重伤。

日军集中炮火全力炮轰第 15 师与第 77 师，造成山岭间的茅草被引燃，一时山火漫延，烈焰冲天，但第 73 军仍奋勇推进，不稍停顾。薛岳得到第 73 军战报后，再度电令彭军长不要在大沙坪、桂口正面打硬仗，要争取时机而有效地歼灭敌人的有生力量。

12 月 22 日，日军 23 联队再度逼近桂口、石城，并兵分两路南进。军长夏楚中为避免两面受敌，只好下令暂停大沙坪方面的攻击。

夏军长以第 140 师第 835 团、第 77 师及第 79 军补 2 团面对桂口方向占领阵地准备迎战，第 98 师则以第 292 团及第 293 团在田家岭赶占阵地，遥相呼应与敌形成钳形攻势。

23 日晨 8 时，日军第 23 联队先遣大队在杨家铺与第 294 团接战，困守大沙坪的第 45 联队也乘机大举出击，意图两面包抄当面的中国军队。军长夏楚中接到敌情，沉稳应战，以围点打援为目的，使用 294 团与 292 团主动逆袭，第 98 师补充团掩护逆袭部队侧翼，第 293 团面对大沙坪警戒，严防第 45 联队的进犯。

日军第 23 联队在 98 师及 77 师阻击下无法一举突入大沙坪，而第 45 联队因中国军队在丘陵间凭险据守而无从整体推进，两个联队只能各以零散的中队突进，以致兵力分散而无法形成力量，只能在山区来回乱钻。

24 日拂晓，日军第 23 联队一个大队趁着晨雾弥漫之际，钻隙冲进大沙坪。夏楚中军长见日军合流已难阻遏，只好放弃突出据点，将 98 师主力抽出调赛公桥整理。

至此，大沙坪的围攻结束。

攻击外围，苦战锦山

冬季攻势开始后，第 98 师指向锡山，夺取通城；第 140 师指向锦山，相机协同第 98 师从东侧占领通城。

12 月 11 日，根据军长夏楚中的命令，第 140 师对通城东门展开了突击，第 82 师在控制岳阳通城之间公路，孤立日军。

第 140 师师长李棠接受任务后，连夜召开会议紧急部署，不想夏楚中插手后只好又临时做出调整，决定以 835 团在师工兵营的配合下利用坑道作业攻击通城东北角，第 840 团攻击通城正面的石背寺，第 837 团强攻通

第八章 冬季反攻，鄂南扬威

城外据点高冲，以阻绝敌人援军。

13日午夜，第837团徐定远团长以第1营及第2营两面奇袭夹攻高冲，由于我军缺乏攻坚火力支持，837团的官兵只能乘夜匍匐至敌人碉堡之前，将手榴弹强塞进其机枪射口，强行爆破碉堡。837团得手后，师属82迫炮连也适时配合，对目标猛烈射击。由于我军是联合行动，多个地方同时开打，所以炮声此起彼伏，火光映红了夜空，837团竟夜鏖战，拂晓时已经攻占敌据点三处。

第840团牟龙光团长也率部一鼓作气攻克了通城外石背寺据点，逼向通城城墙。第835团陈肃团长率部向通城城郊锡山潜行时，不幸被日军察觉，日军在黑夜中对835团疯狂盲目扫射，使该团无法接近城垣。日出之后，日军第11旅团进一步发挥火力优势，使835团攻击部队根本就抬不起头，团长陈肃不得不命令部队进入郊区丛林间暂避，待机再发起进攻。

按照第835团团长陈肃的部署：第3营为主攻营，将原阵地交第1营一部防守，负责从锦山东侧沿山梁向主峰锦山攻击，占领锦山。然后配合第1营（团预备队），相机占领通城，第2营从正面掩护第3营向锦山侧面攻击。攻击得手后两营即集中力量，沿大道进占通城。

锦山地形险要，攻击只能沿东侧较缓地形进行。沿东侧山脊，日军的布置相当严密，不仅在周边的七八个山头和山坡上构筑有堡垒，在阵地外围还设有二三层鹿砦、铁丝网，火力配置严密，且是俯仰交叉，左右呼应，白天进攻根本无法奏效。

缺乏攻城炮兵与战斗工兵是国军攻坚的一大缺陷。薛岳虽在指示中提及使用工兵爆破敌铁丝网，但现实是835两营已摸到敌人的眼皮之下，却缺乏铁丝钳等破坏障碍工具，于是翻越障碍只能用门板做铺垫，借农民用的柴刀代替铁丝钳。

第140师配置的只有迫击炮，而迫击炮曲射无穿甲能力，况且各营只有两门迫击炮，对日军堡垒、障碍物根本就不具备有效的破坏能力。因此，黄得升营长只能采取夜间逐次攻击的手段实施。

所谓逐次攻击，即先占领一个堡垒作依靠，再进攻第二个，以此不断推进占领锦山敌主阵地。第3营营长黄得升经过研究，决定以7连、8连、9连按顺序轮流进攻，各连进攻分队，每次只能用一个加强排沿山脊实施。团长陈肃批准了这个计划。

第3营将阵地交给第1营接替后，即移动到锦山以东构筑工事，布置警戒，黄营长令各连到附近村庄征集门板、柴刀、斧头作破坏障碍之用，同时派出排长以上军官外出侦察地形，布置任务，准备当晚向锦山前沿阵地夜袭。

担当主攻的为第 7 连组织的一个加强排,连长苏光普任指挥,其余为助攻,8 连掩护 7 连攻击。同时,黄营长通报韩润民第 2 营用火力压制敌锦山方面阵地,支援 7 连攻击,并向团长陈肃做了汇报。

铁丝网作为一般的障碍物,是无力承受较大规模炮火攻击的,所以在欧洲战场它只是一种辅助性的防御。然而此时对于第 140 师第 3 营而言,却是一个非常棘手的障碍。因为在无从得到炮击支援和工兵支持的情况下,又马上要进行攻坚之际,以步兵扫清这些障碍已势在必行,但时间的紧迫已无回旋的空间,黄营长只好仰赖士兵本身的智慧和攻击精神了。

当天晚上,第 7 连连长苏光普率领一排战士,以大无畏的牺牲精神,两个人为一组在日军的铁丝网前,把借来的门板撑成了一个个斜坡,敢死队员则借此斜坡越过了铁丝网,勇猛冲锋。

第一次奇袭得手,第 7 连占领了敌人前沿阵地,不多时又接连攻占了敌人第二道防线。但第 7 连敢死队员脚未站稳,就在此遭到了锦山方向敌人的火力猛射。第 7 连虽就地还击,但已无力再向前推进。

苏光普第 7 连经过一夜的激战,已把敌人的外围工事:外壕、鹿柴、铁丝网等全部扫除,占领了敌人前沿阵地。这时天色微明,苏连长接黄得升命令留一个排坚守所占阵地,其余的撤回原攻击位置。

此时,黄营长考虑第 7 连已完成任务,且已做出大的牺牲,应调下休整,准备换上第 9 连担任新的攻击任务由他们继续围攻,并做好于当晚发起总攻的准备工作。

但苏光普连长仍坚持攻击任务应由 7 连完成。他的理由很简单,第 7 连已有攻坚经验,士气也异常旺盛。黄得升经不起苏连长的软磨硬泡,考虑他鏖战一夜,辛苦异常,想让他早点休息,就顺口应承了他的要求。苏连长得到任务后不是马上回去睡觉,而是与各排长一道又去落实晚上的攻打计划去了。

黄营的 7 连、8 连、9 连,在战斗方面各有自己的特长:7 连尤其擅长进攻;8 连善于防御;而 9 连则擅长奔远偷袭,战士们的两条腿,一夜可跑七八十里,远距离奔袭,摸夜螺丝,有时玩得出神入化,常常使敌人始料不及。黄营长最后考虑还是让 7 连长一鼓作气。

入夜后,苏连长仍带队执行任务,攻击敌人第二层防线的堡垒。战斗打响,艰苦异常,第 7 连官兵被日军早已预设的障碍以及布置的火网挡住了去路,由于日军火力太猛,使刚冲在前面的战士被打得血肉横飞,连长苏光普忙组织火力进行压制。正当苏连长指挥机枪向敌猛射时,突然一发炮弹打过来,把他身旁的机枪手炸飞了。几乎同时,一块飞起的弹片击中了他的脑门,苏光普不幸重伤倒地,担架兵急忙把他抬上担架,只见他用

第八章 冬季反攻，鄂南扬威

劲撑起，似有话要交代，不想刚一张口，却吐出四颗牙来，再也说不出话，但还没等到担架兵把他抬出战场，苏光普连长就已气绝身亡。

接此噩耗，黄营长悲痛欲绝，当即擦干眼泪亲到前沿指挥作战。战士们看到营长亲临前沿，士气也随之大振。尽管黑夜之中，火光四射，密如蛛网，但官兵们为了不辱使命仍不顾生死，冒着枪林弹雨攻击前进。幸得韩润民第2营协力火力压制，第3营虽中弹身亡者很多，但最终逼使敌人放弃了第二线堡垒的阵地。

翌日上午，敌人以猛烈炮火进行还击，战场上机枪手是对方攻击的主要目标，在黄营长指挥所右侧的轻机枪阵地上，一个机枪兵组（四个士兵）遭到锦山方面敌人的猛烈炮击，一颗炮弹落在了机枪阵地上，顿时烟尘隆起，残肢碎体满天乱飞。

接连几天，黄营长又不断组织了三次袭击，连续占领了几个堡垒，为进攻锦山敌主阵地奠定了基础。

日军在锦山的主阵地，居高临下，分布十分合理，安排有致，铁丝网密布，堑壕四通八达。尤其是主堡，上下各用多层圆木、钢板加以保护。每层中间都填满了石头、泥土，且仍有三道障碍，与锡山方向的阵地互为犄角，可以相互应援，黄营的进攻入口又全部在其火力有效射程的控制范围之内，所以比较难攻。

但第7连的成功大大激励了9连官兵，连长白治江主动请缨，要求担任这一攻击任务。第六天夜里白治江率部开始进行袭击，此时敌人早有防备，9连加强排在我东、南火力的支援下，用门板搭脚越过铁丝网，用斧头、柴刀砍鹿砦、铁丝网，连续通过了两道障碍，到第三道障碍时，不想遭到日军反冲锋逆袭，第9连加强排战士猝不及防，又缺乏实体掩护，除几个轻伤者撤下来外，其余大都壮烈殉国。

黄营长在敌第三道堡垒前指挥，距锦山只有几百米距离，在黑影中只见一个士兵背负轻机枪两挺，跌跌撞撞走到他跟前，刚挺直腰行了个军礼，口齿不清地说：“报告营长，我、我回来了。”黄营长未及回礼趋前扶持，那人已扑倒在地当场身亡，黄营长见其鲜血尽湿衣裤，当场抱尸失声痛哭，用手帮他抹下了未及闭合的双眼！

失败的教训是最值得记取的，检讨这次战斗，因事前准备不足，没有防止敌人反冲锋措施，以致伤亡惨重而没有成功。黄得升营长决心再组织一次进攻，为牺牲的烈士复仇，但他还未来得及部署就奉令撤退，说冬季攻势的任务已经完成，官兵们不得不痛心地将用鲜血才占领的阵地放弃！

这次战斗，前后七个日夜，第3营牺牲连长苏光普，连排以下官兵伤亡二百多人，7、9两连几乎只剩下炊事班和传令兵。

冬季攻势，第3营受到嘉奖，第九战区给予记大功两次。

攻击通城，全力以赴

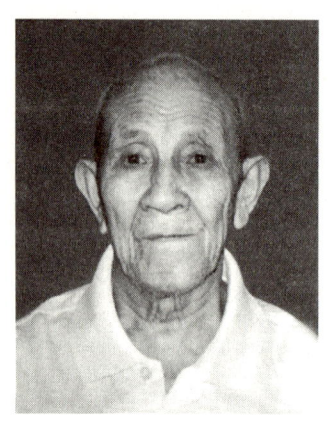

老兵刘潭桢

按照师长李棠的部署，835团负责攻击锦山，以切断锦山日军与通城之间的联系，再配合840团围攻通城。840团则以浚水西岸的葛蒲港以及通城东山外的石臂寺为突破口，进攻通城。

进攻的第一天，各团按指定地点进行攻击，840团在牟龙光团长的指挥下，选准突破口，攻击通城东门外石臂寺成功，毙敌八十余人，一鼓作气在拂晓前攻至通城东北部，占领阵地，构筑工事防守，以待入夜后再行攻击，进展比较顺利。

虽然840团首战就实现了目标，却也付出了代价：第一连连长张国宣身负重伤，排长刘知非、黄云章阵亡，伤亡士兵达二十余人。

第835团攻到锦山山腰，天已拂晓，不能再进行攻击，即在原地构筑工事防敌反攻，以待入夜再行攻击。入夜后韩润民营长指挥第2营进到锡山脚下，不料遭到通城内敌炮兵的射击，造成较重伤亡。韩润民营长只好命令停止攻击。

19日，第140师一部又攻锡山，一直到次日晨才占领前沿高地。到了下午继续进攻时，由于官兵透支体力太多，目标未能达成。到了晚上，天降大雨，部分士兵冒雨潜近敌人碉堡，将手榴弹塞进了其机枪射击孔，一举扫清障碍，才算拿下了锡山据点。

师长李棠见835团难以达成任务，便命令以一营兵力继续与敌缠斗，以作牵制，其主力应放弃对锦山的攻击，全部转移至通城南郊协助840团攻城。同时，派出师部以迫击炮营为攻城助战。

迫击炮营营长程奎朗是贵州贵定人，号公谷，生于1913年6月。中央军校第8期炮科、陆军大学参谋班第2期毕业。抗战爆发后任南京警备司令部参谋，参加过南京保卫战，1939年调任第37军140师参谋主任兼迫击炮营营长。第一次长沙会战，程奎朗迫击炮营曾集中火力轰击敌第33师团辎重兵团，使其丢盔弃甲，导致其主力因断炊而无力前进。

第八章　冬季反攻，鄂南扬威　　175

　　第140师两个团有了充分协作，死打硬拼，战至第三天，程奎朗的迫击炮营已将炮火射程延伸进入城内，攻城的两个团也已进至城角之下。第840团攻击浚水西尾之菖蒲港，怎奈因敌军据点坚固，火力旺盛，始终无法靠近。就算炮弹打到其主堡上，不过就只能留下一点白印子，炸弹要落到主堡上，最多也就只能啃掉一层皮。

　　在攻击日军主堡前沿阵地之初，牟龙光团长就认为，敌人不外乎铁丝网或堑壕，没有什么了不起。等840团付出重大伤亡才攻自敌前沿时，牟龙光才发现大错特错。狡诈的日军，在这里构筑了无数的侧堡、暗堡和火力点，你从正面进攻，根本就无法发现，等你攻到主堡附近时，才知道羊群已落入虎口、牲口进了屠宰场。当牟龙光明白是怎么回事时，却发现就是有大炮也打不着它，飞机拿它也无可奈何。日军的这些"反斜面"火力，成为了我军进攻道路中不可逾越的拦路虎和绊脚石。尽管第140师两个团前仆后继，不断攻击，840团第5连连长宋应槐阵亡，中尉排长殷华负重伤，排长胡坤阵亡，伤亡士兵六十余人，攻击也未能成功。

　　这时，第2营副营长周艇看在眼里、急在心里，于是亲率全营由石臂寺进到通城东北，然后以迫击炮向通城城内射击，敌守军虽然感到极大的威胁，但我军付出伤亡仍攻击未果。第二天拂晓，第2营奉令转至通往崇阳的公路上，于是顺手牵羊砍断了敌电线杆二十余根，收得通讯电线五六千米。

我军伤愈人员回归部队

接连四五天,通城及大沙坪之敌遭到了我迫击炮的不断轰击,交通、通讯遭到破坏,这时城内日军已出现慌乱。恼羞成怒的师团长町尻量基即由岳阳抽调一个大队赶来增援,不料刚行到岳阳与通城交界的塄头附近,遭到了我第82师第245团及246团的猛烈截击。经过一日一夜的战斗,敌人付出了惨重代价,始终无法通过,于是无心恋战退回岳阳。

进军中的日军坦克部队

通城的敌军见救援无望,于是由城内抽调出了三百余人,企图从东门外徒步涉过浚水出击,以作困兽之斗。正当敌人头顶装备徒涉过到河中时,我守候在此的840团第2营重机枪即猛烈射击,5连2排5班机枪手刘潭桢枪法很准,几梭子打下去,浚水河中就撂到二十余人,金田炮兵大尉也被击毙。刘潭桢,湖南郴州桂阳县人,武汉失陷后,大批难民涌入湖南,日军的残暴激起了他的爱国热情,22岁的他毅然参军入伍,在辰沅师管区训练两个月后,被分配到当时驻湘北的第140师,此战也是他初入战场。

本来初入战场,新兵难免会有恐惧心理,但进入阵地前,他看到一个为躲日军的小脚婆婆在过桥时,孤苦无助,还边走边哭,刘潭桢去问,小脚婆婆说:"我家里还有三个小伢,被日本人搞死了。"一下激起他胸中的怒火,这种怒火使他忘掉了怕,恨不得马上就与日军大干一场。如今敌人当前，这种痛打落水狗的战法，让他过足了瘾。可还没等刘潭桢过上瘾，敌人一枪过来，打穿了他的腿。与此同时，我第837团第3营副营长黄立新率两连由清水塘赶来侧击，敌腹背受敌，死伤更大，入暮以后残敌才得以借助夜幕掩护撤回通城城内。

第五天，町尻量基再派遣两个中队实施增援，却被第140师徐定远837团阻挡在浚水河岸。

通城内的日军，在两路援军被击退后龟缩于城内，继续负隅顽抗。第140师因缺乏攻城武器，攻到城下只能依靠步兵爬城攻击，造成极大伤亡。官兵仅凭勇气作战，将近一周的冬季攻势，每日伤亡达百余人，一个据点未曾攻下。攻城十余日，伤亡官兵七百余人，以致功败垂成。

师长李棠见攻城不利，援军无望，日军又随时可能出城与其援军包挟，由于久战无果，攻城部队已疲惫不堪，不得已只好命令所部后撤到通城东南的丘陵地带与敌相持。并命本师工兵爆破铁柱港大铁桥，以阻隔日军。

不久，第140师接上峰命令鄂南"冬季攻势"结束，此后就驻留在通城地区监视城内日军动向。

检讨得失，再接再厉

鄂南冬季攻势结束之后，参战部队第79军、第70军、第73军与第20军于战役期间共计伤亡官兵达一万五千四百九十六人员，其中阵亡官兵六千一百八十五人员（含军官二百四十人员），第73军与第79军的伤亡人数均在四千人员以上，可见战况之惨烈。战役期间我军毙伤日军四千人。战后，国军仅以交通破坏队游击敌后，野战部队则撤回湘北整补。

第140师与第20军依然在崇阳、通城周围活动，并逐次以小规模战斗争取得前进跳板，积小胜为大胜。

国军以九个师的兵力围攻日军一个师团，在崇阳、通城、大沙坪等一连串的攻坚战中整整打了一个月，竟然寸土未得，以失败而告终，这的确给高层一个不小的震动。

"冬季攻势"暴露了我军存在的一些问题，其中最主要的就是各部之间配备较差。由于历史原因，中国军队没有完成统一整编，各部队之间，实力悬殊较大，导致作战时难以相互协调，造成了许多不应有的损失。

而日军则通过这次"冬季攻势"得以重新认识中国军队的战斗力，日军自"九一八事变"轻取我东北以来，就一向轻视中国军队。"七七事变"

后，日军除在个别战役中遭受到较大的打击之外，可以说是很轻松地就占领了中国的大片国土，这无疑助长了其骄狂的心理。但通过这次较量，日军万万没有想到，中国经过了两年多的战争，其军队还能保持如此强大的攻势，这对日军狂傲的心理不能不说是一次沉重的打击。

"冬季攻势"中国军队虽然没有取得战术的成果，却表现出了很大的战略效果。开战后不久，日本天皇裕仁便亲自向参谋总长和军令部总长询问了作战情况，可见冬季攻势已引起日本天皇的强烈不安。日军大本营也承认：冬季攻势"中国军攻势规模之大，斗志之旺盛，行动之积极顽强均属罕见。"以后《日军战史》更是来了盖棺定论："在中国事变八年间，彼我主力正式激战并呈现决战状态，当以此时为最。"

日军虽然占领了包括中国首都南京以及战略枢纽武汉等城市在内的大块土地，但却无法巩固其在占领区的统治，征服中国更始终未能实现。通过此次"冬季攻势"，日军虽然没有被打败，却被彻底的打醒了，使其感到中国军队的战斗力不可轻视，有必要"重新估计敌人的战斗力"，这为其后日军发动一系列旨在粉碎中国军队战斗力的作战留下了伏笔。

国小、兵少、资源短缺这是日本的先天不足，与中国开战两年后，日本政府不得不面对现实，只好撇开军事层面而求助于政治、经济、文化的较量，企图以其他手段来削弱中国军队的抗日斗志。日本为此加快了扶植汪精卫成立伪政府的步伐，终于在1940年3月30日汪伪政府在南京粉墨登场，这又使蒋介石发动"冬季攻势"所达到的目的大打折扣。

"冬季攻势"结束后，第九战区即完成了检讨报告，军委会对于此战第九战区集中兵力规模如此之大，而战果竟然如此之微而感到失望。1940年2月6日，蒋介石在柳州军事会议闭幕的训词中提到："第九战区以九师之众，前后围攻大沙坪者几逾一月，我军官兵之死伤不可谓不大，敌方播音，且称为空前之持续战斗，但师久无功，并未收得任何战果，究为何因，此九师之中，进退前后，勇怯强弱，与其优劣功过，更应有明确之审查，切实之检讨，一一呈报，以定赏罚。此第九战区之功过成败，不能不彻底追究，以凭奖惩者也。"

早在1939年春南昌会战前夕，薛岳对军委会的报告中就已提出"敌长于坚守而我则短于攻坚，故宜以奇兵攻击动态之敌"之说，在这场战役中又再度找到注脚。

"冬季攻势"之前，中国军队已由南昌反攻中得到教训，深知在没有良好的攻城火炮、空援与部队协调的状态下进行攻坚，成功的可能性不是很大。而攻防之间，日军看似被动，但其以逸待劳又何尝不是优势所在。

第八章 冬季反攻，鄂南扬威

"冬季攻势"之前，薛岳从容在日军当面集结大军，并对日军兵力与驻地的情报有着详尽分析，所以想以突袭的方式而一举攻取要地，这种打法确有成功前例。而前沿部队在第一波突击攻坚受挫之后，第九战区仍继续调集大军，并临阵换将而改变围攻重点，这对于已高度警惕的日军赢得了准备时间，以致最后演化成人海战术的死打笨攻，不难看出第九战区有为完成任务而表现出的意气用事。

游击制胜，终获通城

在大沙坪、崇阳战役如火如荼之际，战区左翼攻击部队第4军则打出一场漂亮的突袭战。第4军第90师向常山攻击前进，于14日乘敌不备攻取渔潭，15日力克常山。日军在临湘、岳阳当面的第13联队措手不及被迫退出常山，转而死守岳阳。

第4军的任务本是牵制岳阳方面的日军，使其不能应援于第6师团，所以军长欧震得以自在用兵，在日军退出据点之后，欧军长即以第102师游击部队和挺进部队推进敌后，大肆破坏扰袭，日军紧张万分，完全不敢出城迎战。

在游袭一整个月之后欧军长料定日军警戒必已松懈，于是协调湘西方面友军第16师348团由侧翼突击岳阳，第16师仅以一团之力奋勇突进，一举攻克岳阳车站，同时又在日军来不及反应前跳出重围，狠狠掴了日军一记巴掌。

1940年元旦后，第4军呈报破坏战果时，该军在鄂南作战期间仅伤亡官兵二千零二十三人（其中阵亡四百六十七人，含军官六人员），除具体攻占常山，打击岳阳方面敌人之外，第4军的交通破坏队（第102师工兵营）并破坏公路十八公里、桥梁六座、铁轨二公里、收缴电线一千四百斤。

在第4军攻击期间，日军完全龟缩于据点之间，即使大沙坪友军频频告急，亦不敢稍伸援手。整个崇阳通城战役期间，未闻临湘方面有日军一兵一卒到援。这又是"冬季攻势"中第九战区的一个亮点。

1941年元月，刚咸鱼翻身的日军第6师团兵分三路，大举进袭了通城城郊由中国军队占领的要点鼓鸣山、赛公桥等地。第140师奋起抵抗，凭险阻击，将日军前锋联队击退。日军以大队为单位，兵分多路寻机而进，中国军队第133师、新11师依地势分道围堵，使日军的攻击气焰不断受挫。

正在日军第6师团志满意得大打出手之时，其防守破绽也随之暴露。薛岳看破天机，急令炮1团第5连与新11师会合，协同进攻通城。新11师鲁道源师长在炮兵掩护之下驱兵冲杀，连克石背寺、锡山、鼓鸣山、五里牌等日军据点。我山炮1连对敌猛轰，日军据点工事即成死靶，不仅工事被击毁，其车运线亦遭沉重打击。

3月12日午夜，我军炮5连六门75山炮再度怒吼，第140师与新11师对通城县城发起两面夹攻，日军在炮击之下再也不能凭险据守，只好夺路而逃，午夜2时我军光复通城，第140师再立新功。从此之后到抗战结束，这个鄂南交通重地始终未再沦陷。

"冬季攻势"结束，为了告慰黔军烈士的英灵，第140师派人从各战场收回阵亡官兵遗骸，建立公墓。其后，根据国民政府正式公布的《抗敌殉难忠烈官民祠祀及建立纪念坊碑办法大纲》，在平江南江桥建成了"第140师抗日阵亡官兵纪念碑"一座，供后人瞻仰。

内部权斗，险被肢解

1940年7月，军委会重设第六战区后，第九战区向西、向北与第六、第五战区的分界是石门桥（常德南约15公里）、连山湖南岸、大通湖北岸、洞庭湖北岸沿长江至武汉下游迄九江之线，向东与第三战区的分界为抚河、鄱阳湖口之线。这几个战区共同构成了对武汉日军第11军的包围态势，正处于日军所谓"作战地区"的正面，所以作战行动较为频繁。

第九战区又是一个门阀很重的地方，无论陈诚还是薛岳主政，派系斗争的潜规则都很盛行。当初宋思一是因何应钦的关系才调到第140师当的师长，不想何应钦与第九战区司令长官陈诚向来不睦，宋思一作为何的老乡就自然感到深受排挤，宋深感受气不过只好自动辞职，再找门路调军委会任高参。

副师长李棠与薛岳关系比较亲近，而薛岳是陈诚系的资深大将，此时宋思一辞职上调虚职，薛岳当然帮忙，李棠因而得以升任师长。李棠，安徽桐城人，号浣生，东北讲武堂毕业生，原在第47师任旅长，宋思一调任140师师长时经卫立煌介绍来第140师任副师长。李棠任师长后，第140师也随之转属了夏楚中第79军序列。

宋思一被调离，其得力助手835团团长张涛也随之调升为副师长，虽晋级为少将，但在残酷的权力斗争下，因与师长李棠人事路线不同，也同样不断受到排挤。

第八章 冬季反攻，鄂南扬威

第140师归属第79军序列时，当时也正值李棠刚刚接任师长，其时军长夏楚中为达到吞并第140师的目的，派遣军部少将高参龚传文来担任140师步兵指挥官（按当时三团制师无此编制，四团制缩编为三团制时，旅长调为步兵指挥官或副师长），夏楚中系陈诚之心腹，常有吞并异己部队之举，可李棠也不是省油的灯，一眼就看透了夏楚中的心思，为抵制其做法，师长李棠便保举原837团团长罗遇春（时刚病愈由云南回到第140师）为步兵指挥官，以抵制龚传文。军委会以师无此编制为借口，未被批准。

龚传文到第140师后，第140师尚无参谋长人选，夏楚中又派高参熊江为第140师参谋长，李棠未表态，熊江即来师部到职。李棠亲到前方指挥进攻通城的"冬季攻势"，不与龚熊见面，既不向所属各单位宣布龚、熊的任职，遇事也不让他过问，师部文件亦不送他批阅，各团干部及处室负责人，亦不与之接近。第一次长沙会战及鄂南的冬季反攻，这两人闲得无事，李棠却爱理不理，把其视为透明，于是两人也自己知趣，不久即相继去职，返回了夏楚中军部。

一招不行，夏楚中再掺沙子，直接插手第140师的军力调动，这自然引起了李棠的高度警觉和全师官兵的一致反感，为使第140师不受吞并，李棠于是联络各团、营干部联名上报军政部，申诉夏楚中企图吞并第140师的用心，并要求脱离第79军建制。

另外，李棠还派副师长张涛亲到重庆向何应钦陈述本师的困难处境，要求何保护贵州部队，使之不被恶意肢解，大敌当前将帅失和，这自然引起了何应钦的关注。

李棠为防不测，出现夏楚中以武力解决的情况，于是征得各团长同意，准备把部队拖到药姑山上等候中央处理。

夏楚中看到第140师既不接受他的人事安排，也怕事态进一步恶化，只好做出妥协，亲自跑到第140师师部进行慰勉，他看到第140师内部团结，无隙可乘，也就不了之。

本来军人以服从命令为天职，但在人事安排上第140师何以会有如此反弹？只因北伐时期黔军功勋显著却被肢解，彭汉章被杀于武汉、王天培命丧于杭州，使贵州部队受尽了寄人篱下的恶气！如今旧戏重演，当然大家就会心有余悸，自我保护了。

1940年8月，第79军奉调第六战区，第140师随即奉军委会令将部队撤回湘北金井休整，归还了第37军建制，师部设在夏家湾。

第140师到金井整训不久，奉军委会命令将所属三个团的番号分别改

第420团团长牟龙光

为418、419、420团。是时该师序列为：

师长李棠、副师长张涛。

第418团团长：陈肃；

第419团团长：徐定远；

第420团团长：牟龙光；

补充团团长：程奎朗。

"冬季攻势"之后，第140师由于损失太大，部队奉令加强迫击炮营，以增强步兵的重武器力量。由于程奎朗调任补充团团长，训练任务交给了副营长魏天德，其职务遗缺则由418团3营营长黄得升升充。

第140师经整顿后，实力得到了恢复。

张涛自当上副师长后，与李棠的关系也渐生龃龉，随着李棠的权利得到巩固，张涛的权力随即被架空，副师长一职也就变得有职无权。

1941年3月，第九战区以军委会名义调张涛进陆军大学（长沙）将官班学习战略战术。4月末刚结业，随即又于5月调重庆中央训练团学习政治。7月份张涛毕业后，便接到了撤职通知被礼送出第140师，张涛无奈只好回贵阳闲居待命，以读书钓鱼消磨于花溪河畔。

第九章 汨罗鏖兵,出生入死

畑俊六上任,长沙起硝烟

第一次长沙会战后,湖南战场大约沉寂了两年。在这不到两年的时间里,薛岳大力整军修武,第九战区的部队得到了休整和补充,战斗力显著增强,特别是第九战区派出部队在湘北、鄂南不时地对敌出击骚扰,对武汉地区的日军构成越来越大的威胁。

1940年6月,枣宜会战(日方称为宜昌作战)标志着日军在长江流域基本已经到达进攻的顶点。由于日本陆军总部按照明治以来的传统思想,把战力的重点放在了对付北方的苏联,造成了其观察时局、制定政策均以此为重心。因此,日军并没有力量再投入到现实的中国主要战场。

随着苏德战争爆发,希特勒在欧洲取得了胜利,日本全国为之震动,法国、荷兰在东南亚的殖民地,在日本人眼里转眼就全成了无主的荒地,"不要误了公共汽车"一时成为日本军方的口号。日本陆军要求与德意结成同盟,海军要与英美争夺太平洋。而海军的米内首相因反对结成三国同盟被陆军视为祸害,于是陆军大臣畑俊六以辞职相要挟,导致了米内内阁的垮台。

1940年年底,日本政府为与英美争霸远东和太平洋地区,急于从中国战场抽出兵来,于是调整了对中国的作战指导方针,并作出了"必须迅速解决中国事变"的决定,要求"在1941年秋季以前,改变预定计划,不放松对华压迫,准备在夏秋之际,进行最后的积极作战,力图解决中国事变。在此期间,竭尽一切手段,尤其利用国际局势变化,谋求'中国事变'得到定局。"日本军方为此具体分析了中国战场的态势。

日军第 11 军司令
阿南惟几中将

1941 年 3 月 1 日，畑俊六再次被任命为中国派遣军司令，畑俊六到任后的第一件事就是策划对长沙进行的攻击。驻武汉的第 11 军司令部也相应改组，鹰派人物木下勇出任了参谋长。4 月，阿南惟几也接替园部和一郎中将出任第 11 军司令官。

1941 年 4 月 13 日，苏联与日本签订了《苏日中立条约》，使苏联赢得了东线的安宁，日本也放弃了北进的计划，转而改为南进，此举对中国而言无疑是一件雪上加霜的大事。该条约严重伤害中国的利益，日本与苏联商定"将来由日苏共同开发满洲"，而苏外长莫洛托夫在签字时致辞："日苏有共同的利害关系，中苏不会成为好友"。蒋介石破译这一系列情报后，深感苏联心怀叵测，从此改变外交策略，确定了联美的基本国策。

6 月 22 日苏德战争爆发，苏联对日本的军事威胁不复存在。25 日，日本政府和军部联合通过《关于促进南方对策问题》，决定以武力进驻印支南部。日本南进战略既定，关东军主力便陆续调出东北，立即挥师南下侵占南洋，做好了同美英等国开战的准备。

为了配合其南进计划的实施，兵力准备是第一位的，也就是说日军必须从中国战场抽调大量的兵力。

1940 年，日军在中国战场有兵力七十七万，到了 1941 年则已降至六十五万。其中驻守武汉地区的第 11 军就必须要抽调三个师团，为此，日本决定以打促"和"，尽快解决"中国问题"。

为了达到确保武汉无虞的目的，第 11 军就必须要先发制人，对中国第六、九战区进行毁灭性打击。如此一来，第九战区将面临极大的威胁。

与此同时，美国对日本的限制也在逐步升级：1940 年 7 月 26 日，美国宣布《美日通商航海条约》无效；1941 年 3 月开始的美日谈判陷入僵局，美方始终坚持要求日本撤出中国。8 月，英美发表了《大西洋宪章》，共同表达了反对纳粹暴行、重建世界和平秩序的决心。

阿南惟几经过空中的反复侦查，认为第一次长沙会战的失败，是在于使用兵力的过度分散，于是认真总结经验教训，很快就制定出了新的作战方案，准备发动第二次长沙会战。在最初制定作战计划时，为保密起见，阿南惟几将其称为"加号作战"。

此次计划，阿南惟几决定集中兵力进攻，力争在汨水以南、长沙以北地区歼灭我第九战区主力,并决定于 9 月 18 日即"九一八"事变十周年纪念日开始进攻。声称"农历八月十五日(10 月 5 日)打到长沙过中秋节"。当时,适值洞庭湖秋水上涨,为敌舰艇在湖上横冲直闯创造了有利的条件。

为保胜券在握,阿南惟几在兵力准备方面,决定以四个师团、四个支队、一个坦克联队、两个重炮联队、两个工兵联队、两个飞行团一百八十架飞机、三十多艘军舰、二百多艘汽艇参加作战。这些部队于 9 月中旬即已逐渐向岳阳地区集结完毕,就等阿南一声令下,各自就会从规定攻击地出发。

1941 年 9 月 18 日,第二次长沙会战爆发。

声东击西,大云山扫荡

阿南惟几,1886 年生于东京,陆军中将,毕业于东京的陆军士官学校和陆军大学。1929 年起先后任天皇侍从武官、近卫步兵团长、东京少年军校校长、陆军省兵务局长和人事局长以及师团长等职。1930－1934 年指挥近卫师团,1935 年任天皇侍从武官和最高军事会议秘书,1939 春任第 109 师团师团长,曾有打败晋军四个师的纪录,同年 10 月任陆军次官,1941 年 4 月调武汉任第 11 集团军司令。

从简历来看,阿南惟几就不是等闲之辈,为了迷惑薛岳,确保其在岳阳集结兵力的安全,他在 9 月 18 日正式发动攻击前,便下令第 6 师团先期扫荡大云山地区,以声东击西的方式,牵制我军第二十七集团军主力,从而达到先声夺人迷惑我军视线的目的。

幕阜山绵延于湘鄂赣边境,大云山是幕阜山支脉,位于岳阳、蒲圻之间,其周围数十里都是崇山峻岭,昌水横贯其间,北临粤汉铁道,南瞰忠防、桃林,加之山高壁陡,草深林茂,地势险要,一向以来便是第九战区前方游击根据地。第九战区部队常依托此山险要地势,不时对日军进行袭扰,是拒守长沙的北大门。

1938 年 9 月 5 日拂晓,位于新墙河上游昌水北岸,地处湘鄂交界的大云山上响起了隆隆炮声。日军第 6 师团七八百余人,向我南源桥、望歌亭进犯,被我柏辉章第 102 师张克俭部先后击退,敌人滞留未进。6 日下午 1 时,集结于忠防的日军第 23 联队有马平彦部五千余人和集结于桃林的日军第 13 联队冈部、通部三千余人,利用飞机十余架、大炮十余门的掩护,分东西两路,大举向第 102 师所在的鸡婆岭、草鞋岭阵地合击。

敌后游击，打击日军

草鞋岭位于湖南省岳阳县甘田乡附近，油港河与沙港河之间。据史料记述："新墙河上流分为两支，南为沙港，北为油港，草鞋岭居其间，自新墙至桃林及杨林街，大道分过其南北，临（湘）岳（阳）陷敌之后，中国军队据此以制敌。向东逶迤的大云山，跨临岳两县边境，形势险峻，与草鞋岭势成犄角，我军事前进据点也。"

很快，第九战区收到了第102师师长柏辉章发来的电报。欧震即以第4军第59师杨继震团控制于长安桥，一部于7日拂晓推进到孟城，主力集结于杨林街地区，以策应第102师作战。当时西塘方面日军步骑已增约一千五百余人，向我柳树厂、沧梓港猛攻，但经第102师306团痛击未能得逞。

7日晨，日军第6师团第23、45联队在航空兵的支持下，又再次向大云山地区的南山、雁岭、鸡婆岭、草鞋岭等第4军第102、59师阵地发起猛烈攻击。战至下午，日军进至南冲、孟城、长安桥、甘田一带，形势骤然紧张。其第13联队向大云山西侧进攻时，与守军第102师发生激战。中午，敌人增援二千余人再犯，第59师杨继震团因众寡悬殊，沧梓港被敌突破。然而身处第一线的第 102 师 306 团却没有因此而动摇。在鸡婆岭、草鞋岭的 306 团的各营仍奋勇独战，对突入的敌人沿途给予果断的痛击。

8 日至 9 日，日军第 6 师团主力继续向大云山东侧猛攻，第 4 军第 59 师虽奋力抵抗，但因日军兵力、火力均处于优势，第 59 师各阵地相继遭突破。在此战无可战，胜利无握的情况下，第 4 军决定弃守大云山。

到了此时，第二十七集团军总司令杨森还未能意识到日军频繁调动的动机所在，仅以反"扫荡"作战为目的，一边向薛岳报告，一边命令新编第 10 师、第 60 师增援，使日军被迟滞于长安桥。

阿南惟几见战略牵制的目的已达到，于是命令第 6 师团撤往桃林，将扫荡大云山的任务交给了第 40 师团后向桃林方向集结，其第 13 联队则在甘田、团山坡附近被第 102 师和第 59 师一部所阻，陷于苦战。同日，我军新编第 10 师抓住两军交防间隙，一举收复了大云山。

阿南惟几见牵制我军的行动已初显成效，心中不免得意起来。因为他已达到了调动中国军队于大云山的目的，同时也完成了他全面进攻长沙的准备。此时，其第 3、4、6、40 师团已在杨林街至沙港河下游一线集结完毕，就等一声令下，这些部队就会像决堤的山洪冲入长沙。

短兵相接，新墙河失守

第一次长沙会战，薛岳运用他的"天炉战法"，以长沙为轴心，用两线兵团前后夹击，逼退了日军，赢得了第一次湘北大捷。

所谓天炉战法，也就是 1938 年底赣北战役，第九战区制定的以"后退决战争取外线"的作战计划，其后罗卓英在上高会战中所摆的阵形类似，但实际上罗是吸取了长沙一战的胜利经验，并且正确实施了战区既定作战方针，使之又成为了一个成功战例。

日军在湘北的异动，当然没有瞒过薛岳的眼睛，对阿南惟几的蠢蠢欲动，第九战区也采用了积极的诱敌战略和机动的战术。所谓诱敌战略就是到处设伏，诱敌深入；机动战术就是"不呆守阵地，不死用方案。"（薛岳语）。按西方兵学家的解释，机动一词含有"诱敌使陷于失策而乘之"的意义。

为了贯彻薛岳的这一战术思想，第九战区也做好了相应的准备，紧急调动了第 37 军、第 4 军、第 74 军、新 3 军、第 3 挺进纵队、江西保安纵队、第 72 军、第 78 军、第 7 挺进纵队、第 58 军、第 26 挺进纵队、第 99 军、第 26 军、第 10 军等部队，计二十余万人参战。守备新墙河第一线的分别为第4军的第102、第59、第90师。

此时，第37军作为第九战区战略预备队。第140师三个建制团驻在金井、脱甲桥、将军坝、学士桥等附近整训，第140师野战补充团驻汨罗江沿线负责浯口的守备。

汨罗江，按照官方的说法，是发源于江西修水县黄龙山梨树垭，经修水县白石桥，于龙门流入湖南省平江县境内，向西流经平江城区。其实这不过是学究们为追求最远出水点，而以讹传讹的说法。汨罗江水源是来自于幕府山的东西两侧。汨罗江分为南北两支，南支称汨水，为主源；北支称罗水，东侧水源，往南流又往西走，这就是汨水，而住在水边人们则直接称它为汨罗江。西侧水源，直奔南去，被称为昌江。两侧水流，在县境内的瓮江镇相汇。

汨罗江主要是因屈原的关系而出名。战国末期，楚国著名的政治家、诗人屈原被流放时，曾在汨罗江畔的玉笥山上住过。在这里他写出了一生中最重要的一些作品（如《离骚》、《天问》等），将"楚辞"这一体裁发扬至前所未有的高度。公元前278年，楚国都城郢（今湖北江陵县）被秦军攻破，屈原感到救国无望，投汨罗江而死。汨罗江在洞庭湖东侧，属洞庭湖水系，历来为兵家必争之地，在汨罗江注入湖口以上约1.5公里处，潭水很深，自岳阳陷敌之后，更为湘北战场的主要防线，此时由陈沛第37军负责担任守备。

阿南惟几首先集中主力向我第4军阵地猛烈冲击，企图突破新墙河防线，沿黄沙街、大荆街、关王桥进而占领长乐街，强渡汨罗江突击栗山巷、福临铺，向长沙推进。第九战区的应战计划仍是以"后退决战，争取外线"为指导，但是在新墙河防线打响后，薛岳以其"机动战术"的思想，并未完全按照既定计划行事，他把决战的重兵防线布置在汨罗江边，试图拒敌于汨罗江以北，在汨罗江畔歼灭敌军。

当时，第九战区的参谋处处长赵子立对薛岳的布置十分诧异，心想这固守汨罗江一地持久防御，岂不是当年罗卓英保卫南昌时在修水防线的翻版吗？如果汨罗江防线被击破，日军再迂回直捣我军右翼，那么长沙就会变成又一个南昌！于是，他提出应沿汨罗江南岸逐次抵抗，争取时间，等待外线援军抵达决战地区。可是，由于赵子立人微言轻，他的这一主张并未得到薛岳的采纳。

18日，日军进攻新墙河时，以步、炮、骑联合攻击，加上飞机投弹，并投掷大量武器给潜入我第一线后方的便衣挺进队，以对我后方进行扰乱。上午，敌机数十架在我阵地上空大肆轰炸，日军发起全线攻击，在炮

第九章 汨罗鏖兵，出生入死

兵、航空兵火力支援和战车协同下强渡新墙河，数万敌军以骑兵数千、战车数十辆为先导，蜂拥渡河，我第4军奋力抵抗。

第4军各师凭借既设阵地顽强抗击敌人。第102师正面抗击日军第4、第3、第6三个师团的集中攻击，战斗尤为激烈。中午，敌人窜达长湖一带。当晚，敌主力窜至关王庙、大荆街，我第4军进行抗击，在消耗敌人力量后，按预定计划放开正面，主力转移至步仙桥、双石洞、洪源洞、向家洞一线，协同第20军、第58军对敌进行侧击、尾击。敌以为我军溃败，大军遂贸然深入。

19日晨，敌主力部队陆续分途经杨林街、关王桥及长湖、大荆街公路直趋汨罗江岸。第4军三个师经过数日激烈战斗，伤亡过重（如第102师工兵营只打剩三十一人仍继续坚持战斗），因而渐有不支之势。

日军向我纵深穿插

日军实行陆上进攻，水上封锁

大炮一响，黄金万两

第37军军长陈沛鉴于新墙河形势危迫，命令第140师火速开往汨罗江南岸，占险据守，阻截日军南进。

9月18日，师长李棠亲率师部直属部队及418、419两个团，由长沙东乡的夏家塅、拨茅田、金井等地出发，部队刚上公路，可能是汉奸通报情报，日军的九架轰炸机，突然飞到上空，日机俯冲投弹，官兵伤亡惨重。第140师没有高射武器，无法组织还击导致日机更加猖狂，不断向公路低飞扫射。师长李棠只好命令部队疏散隐蔽，利用地形地物掩护，伏卧在草木丛中，日机完成其轰炸任务后，飘然而去。公路上留下了弹坑无数和我官兵遗骸。

第140师出师未捷，就死伤盈野，恨得官兵们咬牙切齿，誓要血债血还。他们含着悲愤的心情，埋好弟兄们的遗体后，时间已到了黄昏。为了抢占先机，完成任务，官兵们不敢稍歇，各部争分夺秒，于当晚乘夜进入了阵地，占领栗山巷两侧高地，420团在大头岭之线，许俊陶2营3连固守大头岭主峰。

原在浯口构筑工事的第140师野战补充团，因师部直属队被敌攻击，为使部队能及时赶到指定位置，完成军部下达的任务，李棠只好调整部署，命补充团急驰长乐街南岸占领阵地，阻止敌人南犯。

团长程奎朗接令后，即率该团赶赴前沿，在向长乐街前进中，由新墙河撤下的第4军第102师及眷属在鲤鱼铺附近，遭到敌机轰炸，眷属小孩两百余人死伤遍野，令人目不忍睹。

战场瞬息万变，当野战补充团快行至长乐街时，又接到师长李棠命令："转至栗山巷待命。"为抢占战场先机，筋疲力尽的补充团官兵，根本顾不上吃饭，又不得不转到栗山巷。补充团刚达目的地，太阳已经西沉。李棠正式下达战斗部署的命令，其要旨为：

师以阻击南犯敌军为目的，即在横坡岭、栗山巷、鸭婆山之线占领阵地。野补充团为右地区队在横坡岭、栗山巷之线占领阵地构筑工事。420团（团长牟龙光）为左地区队，在栗山巷、鸭婆山、桃花山之线占领阵地，拒止敌人前进；418团（团长陈肃）在长乐街南岸月亮山占领前进阵地，阻止敌军南犯。419团（团长徐定远）为预备队。

栗山巷，位于平江县境西部。相传这里是明代常遇春勒马回头的地方。原名勒马巷，后演变为栗山巷。在此头一天晚上，第420团团长牟龙

第九章　汨罗鏖兵，出生入死

光已先派第3营营长吉培根由脱甲桥星夜行军到达栗山巷，清晨已占领了栗山巷前面的桃花山、兴隆山等前进阵地。

牟龙光率全团到达后，迅速占领由东山寺到栗山巷、桃花山、母猪洞一带，并抓紧时间构筑阵地。为保证全团安全和及时掌握敌人的动向，牟龙光派出第1连连长骆君尧率全连上兴隆山占领制高点，并在通往长乐街的要道上设置了前进大排哨。

这时，刚到栗山巷的程奎朗团长未等喘息，就一边带上各营连干部察看地形，一边命令部队就地休整，准备埋锅造饭。这时又接师长李棠命令，指定该团在东山寺、棱坡岭、鸭婆山之线构筑阵地，以阻敌南进。

次日拂晓，第420团团长牟龙光接到前进哨报告，日军第3师团约两千余人，正在长乐街口的汨罗江渡口架设浮桥，准备强渡。牟龙光心里一急，没等洗漱就马上跑到山上的指挥所去了。

第420团所谓的指挥所就是几个临时观察所，即土木结构的掩蔽部，由于活动面积小，只能容下三到五个人，平时就只有参谋和通信人员，瞭望孔有30～50公分宽，可供三人观望。

因为一个观察所不够用，所以每到战场牟龙光就让工兵连在附近多构筑几个，以便临时多个方向观察，观测所有一架20倍的炮对镜，牟龙光往镜里一瞧，兴奋地喊开了："他妈的，狗日的真够快，既已主动送上门来，是想要老子狠狠收拾了。"

但骂归骂，如何拒敌？牟龙光的确犯愁，打吧此时是最佳时机，但却射程不够，缺少重型武器也威力不显；不打吧，等敌过了河，日军优势尽显，取胜就很难把握。机会稍纵即逝，怎么办？

刚好这时，第九战区派来一个重迫击炮团（团长李康庵），划归420团指挥，加上师迫击炮营黄德升营长奉师长令也率领三个迫击炮连赶到，让一筹莫展的牟龙光连呼了三声"天助我也！"

风尘仆仆的李康庵团长见到牟龙光时，开口就说："老牟，第九战区派我来助战，归你指挥啦！"

牟龙光兴奋喊道："好啊！老子正愁这仗怎么打呢？你们既然是及时雨，就立即准备迎战，一起对鬼子狠狠地猛揍"牟龙光说得高兴，用手指定了长乐街渡口向他们二人简单介绍了敌我态势。

随即，两位团长商议，炮1团重炮与该师迫击炮营一齐集中火力射击。这是一条横向拖长的山梁，炮位就设在山梁中段隆起的山包上。敌军正在抢渡过河，根本就没有工事可依托，此时开打真的事半功倍。

这时两支炮兵合在一起，那真是大炮一响，黄金万两，虽然迫击炮营只有十二门迫击炮,射程不算远。但呼啸的炮弹冲天而出,一时长乐街渡口笼罩在一片烟雾火海之中,由于爆炸遍地开花,浓烟过后,敌人横七竖八倒成一地,刚架起的浮桥也瞬间崩塌,随后敌人再修,我重炮再轰,结果是敌人被折腾得死去活来,整整一天就是没法过河。官兵们自豪地说:"皇军无敌的神话,只能让小鬼子用脑浆和鲜血来书写了。"

疯狂的日军

两日后,日军第3师团突然向长乐街渡口发起了全面猛攻,在以飞机、炮火支援下,敌人步骑蜂拥前冲,420团奋力而战,仍然死死地把日军"卡"住上不了岸,使栗山巷以北阵地得以暂时巩固。

薛岳、吴逸志闻讯后,可以说是高兴得手舞足蹈,不无自信地说:"鬼子全被拦住了,看来我们处置完全正确!"

其实,事情并非如此简单。日军突破新墙河、南江桥阵地后,仅以小部兵力沿杨林街、长乐街道南下,向汨罗江阵地正面进攻,因此战斗固然激烈,但对敌人而言并未伤筋动骨,日军的迂回穿插,使得薛岳等人误判"战况很稳定"。

事实上日军主力此时已经平江方面,向我第26军右侧后方进行迂回,而第26军侧翼,我第20、58军已转移到梅仙、平江以东的山地,第26军右翼尚在平江以西,三军中间形成了一个空隙,日军主力立即利用这个空隙尽力突进,企图包抄守军右翼,并将其压迫到洞庭湖东岸、汨罗江南岸

第九章 汨罗鏖兵，出生入死

歼灭。当第 26 军军长萧之楚发现日军主力向他包围时，急忙打电话向薛岳报告。还没回过神来的薛岳一听就暴跳如雷，开口就骂："为甚让敌人包过来？为啥不打？丢了汨罗江阵地，我就要你脑袋！"

激战栗山巷，天狗吃国旗

20 日凌晨，日军第 3 师团以飞机、大炮掩护，强渡汨罗江。上午 7 时许，敌我双方在伍公市、归义、河夹塘一线展开激烈战斗。当日上午 9 时许，蒋介石电令第九战区：

> 我军决定确保长沙，并乘机打击、消耗敌人，第九战区努力固守湘江西岸及汨罗江南，保持主力于外翼，求敌侧背，反包围而消灭之。第三、第五、第六战区自 23 日起，乘虚对敌发动全面游击，予敌严重打击，并积极攻袭荆（州）宜（昌）及襄（阳）化（光化）、京（山）钟（祥）、汉（口）宜（昌）、荆（州）当（阳）各路之敌，相机收复宜昌。

日军抢过汨罗江

由于日军炮火铺天盖地，不停不歇，使我阵地表面被炸弹、炮火掀翻数遍，满目焦土。许多子堡和外围工事几近损毁，兵员、火力明显减弱。战至中午，我方虽伤亡惨重，但日军也遭重创，双方进入胶着状态，处于相持阶段。

正当日军全力以赴向我第 140 师发起进攻时，21 日中午，一个让敌人十分沮丧的现象发生了。原本晴空万里的天空转瞬一片阴霾，什么也看不见，起初他们还以为是眼睛出了毛病，但仰望天空月亮的阴影自左下方进入太阳，逐渐将太阳遮成一丝金钩，日全食的出现，给日军官兵心里蒙上了浓重的阴影。

一个日军少尉在阵中日记中写道："9月21日这一天太阳当空，天气格外晴朗，极高的能见度让火力发挥到极点，使进攻的官兵喊出这样的口号：'让我们头顶着国旗奋勇杀敌，在太阳的照耀下向长沙前进！'但到了中午左右，照耀我们前进的太阳竟被一个巨大黑影慢慢遮住，大地很快陷入昏暗之中。"此时几乎所有的日军官兵都怀疑自己眼睛出了毛病，一时陷入惊恐之中，一个大胆的下士喊了起来："不好了！大家快看，国旗让天狗吃掉了！"

天狗吃太阳的说法不仅在中国十分流行，而且在日本更是深入人心。一时间不少日军官兵顿时陷入慌乱之中。这是因为自古以来日本和亚洲很多国家的人们都有一种"天人感应"的观念，太阳若被黑暗遮蔽，说明国君和臣民肯定有很大罪过，并预示着上天惩罚的降临。

毫无疑问，这次日食给这次参加战斗的日军士兵心里投下了阴影。不免就有人犯嘀咕：这次攻打长沙会不会比上次更加凶多吉少。在这种心理支配下，日军进攻部队的战斗力莫名其妙地出现下滑。

尽管，阿南惟几对这次日全食却不以为然，他还饶有兴趣地特意在日记中写下了这一天象："21日是少见的日全食，由13时15分（东京时间）开始，太阳形成下弦的月牙形，周围一带有如同黄昏的昏暗，不久，太阳就被黑暗吞噬。"对百年不遇的日全食，阿南欣赏不已，但过后不久部队上下对日食的悲观情绪让阿南也感到十分"忧虑"，特别是连续接到部队士气不振的报告后，阿南才意识到问题的严重性。于是马上命令军参谋长木下勇少将传令部队：这次日食完全是一次自然现象，"我军正掌握着战场的主动权"，任何动摇军心的"胡说八道"都将受到军法严惩！

然而，阿南的训令并没有让日军士气得到振作，相反"上天的惩罚"的传言却很快得到了证实。

汨罗江北岸的第3师团，被我第140师420团堵住去路，动弹不得。9月22日，日军只好沿江而上，从浯口附近徒涉到了南岸。然后兵分三路迂回，一路刚到月亮山附近，就与第140师陈肃418团接火打了起来；一路进入土洞，威胁守备大头岭的徐定远419团及师直属队；一路沿大头岭西进，与兴隆山阵地的牟龙光420团激战。

日军虽奋力猛攻，但遭到了第140师的顽强抵抗也进展不大。在此期间，花谷旅团窜进了李棠的师部侧背山中与第418团2连发生激战，第2

第九章 汨罗鏖兵,出生入死

日军装甲车艰难地行进

连虽也人人奋勇,但众寡悬殊难以抵挡,向师部求援又等不到援兵,致使阵地一度失去,师部侧背备受威胁。入夜后,418团又将阵地恢复。

420团的正面之敌是日军步兵第5旅团,由于双方鏖战不断,敌人寸土未进,急得其旅团长塘真策少将没差点吐血。22日中午塘真策改变策略,以步兵第6联队(联队长重信吉固大佐)为右第一线;步兵第68联队(联队长的野宪三郎大佐)为左一线,向栗山巷东西山隘险要阵地进行同步对进,对第140师牟龙光团开始展开钳形攻击。

一夫当关,万夫莫开

9月23日拂晓,天降大雨,日军向第140师发起了全面进攻,在右翼第一线的日军两个联队各以两个大队,首先与陈肃第418团在月亮山激战,终日不停。丰岛师团长将师团预备队(步兵第34联队第3大队的两个中队,炮兵第36联队第3大队的一个中队,步兵第68联队第11中队为基干)增派到第一线,以期由右翼方面的攻击取得进展。

由于栗山巷附近地形险要,山势复杂,加之松林茂密,我军阵地隐蔽,一般很难被敌人发现。日军两个联队虽然力攻,牟团充分利用东、西桃花山、兴隆山的险峻，顽强抵抗，屡挫敌锋，战斗打了两小时，敌人伤亡严重，却根本没有任何进展。

23 日中午，第 3 师团接到军参谋长木下勇自岳阳发来的通报："据收听敌第 140 师长 22 日致军长的电报内称：目下该师在大头岭受到包围，困难达到极点，乞火速派遣援军解围救助。现已弹尽粮绝，全部兵力也使用殆尽。"

第 3 师团师团长丰岛房太郎获悉此情报，可以说是欣喜若狂，他认为"此正歼敌良机"。于是，立即亲自跑到了第一线督励攻击。

下午 4 时，敌人由飞机情报获悉"约有五千敌军被我包围中"。师团长丰岛房太郎更是乐不可支，欣喜若狂，哪里还坐得住，急速指导其右翼联队切断第 140 师向西南方向的退路，并于晚 7 点 30 分下达了"入夜仍须继续进行攻击，务期全部捕捉敌军"的命令。

为抓住战机，丰岛房太郎师团长只好乘马到现场督战。于是，日军两个第一线联队只好硬着头皮，夜以继日继续强攻。步兵第 68 联队第 1 大队（大队长鬼头三良少佐）于晚 8 时集中迫击炮等全部火力，向我牟龙光团阵地猛烈攻击，然后命第 4 中队（中队长加藤仙一大尉）冒死猛冲。但是，非常遗憾，敌第 4 中队虽然勇猛，不计生死，但直到遗尸遍野也才勉强占领了桐子山南侧的 178.7 高地。

在右边第一线的第 6 联队，尽管联队长重信吉固大佐在前线督阵，但遭到吉培根营的顽强痛击，等到天亮好不容易刚撕开我守军一个缺口，又被吉培根组织的敢死队白刃杀回。折腾了一个晚上，两个联队死伤巨大也没有拿下牟团的主阵地，只能空手而归。第二天上午，日军继续攻击，不停不歇。牟龙光 420 团打得精疲力尽，日军打包围，有兵可增，可以说是轮班作战。而牟龙光 420 团在守内线，无兵补充，尽日消耗，人是越打越少，作战强度却是越打越强。战至午前，在兴隆山及母猪洞的两据点同时被日军攻陷。

继而日军又截获我军情报，得知我第 10 军增援部队正向西北行进，但第 140 师这块硬骨头还未啃下，丰岛师团长急火攻心，企图在我援军到来之前，先行击败面前的第 140 师，于是命令从东方侧面迂回的左翼队花谷部队的一部向长岭挺进，以协助塘真策部队对我第 140 师展开攻击。

日军步兵第 29 旅团长花谷正少将，将部队编成两个纵队，即石井部队主力（部队长石井信大佐）的先遣队土屋部队（部队长土屋镜次中佐）、坂本部队（部队长坂本弥平大佐）。石井先遣队的土屋部队于中午由浯口出发，还未到达指定目标，途中就遭遇了据守东坑岭、386.6 高地、高岭

第九章 汨罗鏖兵,出生入死

场一带险峻高地的第140师阵地的顽强抗击。

狭路相逢勇者胜,两军一接战就打得不停不歇,从早到晚,不知疲倦。虽然,敌先遣队面临重重压力,克服了漆黑与断崖险阻所带来的困难,不顾蒙受多大损失,反复冲锋,强行突破,但还是被阻截于南进的路上。在此期间,其配属的山炮部队也在狭窄的山地或利用电话作引导,或在未支开脚架的状态下进行射击,紧密地支援步兵的攻击,但在我第140师的顽强抗击下,也根本就无济于事。

坂本部队的前卫第1大队(大队长中川武三中佐)向我樱花坡岭、栗山巷、鸭婆山、桃花册阵地推进。其先头部队所到之处,即纵火焚烧村落,以作敌军步炮协同及陆空联络信号。当日下午与我野战补充团接触,经过短时战斗,敌以猛烈炮火向野战补充团左翼阵地射击,接着又将重点指向我栗山巷段阵地进攻。不久又有飞机九架飞临补充团阵地上空轰炸扫射。

日军烧毁我民房

坂本第1大队经一天苦战,才在东山寺有所进展,原因是我野战补充团新兵较多,装备也差,官兵战斗经验不足,虽然杀敌决心大,但与日军激战一天后,伤亡不少。

半夜,我野战补充团右翼继续遭敌猛攻,我官兵伤亡虽然较重,连团指挥所都中了炮弹,机枪连连长宋治湘阵亡。但是这些新兵也不是省油的灯,本来贵州兵的绰号就叫"蛮子",发起蛮来谁还管你什么皇军不皇军,打急了个个嘴上骂骂咧咧,什么"人死卵朝天,不死留过年",举着大刀就冲出阵地，抱着杀一个够本、杀两个有赚的朴素想法，就要和你鬼子进行面对面的较量。

日军虽然训练有素，打仗勇猛，却也迷信实足，一见大刀片子，就会腿脚发软，毕竟身首异处，灵魂是找不到回家的路，所以这帮贵州兵虽然已剩人不多，却也杀得鬼子屁滚尿流，使其在阵地前伤亡累累，这帮贵州兵也不肯收兵。

军情泄密，敌人围点打援

24日，占领月亮山的敌人继续向横坡岭攻击前进，第418团在阻敌任务完成后，奉命撤到栗山巷以南休整。日军趁机向鸭婆山、兴隆山、桃花岭前进，牟龙光率第420团顽强抵抗，打退了鬼子的多次进攻。激战到黄昏，阵地才暂时沉寂下来。

日军第3师团被我第140师绊住几天前进不得，丰岛房太郎师团长大伤脑筋。不过日军也绝不是省油的灯，其小组战术的运用非常好。在交战时日军经常一个班就敢见缝插，渗透穿插，背后包抄，这点常让我战场指挥官不敢轻视。

天黑以后，补充团团长程奎朗正在调整部署，准备第二天的战斗。突然，日军步炮又开始发起进攻，敌人蜂拥而上。团指挥所左后方高地，被敌几挺机枪对着指挥所射击，程团长高喊："是敌便衣队在后面扰乱。"程奎朗不顾危险，一边派兵驱逐敌人便衣队，一边将团指挥所转移到大头岭，继续指挥战斗。第二天，又激战终日，桃花山一度失守，但夜里又被我夺了回来。

由于第140师的防线不断蔓延，日军第3师团主力集中向栗山巷波浪式强攻突进，鸭婆山脚阵地防线被突破，军长陈沛派第95师285团前来增援。第285团与敌遭遇，全团不畏生死发起冲锋，终于制止了日军继续深入。

恰在这时浯口兰家桥的第26军丁治磐师阵地被敌军突破，日军以骑兵为先导，步兵、炮兵沿着马槽滩向第37军阵地后方福临铺推进，在大头岭激战的第140师第419团、野战补充团、第418团右侧背受到威胁。

419团有个身材高大刚入伍的新兵蛋子，叫龙清田，入伍时用的大号叫"龙老三"，是个专打机枪的副手（捷克式轻机枪，一个弹匣25发子弹），因其战斗勇敢，第一轮战斗下来，班长帮他改了名，叫龙彪。第二轮班长阵亡了，马上火线上当了班长。老兵说班里有个规矩，班长战死了，新班长上任，就得改个名，图个吉利，同时也为了纪念牺牲的战友，

第九章 汨罗鏖兵，出生入死

于是又改名为龙金兴。不想到了第三轮战斗，他已是少尉排长。他家中两兄弟，读过中学，1940年抗战进入最艰苦的岁月时，毅然投军加入了保靖与永顺征召的志愿兵团。后被编入140师419团3营8连战斗序列。

龙清田当班长后，有了轻机枪，成了正射手，感到很自豪，打起仗来也解恨多了，阵前扫射就像是地里割韭菜，一排排地看着敌人倒下，感到特别的过瘾。在战场上，有文化的就特别不同，打起仗要"精"点，几次肉搏战时，机枪手根本就没时间换上刺刀，于是他操起机枪就冲上去，敌人用刺刀，他就拉开枪栓，一阵猛扫，敌人倒了一片。

3营8连阵地受日军轮番攻击，阵地撕开了裂口，龙清田的正、副射手也相继阵亡，营长傅鼎臣冲上去，操起机枪不停地向敌人射击，直到打退敌人的进攻。

日军派出骑兵下马徒步向大头岭进攻，被中国掩护部队拦住，终日战斗不绝。本来在第140师栗山巷左侧高地上布置有迫击炮，但因射程短，打不到敌人集中的地方，对马槽滩附近之敌未能造成重创。第140师与日军在东南北三方面激战，左翼神鼎山阵地在下午5时左右被日军占领了。

第140师全线阵地孤立在大头岭、鸭婆山、兴隆山、桃花山之线。薛岳急忙下令，将刚到第140师阵地后方福临铺兴岭岗的第10军三个师全部拨归第37军军长陈沛指挥。

第10军为军委会直属战略预备队，虽然这支部队不是中央嫡系中的五大主力之一，但自全面抗战以来，其打硬仗的次数并不亚于号称虎贲的第74军。是第九战区的王牌部队，素有"泰山军"之称，军长李玉堂，山东人，黄埔一期学生。

第10军特别善于防御作战，1938年夏李玉堂任第8军军长。在武汉会战的南浔线棺材山战斗中，因战功卓著，被军事委员会授予华胄勋章，指挥南浔作战的薛岳则赠送李玉堂"泰山军"锦旗一面，"泰山军"之名由此而来。

第一次长沙会战后，军事委员会以第8军第3师为基干重组第10军，李玉堂调任军长，"泰山军"之名也随之被带到了第10军，此后，该军就一直在衡山附近整训。

第10军从衡阳出发时有三万余人，火车运输开了七个专列。这支部队原本是作为远征军序列重建的，半年前开始进行加强难度训练。射击、投弹、刺杀三大技术的考核成绩全部达到"最优等"。这个成绩在国防部颁布的训练指标中，在每个部队占四分之一就算合格了。蒋介石给第10军规定的"最优"率是80%，其余的不能低于"优"，否则就淘汰，而他们达到了100%。

这次增援长沙,解第140师之围,李玉堂还未及布阵,其第190师即与敌遭遇于金井、福临铺一线,双方展开了战斗。日军四个师团在攻破萧之楚第26军和陈沛第37军的防线之后,继续南进,已经在福临铺和金井地区汇合,对刚刚到达的第10军形成了合围。

由于第10军的大举移动被日军截获情报,于是马上调转枪口,全力以赴围点打援。本来薛岳令第10军策应被围困的第37军,对敌第3师团展开攻势。第190师师长朱岳接到军长电令,速赶往神鼎山解第37军140师之围,部队只好扔下辎重,轻装跑步赶到神鼎山附近,刚刚摆开队形,又接到薛岳命令,要求立即返回福临铺一带形成防御线,阻敌南进。

多头指挥,乱了章法,第190师经过又一场急行军,虽按时到达指定位置,但几番徒劳无功的折腾,已使部队苦不堪言疲惫不堪。朱岳将师部设在福临铺附近的梁家塅,立足未稳的第190师连夜构筑工事准备御敌,可是黎明刚起,日军的飞机就已飞临阵地上空进行轰炸,随后其步兵已逼了上来,战斗随之而起。日军对陈沛第37军的围困正在紧缩,第190师的遭遇战又随之展开。

我军攻击来犯敌机

原来,薛岳想在金井和福临铺部署一道防线,由李玉堂军第10军和陈沛第37军阻止日军南下,等待王耀武第74军和夏楚中第79军的增援。朱岳率部回防,官兵还来不及休息,尾随而至的日军在炮火掩护下,已发起了攻击。

正面阵地全面吃紧,朱岳指挥第190师各团殊死抵抗。但是,一千多

第九章　汨罗鏖兵，出生入死

名日军向梁家塅西部第 190 师师部直捣过来，朱岳猝不及防，只能率领师直属部队仓促应战，朱岳身负重伤，副师长赖传湘不幸中弹阵亡。

在第 190 师师部遭受袭击的同时，师所属的各团也遭到日军的重重包围。各团阵地上，官兵们强忍几昼夜奔波的疲惫，顽强抵抗。从清晨打到下午，各个阵地被日军分割包围。包围圈越缩越小，各阵地成为日军飞机和炮兵的活靶。完全丧失战场主动的官兵们，一个个葬身于炮火之中。

晚年的老兵黄家谦

24 日，方先觉的预备第 10 师，在金井一线的处境也陷入困难。日军第 6 师团一个联队兵力已大迂回至金井以南，正向阵地背后逼近，抄袭预备第 10 师阵地后方，企图切断守军退路。第九战区长官部将预 10 师孤零零地摆在金井，背后没有纵深，两翼没有友军，既然日军可以轻易绕到背后，"阻敌南进"便早已成为一句空话。

26 日晨，结束了另几处作战的日军以第 3、4、6、40 四个师团近十万兵力将第 10 军分割包围，这支无愧为王牌的部队在惨重的伤亡中仍顽强坚守。为减轻空袭压力，各阵地都将日军放近打，几度发生短兵相接惨烈肉搏的场面。

第 10 军整师、整团的投入战斗，给日军构成了极大的威胁和牵制，后来虽被敌逐个击破，但却为第 140 师跳出重围创造了条件。第 140 师因为处于三面受敌之境，第 10 军的解围行动，也为第 140 师带来真正轻松，为了相互策应，第 140 师各团也加大了战斗力度。天黑后，李棠师部和直属部队已被敌包围，但日军围而不打并未急于前进，仅采取包围态势，双方在相距二千多米的地方上对峙。

第 140 师被敌四面包围，情急之下，师长李棠命令黄德升带迫击炮营准备先行撤退。黄德升营长说："我军现在处于被敌包围之中，携炮恐不易行动。"李棠叫黄德升把炮和炮弹都就地埋藏，必须利用黑夜脱离阵地，迅速后撤。

当黄德升率部趁夜突出重围，行军到捞刀河时，却已没有船只可用，徒涉根本无法渡河，于是黄德升只好派士兵携信游水到对岸，找友军第 98 师工兵营营长（黄的同学）请求派船支援。

友军第 98 师接信，即放过两支木船，把他们接过了河。此时，天已将亮，黄德升及其所部一夜未吃饥饿难忍，遂吃过饭后才向长沙行进。到了长沙，由于守长沙的部队建制已乱，秩序无人协调，溃退下来的部队遂都自行往衡阳撤退，黄德升营此前没有命令，现实又已失去了指挥，也只好一路溃往衡阳。

黄德升营刚突出重围，李棠才接到薛岳的突围命令。于是，第140师全线借助夜幕开始后撤。天亮后，师长李棠率直属队撤到了明月大山，谁知第420团刚撤到李家塅附近又遭到敌人先遣便衣队的袭击，接着敌机又来进行轰炸，一度造成了混乱，团长牟龙光经过好几个小时的收容，全团才于天黑前撤至明月大山南端，与师部取得联系。

420团2营5连在五里牌阵地打得非常惨烈，全连战到最后连火夫也操起扁担上阵，等到命令下达只剩下了8人，机枪手刘潭桢为掩护战友撤退，被敌人一枪打穿了右腿。

第140师跳出了敌人的包围圈，师长李棠在苦竹坳与第10军第3师周庆祥取得联络，并与长官部直接通了电话请示行动。吴逸志电令第140师撤到长沙南郊黄土岭集中。

第140师师部及第419团、直属队、420团，除留副营长黄立勋率两个连在梓木洞、明月大山、影珠山一带游击，第419团派一营在靖港以东牵制敌人外，其余都撤至长沙。

李棠师长率140师撤到长沙，部队在黄土岭集结后，即与薛岳通了电话，全师才奉命撤到衡山集中整训。

日军第4、第3、第6、第40师团、早渊支队与荒木支队在汨罗江以南击破中国第37、第26、第10军等部防御后乘势向南突进，于9月25日前后陆续进抵捞刀河北岸，迫近长沙。第九战区司令长官部从长沙撤往湘潭。9月27日夜，日军强渡捞刀河以后直趋长沙，其第3、第6师团则由长沙以东向株洲方面突进。

此时由广东来援的邹洪暂编第2军已到达长沙以东之榔梨市，由常德来援的第79军第82师、第98师、暂编第6师已由靖港渡过湘江向捞刀河前进；修水、铜鼓、平江方面我军向敌东侧压来，完成了对敌人的三面包围。

10月1日，已攻入长沙的日军由于粮弹俱缺，进退两难，眼看难于继续再战，于是放出军用鸽向武汉总部求援，不想其军用鸽被我军击落。了解了敌情，我军对其攻击愈烈，敌几无招架之功，加之武汉第11军军部后院起火，阿南惟几不得不下令向后撤退。

后院起火，阿南进退失据

李棠一接到薛岳的突围命令后，即命野战补充团入夜在大头岭掩护师主力向右侧长沙、浏阳间的山地转移。任务达成后，团长程奎朗即率部转移，不料途中，程奎朗与师部失去联系，并不断与敌遭遇。翌日拂晓，随同行动的部队只剩下了六个连，其余部队皆失去联系，因而未能突破日军防线。

程奎朗在福临铺附近，遇到了第10军预10师（方先觉）正向马槽滩方向推进，并得知该军190师指挥所被敌袭击，一副师长阵亡，部队陷入混乱。同时方师长告诉他："我师在不断与敌战斗及遭敌机轰炸下，辗转到上杉市附近，见敌机投下传单，上印：'大头岭140师被歼灭，师长、团长全部被俘。'"程听了觉得可笑。对方先觉说："敌人不顾事实作欺骗宣传，团长全部被俘我怎么可能还在这里。"

第二天，程奎朗率部经上林寺撤至黄花市，遇到了第九战区长官部前进指挥所沈久成（沈曾任140师师长），他见程也大喜地说："薛长官与你们师失去了联系，敌军官谣传你们师、团长被俘，很不放心。"沈久成要程即时向薛岳汇报，薛听到第140师全师安全转移的报告，非常高兴，要程奎朗率部在黄花市待命，薛接着说："你们师长已来电报，他们现在明月大山。"

9月28日晨，沈久成向程奎朗转达了薛岳命令，要程率现有兵力，开赴捞刀河占领阵地，守备渡口。此时程奎朗身边尚有四个连的兵力，下午三时许即已赶到捞刀河南岸，构筑工事。不久有敌骑兵数百人奔驰而来，野战补充团随即进入战斗状态。待敌骑先头逼近南岸，程奎朗一声令下，各连轻重机枪同时扫射，敌猝不及防，掉转马头飞奔而逃。

当天晚上，第37军军长陈沛率军部人员来到捞刀河，令程奎朗补充团担任军部掩护。午夜敌军后续部队乘夜向河北岸运动，与我隔河对峙，互相射击。凌晨，补充团掩护陈沛至东南渡附近时，遭到敌人便衣队袭击，同时有三架敌机向补充团扫射。团长程奎朗当机立断，即派出一部兵力将敌击退；其余部队，占领河岸附近阵地，掩护军部安全渡河，向株洲方向转移。待陈沛军部渡河后，野补团部队随即渡河，当晚宿营于易家湾，午夜，师长令野补团开赴衡山石湾集结整顿。

在开赴石湾途中，尽管后勤不济，但部队并未出现扰民事件，第140师向以军纪严明著称，尤其是战时军纪更严，根本不允许拿老百姓的一针一线。当部队经过一个柑橘园时，一些柑橘熟了，黄得可爱。谁看都会嘴馋，可谁也不敢吃老百姓的。一位老乡看到他们是抗日的部队，没有东西吃，于是主动走过来，指着一些熟透的柑橘说，那几棵树上的可以吃，没熟的就不要糟蹋了，可他们就是秋毫无犯。谁都清楚，军法处就是阎王殿，军法处长严得很，稍有违犯就是枪毙，所以谁也不会以身试法。

尽管攻取长沙，是阿南惟几志在必得之事，各师团长也亲自上了前线督阵，但受日食影响日军士气并未得到全面提升，尤其是攻打长沙"排头兵"的第4师团，更显突出。

第4师团又名大阪师团，由于该师团多为商贩组成，故也有"商贩师团"之称。南京失陷后，侵华日军的所作所为，让我们联想到的无外乎是"残暴"、"穷凶极恶"、"杀人不眨眼"，继而联想到他们嘴里时常叫嚷的"效忠天皇"所表现的"武士道"精神，就不难想象个个都是亡命徒。然而很少有人知道，在当时，无论是装备还是军人素质都处于世界级领先水准的"皇军"中，却出现过一支因战斗力奇差而"闻名"的另类部队，它就是被日军军内恶评的"皇军中第一窝囊废师团"的大阪第4师团。

在攻打长沙中，原本第4师团就不愿充当"排头兵"，只是为了挽回"大阪兵不会打仗"的声誉，才勉强在阿南司令官的坚持下承担了主攻重任。日全食发生后，该师团许多官兵都对攻打长沙议论纷纷，认为既然上天都发出了警示，如继续攻打长沙，肯定会出不好的结果，所以表现较为颓废。

正当阿南惟几在进攻长沙，包围第140师，围点打援困住第10军，自以为得计之时，许多日军士兵所担心的"上天的惩罚"开始应验了。就在日军围点打援困住第10军之际，蒋介石接到了宜昌日军兵力不足的情报，立即命令第六战区司令长官陈诚向宜昌之敌发起进攻，以此策应长沙会战。

宜昌地处长江三峡西陵峡口，上控巴蜀，下引荆襄，素有"川鄂咽喉"之称，历来就是兵家必争之地。抗战爆发后，国民政府西迁重庆，中国民族实业也西迁入川，致使宜昌成为西迁人员和物资的转运基地。武汉陷落后，宜昌成为中国军队的后勤交通枢纽和陪都重庆乃至西南大后方的门户。

宜昌战略地位的凸显，引起日军的极大关注。为把宜昌作为轰炸重庆的"中继基地"，对"因击败企图夺回宜昌而聚集的敌人，组织有利的消耗战"；进而"切断内地和武汉周围与中原及长江南北交通"；引诱蒋介石投降，以"支援政治谋略的成功"，日本天皇裕仁下达了"确保宜昌"的

第九章　汨罗鏖兵，出生入死

旨意。1940年4月30日发动了"宜昌作战"（中方称为"枣宜会战"），致使宜昌于6月12日沦陷，从此宜昌处于日军的铁蹄之下。

宜昌陷落，震惊重庆。这是中日开战以来，蒋介石最深切感到危机的时刻。为了解除后顾之忧，夺回宜昌便成了当务之急。蒋介石调兵遣将，反攻宜昌有双层战略意义，对长沙既可实收"围魏救赵"之效，又能巩固重庆的安全。

由于宜昌是距重庆最近的战略门户，又是第11军的战略后方，因此日军在攻陷宜昌后，便派第11军第13师团驻防。此时该师团已抽出30%的兵力支援长沙作战，宜昌实际只有一万多人防守。

很久没打过胜仗的第六战区司令长官陈诚，在接到蒋介石命令后，即于23日调集了十五个师的兵力向宜昌发起猛攻。在一百五十门火炮的支援下，中国军队迅猛夺取宜昌日军的外围据点。

当时，日军在宜昌江北宜当（阳）、宜沙（市）公路沿线均筑有半永久性的防御工事，碉堡外有外壕、铁丝网、鹿砦等障碍物，各个碉堡间又火力交叉，封锁极为严密。白天敌机则由宜昌起飞四处侦察，夜间则以探照灯、照明弹向碉堡四周照明，当时中秋临近，皓月当空，增加了对敌进攻的困难。

在中国军队的猛烈攻击下，仅宜昌江南岸的肉搏战，就让几百日军横尸遍野。阿南只得从长沙方向抽调兵力，向宜昌回援，但很快就遭到中国军队的层层阻击，第13师团铃木大队还在回援途中就遭到围歼。

战至10月初，面对十五个师的中国军队的强大攻势，驻宜昌的日军第13师团顽固据守，在大量伤亡的情况下，将非战斗人员派往战斗前沿进行抵抗，并使用毒气，但仍无转机。

7日夜，第13师团司令部于绝望之中，一方面烧毁军旗和文件，摆设自杀器皿以供师团长及其以下幕僚和各部部长集体自杀，做好了自尽后焚尸的准备，并用密码向第11军司令官阿南惟几中将发出诀别信，师团长内山英太郎中将还在诀别信的末尾加上一句："皇国官兵最后尽了军人本分，在高呼大元帅陛下万岁中死去。"同时仍作垂死挣扎，决心再次使用毒气。当8日中国军队的主攻部队第2军（军长李延年）、第9师（师长张金照）从东山突入宜昌市区时，日军发射了大量的毒气炮弹进行抵抗，中国军队被迫撤出。

宜昌惨遭围攻，给指挥长沙作战的阿南当头一棒，尽管他命令参谋长木下勇极力封锁消息，但还是在日军中很快被传开，并将其与出现的日全食天象联系起来，第4师团更是质疑此次攻打长沙从一开始就"不合时宜"。

由于后院起火，阿南进退失据，不得不抽调大批进攻长沙的兵力回援宜昌，这样对于长沙的攻势就成了虎头蛇尾，日军伤亡惨重才勉强攻入长沙，但到嘴的肉没叼稳，就因后院起火而功败垂成。唯一让阿南感到宽慰的是他利用获取的中方密码，抓住了从江西赶来增援的上高战役老对手第74军的行踪，用三个师团实施包围攻击，让第74军蒙受了七千余人的损失，才突出重围。

日军攻入长沙，已远离巢穴深入达一百五十公里，弹药及兵力不支急剧突显。值此，第九战区薛岳立即调集预备队和各路援军对长沙之敌实施反包围。阿南发现形势不妙，被迫下令突围撤退。

第六战区反攻宜昌的作战具有相当规模和威力，不仅是对第九战区最有力的策应，也是在八年抗战中正面战场上少有的积极行动，是值得称许的。但也因攻击宜昌的兵力不够集中，开始攻击的时间稍晚而致功亏一篑。

蛊惑人心，阿南玩起心理战

两军交战，情报工作是很重要的一环，这次会战第九战区情报屡次被泄，造成了很大的被动，不仅处处被动挨打，使得前来增援的两支王牌部队，第74军、第10军也几乎惨遭覆没。

由于情报的不对称，日军攻近长沙时，已是粮弹两缺，但为了蛊惑人心，日军在福临铺附近投下大量传单："薛警备司令阁下，欢迎你来共同搞大东亚共荣圈"、"第60师已全部投降，师长董煜阁下已被生俘"，等等。这些传单被送到了留在长沙城内的第九战区长官部，吴逸志一看，就往地上丢，忙不迭地踩上几脚，说："天天放空炮，好笑！"

阿南一计不成，又在镇头市附近投下传单说："大头岭之第140师全部被歼，师长、团长全部被俘。"令跳出重围的第140师官兵看到了觉得十分好笑。

在外翼前来增援的邹洪暂编第2军捡到敌人一份地图，上面注明："大头岭之第140师及大头岭以西兴隆山敌牟龙光部队十分顽强。"图上划一箭头，指示次日以飞机八架协助进攻大头岭及兴隆山、桃花山阵地。当这份地图呈交蒋介石阅后，蒋介石当场表扬："第140师栗山巷、大头岭之役能抵制敌人的主力进攻，这不是第140师强了，而是敌人弱了，今后各部要学第140师奋力抵抗的精神。"

10月中旬，日军退回原进攻出发地，转入防御，第九战区也全部收复失地，双方恢复了战前态势。

第二次长沙会战历时三十三天，我军虽然取得了决定性的胜利，但也付出了第4、第10、第74等军的重大伤亡。尽管第九战区在事后的总结中，尽量避谈决策失误，只谈成绩，但在第三次南岳军事会议上，蒋介石还是对薛岳提出了尖锐的批评："现在敌人要打我们的哪一点他就可以打我们哪一点，他要占领我们长沙，就可以占领我们长沙；他要几时进来，他要几时撤退，皆可以大喊大叫地用广播来通知我们，而且我们一定能遵照他预定的时间，丝毫不爽的实施做到。"这无异于对薛岳和第九战区是个当头棒喝，薛岳意识到对第二次长沙会战的总结太肤浅了，于是作了深刻检讨，重新制定了新的作战计划。

应该说，此次南岳军事会议是及时而且重要的，对第三次长沙会战起到了不可或缺的准备作用。

第二次长沙会战，日军攻占长沙的计划以伤亡四万八千余人（据日方资料统计，整个会战中中国军队遗弃尸体五万四千具，被俘四千三百人；日军伤五千一百八十四人，亡一千六百七十人。）彻底破产。日军上层对此次"加号作战"大加非议，在同年11月召开的南京作战检讨会上，阿南提出了长篇申诉，其中把日全食的发生使士兵作战意志和战斗力下降，当成了其申辩的重要理由。

第十章　围魏救赵，攻打岳阳

日军扩张，中国宣战

　　1941年12月3日，日军大本营下达了第575号大陆命，规定华中方面军的任务是"确保从岳州至长江下游的交通，以武汉三镇和九江为根据地，竭力摧毁敌之抗战能力，其作战地区大致在安庆、信阳、宜昌、岳州、南昌之间。"

　　11月27日，在中国派遣军的军司令官会议上，第11军司令官阿南惟几就曾作过以下陈述："第11军虽应以经过湖南奇袭重庆为最后手段，但在目前应加强粉碎敌之战斗力，与此同时，一面加强谋略宣传，一面谋求实现局部休战，目标应置于'保境安民'的战略上。"可见，在日军的计划中，扩大占领并不是其主要目的，其目标在于消灭以黄埔系为主的中国军队。但是，日军的这一方针并没有得到坚持。

　　11月下旬以后，阿南惟几就听说了军中流传的"长沙作战，反而给予敌人以反宣传的材料，很为不利"的议论，使其产生了不满情绪。

　　1941年12月7日，日军偷袭珍珠港，太平洋战争爆发，其"南进计划"正式确立。8日上午，蒋介石召开了紧急特别会议，第2天国民政府公布了由国民政府主席林森签署的文告，正式对日宣战。同日，日军"中国派遣军"第23军在南方军发动太平洋战争的同时，也从广州向香港发动进攻。中国国民政府军事委员会为了配合英军的作战，于对日宣战的当天（9日），布告如下：

中华民国政府对日宣战布告

第十章　围魏救赵，攻打岳阳

日本军阀夙以征服亚洲，并独霸太平洋为其国策。数年以来，中国不顾一切牺牲，继续抗战，其目的不仅在保卫中国之独立生存，实欲打破日本之侵略野心，维护国际公法、正义及人类福利与世界和平，此中国政府屡经声明者也。中国为酷爱和平之民族，过去四年余之神圣抗战，原期侵略者之日本于遭受实际之惩创后，终能反省。在此时期，各友邦亦极端忍耐，冀其悔祸，俾全太平洋之和平，得以维持。不料强暴成性之日本，执迷不悟，且更悍然向我英、美诸友邦开衅，扩大其战争侵略行动，甘为破坏全人类和平与正义之戎首，逞其侵略无厌之野心。举凡尊重信义之国家，咸属忍无可忍。兹特正式对日宣战，昭告中外，所有一切条约、协定、合同，有涉及中、日间之关系者，一律废止，特此布告。

中华民国三十年十二月九日主席　林森

自1931年日军发动"九一八事变"后，中国就没有停止过浴血奋战。按照国际惯例，交战国一旦长期开战，都会宣布断交进入战争状态。然而，自"七七事变"，中国进入全面抗战以来，中国和日本两国政府竟然都没有正式宣布断交，也未宣布进入战争状态。

不宣战、不绝交是中日关系的一个特殊点。对中国而言：中国当时极度落后，军需品不能自给，绝大部分还须依靠进口，如果公开对日绝交宣战，日本就会以交战国的身份通知各国禁止一切军需品及原料输入中国，并切断中国的海上运输线。如宣战，中国在日本的侨民将被驱逐或拘捕，而中国目前又无撤侨和护侨的能力，相反日本在华侨民则可迁入英、法等国租界继续发挥侵华第五纵队的作用，而中国政府却无法驱逐和干预。

在此后相当长的交战中，日本军方的一致意见也认为："以不宣战为宜"。其理由是，宣战虽然可以阻止中国与第三国的经济往来，最大限度地切断中国军事装备的输入，但日本也是一个资源匮乏的岛国，大部分军用物资原料也要靠国外进口，如果宣战，同情中国的国家就会限制对日战略原料的出口，日本甚至还会遭到国际上的经济制裁，这对日本来说无疑是弊大于利。

太平洋战争爆发，国际形势发生了变化，英、美的介入，为中国抗战胜利增加了筹码，于是中国正式向日宣战。

中国政府对日宣战布告一出，阿南惟几由此也改变了先前的态度，他在12月10日第11军召集的各兵团作战参谋会议上，作出如下训示："由于南方作战的开始，人们心中弥漫着一种认为中国方面已成为次要战场的想法，要特别以此为戒。在此世纪，自始至终要采取积极手段，对重庆施加压力，至少不能松懈，整备进攻的态势，专心于加强部队的训练。"

中国向日宣战，重庆军委会即命令各战区对当面日军发动进攻，以牵制日军；同时还命令第四战区向日军第23军进攻，以策应香港英军，并令第5军、第6军和第66军分别由广西、四川向云南集结，准备进入缅甸直接支援英军防守缅甸。

日军从海上进攻香港，英国守军薄弱，要求中国出兵协守港九地区。香港地处第七战区余汉谋作战地境，余以该战区兵力不够，要求调第九战区战斗力较强的部队开往港九支援。9日，蒋介石命令第九战区抽调第4、第74军南下，拟配合第四、第七战区进攻广州，以解日军攻取香港之围。

鉴于这一特殊情况，12月13日，第11军参谋长木下勇少将认为有必要牵制中国军队的南下行动。同日，阿南惟几发布了第三次进攻长沙的命令，第三次长沙会战随之爆发。

根据现存的档案来看，阿南惟几这一决定的作出，有如近似儿戏一般。木下勇在日记中这样记载："第三次长沙作战，决定的很快，只用一个小时的时间就下了决心……"第三次长沙会战的原因虽然目的在于策应香港作战，但如此仓促决定发动，竟然只是因为第二次长沙会战失败，第11军上下被11月下旬的流言弄得气晕了头，于是才急于想在战场上找回面子。

15日，日军第11军制定了会战指导方案，其细节是："首先以第6师团、第40师团将新墙河左岸的中国第20军在新墙河东南地区击溃，并于关王桥附近捕捉之。然后随着第3师团的到达，投入第6师团的右侧，将汨水左岸地区的第37军击溃。作战于12月22日开始，用两周左右时间结束。"

第11军虽然制定了会战指导方案，但令人难以置信的是，直至22日中午，阿南惟几到达岳阳时，第11军还没有下定最后的决心！从纯军事角度来看，第11军的这次行动完全是漫无目的即兴发狂。木下自己也意识到这一点，所以他在日记中不无忧虑地写道："这次作战，因其动机与策应对象不确切，难以明确进行，更因后勤等无准备时间，不能勉强行事，是一次稍稍不彻底的行动。"

计划不明，任务不确，决心不定，后勤准备不足。尽管如此，第11军还是在这种条件下，发动了一场新的作战！显然其尚未开战就注定了失败，在此已注上了前因。第二天，阿南惟几先后视察了第6、第3、第40师团后，回到岳阳的指挥所，下达了作战命令。

兵来将挡，薛岳坐镇指挥

1941年11月太平洋战争爆发后，中国等二十六个国家在华盛顿签署了《联合国家宣言》，标志着国际反法西斯同盟的正式建立。

为应对日军的再次进攻，薛岳于11月17日在长沙召开了第九战区高级军官会议，研究防御作战问题的有关细节。会上，薛岳特别指出："战胜敌人主要是靠平时的周密准备和军民一体与旺盛的士气。"

薛岳亲自坐镇岳麓山指挥

第三次长沙会战爆发前，第九战区共拥有三十六个师，合计约三十万人。从质量上来说，第九战区的大部分部队都是经历了从武汉会战起的一系列战役，某些部队（如第74军）甚至是从淞沪抗战起打满全场的部队。在战火中，第140师从徐州会战以来愈战愈强，最终成为了第九战区的中坚力量。

第九战区无论从数量还是质量上来说，都是整个中国战场中国军队的精华。薛岳亲自坐镇岳麓山指挥，并将守备长沙的任务交给了李玉堂的第10军，其战斗计划、部署还是运用薛岳娴熟的"天炉大阵"。

按照薛岳的部署：第37军、第20军、第58军等10个军沿新墙河、汨罗江、捞刀河纵深布防，诱敌深入至长沙外围核心地区再予以猛击，并伺机向日军侧翼和后翼发动攻势，南北夹击；置第78、第72军和新3军于赣北地区阻击日军作策应。

薛岳的这种部署是根据湘北的地形、敌我兵力对比和装备情况以及战术特点，做出的战术设想，即在敌人深入湘北内地的两侧及正面时，部署重兵应对；当敌前进到浏阳河一带，兵力已经分散时，即发起正面反攻；在长沙东部山区及西部湘江沿岸的部队则进行侧击、包围。

第九战区制定的作战方针，是以诱敌深入后进行决战为目的，敌进犯时，以一部兵力由第一线开始逐次抵抗，随时保持我军于外线，俟敌进入我预定决战区域时，集中优势兵力聚而歼之。就如薛岳所说：使敌人犹如坠入火炉，遭到烈火的焚烧而熔解。

1941年12月，日军五个多师团，十二万余兵力，在第11军司令官阿南惟几的指挥下，对长沙发动了第三次进攻。其部署是：在湖北以第3、第6、第40师为主力，从西塘、龙湾、新开塘出动，正面进攻长沙；独立混成第14旅主力和独立混成第18旅一部策应正面部队作战。在赣北，阿南惟几以第34师团、独立混成第14旅一部西犯上高、修水，牵制中国军队，配合湘北主力进攻。

12月24日，日军从四方房至荣家湾地段强渡新墙河。25日，进至关王桥、犬荆街、龙凤桥、黄沙街一线。第20军作逐次抵抗后，留一部抗击日军，主力向关王桥东南撤退，和第58军协同从西侧击日军。27日，日军右翼第3师强渡汨罗江，中国第37、第99军与其展开激战。

军情紧迫，从容自如

1941年秋第二次长沙会结束，第140师在衡阳、衡山附近休整了几天后又奉令回到金井驻地，一面加强整训演习，修固工事；一面补充装备和兵源。这时副师长张涛调陆军大学学习，原第98师少将参谋长毛定松调为第140师副师长。

毛定松（1906－1951），贵州省松桃县孟溪村人。历任贵州省铜仁县县长、第85师师部经理处处长、师特别党部书记长、师驻武汉办事处主任、第85师代理参谋长、独立第34旅参谋长、第82师团长、第98师少将参谋长。抗战以来参加过淞沪罗店、浏河等战役和武汉会战、第一、二次长沙会战。

毛定松因作战英勇且谋略过人，在独立第34旅时期就已崭露头角，深为旅长罗启疆所器重，第82师重新组建后，他又被罗启疆师长任命为第488团团长。后来第79军军长夏楚中为分化瓦解第82师，就有意将第82师得力之人抽空，企图以釜底抽薪的方法对其吞并，因而毛定松被提升后

第十章 围魏救赵，攻打岳阳

训练中的我军炮兵

调入了第 98 师任少将参谋长。张涛调走后，第 140 师副师长出缺，毛定松又申请回到了贵州部队，以后成为第 140 师师长。

毛定松在第 82 师期间也深得继任师长欧百川的器重，所以当初特别让毛定松团担任游击任务。毛定松接受任务后，通过详细调查与周密部署，率领全团轻装急进，插入敌后，挺进至毗连通城、崇阳、岳阳三县间的药姑大山，开辟了敌后游击根据地，对敌展开了军事与政治斗争。

毛定松团在药姑大山时，因纪律严明，秋毫无犯，注重保护生产，得到了当地群众的拥护；同时切实控制沦陷区维持会投敌人员（汉奸），不许其为非作歹，并从中获取情报，在奔袭与伏击日军中，常有斩获。其中通城维持会会长吴某态度顽固，拒不听命，毛用计邀请其家属来到团部，加以政策攻心和感化并安全送回，使吴某深受感动，痛改前非，并经常及时地透露了敌第 45 联队的消息，使毛对敌人动态地掌握，更为确切，所以每有行动，必得到预期战果。因此，第九战区通报游击战况时，唯第 82 师毛定松团捷报频传，誉满前线。而当时敌第 6 师团在作战指令中，也特别指出当心敌军罗师毛支队的游击。因为毛定松在第九战区算是颇有名气，所以他的到来自然引起了师长李棠的高度重视。

日军在突破我军新墙河防线后，向汨罗河南岸推进，与我第 37 军第 60 师在长乐街南岸遭遇，展开激战。敌后续部队向第 60 师左翼运动，意在包围该师左翼侧。第 60 军撤到汨罗江中游的瓮江附近山上，由东向西侧击日军，第 95 师在神鼎山、东影珠山附近与敌激战。第 140 师在金井脱甲桥附近加固工事。

第140师奉军长陈沛命令，驰赴李家塅附近，师长李棠急令420团牟龙光部于斩儿桥、李家塅之线高地，迎击当面之敌。因当时师缺参谋长，李棠便口述命令内容嘱毛定松以笔记命令下达，毛于是命卫士打开墨盒，一边以条纸置于图囊上从容记述。包括敌情、友军情况、指挥官决心、420团任务等。一笔行楷，整齐秀丽，无一漏落，为平日案上作书一般。

毛定松在阵中的镇静表现，由于为常人所不及，使众人大为叹服，李棠更为当众嘉许，称之为难得将才。

紧急受命，迟滞敌人

1941年12月22日是农历冬至，在中国很多地方，冬至是被民间当着小年看的，贵州则以这一天吃狗肉以示过节，按照民间的说法"冬至吃狗肉，明春打老虎。"为的是进补。

第二次长沙会战后，第37军第140师集中在长沙东北的高桥、金井夏大屋、郑家塅、铁甲桥一带整补。休整期间，师部的京剧团到各团慰问演戏。420团团长牟龙光为了本团能过一个热热闹闹的冬至，特地通知各营连拷狗杀猪，准备全团大会餐。

会餐过后，牟龙光正在陪着客人观看《追韩信》。突然李棠师长来电话要他带着地图明晨拂晓前出发到师司令部开会，并命令各营连迅速准备。牟龙光只好通知剧团少演一二折戏早点回去。当时，第3营营长刘天培，正率该营在福临铺以东地区修补工事，牟龙光立即派人去要他把部队集中到福临铺东北村庄一带隐蔽，准备待命行事。

牟龙光赶到师司令部，徐定远、郭克俄两位团长也同时到达。师长李棠要他们一道吃饭后，打开地图指示说："日11军司令阿南惟几，调集了第3、第6、第9、第13、第33、第16五个师团，集中在汉口至岳阳铁路沿线。另外，由随县、枣阳、钟祥、京山、花园、赶水等地抽调约六个师团正向武昌、汉口集中。还有，赣北的修水、武宁、铜鼓之敌约四个师团，正集中在崇阳、通山之线。看来，第三次长沙会战即将揭开战幕。你们打电话回团作好准备，以秘密演习的姿态，于明晨出发，并在出发前告知乡保长，作好防空准备，将粮食埋藏起来。"

会议刚结束，各团长准备回去，碰巧薛岳司令长官来电话说："日军已在新墙河北岸的大荆街、新市街、黄沙街、关王桥附近，与我军发生战斗，140师应于次晨十时前，赶到神鼎山、影珠山一带迎击敌人，并嘱要稳、准、狠地消灭来犯之敌，要比一、二次长沙会战打得更好。日军第二

第十章 围魏救赵，攻打岳阳

次长沙会战失败后，在国际上声誉一落千丈，我们要在第三次会战给他一个歼灭性的打击，使它在国际上声誉扫地。"薛长官的口气，不仅决心大，且把握十足。

阿南惟几由太原、鄂北、赣北等地抽调一部分兵力，集中在咸宁、蒲圻、贺胜桥、岳阳之线，向新墙河、汨罗河实行中央突破。企图到达汨罗南岸后，其后续部队，再由汨罗中游渡过浯口、经瓮江沿浏阳大山北麓，经上华山、交溪岭、镇头市迫近长沙，由榔林市、东屯渡配合沿武长路进攻之部队，企图一举夺取长沙。

我军原在新墙、汨罗两线之守军为欧震第4军、杨汉域第20军。由于第4军南调援应香港，此时防守新墙河南岸阵地的只有第27集团军杨汉域第20军1个军孤悬于前沿。因为，薛岳并不准备在新墙河一线与日军大打，第20军的主要任务是阻敌，尽可能地耗损敌人的力量，疲劳敌人、顿挫敌人进攻的势头，延缓日军南下的步伐。

日军兵临城下，杨汉域早有准备，早已将阵地加固和修复，家眷也一律送往后方安置，粮秣弹药也搬到了前沿，并派人到阵前百余里搜集情报，敌人动态基本为我军掌握。

了解了敌情，第140师各团长火速赶回驻地各自准备。子夜十一时左右，师长李棠发出正式命令。

第二天拂晓，140师集结完毕，按照李棠的部署，行军序列为：419团作前卫，往福临铺直向影珠山、神鼎山方向前进；师部及418团为本队，经福临铺向李家塅前进；420团作后卫，并负责掩护师之辎重安全，经福临铺、李家塅到斩儿桥后，进入明月大山。

各团按既定路线前进，419团刚抵神鼎山南麓，即发现敌之前卫部队已进到斩儿桥附近，本队正在神鼎山与影珠山方向前进。419团立即集中兵力，在神鼎山南与影珠山北之间以攻击队形前进。这是一次不预期的遭遇，日军意想不到的是一路风雨无阻，竟被第140师截在中途，因为措手不及，而被打得遍地奔跑。

师部到达李家塅后，师长李棠听到枪声，当即派418团就地占领阵地，准备支援419团，同时派传令军官找到牟龙光通报军情。这时，420团第1营已在斩儿桥与敌遭遇，正在激战中，第2营跟着第1营，已逐次投入战斗力；第3营在福临铺，还未赶到时，团部只有一个连作团预备队。

牟龙光赶到师部，请求师长在斩儿桥北端设立指挥所，阵地由420团负责。第3营到达斩儿桥阵地后，420团的力量得到了集中。

牟龙光亲自跑到前沿，通过敌情观察，他即果断命第1营暂时停止进攻。牟龙光第1营孤立作战力量太过单薄，不如调整部署，把兵力布置好一齐出动，更显力量。于是，牟龙光派出第2营由斩儿桥登上明月大山东北高地，与第99军92师取得联系后，由第2营从山上向下压，第1营、第3营（缺一连）向敌猛攻。团营辎重及非战斗员人员，统归团部指挥随第2营跟进，如发生战斗，应迅速撤离，以保证后勤安全；团卫生队如闻枪声一响，即设立救护站工作，随时准备抢救和转运伤员；团通信排要确保与师通信联络畅通。

有了缜密的部署，经过四个多小时左右的激烈战斗，420团把第6师团的一个大队，压退到影珠山北。此时，419团亦占领神鼎山麓，与420团向敌联合进攻。直到黄昏，敌人都没法前进一步。入夜之后，两团各派出小部队，联合展开夜袭行动。这次不期而遇的遭遇战，第140师旗开得胜，有效迟滞了敌人的行动，提高了我军士气。因此，第九战区长官部数次来电话表彰。

随着敌情的变化，第140师将阵地移到明月大山山麓，把敌人的进路控制在我军重火力之下。与此同时，我第60师由黄沙街方面向敌侧击，日军第6师团之一部处于腹背受敌状态，被围困在神鼎山、影珠山、明月大山之间，四天突不出去。第140师连夜派出部队袭击均有收获，420团缴获手枪五枝，战地摄影机一部。

随着战势的发展，第九战区长官部指示：把敌人放进来，然后进行尾追袭扰，让其瞻前顾后，进退失据。

由于第140师缠住敌人沿着明月大山、梓木洞，向敌第六师后面尾追而来，每天都有小接触，到了东屯渡、榔林市、侯子石战斗更趋激烈。这种不间断的日夜袭扰，使其辎重联队战马被击毙甚多，许多大行李都丢在各村落中而被缴获。日军被此不断消耗，所携带的口粮和弹药大部被缴，尽管第6师团战斗力再强劲，但一日无粮千军散的现实，就使其战力大打折扣了。

第6师团虽已进抵长沙城下，但却被第140师缠住不放，拖住了后腿。此时，我第27集团军、30集团军所指挥的20军、72军、78军及高应槐、罗卓英两集团指挥的第58军、新3军都由江西西部直向浏阳、醴陵、长沙压来。长沙近郊东、南、北各方面每分钟都未停止过枪声，战斗已达到最激烈的阶段，守卫长沙城的第10军正在奋力抵抗。

按照薛岳"天炉战法"的要旨，敌已进入我预定决战区域，应集中优势兵力聚而歼之。此时，第九战区司令长官部指挥所就在岳麓山腹，其他各指挥系统仍在原地。长沙虽然危在旦夕，但第九战区上下都表现出了必

第十章 围魏救赵，攻打岳阳

胜的信念。看来胜负之分，在数日内便可见分晓。

马山神遭遇战

日军先头部队攻破新墙河后，随之占领了新开市一带，向长沙方向不断继续推进。第140师奉命在斩儿桥一带占领阵地，阻止日军进犯长沙。

419团第3营，奉命星夜向新开市之敌攻击前进，务在拂晓前占领马山神、沙塘嘴之线，堵击日军，以掩护师之主力在斩儿桥布防。营长傅鼎成接到团长徐定远命令，即命9连上尉连长许俊陶率领本连附重机枪一个排，即刻出发，向沙塘嘴搜索前进，先期占领马山神阵地，堵击日军。其余各连、排按行军序列跟进。

连长许俊陶领受任务后，立即向本连官兵转达了营长命令，同时命排、班长作好一切战斗准备，集合出发。这时9连已到平江的瓮江铺附近，距马山神约八十华里，而日军前卫部队距马山神仅十五华里，并且沿途公路均被破坏，山高水远障碍重重，尤其夜间战备行军更增添了困难。

好在许俊陶久历战事，经验丰富，很快找到一位熟悉当地地形的向导。有了向导的带领，9连官兵翻山越岭，披荆斩棘，走小路加快了行军速度，终于先期赶到马山神，进入了阵地。

但是，此时天寒地冻，大雪纷飞，士兵又冷又饿，手指冻僵，连扣动扳机都很困难。许俊陶立即派人到附近村庄寻找食物，不想村民早已跑光，他们只好进入群众的茹窖，留下钱后，搬运红苕送上阵地以供官兵充饥。但寒风凛凛，官兵瑟瑟发抖，为避暴露目标又不能生火取暖，许俊陶只好叫士兵猛搓手掌取热，活动手指。正当此时，突然潜伏斥侯报告：日军骑兵大摇大摆牵着马走来，全无戒备。原来地面结冰，马掌接触地面就会滑倒，而人步行可以用草垫于鞋底防止打滑。日骑部队，遭此冰天雪地，马就成了累赘。

许俊陶立即做出判断，决定给日军一个迎头痛击。于是，他分头示意（信号），待敌临近，轻重武器即全部开火，打得日军前卫晕头转向、丢盔弃甲，伤亡惨重。

约战半日，战斗结束。第140师主力顺利在斩儿桥一带布防完毕，完成保卫长沙外围阵地的任务。战斗结束后，9连随团转移到第二线福临铺附近待命。这一仗，9连伤亡士兵十余名，但日军却死伤成堆，丧失了战斗力。战后，第九战区总结，团长徐定远荣获干臣奖章一枚、营长傅鼎成荣升中校营长，第一营营长郭光程记大功一次。

日军逼近长沙，第6师团一部进入市区与第10军展开巷战，官兵拼死搏斗，坚守城池，终于击退日军的进攻。

日本溃退时，第140师819团以部潜伏于福临铺东影珠（西）山脚一带，截击日军，打得日军尸横遍野，仅第6连刘成兴排，就缴获战马四十余匹、战刀及其他军用物资二十余驮、枪弹不计其数。会战结束后，第九战区在长沙岳麓山大礼堂召开庆功大会，凡参加作战的部队，每团选择功臣五名（班、排、连、营、团各一名），许俊陶被第140师选为功臣，到长沙开了一个星期的庆功大会。

摸夜螺丝，夜袭敌营

1941年12月27日，日军前锋已逼近长沙，第140师奉军长陈沛命令向东影珠山、斩儿桥、李家塅星夜前进。由于军情紧急，部队刚集结完毕，李棠即令星夜出发，走了一夜，前卫的419团刚到达东影珠山南面，即与敌第6师团先遣联队遭遇，双方展开战斗，激战终日，筋疲力尽的官兵以顽强的战力，牢牢地把敌人套牢于原地四日，使之无法前进。

420团行抵李家塅、斩儿桥附近时，即与敌联队中的一个大队遭遇，牟龙光团长立即率部快速展开，先敌一步占领两处高地。这时敌机反复轰炸加以步炮协同猛攻，420团岿然不动。由于牟龙光沉着冷静，部署得当，经四小时激战，将敌第6师团的一个大队压至影珠山北并与419团联合向敌发起猛攻，使日军动弹不得。

入夜，牟龙光想，白天的获胜不过是天时地利的巧合，明日天明日军后援到来，此地区情况就会发生变化。

于是，牟龙光将下午情况以及本团动态，详细报告并说明附近地区敌情上报李棠。李棠问："今天前线战况之变化，长官部并未向本师通报，情况暂时不明，你准备怎样处置？"

"准备一战。"牟龙光斩钉截铁地回答。

"你孤零零一个团怎可单打独斗，应慎重行事，不可冒险斗一时之狠而影响全局。"李棠质疑他道。

"人少有人少的打法，我没有力量阻止敌人去长沙，但我有能力让敌人付出代价。我的目的只是在杀敌，所以死守活打，不一定是与敌硬拼。更何况军人为民族生存而战，死也光荣。"

"不要豪言壮语，你说说是如何打法？"

"报告师长，军人遇敌不战乃我军人之耻，这是促使我自动请战的原

第十章 围魏救赵，攻打岳阳

因。至于如何战法：第一方案，我团据险而守。然以守势则是扬短避长，只会被动挨打，胜敌者更史无前例。第二方案，明晨出击，在敌炮火之下，敌人以逸待劳，我则攻击前进，自必有所伤亡始能与敌接触，而且官兵体力消耗难以补充。加之，如敌我明晨采取攻势，则演化成遭遇战，我失先机，如此战法，易陷于被动。我决定不如今晚夜袭，攻其不备，发挥我师优势。"

牟龙光不等李棠表态，继续滔滔不绝："目前敌情不明，我的想法是，亲率连于拂晓之前夜袭敌营，以便适时掌握敌情，做好之后的防范。"李棠说："我在819团拨一连归你指挥，务必见好就收，不可恋战！"

牟龙光见方案得到了批准，欣喜异常，身心俱感轻松。于是趁李棠高兴，再做请求："请师长着师辎重部队连夜补充各类弹药。并请师野战医院配合准备接运伤兵。如今战斗打响，群众远避他乡，唯恐食物难购，故请师部代购食品若干，随弹药送来，余无他求。"

有了长官的支持，解除了牟龙光因擅自行动，而带来的后顾之忧。午夜零点，牟龙光集结部队，出发前他嘱咐各营长，务必加强构筑防御工事以防范敌人来袭。参加夜袭的部队为420团3营2连和819团2营7连。牟龙光以本部为主攻，友军负责策应、掩护。

行动之前，牟龙光对两连长说明情况："任务是'摸夜螺丝'；不要带重武器，只需清一色步枪，尽上刺刀，多带些手榴弹；'暗号'是每人手臂上扎一条白毛巾；电筒不到关键时刻，绝不能使用；战斗一定要速战速决！如敌势太强夜袭未能奏效时，则撤回原阵地死守，以逸待劳。如一击奏功，则7连加入继续攻击，口令是'粽子'。'摸夜螺丝'虽为我贵州部队的强项，但这一战法也利弊兼有，利乃攻其无备，弊则夜间战斗易出混乱，这点要特别注意。"

二连并肩攻击，第三营一面准备支援一二连作战，一面在阵地上构筑防御工事。深夜二时许，部队展开行动，小心翼翼地搜索前进，三时才接近敌人前哨。

日军劳师袭远，数日来又冲锋不断，早已疲惫不堪，加之天寒地冻，也绝没想到我军会趁夜偷袭，所以为了养精蓄锐，一早就已睡去，只留下几个岗哨围着篝火取暖，加强警戒。猛烈冲击，将敌警戒。但柴火以熏，瞌睡难耐，加之屋内鼾声如雷，这些哨兵也是累得东倒西歪。

牟龙光带队趁着夜幕摸近敌营，先打掉了敌人的哨兵。然后顺藤摸瓜，以闪电式的速度，进入敌营心脏。此时，只闻敌人鼾声如雷。牟龙光命令用手榴弹开炸，只见日军一时血肉横飞。活着的爬出来了，有的还光着屁股，敌在明，我在暗，就用刺刀插进敌人的胸膛。

夜深人静的湘北山区里，日本鬼子呱啦呱啦的声音渐渐消失了。东方开始发白，我们的战友，以无比喜悦的心情收拾战利品，总结战果，共打死敌人四十余人，缴获战刀百余把、重机枪四挺、轻机枪十挺、三八式步枪六十支、子弹手榴弹无数、战马六十余匹。

次日晨副师长毛定松接报，初次看到420团战力，于是对师长李棠和师部参谋程奎朗大加赞赏说："这个部队用上去稳得住，如钉子钉上一般，牢牢钉住敌人，信赖得过"。

程奎朗原是野战补充团团长，只因第九战区奉军事委员会命令，撤消各军师野战补充团，官兵拨补各建制团，程奎朗在部队分拨后，此时正在师部以参谋职候差。

第140师旗开得胜，士气大增，在福临铺东影珠山脚一带，仗着地形优势，死守活打，截击日军，激战三天打得敌人尸横遍野。

第四日，敌之后续部队由栗山巷突破我第44师阵地，从福临铺源源不断经金井奔向长沙。第140师完成了迟滞敌人前进的任务后，奉第九战区命令让开正面，向明月大山转进，部队到达预定位置时，这天刚好是1942年元旦。

旁敲侧击，攻敌后援

12月30日，日军第6师团沿粤汉路，第3师团沿长岳古道直犯长沙。第40团向浏阳河上游分进，于31日黄昏，分别窜抵廖家渡、洪山庙、东屯渡、仙人市、金潭市、镇头市之线。窜抵长沙市东、北两郊的敌人，被我守城部队第10军第190师警戒所阻。

这次日军兵犯长沙，第10军奉命固守，作为薛岳"天炉战法"的核心。

1942年元月1日晨，日军第3师团渡过浏阳河，从东南方逼近了长沙守军的前沿阵地。日军第3师团第18联队在攻下预备第10师第29团防守的阿弥岭阵地后，又跟踪追击第29团至罗家冲、侯家塘。此时，预备第10师第28团接战。日军另一路突破石马铺、雨花亭进至黄土岭、金盆岭一线。第28团在岳麓山重炮的支援下，在侯家塘、黄土岭、冬瓜山、修械所与日军反复拼杀，连伙夫、马夫也上阵御敌，击退日军十余次冲锋。到傍晚时分，日军仍未能完全突破预备第10师的第一线阵地，双方处于胶着状态。

第十章 围魏救赵，攻打岳阳

一心想要在长沙过元旦之夜的师团长丰岛房太郎，急令师团直辖的加藤大队投入战斗。这个大队素以擅长夜战而闻名，可以说是第3师团的一张"王牌"。丰岛房太郎本以为靠着这张"王牌"偷偷潜入长沙，到时再来个里应外合，就可以攻进长沙。但他没想到，他的这支奇兵在冲到第10军第二线阵地时就被缠住了。加藤大队长急火攻心，亲自跑至前沿，不想被我隐藏在屋檐下的一名士兵击中了小腹，当场毙命。该大队为了夺回加藤的尸体，曾"反复进行了几次必死冲锋，但均未见效，反而使那些房屋燃起了熊熊烈火"。丰岛房太郎偷鸡不得蚀把米，手上的一张"王牌"，就这样一下玩没了。

在长沙东南侧和南门外的日军从傍晚起虽然又发起了数次冲锋，但仍无法攻进长沙。

1942年1月3日凌晨1时30分，城南打靶场的日军开始向邬家庄、小林子街进犯，与守军展开白刃肉搏战。第3师团第68联队第1、第2大队经过苦战进占西湖桥，尔后，两股日军分别向东瓜山、妙高峰冲击。东瓜山失守后又被第29团反攻夺回，后又得而复失。

特别是争夺修械所的战斗非常激烈，刀砍棒击，肉搏拼杀，双方死伤甚众。敌我双方的尸体达四五百具之多，打断的枪支，刺弯的刺刀，横七竖八，狼藉满地，双方死亡的兵员，尸身遍野，战斗之激烈，不堪言状。

日军第18联队则相继攻占了左家塘、妹子山、识字岭、圣经书院等据点，随即分兵攻打浏阳门、小吴门。第3师官兵顽强固守，击退了日军数次进攻，守住了这两座城门。

日军第6师团以其步兵第13、第22联队及独立第2联队于1月2日晚从洪山庙、湖渍渡渡过浏阳河，经德雅冲、伍家岭、开福寺向第190师防御阵地发起进攻。其中以杜家山争夺战尤为激烈。杜家山位于湖渍渡西岸（今动物园东南山），是长沙城东北面的制

日军突入长沙，与我守军展开激烈巷战

高点。防守杜家山的第570团连续击退了日军十余次冲击。经过第二天的血战之后,守城的第10军官兵伤亡较大,只好缩短阵地,退守第二线据点,与来犯日军展开更艰苦的第二轮搏斗。

1月3日,长沙城的守卫战进入了最艰苦的阶段。

黎明时分,日军第6师团从长沙城东北侧、第3师团从东南侧至南侧,连成一线,集中炮火,同时向长沙城的北门、东门和南门守军第二线阵地进行炮击。第九战区在岳麓山的炮兵立即以炮火进行压制。由于日军后援不济炮弹已快用完,所以时间不长,其炮击便逐渐停止。但两个师团的步兵却发起了猛烈的冲锋。

4日拂晓,敌发起全线进攻,并有空军助战,预10师没有空军支持,全靠炮兵的密切配合。预10师官兵早已严阵以待,沉着迎战,待敌进入火网,始以机步枪猛射,并投掷集束手榴弹,敌军死伤枕藉。后续部队,又被我炮兵火力封锁不得前进。当时我岳麓山的炮兵,也配合默契,只要有要求,就可射出炮弹,准确性极高。

忽然,一个奇迹出现了:天空敌机空投一给养箱,竟被我第10军火炮击中于空中!这件事极大地鼓舞了第10军官兵的斗志,拼杀更为勇猛。此时敌炮弹似已用尽,不再回击。

敌酋丰岛房太郎下令肉搏,日军冒着刺骨严寒,袒胸露背猛冲猛进。但以其血肉之躯,怎能挡住我方猛烈的火力,况我炮射频繁,撕心裂胆的爆炸声,使敌人胆战心寒,其武士道精神被我预10师大大的挫败。在这一场残酷的搏斗中,敌伤亡不下两千人。

下午,日军的冲击已显疲弱无力。

原来丰岛和神田迭遭顿挫,束手无策,只好勉强苦撑,以指望第三梯队第40师团(青木)快速到长沙增援,可是第40师团刚进抵金井时,被我外围部队第140师拖在明月大山。

第140师奉命从正面跳出外围后,大敌当前,元旦新年也不过了,马上以明月大山做依托,进出于苦竹坳,向敌东侧翼进击。日第40师团刚进抵金井,还没稳下神来,就陷入我第九战区来自从东方和西北方的合围圈中,此时正弄得自顾不暇难以脱身,使深陷在长沙苦战的丰岛房太郎哪里还指望到增援;敌第四梯队即独立混成第9旅团正在到达花门杰、春华山及福临铺以北地区,被我外围部队第140师和友军包围痛击,已是溃不成军。

丰岛和神田得到报告,急得六神无主,黔驴技穷之际,只好困兽犹斗地决定重新组织力量进行最后冲刺!

第十章　围魏救赵，攻打岳阳

围魏救赵，攻击岳阳

　　丰岛和神田的孤注一掷，使第10军的处境也犹如是站到了悬崖边上，没有了任何退路。

　　第140师在明月大山的梓木洞附近，见日军蜂拥如潮，正拟向敌人侧翼发起全面进攻，突然师长李棠接到第九战区司令长官薛岳转达蒋介石的手令："命第140师北向岳阳前进，限三日攻下岳阳。"

　　任务艰巨且时间紧迫，师长李棠接令后即组织师部会议，当时大家想，此去距攻击目标约三百五十多里，平时步行需五日行程，即使以急行军每日一百二十里的速度，也得三日方能抵达，就算按时到达，但筋疲力竭也难以作战。唯一剩下的只有对官兵的宣传和鼓动了，结果副师长毛定松的动员演讲还没说上几句，官兵们就显得兴奋异常！

　　为了完成任务，李棠挥师星夜兼程指向岳阳。当时天气突变，大雪纷飞，汨罗河水虽值枯水季节，但河面仍宽达二百多米，两岸浅水处结了一层薄冰。师部派去勘察渡河点的人回来报告："汨罗河水深流急，只能船渡，不能徒涉。"但此时，由于管制时期，根本无船渡江，官兵们十分焦急。

　　军情紧急不容选择，进退两难之际，李棠、毛定松亲率侦察和工兵人员到江边，再次勘察，面对深达二、三米的河水，又无渡河工具，官兵们面面相觑。但毛定松很快发现靠洞庭湖一边的河面虽然较宽，但水浅可以徒涉。

　　这时，李棠大声说："兄弟们，侦察员骑着马来回探了几趟，这个地方可以蹚过去。"但寒冬腊月，冰冷刺骨，的确有很大困难。

　　于是，毛定松用一种商讨的口气问："弟兄们，怎么办？"

　　"蹚过去！"官兵们异口同声地回答。

　　"对，蹚过去，不要等待了，赶紧蹚水过河！现在就蹚过去，直接插入敌人胸膛。弟兄们跟我来！"毛定松说完带头纵身跳入了寒江，薄冰在他脚下咔嚓作响破碎。士兵们便紧随其后，接着呼呼啦啦地一帮人马都进到河中。有了长官的身先士卒和激励，全师上下可以说是热血沸腾，按单位顺序，一个个迈入了冰河。毛定松边走边回头呼喊："弟兄们，咱们来个渡江竞赛吧！"

　　为了激励士气，李棠也大声地吼道："弟兄们，大家不用怕冷，我李师长也要脱裤子啦！过了汨罗河咱们就是胜利在望了！"一时江面上热闹

洞庭湖上的日军部队

起来，几千人在水中扑动，就像开锅的水饺，把平静的江水也掀起了浪花。

　　过河后，官兵的衣服都已湿透，但未及更换，即又马不停蹄，争分夺秒速地急速向岳阳前进。

　　第三天黎明，第140师已到达了新墙河南岸，师长李棠一边安排部队就地休息，一面派出斥候人员侦察敌据点的配备情况，很快得知日军从太原调来一个旅团，已先他们半天到达了岳阳，并已在新墙河北岸占领阵地，凭借坚固工事据守。

　　军情紧急刻不容缓，第140师很快做好了进攻前的准备。根据李棠的部署：420团为突击队，正面攻击新墙河北岸；以419团深入岳阳东郊策应；418团在洞庭湖边构筑工事，防止敌人由湖上来袭。

　　牟龙光接令，立即率部攻击前进，此时420团士气旺盛，一路猛冲猛打，很快渡过新墙河北岸，向岳阳北端高地发起进攻。但刚攻到半山腰，遭到敌军强烈火力的阻击，造成420团不少伤亡，经过了两天的艰苦战斗才稍有进展；419团在团长徐定远的率领下，火速在岳阳东郊占据了有利地形，以迫击炮猛烈轰击火车站附近，敌人侧翼受袭一时阵脚大乱。

　　就在第140师全面展开进攻的第二天，八架敌机由武汉飞来，在420团攻击路线上狂轰滥炸，再次造成了牟团的重大伤亡。团长牟龙光即组织高射机枪配合一部分轻机枪对敌机射击，半小时后，击落敌机一架，其余敌机即飞返武汉。

第十章　围魏救赵，攻打岳阳

宜将剩勇追穷寇

12月31日，第10军预10师渡过湘江，完成了对长沙的全面部署。预10师在长沙南郊采取纵深配备，南十多里处的枫树山、雨花亭、金盆岭、冬瓜山为第一线，是29团第3营防守区域，全师布防未毕即与敌发生大战，阵地争夺杀得天昏地暗，不消不停。

1942年元月3日，日军第6师团与第3师团合力猛攻长沙。激战竟日，日军攻势屡攻屡挫，弹药将尽，而补给线已被切断，日军开始空投补给。第九战区各包围兵团，继续压缩包围圈，已逼近长沙。

这时候的第10军也已经是站在悬崖边上，所谓哀军必胜。第10军对于每一个地堡，每一个建筑物，都不轻易放弃。在重要地区，与日军发生了逐街逐堡逐屋的拉锯战。

日军兵临城下，在其空军密切配合下，与我军展开激烈的争夺战。防守南门外修械所高地的团长葛先才见伤亡急速增加，无法支持到黄昏。长沙即将有破城之危，当机立断，决定孤注一掷，发动全团绝地冲锋。第30团的炊事兵、杂务兵、传令兵……全部投入了肉搏、冲锋的行列，十数支冲锋号音，和士兵的冲杀声，搅着一团，敌人一时陷于六神无主之中。

这时，第4军第102师刚集结于雨花亭一线，柏辉章见日军已显疲惫之态，于是命令全师号兵集中一起，一时六十多支军号声震山谷，吹响了长沙反击战的号角，使日军闻之色变，仓皇后退。

当年《大公报》记者胡定芬在报上发表的专题《三战三捷》中，有这样一段精彩描述：

> 四日拂晓，欧雨辰（震）、柏健儒（辉章）、张德能几位，首先到达指定的雨花亭，柏健儒更机警集中全师号兵，在雨花亭吹冲锋号，敌人听到背后这种宏壮的号音，无异晴天霹雳，降下一道催命符，吓得魂飞天外，一时枪也不敢再放。保卫长沙的第十军将士，听到友军已来合围的号音，喜得枪也不放，只望着敌人的窘状发笑。后来还是欧雨辰（震）、柏健儒（辉章）冲到黄土岭、小林子冲，沉寂瞬息的战场才继续恢复热闹。
>
> ……

日军在攻击长沙不逞，背后又出现包围的情况下，阿南惟几被迫于3日晚下达了全军"反转"命令，但已在长沙城外日军不甘失败，于4日再次发起全线攻击，但在守军的顽强抵抗下，又一次受挫，日军第3师团、第6师团于当晚乘夜色脱离战场，由长沙城外分别向东山、朗梨市撤退。第九战区在获知日军退却后，立即命令原准备在长沙附近合围日军的部队改为堵击、截击和追击日军，力争在汨罗江以南、捞刀河以北地区将其歼灭。

元月13日，正当第140师攻到岳阳外围时，师长李棠突然接到第九战区司令长官薛岳的命令："日寇已开始撤退，你师即停止攻击岳阳，转向新墙河南岸，汨罗北岸地带破坏敌人撤退的临时通车路，截阻敌人南下的汽车和北上的伤员。"

当晚第140师转向新墙河、汨罗江两岸，并在黄沙街、龙凤桥、划船冲、微山冲、护国院附近，官兵们星夜构筑工事，破坏了临时公路三、四华里。第二天天刚微亮，从长沙方向的日军蜂拥而来，第140师三个团，当即全面展开拦击，日军训练有素，撤退时秩序井然，但经我军围追堵截，其仓皇尽显，进退失据，指挥开始出现失控。

入暮后，第140师趁着夜色向前推进，而敌人也越来越多，但只持枪却不敢向我军射击，第140师官兵深感纳闷，也顾不得深想，即猛冲猛打。敌人为夺取退路北逃，在其一个编队八架飞机的配合下，向护国院对我420团进行全面包围。敌步兵万余人看似来势汹涌，却又围而不打，但前来轰炸射击的飞机却尽显猖狂。

团长牟龙光见许多日军站在一起，端着枪却不射击，知其败象已露，估计是没有子弹，于是指挥全团硬拼力战。第二天，第三十集团军第72军及78军夏仲实军长率新15、新16、新18等师前来解第140师420团之围。因该军参谋长吴剑吟、师长吴守权、唐询伯等与牟龙光团长为军校同学，闻牟团被围，一日跑了一百五十多里赶来。

15日晨，牟龙光正率全团奋力苦战，见友军来到时，420团马上逆袭，一个反冲锋，击毙了几百个日军，并将敌军死死堵住。敌人不敢恋战就绕道由神鼎山脚退去，在他们身后，是累累的尸体。有些重伤员知道自己这次跑不了，干脆集体自杀，没能力自杀的拜托战友把自己干掉。

日军是不到万不得已决不会弃尸而逃的，但这次没有办法，只好摘下了战死同伴的身份牌，切下他们的手指或耳朵就算是带走遗体。其他遗弃的衣物，都是血迹斑斑。

第140师420团兄弟们大为高兴，不顾晦气，纷纷搜尸拣洋货，在许多敌尸上居然真的没有发现一粒子弹。被生俘的二十多个日俘供述，他们是第6师团24联队的，因后勤补给困难，四日未食已经饿得走不动了，只求中国太君不要用大刀把他们的脑袋砍下来,别的再不敢啰唆。翻译人员即用日语与其对话:"我军只杀日本军阀,不杀俘虏。"日士兵连呼谢谢,并给420团战士连连叩头,感激流泪。

元月16日,双方基本恢复了会战开始前的态势。日军第11军前线指挥部从岳阳撤回武汉,第1飞行团也返回南京。我军第20、第58、第78军等部则继续在汨罗江以南继续搜索日军残留部队,同时向新墙河以北日军阵地实施警戒。第78军追至四六方,第140师、暂54师分别向忠防、桃林、西塘一带寻歼残敌,尾追敌人至岳阳县的八百市。

元月18日,薛岳下达了结束战斗的命令,空前惨烈的第三次长沙会战,历时二十三天后落下了帷幕。第140师停止追击,仍回原驻地金井、铁甲桥附近整补、驻防。

因功受赏,毛定松升职

第140师受命撤退,经三日行程,回到原驻地金井、铁甲桥附近。第140师到达时,当地群众箪食壶浆、杀猪宰羊、燃放鞭炮以迎三军,共同庆祝这次胜利。

第三次长沙会战,第140师于斩儿桥、李家塅与敌遭遇战中,将敌一个辎重联队(团)阻止一周不能前进,使敌第6师团缺粮、缺弹,无法再战而退却,并缴获这个联队的粮食一批、战马百余匹、军刀二、三百把、手枪十余支、步枪五十余支。420团又在攻击岳阳时于新墙河南岸落敌机一架。当师长李棠把战利品送到长沙第九战区长官部时,长沙市民沿街拍手欢迎,鸣放鞭炮祝贺,司令长官薛岳亦亲自出辕迎接,频频点头,握手致贺。

第三次长沙大捷后,第九战区所属各部都回原驻地,从事兵员和武器装备的补充。第140师移驻金井、将军坎、拔茅田、郑家塅等地训练,并加强长沙东乡及平江附近各高地的工事以备临战应用。为时近一年,元气得以恢复。

1943年1月,第37军军长陈沛因贪污、吃空缺、克扣军粮,经人告发被军委会撤职,先调零陵游击干训班任教育主任,后调任仙游地区的游击司令。1943年4月8日,第37军军长由副军长罗奇(广西人,黄埔一期毕业)升任。

罗奇(1904—1975)广西容县人,字振西。黄埔军校第一期毕业。历任学兵连排长、入伍生队区队长、2师6团参谋、27师3团营长、独立15旅1团团长、独立30旅副旅长、2师6旅旅长、95师师长、37军副军长、

晚年的老兵李忠保

军长

罗奇为人忠厚，驭下以诚，深得全军官兵的拥戴。罗任军长后，提升第140师师长李棠为副军长，副师长毛定松为中将师长，419团团长徐定远升任副师长，419团团长由该团副团长杨伯超升任。迫击炮营营长黄德升调第37军军部军务处兵役科任上校科长。因补充团撤销，程奎朗返黔就任贵州保安处第5团团长。

是时第140师序列为：

师长毛定松、副师长徐定远；

第418团，团长陈肃；

第419团，团长杨伯超（云南鹤庆县辛屯乡香树村人）；

第420团，团长牟龙光。

第十一章 协作友军,与敌缠斗

硝烟再起,常德危急

东条英机上台后,日军南进计划频频得手,泰国、马来西亚、菲律宾、香港和关岛相继落入日军之手,随着阵线的拉长,日军人力及资源渐感捉襟见肘。日本大本营坚信对南方作战的胜利是对华采取攻势战略的良好机会,于是开始酝酿在中国正面战场上实施一场大规模进攻,企图以武力摧垮国民政府或者迫使其投降,从而抽身中国战场。

1943年1月,横山勇抵达武汉就任第11军总司令。横山勇接任时,该军正处于危险的士气低落,消极作战的阶段。这是由于一年前的第三次长沙会战的大惨败而造成的。横山的前任冢田攻接任时间太短,还没来得及发挥能力,就被击毙,由此可见横山勇所面对的困难。所以,他一到任就闭门不出,专心对前两任司令长官三次进攻长沙的作战详细战况进行总结和研究。最后,他得出常德在战略地位上远比长沙重要的结论,于是准备将战争重心西移。

面对部队中的极度畏战情绪,横山勇认为这是第11军自从第三次长沙会战失败后几乎没有进行什么作战所至,只有马上进行一场绝对的胜利战斗,才可以使部队的消极状态得以改变。因此当年2月,横山勇为实现西进目标,他选择了牛刀杀鸡、狮子搏兔的战术。

日军第11军司令横山勇

为了保证战役的顺利，横山勇从第3、13、39、40、58等师团及独立混成17旅团中抽调大批兵力，集中对付位于洪湖地区的国军第128师王劲哉部及第六战区的挺进军。

横山勇初战告捷，扫清了占领区的肘腋之患，颇为得意。他紧接着于4月制订了更大规模的鄂西攻势计划，希望以此威胁常德和重庆，以调动第六战区主力，在运动战中歼灭之。

当横山勇趁势想继续包围位于公安地区的第87军时，他没有想到国军王牌第74军已经秘密进入第六战区，在运动战中分割和重创了独立混成17旅团，使得横山勇的计划破产。虽然此战可谓中日平分秋色，然而在战争宣传中处于下风的第11军却遭到派遣军的质疑，横山勇的能力几乎到了被怀疑的地步。但是，横山勇很快利用了自己的失败，打了一场让国军遭受耻辱的仗。

本来，第六战区原为军委会的预备战区，并不直接接敌，只提供一个预备兵力的储存仓库（同位于陕西的第十战区也是同一性质）。第六战区所辖各部，多为历年作战后前线撤下休整之残军。此时国军的后勤能量已到捉襟见肘的窘境，不仅苏援断绝，随着沦陷区的不断扩大，后方兵工厂的产能也在逐年消退。光鄂西会战，就一举用去枪弹一千万发，即占后方总储备量的四分之一（此为抗战时流传甚广的轶事），国军本身已经接近作战能力的极限。此时美国口头虽称支持，但史迪威尚在空运吨位之类的琐事上喋喋不休，并大量耗用国军精锐部队于缅甸战役。

然而，中国自抗战以来，国力疲惫，通货膨胀已达抗战初期的四百余倍。所以，为了美援，国民政府不得不处处受制于人。国军除在装备上显得困窘，在兵力的消耗上也几乎补充不济。自1939年起，因前方部队大量缺员，国军的新兵单位时常直接转为野战单位，送上战场。有经验部队的折损，使各师战斗力达到新的低点。为了能换取美械装备，蒋介石接受史迪威的要挟，由第六战区抽调了大量兵力编入远征军，到缅甸丛林去为英国争夺殖民地的地盘。华中第六、第九战区兵力能不空虚。

1943年10月，根据中国派遣军进攻常德的指示，横山勇制订了新的作战计划。

常德位于湖南西北部，是四川和贵州的咽喉。横山勇企图在这里击溃中国第六战区主力。而畑俊六之所以同意他的作战方案，有他更大的战略考虑。他想牵制我第九战区军力，使之不能向云南和缅甸调动。他还指望着日军攻克常德这个"陪都屏障"，以动摇蒋介石继续抗战的决心。

横山勇的确老谋深算,他把进攻常德的时间选在秋收粮满仓的时节,日军如果夺取了洞庭湖滨这个中国著名的粮棉产区,可以说第11军后方军粮的补给问题就解决了,也大大增加了部队的战力。

横山勇是这次会战的总指挥,第116师团岩永旺则是攻打常德的具体指挥官。在作战第一阶段,他们完全照搬鄂西会战的模式,给国军造成假象,使之按照旧有的应对方式——撤空常德外围主力,向两翼聚集再反攻。这样日军可用主力将国军驱散、推远,从而包围并夺下空虚的常德。

由于第六战区受情报所限,未能识破这一点,并且做出了不切实际的就地反击,使得事态的发展完全如横山所预料,一步步向不利于国军的方向发展。

驰援常德,无战而返

当横山勇取得相当战果后,即挥师南下直扑常德。日军第3、13、39、68、116师团主力和户田、古贺、佐佐木、宫胁、柄田五个支队,迅速成功地粉碎了国军第二十九集团军的防御,国军第73军暂编第5师师长彭士量和第44军150师师长许国璋殉国。在国军主力纷纷西撤之际,常德及其周围只剩一个第74军余程万第57师,日军立即将它团团包围。到了此刻,才如梦初醒的军令部,匆匆调动部队来增援常德。然而为时已晚。

常德自古就是湘鄂川黔的军事要塞,正如明代军事地理学家顾禹所说,常德既是荆湖唇齿,亦为滇黔咽喉,然而地势平坦,易攻难守,无险可凭。常德据沅江下游,为洞庭湖西第一大城。东为洞庭湖,西为武陵山,南为雪峰山,北为太阳山。过沅江为德山,有湘黔公路通长沙,四周水网密布,河川纵横亦富舟楫之利,为中国有名的"鱼米之乡"。

武汉失守后,常德为重庆大后方的唯一物资补给线。抗战时期在沅陵设有后勤部湘谷转运处,常德即为湘谷转运的中心。常德城临沅江,两面农田,郊区有河洑山,城本身有古城墙,极为厚实,城郊及太阳山并筑有永久工事。此城若失则第六战区粮道断绝,且陪都重庆以及长沙侧翼均将受到威胁,因而,常德的保卫战具有相当的重要性。

常德会战的主战场,原由霍揆章将军的第20集团军把守,但在1942年日军侵入云南南部之后,这个精锐集团军便紧急入滇,这也就是为什么日军这次有自信轻取常德的主因。

11月18日，常德的保卫战已经打响，常德已被日军重重包围，守城的是有虎贲之名的第74军余程万第57师，总兵力计八千五百二十九人。

保卫常德的第57师，原来是安徽实力派军人陈调元的旧部。在中原大战后由第55师扩编，之后在施中诚师长率领下屡立战功，被编入俞济时第74军后，成为这个中央精锐部队的主要角色。1940年师长改为军校一期的余程万将军，更进一步了中央化。

常德会战时第57师的主要干部都亲历过淞沪会战以来华中战场的大小恶仗，久历沙场，经验丰富。而第57师因为战力坚强，屡挫日军，而且几无败绩，亦曾荣膺"虎贲"的光荣称号。所以士气格外高昂，是不可多得的卓越部队。

常德失守，就意味重庆的大门洞开，日军歼灭常德守军后，就可以直接绕过长沙进逼重庆，那么重庆所谓的防御壁垒将会被打开一个缺口，所以保卫常德就是拱卫陪都重庆。

19日，重庆军事委员会军令部才完全看清日军的意图，于是调整新的作战部署，并协调第六战区和第九战区的军力，意图截断日军补给线，并期歼敌于沅江畔。

20日，第六战区电转余程万师长蒋委员长训令，余师长接获训令后即通令全师官兵，服从统帅意旨，发扬上高歼敌之精神，争取本军之荣誉。在北风凛冽的旷野里，官兵们的坚决誓词，如暴雷般响起，震山撼石，四野回荡！

与此同时，蒋介石正好赴开罗参加中美英三国首脑会议。所以此役的成败关系到中国的抗战前途，乃至国际地位。第六战区、第九战区更不敢怠慢，火速调兵遣将？驰援常德。蒋介石更是远隔万里，远程遥控，针对性地制定了"以诱敌歼灭之目的，将敌人主力引到澧水及沅水两岸后，正面抵抗，再以外翼攻击，然后把敌人消灭在洞庭湖畔"的战略。

在此背景下，第140师奉令进驻益阳县城，420团担任城防，牟龙光为城防司令，在县城周围构筑工事，维护资水交通；419团进驻华容、南对常德东面实施警戒；418团作为师预备队。

为了掌握主动，师长毛定松命令419团派出一个尖兵连深入前沿。尖兵连进入一个村子时，发现几乎家家户户门口都铺着一块块木板，上面白晃晃的东西。走近一看才发现，原来这白晃晃的东西，竟是一具具中国妇女的遗体，有大姑娘、有妇女、还有老人，甚至还有未成年小姑娘，她们的衣服被撕得到处是碎片，头发凌乱，脸上、身上到处是被打的伤痕，地上到处是血污,场面极为凄惨。毫不疑问,她们都是被日军强奸致死。看此情景气得大家直骂朝天娘,但因为忙于行军,尖兵连没有采取任何措施。

尖兵连通过后,师长毛定松接到报告,于是派出参谋主任赶过来察看。一时又气又恼,下令部队停止前进,叫传令兵把尖兵连长叫来。大骂:你们怎么搞的?看到这样情况,怎么也不及时报告,请示处理。让她们摆在大路边,好看得很么?怎么不知道拉进门里去,就这么暴露在光天化日之下?这可是我们的姐妹啊!结果,参谋主任因气而怒,急火攻心,气得有些过头,二话不说就下令把尖兵连长就地枪毙。

第74军与敌在常德巷战甚为激烈,最后成为一片焦土,日寇死亡三千余人,第74军及增援的第10军也伤亡惨重。牟龙光派出420团第二营进驻金山铺,收容常德方面退下来的散兵并与友军联系。

常德保卫战为期半月,除常德城有战斗外,外围的第140师并无与敌接触。常德战役结束后,第140师奉命仍回金井、铁甲桥一带整训。

支援衡阳,身陷重围

1943年在开罗会议上,中、英、美、苏等确定了建立军事同盟,联合对德、意、日法西斯轴心国进行作战,因而中国得到美国的经济援助和军事装备。

1944年,第二次世界大战已进入关键性的一年,法西斯轴心国也开始日落西山。由于日本海空军在太平洋地区不断遭到美军的猛烈打击,对日本"绝对国防圈"的运输通道造成了重创;特别是以华南为基地的美军第十四航空大队,在陈纳德的指挥下,与中国空军密切合作,非常有效地攻击了日本的战略运输船队(由南洋经台湾海峡到其本土之航线),造成日本运输船队每年高达一百万吨以上的战略物资损失。加上日本本土也频频遭到的轰炸,导致了东条英机在日本国内的政治危机,要求其下台的呼声日益增高。

晚年的老兵龙清田

在这种状况之下,日本的军备与工业生产,由于缺乏原料与能源的供应而面临全面停工的危机,造成了对日本军事后劲最为严重的威胁。因此，日本政府要确保其"绝对国防圈"内运输线的安全，就必须要在中国以及缅甸战区同步进行孤注一掷的大反扑作战，作战的核心目标，就是消灭中国战区内的战略空军基地及补给线。而在缅甸战区的攻势，则是要切断驼峰运输的中国外来补给通道。

为了全面封锁中国，集中火力赢得与中国的这场战争，并且建立起陆上补给线，日本大本营提出了"打通大陆作战"的设想并得到了天皇的批准。日大本营将此作战命名为"一号作战"。

"一号作战"的核心内容是，打通从日本渡过朝鲜海峡后，经由朝鲜半岛过鸭绿江，进山海关，循着平汉铁路、粤汉铁路、湘桂铁路，衔接滇越铁路，纵贯马来半岛直达新加坡，使得日本本土与南洋的占领区能够联结。其要点就是，先攻占平汉铁路之南段，进而打通湘桂及粤汉铁路两线，摧毁中美空军基地，防止盟军远程轰炸机对日本本土的空袭。

为了执行这个计划，日军进行了从"明治维新"以来最大限度的扩军，使其陆军规模超过日俄战争时的两倍，中国派遣军的缺额很快得到补齐，并且从本土和关东军抽调部队。其中，关东军的抽调，使东北亚地区军事失去了平衡，对战后亚洲局势的变化产生了重大影响。日军实施"一号作战计划"，东条英机内阁还特别强调了海、陆、空三军的配合，开始了侵华以来在中国战场上最大规模的一次进攻。由于这次进攻主要集中在河南、湖南和广西，史称"豫湘桂战役"。

日军对于"一号作战"计划：先是改组了整个在中国战场的航空兵团，单是空军作战的油料，就有半年使用量的储备，弹药的储备也多达两年的使用量，并特别派出从未在中国战场上使用过的装甲师团。参战各军的粮弹后勤支援，都有半年以上使用量的准备；马六万七千匹，运输汽车一万三千辆，运输补给船艇一万艘。可以说其先期后勤准备，已周全到几乎难以想象的地步。不仅如此，日本还调动了全国所有的道路、桥梁工程技术人员进行人力与器材的支援，投入战线后方道路的维修。

日军在"一号作战"计划所有的作战需求，上至野战医疗设备，下到士兵军靴的修理都一应俱全，它成为日本自建军以来历史上空前的全面出击作战。

正当日军积极备战，准备孤注一掷实施"一号作战"时，中国军队却正处在战力严重空虚的困难阶段。由于盟军在太平洋地区的节节胜利，中国战区的战略地位降低。蒋介石的个人地位和处境也发生了微妙的变化，在外交上由于与史迪威龃龉不断，导致了中美关系的危机；在与中国共产

第十一章 协作友军，与敌缠斗

党的谈判中，由于双方分歧严重，不仅不能解决自皖南事变以来的裂缝，反而增大了彼此之间的猜忌；各下属将领看不清方向，心思不明，使蒋陷入低谷，因此在常德会战前后，蒋介石决计大肆整军。

派系政治，也是蒋介石治政时期的一大顽疾，在国军序列里相当一部分将领身上也存在这一顽疾，只是由于抗战初期韩复榘被处决而暂时收敛。然而战争经年累月，国困民穷，加上外援受制，中央权威备受挑战，私心杂念又在一部分将领身上死灰复燃起来。为防其反水，蒋介石借机把非嫡系的军事权力转到浙江系手中，因而大敌当前作战有功而非嫡系的一批团长，由前方调至后方。1944年初，在第九战区一次就调了二十多个团长到后方师管区，以致第四次长沙会战，这二十多个团的战斗力大受影响。

1944年6月18日，长沙沦陷，第140师奉第九战区长官部命令被迫转战于湘赣边区吉安一带。长沙失陷后，蒋介石曾电令薛岳将第九战区主力布守湘江以西，以拱卫西南大后方，但薛岳抗命不从，声称必须固守湘东南，不让日军打通粤汉铁路南段与通往香港之海道。

薛岳的真实想法，现已无从查考，而据军令部长徐永昌等人揣测，"薛伯陵（薛岳）不欲至铁道以西，其心叵测，盖一旦有事，渠颇有划疆自保之意。"（《徐永昌日记》）

长衡会战正酣，第37军奉薛岳令率部与日军在衡阳外围与其缠斗，第140师在湖南九子洞对日作战，与敌火拼一天一夜，部队伤亡损失较大，经短时间重组后，师长毛定松接令与第20军联合，包围日军于安仁县。由于第140师战绩显著，1944年7月31日，师长毛定松获军委会颁四等云麾勋章。

不久，因广西方向战况危急，统帅部令第37军军长罗奇率军部和第95师急赴广西，接受第四战区指挥管辖，与日军作战。该师本拟参加柳州会战，但部队即将赶到

衡阳守军第10军军长方先觉

柳州时，柳州已经沦陷，第37军只好在那坡县驻防（第140师、60师未到广西）。随之广西大部分地区相继沦陷，日军兵锋直达贵州独山。

第十二章 反守为攻，抗战胜利

冈村调整部署，湘粤赣敌我争锋

1944年年底，冈村宁次由华北方面军司令调任进行大规模机动作战的第六方面军司令。他到达武汉上任的时候惊讶地发现，华南的制空权已经被中美空军夺去，武汉的军用仓库都被炸掉，甚至连他要去广州都要绕道台湾，在紧急情况下，他只有冒险在夜间从南昌去广州视察，但他的下任冈部直三郎飞这条航线时还是被击伤。

日军攻克衡阳后，在进行桂柳作战时，由于第11军司令横山勇没有执行命令，为争功抢先占领了柳州，从而破坏了冈村宁次的大包围聚歼中国军队的计划，作为前任第11军司令并率部打下武汉的冈村宁次，素以铁腕整顿军纪著称，见此情形当然气得吐血，一怒之下把第11军从军长到师团长以及作战参谋进行了大换血。

11月，由于冈村宁次在侵华战争中，为日本帝国立下赫赫战功，日本政府升任他为日本中国派遣军总司令官。

1945年元月，日军为打通粤汉铁路（广州至武汉）南段及破坏中国空军基地，集中四个师团、两个独立旅团，在冈村宁次的亲自指挥下，向湘粤赣边区地区进攻。中国第七战区两个集团军、一个守备区、第九战区七个军又两个师，在赣州行辕主任顾祝同的统一指挥下，阻击日军进攻。

元月11日，驻江华附近的日军第40师团向第九战区部队驻地乐昌、砰石进攻。守军第37（只有第140师）、第4、第99军各一部分别阻击日军。自第37军军部和第95师调走广西后，第140师守卫湘南的任务更加繁重，毛定松把420团放在常宁附近的桂阳山上，防止日军从泗洲山进攻

第十二章 反守为攻，抗战胜利

桂阳，419团在兆冲口，防止日军进驻莲塘，自己则在白阜岭山上坐镇指挥，以418团为机动（派一个连于光明、九龙关、五虎关指导民军，还有放两个营在泗州山和白阜岭中间）。

第七战区司令余汉谋

1944年冬，天气严寒，有些士兵只穿一件衣服，因为当时欠军饷，部队生活极为困苦。而老百姓怕沦陷都往远处高山上躲避，财物被有的友军洗劫，只有第140师纪律严明，士兵忍饥挨饿也没有发生纪律事件，所以，第37军军长罗奇来师部巡视，只到莲塘大弯附近查看就走了，把第140师视为可放心部队。

日军大举进攻，驻银盏坳地区的日军第104师团向北进攻，19日攻陷清远。耒阳日军第68师团向南进攻，第九战区暂编第2军、第99军协力抵抗。21日，日军进至郴县以南地区。日军第40师团在常宁县围困第140师，双方交战了一个月零二天，第140师才在毛定松的率领下跳出重围。

元月15日，日军第40师团一部与第68师团会攻郴县、良田，继而袭占乐昌、砰石，守军99军等部据守城垣与日军进行巷战。此时，沿北江北进的日军陷英德后继续突进，于铁路沿线展开激战。守军一面固守曲江、郴县、宜章、九峰等地，一面调整部署。24日，北江方面的日军先头部队进抵曲江城郊，该城守备区第187师奋力抵抗。26日，第99军退出郴县。27日，日军陷宜章、九峰，并以一部策应对曲江的围攻，守军虽奋勇阻击，终被优势的日军攻陷。至此，四百余公里的铁路全部为日军控制。

正当湘粤战场中日两军打得火热时，湘赣战场也搅成了一锅粥。元月12日，驻茶陵日军第27师团开始东进，第九战区第58军先迎击于高陇附近，后转移至莲花。日军另一部由茶陵、安仁南进。守军第44军予以阻击。17日，日军陷莲花。第九战区第58军以一部抵抗，主力则转移至宁冈以北地区。

22日，日军第27师团陷永新后继续向遂川进攻。守醴陵的第72军向永新攻击，第58军主力由罗埠向东，以第183师由百嘉向西夹击日军。25日，双方展开激战。28日，日军续向南进，30日陷遂川。2月1日，日军陷始兴，3日陷南雄。第七战区以第63军奋勇抵抗，掩护主力向龙南、定南地区转移。日军继续向大余进攻，被守军第4军一部阻于梅关地区。4日，日军第27师团突破第三战区第25军第40师和第108师防线后，进至赣县西北城郊。守军第 72 军尾追该部日军,与第 4 军一部至赣县固守,同时破坏机场设施。5 日,日军陷大余,续向新城进攻。6 日,日军攻陷赣县,一部东攻茅店,被守军第 108 师击退。攻陷赣县的日军,为策应第 40 师团作战向西进攻。8 日,东西两面日军会师于新城。

湘粤赣边区作战历时三十五天,日军损失达二万余人。日军虽一时打通粤汉铁路南段,破坏了赣南(新城)空军基地,但却未能击溃我守军主力,所以不能有效地控制该地区,致使两军胶着于此。湘粤赣边区停战后,第 140 师移防赣江整训。同年 4 月,为准备进行战略反攻,统帅部决定集中国部队中战斗力较强的 15 个军编成四个方面军。

遂川阻敌,苦战凉民亭

日军占领赣南,对当地资源进行了疯狂掠夺。大余县位于江西省西南端,赣州市西南部,章江上游,庾岭北麓,东北与南康相连,东南与信丰接壤,西北与崇义毗邻,南与广东南雄襟连,西界广东仁化。大余西北部山脉由于受燕山期地质构造运动的影响,形成全世界著名的钨矿床,是享誉全球的"世界钨都"。

由于钨是稀有高熔点金属,属于重要的战略物资,日军占领赣南,自然不会放过掠夺的机会。

1945 年 7 月 12 日,驻赣州日军第 13 师团撤回九江集结,我第 37 军奉令布防于遂川、万安一带截击日军,计划消灭这支日军于赣江两岸。

由于事出突然,时间紧迫,大军调动难以完成战略部署,其任务就最先落实到了第 140 师头上。师长毛定松为抢占先机,确定先以少量部队,把守住遂川凉民亭一线高地,阻止日军一天,以赢得时间让后续部队有充裕时间从容布防。第 419 团团长杨伯超直接指令营长颜永昌,将这个艰巨任务交许俊陶的第 9 连执行。

营长颜永昌也深知任务的艰巨,特地从第 8 连拨了两个排,另配一个重机枪排、一个步兵炮排组成了加强连,约三百余人,担此重任。许俊陶虽作战经验丰富,深得上司信赖,但接受任务后也不敢怠慢,立刻返连召集了各排长、班长、事务长传达任务命令,讲明任务的艰巨,做好思想工作。

第 140 师调至赣江整训以来,部队得到了整补。虽然与敌摩擦不断,毕竟很久没有大仗,大家正想借个机会再显身手,与敌大干一场讨还血债。当时听完许俊陶的任务后,当即士气高昂起来,信心百倍地保证如期完成上级交给的重大任务。

士气旺盛的中国军队

　　散会后，许俊陶即整队出发。当天下午，部队就到达了凉民亭，许俊陶马上派出监视哨，同时派便衣两名活动于大坪东东站附近（南康）侦察敌情，然后命令排、班进入阵地构筑防御工事。

　　入暮以后，便衣侦探张贵生回连报告，日军宿营大坪车站附近各村寨（江西称墟）。联队部驻在车站内，估计约四五千人，距我阵地约十五华里。大敌当前，重任在身，全体守土官兵通宵达旦加固工事。第二天拂晓前吃饭完毕，准备迎击日军。

　　天明后，许俊陶到第2排正和罗排长巡视阵地时（前哨排），检查他们的工事是否坚固，火力配备是否得当，突然发现日军在冲口的一个小高地上，正用望远镜对我阵地进行观察。侦察的人估计是一个前卫指挥官。

　　许俊陶判断这是日军要进攻的前奏，当即返回指挥部，分头传令各排、班进入阵地，进入战斗状态。不久侦察员也回连报告："日军已向我部前进。"

　　日军机械化强，进军速度快，很快进至与我相距约二华里路段，并先发制人首先以大炮对我阵地狂轰滥炸，其步兵也以攻击队形快速前进。

　　许俊陶久历战场，对敌故技早就了如指掌，当即指示部队做好隐蔽。当敌人进至射程时，当即命令步兵炮排用82炮、60炮奋起还击。日军不甘示弱，冒死冲锋，许俊陶待日军大部队进入我火力网后，即以重机枪、轻机枪全面发射，打得日军尸横遍野，满地找牙。

禾河赣江汇流处

日军首战挫败，哪里会善罢甘休，稍事休整后又卷土重来。先后五次向我阵地发起进攻，每次用一个中队或两个中队，在大炮掩护下，拼命争夺我前哨据点。

第四次冲锋时，日军以飞机掩护，在大炮、坦克的开道下攻入我前哨据点。敌三百多人包围了我第二排，罗树清排长率部奋力相搏，由于众寡悬殊，罗树清被日军用战刀砍成几段，全排只剩下在伙房工作的三个人，其余全部壮烈牺牲。

日军攻占我前哨阵地后，对我主阵地全面进攻，步步逼近，火力十分猛烈。为了鼓舞官兵的士气，许俊陶亲率第一排身先士卒跃出战壕，实行反冲锋，压倒敌人士气，挫敌于山腹一带。但出击中伤亡十分惨重，第一班全部阵亡，二、三班伤亡过半，排长李少云身负重伤，血肉模糊。日军第五次冲锋又告失败。

许俊陶连与敌苦战，以弱战强，一直坚持到日落，完成了阻滞日军一天的任务。接到命令后，才借着夜幕撤退。

这次战斗，第9连虽然伤亡惨重，但日军伤亡则更大，据卫生连战后清扫战场的陈排长统计，日军死在我阵地前约四百余人。更重要的是第9连争取了时间，使我军的战略部署得以顺利完成。

半夜泅渡，偷袭万安

凉民亭战斗后，因第9连减员过多，难以恢复元气，团长杨伯超便决定将团直属特务排、搜索排拨归9连建制以作机动使用。整编就绪后，于同年7月25日，再次命令许俊陶率本连开往万安县的蛤蟆渡港配合第60师借机收复万安。

许俊陶奉命后，即将老弱士兵和笨重行李全部留守随营部行动，亲率9连轻装出发，半天强行军到达蛤蟆渡口。

蛤蟆渡港与万安县城仅一江之隔，河岸上斑竹林立，绿树成荫既有利于隐蔽，也适于防空。

许俊陶隔河侦察，见既无行人，更无炊烟，只是不时看到浓烟，判断对岸应该驻有日军。但敌情不明，许俊陶只好命令部队做好隐蔽，待机而动。他一边找群众协助，一面派便衣过河侦察。傍晚，便衣张贵生、王少舟回连报告："日军从赣州撤出，日前才到达，当天晚上就到处烧民房。"根据经验，敌军烧毁民房是退却的先兆，这是日

蛤蟆渡

军历来的暴行。许俊陶和各排排长研究后，决定在天亮前将部队渡过河去，分散潜伏于万安城墙脚一带，伺机袭击，出奇制胜。

方案既定，但没有船只，好在全连官兵多数是湘水流域的人，多识水性。许俊陶想到当时部队原驻长沙东乡时，夏季常见他们用四个竹筒，捆在胸前当气囊做泅渡训练。

许俊陶想到此豁然开朗，马上下达了泅渡命令，安排人员进行了准备工作，规定下水时只许带一支枪，五十发子弹，手榴弹二个，外衣全部脱下留守，身着汗衫短裤，并规定过江上岸后的集合地点。

一切准备就绪，当夜12时下水。当时江水凉爽，流速缓慢，官兵奋力向彼岸接近，大家怀着登陆就是胜利的心情，奋力拼搏。两小时后，大都陆续上岸，才发现有一部分人被水流推下了五六里，并有三人失踪。部队集结完毕后，许俊陶分配各排、班的具体任务，要求攻击时分头合击，虚张声势，出敌不意，打它个措手不及。

天明后，日军大部开始向吉安方向退却，仅以小部队掩护。许俊陶趁势派一个排进行追击，并亲率两个排进入万安城搜索。待友军第60师赶到时，第9连已收复万安城。许俊陶通知他们电告军部，请他们暂驻城外。

许俊陶率一个班反复在城内搜索日军驻过的房屋，走进一幢意大利天主教堂，该处是日军森田联队司令部驻过的地方，一切东西均保存完整，而万安许多民房被退却的日军放火烧毁，片瓦无存，而致百姓无家可归。眼见日军暴行，许俊陶痛心疾首，身为军人，他怎么可能忍受得下这奇耻大辱。

于是许俊陶下令，对人民的财物不许乱动。战场清扫完成后，奉军长电令将城防交第60师，回团归建。

第9连正行军之际，一个群众来报告："有一个掉队的日军在村里讨饭。"连长许俊陶于是令3班长王少舟带领三名战士前去搜捕，并交代要

捉活的。不料日军顽固抵抗，利用灶头作掩体向王开枪，王少舟当即以枪还击，正巧打中其右手腕，使其失去了反抗能力，被班长王少舟活捉。

经审问查明，该俘虏是日军森田联队部陆空联络班班长神川山秀（大阪人），缴获其三八式步枪一支、子弹数十发，联络信号布板数块。第9连为此受上级传令嘉奖，赏法币五万元，刚好购买一头大肥猪给全体官兵加餐。

收复万安后，第140师推进到吉安郊区。719团承担狙击日军水上运输的任务。

神岗山截击，满载而归

1945年8月2日，日军从赣州沿江东下的四百余艘大小木船，满载日军的家属和钨砂、白糖、干酱、油料等物资，想经九江运输回国，船上有日军数百人护航。

神岗山

第419团团长杨伯超接到线报，当即命令第3营7连和9连迅速占领江畔高地——神岗山，以截击日军船只，并指定由两连由许俊陶统一指挥。

接令后，许俊陶当即和7连连长粟安岐研究部署：9连负责攻击，7连趁机夺船，并过江到对岸掩护，防止登岸日军进行反扑，攻其侧背。

神岗山地处赣江中游，在吉泰盆地的西南缘，禾河、赣江交汇处。禾水系赣江一级支流，因永新县龙田镇禾山而得名，发源于武功山南麓莲花县高洲乡东北部的塘坳里高天岩，通过吉州神岗山入赣江。因而，神岗山扼赣江之咽喉，锁禾河之通道，素有兵家必争之地之称。

夏秋之交，赣江水面上，雨后的天空，乌云消散，阳光又重新照耀着大地。阳光映射下的彩霞与野鸭一起飞翔。大雨后的江水显得异常的充盈，远远望去，江水似乎和天空连接在一起。

满载掠夺物资的日军船队浩浩荡荡，一艘接一艘顺流东下而来，看着宜人的景色，敌人狂态尽显，却不知死之将至。许俊陶却表现出难有的沉着，他命部队做好隐蔽，待敌人大部木船进入到防区前面时，才下令突然袭击。

枪炮声起，手榴弹轰鸣，日军措手不及，死伤无数。后面的几艘船，闻听枪声，察觉已被袭击，赶忙掉转船头，试图靠河上岸，与我对抗，这时团长杨伯超已派部队从上游过江，准备对其全歼。

日军护航部队人少，且又过于分散，只好仓皇弃船脱逃，以保护其眷属向兴国方向逃遁。不意丢下几百号大小船只，以作为送给第140师抗战即将胜利的贺礼。

许俊陶派人清点船只，约计有钨砂一百余船，白糖几十船，干酱油粉（罐头）百余船，家用木器及物资又是几十船。兴奋之余，连长许俊陶忙上报师部，师长毛定松根据第37军军部指示命令许俊陶：除钨砂（运上海）外，其他物资全部搬运到河岸上分类堆好，由军部接收，点交上缴。

此次战斗缴获的战利品，是敌140师自抗战以来损失最少，缴获战利品最多的一次，输送连搬运了几天才完成任务。可惜伤亡的几位战友，享受不到这些胜利的果实，许俊陶内心充满遗憾。

抗战胜利，完成使命

日军在湘粤赣的军事行动，其实已到强弩之末。1944年7月以来日军在太平洋作战，遭受了毁灭性的打击，盟军在印缅战场，从此转入了总进攻的战略阶段。

此时的冈村宁次看到了战争不利，曾透过伪军总司令希望与蒋介石政府进行讲和。正当冈村宁次一心要带领八十万侵华日军准备进行"玉碎"决战时，1945年8月12日，冈村宁次收到了东京大本营密电，此文的核心内容透露了准备接受投降的实情，冈村宁次看了这封电报感到"真是晴天霹雳"。

冈村宁次立即向陆军大臣和参谋总长发了电报，要求拒绝《波茨坦公告》，继续作战，冈村宁次对于发动和进行侵略战争的热情可谓"矢志不渝"。8月15日10时10分，冈村宁次接到了东京发来的关于"天皇陛下已决定接受《波茨坦公告》"的陆第68号密电。他心中顿时明白了，战败投降已成定局，除谨遵诏命外恐别无他策了。

11时过后，中国派遣军总司令部两千余名日军官兵，按平时遥拜天皇的队形，在南京市鼓楼广场东面集合，聆听天皇亲自播讲的投降诏书。

1945年8月15日，日本无条件投降的消息经重庆电台传出，重庆市民大放爆竹，欢欣之状空前高涨。重庆中央社内短而狭的灰墙上，贴出了"日本投降了"的巨幅号外。几位记者驾着三轮车狂敲响锣，绕城一周，向市民报告日本投降。

抗战胜利的消息一经传出，全国人民欢呼抗日战争的伟大胜利。同日晚，《国民公报》刊登"日本投降"的号外在各大城市引起市民争购，供不应求。各地鞭炮店更是生意大增，爆竹瞬间售空。入夜，爆竹大放，经久不息，各路探照灯齐放，照耀得市区如同白昼。与此同时，街头一片欢呼，人们拿出帽子、手帕在空中乱舞。正在演戏的剧院里，有人听到胜利的消息后跳上舞台，抱住正在甩腔的大花脸狂呼："日本投降了！"军人则对天鸣枪，也狂欢豪饮庆祝胜利！

第140师官兵也在南昌集会庆祝，个个欢欣鼓舞。自1939年3月28日南昌沦陷之日，南昌遭到日军长达六年的野蛮管治。日军在南昌犯下的滔天罪行罄竹难书。因此，南昌也成了抗战时期受害严重的地区之一。

当第140师开到了原先的沦陷区受降时，已看不到日军当年的骄横，换成了一副卑躬屈膝的嘴脸，还主动放鞭炮欢迎，并向官兵不断献媚，说："大大的中央军！"气得有的官兵冲上前，想把其宰了，只是囿于纪律，没有酿成恶性事件。

抗战胜利后，当时财政困难，节省军费，舆论都主张大量裁军，以舒民困。陈诚任参谋总长，掌握国民政府的军事大权，一面派嫡系部队到敌占区接收，一面对非嫡系部队实行了大裁编。

抗战结束，第140师开赴江西吉安、泰和驻防，已不再属于黔军部队。由于第140师久历战事，伤亡严重，剩余人员被补入第60师和第99师，番号随即被撤消。

第140师番号被撤消后，师长毛定松被保送陆军大学将官班乙级第2期学习，毕业后任职于总统府，东北战事结束后历任师长、独立团长、边区副司令。420团团长牟龙光转入贵州部队第103师，出任参谋长。

附 1

第 140 师抗日阵亡烈士名录

让我们记住那些在民族危亡之际，从千里跋涉而来，血洒疆场的官兵。

1. 黎天祥，贵州习水人，第 25 军军官政治训练团、第 140 师 836 团 2 营 5 连上尉连长，1938 年初在山西运城截敌，牺牲于运城以北。

2. 张华清，贵州赤水人，第 25 军赤水教导队、第 140 师 836 团 1 营中尉排长，1938 年初山西运城截敌，牺牲于运城附近。

3. 蔡志高，四川昭化人，第 25 军军官团、第 140 师 836 团 2 营 6 连上尉连长，1938 年初在山西永济阻敌，牺牲于永济附近。

4. 王廷华，贵州赤水人，第 25 军赤水教导队、第 140 师 836 团 2 营少尉排长，1938 年初山西永济阻敌，牺牲于永济附近。

5. 江定华，贵州黔西人，第 25 军赤水教导队、第 140 师 837 团三营中尉排长，1938 年初晋南阻敌，牺牲于夏县近郊。

6. 王俊臣，贵州遵义人，第 4 军军官队、第 140 师 835 团中校副团长，1938 年牺牲于台儿庄南郊禹王山左翼阵地，追赠上校。

7. 秦春阳，贵州德江人，贵州崇武学校三期、第 140 师 835 团 2 营少校营长，1938 年牺牲于禹王山。

8. 田凤，贵州印江人，贵州崇武学校七期、第 140 师 835 团 2 营上尉连长，1938 年牺牲于禹王山。

9. 夏成之，贵州锦屏人，第 25 军军官政治训练团、第 140 师 835 团 3 营上尉连长，1938 年牺牲于禹王山。

10. 谢锦堂，贵州都匀人，第 25 军赤水教导队、第 140 师 835 团 3 营上尉连长，1938年牺牲于禹王山。

11. 吴叔文，贵州麻江人，贵州崇武学校八期、第140师835团3营少校副营长兼机枪连长，1938年牺牲于禹王山。

12. 杨和春，贵州毕节人，第140师教导队、第140师835团3营中尉排长，1938年牺牲于禹王山。

13. 陈英华，贵州台江人，贵州崇武学校七期、第140师837团3营上尉副营长，1938年牺牲于望母山。

14. 杨雨臣，贵州天柱人，第25军军官政治训练团、第140师837团2营上尉连长，1938年牺牲于望母山。

15. 谢玉鸣，贵州仁怀人，第25军赤水教导队、第140师839团2营中尉排长，1938年牺牲于禹王山。

16. 李廷栋，贵州盘县人，行伍、第140师839团3营少尉排长，1938年牺牲于禹王山。

17. 石绍华，贵州三都人，第140师教导队、第140师839团3营少尉排长，1938年牺牲于禹王山。

18. 肖立英，贵州思南人，行伍、第140师837团3营中尉副官，1938年牺牲于望母山。

19. 李俊，贵州平塘人，第25军赤水教导队、第140师837团3营中尉排长，1938年牺牲于望母山。

20. 袁玉高，贵州瓮安人，第25军赤水教导队、第140师837团1营少尉排长，1938年牺牲于望母山。

21. 钱义臣，贵州惠水人，行伍、第140师839团少尉排长，1938年牺牲于禹王山。

22. 李昌荣，贵州习水人，第25军军官政治训练团、第140师839团2营少校营长，1938年牺牲于禹王山。

23. 张我威，贵州黄平人，贵州崇武学校七期、师部教导队队长，1938年牺牲于禹王山。

24. 冯俊之，云南人，云南随营讲武学校、第140师839团1营副营长，1938年牺牲于禹王山。

25. 李志远，四川酉阳人，行伍、第140师835团2营上尉连长，1938年牺牲于禹王山。

26. 岑定元，贵州独山人，第25军沅州教导队、第140师835团3营上尉连长，1938年牺牲于禹王山。

27. 韦靖，贵州独山人，第25军沅州教导队、第140师839团2营上尉连长，1938年牺牲于禹王山。

28. 韦家祥，贵州荔波人，第140师教导队、第140师835团3营少尉排长，1938年牺牲于禹王山。

29. 莫树云，贵州独山人，第25军沅州教导队、第140师835团2营中尉排长，1938年牺牲于禹王山。

30. 蒙镇平，贵州独山人，第25军沅州教导队、第140师835团2营少尉排长，1938年牺牲于禹王山。

31. 艾兴，贵州独山人，第25军沅州教导队、第140师837团1营上尉连长，1938年牺牲于望母山。

32. 徐乃鼎，贵州独山人，第140师军官队、第140师835团2营中尉排长，1938年牺牲于禹王山。

33. 蒙国臣，贵州独山人，第140师军官队、第140师835团2营少尉排长，1938年牺牲于禹王山。

34. 蒙锡坤，贵州独山人，第140师军官队、第140师835团2营机枪连中尉排长，1938年牺牲于禹王山。

35. 赵毅，贵州遵义人，第25军赤水教导队、第140师835团1营中尉排长，1938年牺牲于禹王山。

36. 刘宗繁，贵州贵阳人，洛阳分校三期、第140师835团1营2连中尉连长，1938年牺牲于禹王山。

37. 史有才，四川广元人，第140师835团1营1连上士文书，1938年牺牲于禹王山。

38. 吴少云，四川安岳人，行伍、第140师835团1营1连少尉排长，1938年牺牲于禹王山。

39. 唐玉林，四川安岳人，第21军军官团、第140师835团2营机枪连上尉排长，1938年牺牲于禹王山。

40. 黄长云，贵州平塘人，第140师教导队、第140师835团2营中尉排长，1938年牺牲于禹王山。

41. 杜少云，贵州麻江人，陕西师管区军官队、第140师835团2营中尉排长，1938年牺牲于禹王山。

42. 岑云洧，贵州荔波人，陕西师管区军官队、第140师835团2营中尉排长，1938年牺牲于禹王山。

43. 江英华，云南人，中央军校11期、第140师839团2营上尉连长，1938年牺牲于禹王山。

44. 石绍华，贵州三都人，第140师教导队、第140师839团少尉排长，1938年牺牲于禹王山。

45. 韦玉章，贵州荔波人，陕西师管区军官队、第140师839团1营中尉排长，1938年牺牲于禹王山。

46. 朱铁明，贵州人，第25军军官政治训练团、第140师839团2营副营长，1938年10月武汉会战，牺牲于湖北蒲圻。

47. 张育英，贵州赤水人，第25军军官政治训练团、第140师840团5连上尉连长，1938年武汉会战，牺牲于湖北蒲圻。

48. 肖铮，湖南人，中央军校10期、第140师840团1营上尉连长，1938年武汉会战，牺牲于湖北蒲圻。

49. 李绍云，贵州独山人，陕西师管区军官队、第140师835团1营中尉排长，1938年武汉会战，牺牲于鄂南太平塘。

50. 李德昌，贵州人，陕西师管区军官队、第140师835团2营中尉排长，1938年武汉会战，牺牲于鄂南太平塘。

51. 刘家富，贵州都匀人，第25军军官教导队、第140师835团3营中尉排长，1938年武汉会战，牺牲于鄂南太平塘。

52. 陈国民，贵州罗甸人，第140师军官教导队、第140师835团1营少尉排长，1938年武汉会战，牺牲于鄂南太平塘。

53. 石永江，贵州独山人，第25军军官教导队、第140师835团2营中尉排长，1938年武汉会战，牺牲于鄂南太平塘。

54. 杜家云，贵州都匀人，第25军军官教导队、第140师835团2营上尉连长，1938年武汉会战，牺牲于鄂南太平塘。

55. 余江，贵州贵阳人，第140师军官教导队、第140师835团1营少尉排长，1939年第一次长沙会战，牺牲于鄂南阳新。

56. 曾吉林，贵州晴隆人，第25军军官教导队、第140师837团3营上尉连长，1939年第一次长沙会战，牺牲于鄂南鸡笼山。

57. 宋应槐，河北人，行伍、第140师840团5连上尉连长1939年第一次长沙会战，牺牲于湖北通城附近。

58. 张朗云，云南人，云南随营讲武学校、第140师840团3营机枪连上尉连长，1939年第一次长沙会战，牺牲于湖北通城附近。

59. 王尚，贵州遵义人，第140师军官教导队、第140师840团担架排中尉排长，1939年第一次长沙会战，牺牲于湖北通城附近。

60. 熊永昌，贵州兴义人，第25军军官政治训练团、第140师835团2营6连上尉连长，1939年第一次长沙会战，牺牲于湖北通城景山附近。

61. 邓少英，835团第3营副营长，1939年冬季反攻湖北通城。

附1　第140师抗日阵亡烈士名录

62. 苏光普，贵州赤水人，贵州崇武学校8期、第140师835团7连上尉连长，1939年冬季反攻，牺牲于湖北通城。

63. 刘知非，840团1连排长，1939年冬季反攻，牺牲于湖北通城。

64. 黄云章，840团1连排长，1939年冬季反攻，牺牲于湖北通城。

65. 何大发，837团1营1连1连2排班长，1939年冬季反攻，牺牲于湖北通城。

66. 王福林，837团1营1连1连2排班长，1939年冬季反攻，牺牲于湖北通城。

67. 姚家熙，837团1营1连1连2排排长，1939年冬季反攻，牺牲于湖北通城。

68. 高紫光，837团1营1连1连一连中尉排长，1939年冬季反攻，牺牲于湖北通城。

69. 宋治湘，贵州龙里人，第25军军官教导队、第140师野战补充团机枪连连长，1941年第二次长沙会战，牺牲于湘北栗山港。

70. 张子龙，贵州施秉人，中央军校洛阳分校、第140师419团5营5连上尉连长，1941年第二次长沙会战，牺牲于湘北栗山港。

71. 唐云禄，四川安岳人，行伍、第140师418团2营上尉连长，1941年第二次长沙会战，牺牲于湘北栗山港。

72. 钱去病，第140师420团2营少尉排长，1941年第二次长沙会战，牺牲于湘北栗山港。

73. 罗树清，第140师419团3营9连排长，1945年7月遂川阻击战中牺牲于凉民亭。

为人民而死，虽死犹荣！

附 2

祭抗日英烈文

维

公元 2005 年 9 月 18 日，岁次农历乙酉年中秋之日，值"9·18 事变"74 周年和中国人民抗日战争胜利 60 周年之际，黔人康振贤仅以美文为酒、心意为烛，向为抗日战争而牺牲的英烈祭而奠曰：

赫赫中华，肇造轩辕，传承文明，越数千年。各族一统，胄衍祀绵，山河大好，列强垂涎。觊觎环伺，祸乱连年。有识之士，奋志自强，反帝颠封，始建共和。正值普天共期同庆、四海咸望太平。讵料国运多舛，倭邻蔑德，穷兵黩武，夺琉球狼腹未饱，占高丽虎胃岂足！才占东北又复觑中原。遂以虎狼之师，兽蛮之众，重燃烽烟。铁蹄蹂躏，烧杀掠劫，百姓因之涂炭，国家险之倾颓。国破家亡，疮痍满目，战殍遍野，失所流离，人为刀俎，我为鱼肉，大好河山，何以家为？中华大地罹此空前之劫难，民族尊严遭遇旷世之挑战。

天下兴亡，匹夫有责。中华儿女，四海同心。国共携手，冰释阋墙之恨；派阀言欢，消弭利害之争。同仇敌忾，众志成城，壮士披坚执锐驰骋于沙场，不惜马革裹尸！弱冠学子，投笔从戎，请缨杀寇，何惧易水之寒！青春少妇，效红玉之志，巾帼不让须眉。地不分南北，人不分老幼，皆以卓绝之心，慷慨赴死，挽社稷于既倒，救人民于水火，功高至伟，成就绝世之光荣！十四年之国难，从容就义者，凡三百万有奇，实乃我中华至忠至烈者也！

呜呼，光阴荏苒，岁月如梭，六十甲子，几经兴废，兵戎之事既远，笙歌之盛复开。吃水之人，岂忘前人掘井；纳凉之辈，应效先辈栽培。培木固本，饮水思源，使忠名昭于日月，让正气充于乾坤。如今躬逢盛世，国运昌隆，六十年胜利纪念，天下归心。前事不忘，使

附2 祭抗日英烈文

英名载入史册同受后代景仰、英魂同入庙堂共享后人之祀。勿忘国耻，团结奋斗，以告慰英烈在天之灵。明月当空，万家团聚，今日幸福当铭记先烈的前赴后继。贤等不才，以文为祭，先（英）烈有知，来格来尝，魂兮归来 尚飨！

附3

周素园题写贵阳《抗日阵亡将士纪念塔》铭文

二十六年七月,倭寇挑衅于宛平,欲造成华北特殊地位。我持正义拒之坚,寇以武力凌。我军不得已,起而应战。是为局部抗日之滥觞。于时寇调发未集,谬谓不扩大事态,实则增兵运械,昕宵络绎,既陷我平津。八月十三日又进攻上海,我国全面抗战自此形成矣。

夫寇自明治以来,腐心以谋我。翦琉球,夷朝鲜,毁我拱卫也;攘台湾,夺澎湖,溃我藩篱也。迨侵占东北四省,则履我门阀,窥我堂奥。

中央以准备未充,委曲求全,怒我怠寇,早有胜算。寇乃益以我为易与,猖狂骄恣,宣言用兵中国,为时不过六月,动员只需数师。欧美浅识之士,大抵为所蛊惑。令兹事实所昭示,时间已逾三年,数量浸超百万,而官兵伤亡之比例,且日月递增而未已。何哉?我昔弱而今强,已往之碌碌,而目前之铮铮也。

盖中华民族敦崇礼让,宝爱和平,苟可折冲于樽俎,宁愿相安乎耕凿。一旦敲加于己,危及生存,顾念轩黄之裔胄;岂甘奴役于丑夷?各抱焦土之决心,共雪敷天之大耻,浡然而蛟龙兴,蔚然而虎豹变,其力量可以排山撼岳,浩浩乎若江河之莫能御也。以言其大凡既如此,析而论之,各战斗单位亦咸能因时因地发挥其特色,或以冒险著,或以机动称,或以勇敢闻,或以坚韧显。而贵州官兵,则见推朴诚果毅。

第一百零二师者,第二十五军之旧部。今总裁蒋公于入黔后所改编者也。曩日将领半归淘汰,拔柏君健儒于闲散之中,立擢以为大将,南北征戍,不恒厥居;训练整顿,壁垒森严。沪战爆发,由豫南调江阴,担任江防守备要塞,旋即增援淞沪,克敌于虹口,激战于苏州河,全师将士之殉国,自此始也。淞沪转进,守备津浦南段,而后调陕,担任大荔河防,游

附3　周素园题写贵阳《抗日阵亡将士纪念塔》铭文

击晋东南一带。二十七年夏，寇薄徐州，命扼砀山，掩护大军退却。徐州沦陷，敌倾巢西犯，血战七昼夜，弹尽援绝，白刃突围。团长陈怀珍、团附柏建成阵殒，官兵伤亡达三千人。是为本师最惨痛之一大纪念。

其后调援南浔，万家岭之战，将士攀越危岩，冒百死以争卫地，鏖扑浃旬，歼敌六千，寇精锐淞甫师团为我铲灭凡尽。时寇之别股进犯德安，凶焰滋炽，乃回师截击于万家岭，遏其南窜，大军十余万得从容移转新阵地。是役也，我虽伤亡逾千，而所获战果异常伟大，声誉脍炙人口矣。南昌告急，复自东乡驰援，阻击于西山，折而东循抚河、赣江反攻南昌，有向塘之捷。作战弥月，伤亡复众。八月警备衡阳，长沙会战适起，奉命蹴寇湘北，进逼岳阳，与寇夹新墙而军，今且年余。

夫以黔人生从山国，来自田间，言语塞陋，行动拘局，世之自命开明者，方窃窃指目，用为非笑。及夫国难日深，强敌相对，黔人肝脑涂平原，膏液润野草。慷慷捐躯，前仆后继，视彼所谓开明者，未尝有逊色焉。

大抵黔人执事敬，与人忠，颇吸中国文化之精髓，而生活环境又养成习劳耐苦之天性，故其表现为朴诚，为果毅，有不教而率，不言而喻之风。健儒深明此义，而复善运用之，一切以身为仪则，故能功高而同列不忌，部分损失而士气不衰，所以历皖豫秦晋苏鄂赣湘，大小百数十战，伤亡万余人，而常标劲旅，若刃之新发于硎也。顷者，相持之局已成，反攻之期未届，健儒哀悯逝者，激劝方来，度地于贵阳之南郊，建本师抗日阵亡将士纪念塔，鸠工庀材，克期观成，以书抵余曰，愿有铭也。余虽耄，其敢辞？铭曰：

"黔于行省号旁边，豪杰间生古固然。万人心死摧强权，史册光芒见新篇。日可倒兮海可填，血肉拼与钢周旋。丹心耿耿昭日月，千年无名何须金石镌。"

附 4

读者来信

振贤先生：您好！

有幸从网络上知道您的新作《虎贲独立师》，非常感谢！今天已购得20册。我是贵州人，少时居于遵义，80年代初游学北京而后定居于此，很早就知道柏将军，很感谢你的新作记录贵州102师可歌可泣的抗战史，它的问世必将掀起贵州人重温贵州抗战的高潮。早就有想法，希望人们特别是贵州籍人勿忘家乡、勿忘为国为民的勇士，勿忘抗战中英勇战斗的贵州勇士们。前些日子，我与一些贵州籍人士聚会时，多次提及应当对抗战中的贵州勇士们有所纪念，我有一些想法。我们该做些什么？每想到此，内心充满说不出的感动。

忘记过去，就等于背叛；忘记先烈，当为耻辱。

我前不久，对贵州的画家巫姓父子谈到如果能把贵州抗战的102师和140师等的英勇战绩用油画的方式表现出来，那一定是对先烈们、勇士们最好的怀念。对此，我表示愿意提供一切帮助。巫老先生虽未立即应允，但很感兴趣，还给我讲述了贵阳当年为戴安澜将军送葬的故事，我当时说，这个送行的场景也可以用油画的形式记录、表现出来，该油画可取名为《安澜不死》。贵州为抗战输送了多少壮士？有说四十万、有说六十万、也有说七十五万的。贵州对抗战是有大贡献的，我们应当骄傲。但是，我们后人知道多少？又为纪念他们作了些什么？

柏梅女士为柏将军的所作所为，令人钦佩，不愧为将军的后代，仰之。烦请代为问好！

若有机会，很想与您见见面，向您多多请教。我将带家乡酒与您一饮。

敬颂

安好！

中策律师事务所　吴晓松
27/8 于北京

（注：本封读者来信时间为2012年。）

后　记

（一）

　　经过两年多的努力，《虎贲独立师·第二部——国民革命军第140师抗战纪实》总算杀青，其间甘苦，唯我自知。这不仅耗费大量精力，大量的资金投入也常常使自己捉襟见肘，要写好一本书，光靠资料、档案还真远远不够，如果没有采访的补充，以及对战场的考察，闭门造车是决然出不了好作品的。

　　长期以来，中国抗战史被话语权垄断者描述和解释，于是，这一段历史的细节，随着时间的推移，日渐模糊乃至消失，最终，留下的是经由政治过滤的回忆。其实，这样的回忆，与其说是历史，不如说是政治宣传。人类社会经验证明，当历史完全政治化时，历史真相便难以出现。然而，百年中国，抗战史才是最应该正视的。

　　"读万卷书，行万里路。"这是古人治学的格言，只有开阔的视野，才有独到的视角。基于这种认识，我把考察战场和寻访抗战老兵当成了自己的基本工作。因为这样就会耗费大量的时间，原有的产业只得放下，因为我知道我此时其实在做的是抢救工作，与时间赛跑，残存的老兵已经等不起，已经到了时不我待的最后关头，哪怕从他们口中再多了解一点抗战片断，让历史得以很好的还原，个人的得失又算得了什么！

　　"抗战老兵"只是一个民间称谓，对于这个群体，目前并无标准定义。越来越多老兵带着战争伤痕、岁月磨难和疾病困扰，承载着那段特殊历史印记默默离开人世，中国幸存抗战老兵群体正是以这样的方式慢慢缩小，乃至慢慢消逝。

　　因为老兵是活着的历史见证，不仅数量已不多，且还散落在全国的每个角落，找寻起来原本就困难，加之大多数人生活贫困，经不起病痛折磨，正在不断地逝去，因而找寻工作难度极大。好在大陆志愿者遍布各个阶层，他们不辞劳苦经年累月不断努力，发现和即时救助，使这些老兵到了风烛残年才得回了他们昔日应有的荣誉。

我加入这个寻找老兵的行列，不是为了那些假大空的知识分子良知，而我做的只是一种自我的良心救赎，只有每个自觉的人能付出这种努力，才可以挽回失落的社会良心。在现代生活中，每当国歌唱起，爱国热情高涨澎湃之时，社会正在遗忘那些昔日的血肉长城……

寻找老兵有两层意义，一是，让贫困者得到老有所养，安度晚年，促进社会的和谐进步；二是，记录下他们的业勋，使老兵找回昔日的光荣和人生最后的尊严。

抗战是一场民族圣战，但因意识形态而成为一个沉重的话题，很多老兵讳莫如深不愿谈及，因而采访起来非常困难，加上他们年事已高，记忆模糊，所以要用很多的时间才能弄懂他们的原意，因为战争的创痛，历史的折磨，使不少人在夜里常会因为做噩梦而惊叫。通过一次次采访的经历，我明白了：真正上过战场的人，是没有人愿意回忆过去的，因为战争摧毁的不仅是人的肉体，而更多的是人的精神和灵魂。何况几十年过去了，这群老兵并没有得到过应属于他们的那份崇高定位。

抗日战争胜利后，原国军抗战官兵有不少人曾为保卫、维护国民党政权参过战，不幸的是这种当时的政府行为，却落实到个人来承担，在解放初期的"镇压反革命运动"中，有不少人被枪决。还幸存的，少校以上军衔的以"历史反革命罪"入狱，少校以下军衔的一般按照"现行反革命罪"处理，在当地失去了自由，最终只能俯首贴耳地接受革命群众的监督劳动。

当人失去了尊严，一切就再无从谈起。所以，国军将士一场场为国血战下来，却被人指着鼻子骂作战不力；救下那么多的百姓，最后却给后人骂是蒋匪，因为意识形态的扭曲，使这群人被社会歧视长达三十年之久，并且，殃及自己子女的命运。直到 1979 年才摘掉"反革命、地富反坏右、阶级敌人、反动军官、妄想复辟资本主义……"等帽子。如居住在贵州遵义县山盆乡的舒仕忠老人，一个问题整整让他困惑了六十年："为什么我会因参加抗战八年而却被管制九年，还戴着'坏分子'的帽子？"这种带着天问的呐喊，又岂仅舒仕忠老人一人！

这些老兵昔日驱倭荡寇，把青春热血献给了国家，而个人命运如水打浮萍，被大时代无情作弄，正是这种光荣与耻辱的命运，使老人们一提起抗战就会像打翻了人生的五味瓶，那滋味你只有走近才能体会。一个受过战争伤害的人,他的身心都不会那么容易恢复过来;所以在那个年代活过来的每条生命都应该更受到后人的尊敬。

本来战争是由每一个具体的军人打的。善待军人,就是完善军力、军备、军风,重振国民士气,维护国家安全。但很多风烛残年的老兵,却迟迟等不来那份迟到的荣誉,只能在贫病交加中慢慢逝去!假如我们稍有常识,稍有远见,稍有责任,又岂能再让英雄们流血再流泪!

(二)

读万卷书,不如行万里路。写纪实把自己关在书斋里面,靠文献、档案闭门造车是写不出来的。所以我把考察战场,当成了一个写作的基本工作。

记得我到徐州考察时,留下的深刻印象是一辈子也难以忘怀的。在抗战的二十二次大会战中,徐州会战中的台儿庄战役可能是被宣传最多的,所以在徐州一下高铁,我就向当地人打听去禹王山的去路,遗憾的是竟没人知道,于是我再问:你们知道徐州会战吗?得到的答案都是徐蚌会战的答案,于是我不服气地又问,你们知道在这和日本人打仗吗?但得到的回答还是毫无悬念的摇头和一脸茫然的表情。

但我必须要强调,我问的是年轻人,年龄在二十到三十五岁之间,男女都有。没有办法,我只能选择地图,但地图买到手,我才知道我刚才的问话纯属多余,因为地图的宣传,红色文化占了2/3,而剩下的就是当地的汉文化了,不难想象这浓缩的宣传模式,年轻人怎么会知道抗战,还有几人记得国耻。

禹王山是第140师抗战一个很重要的章节,为此我必须要到当地考察,我深知没有实地的体验根本就写不出当年的战场,无法想象抗战之中中国军人的流血牺牲。

徐州属华北平原的东南部,自古就是北国锁钥,南国门户的兵家必争之地。1938年1月至5月,中国第五战区部队与日军华北方面军、华中派遣军各一部,在以江苏省徐州为中心的津浦(天津至浦口),陇海(宝鸡至连云港)铁路地区进行的大规模的防御战役。

这次会战中国军队由第五战区司令长官李宗仁指挥,先后调集六十四个师另三个旅约六十万人,以主力集中于徐州以北地区,抗击北线日军南犯,一部兵力则部署于津浦铁路南段,以阻止南线日军北进,确保徐州安全。

徐州本无天险，一马平川，虽为战略要地却无战略屏障可言，中国军队却凭着爱国热情，拿着劣质武器与武装到牙齿的日军在此拼杀，每天要面对日军步、炮、空、骑的立体攻击，他们以血肉铸长城担负国家使命。

　　钓鱼岛事件激起了全民的爱国激情，但是在我们脚下、我们的身边、我们的周围，我们凭什么要忘掉那些曾经为国浴血的英雄？

　　今天，日本右翼势力仍在不断美化军国主义、否认侵略战争。我们呼吁日本政府停止侵占钓鱼岛、停止参拜靖国神社，反省战争责任，阻止日本右翼极端势力破坏东亚稳定。同时还有一点，就是要关爱抗战幸存的老兵，他们是活着的历史，可以帮助我们了解那场战争的真实。

（三）

　　抗战是一部史诗，是一幅宏大的历史画卷，我深知几十万字根本不能表现其万一。虽然我做过大量的采访，也读过不少《回忆录》，也看了不少档案，但终其结果我所掌握的不过是一些历史碎片而已，它不可能代表一部真正的历史。我的任务只是通过对这些历史碎片缝合，尽可能地恢复历史原貌，让它更加接近真实！

　　当我把书中的部分章节，读给我远在家乡的老师陆兆民听时，千里之外的老人一时竟泣不成声，我不知道老人哭的是武汉会战中死去的舅舅，还是自己一生的坎坷，抑或是我国发展的一路起伏！总之，一时让我无法卒读，让我不忍下念。末了，老人的一句话让我震撼："假如再打鬼子，我就是拼上这把老骨头也要再上战场！感谢你小康，你们后辈没有忘记那些曾经为国浴血的军人，让我看到了国家未来的希望。"

　　历史可以原谅，但不可忘记！所以我在写作过程中，只能选择忠实，这就不可能再囿于意识形态的成见，只有秉持"自由之思想，独立之精神！"的纯粹民间立场，怀着温情和敬意，去走进那段历史，尽最大可能去挖掘、梳理，以还原那段历史的真实。

　　仅以此书作为一座纸上的纪念塔，让后人永远铭记那些在国家危难时舍身抗敌的英雄！

抗日英雄永垂不朽！

参考资料及书目

1. 牟龙光、程奎朗、李祖明著《第140师改组及参加抗日战争概述》，载《贵州文史资料选辑》第二十辑。
2. 李祖明著《第140师参加晋南及台儿庄会战的回忆》，载《贵阳文史资料选辑》第二十一辑。
3. 戴泽堃著《我在140师参加抗日作战经过》，载《贵阳文史资料选辑》第二十一辑。
4. 黄德升著《我在140师参加湘北鄂南抗战的回忆》，载《贵阳文史资料选辑》第二十一辑。
5. 牟龙光著《参加第三次长沙会战的回忆》，载《贵州文史资料选辑》第二十辑。
6. 许俊陶著《忆第二、三次长沙会战》，载《贵州文史资料选辑》第二十辑。
7. 贵阳市政协文史办：《黔军抗战史话》，汕头大学出版社。
8. 李祖明著《第140师参加台儿庄战役前后》，载《贵阳文史资料选辑》第十六辑。
9. 杨永新著《血战台儿庄前后》，载《云南文史资料选辑》第二十五辑。
10. 金以林著《国民党高层的派系政治》，社会科学文献出版社。
11. 谭飞程著《鏖兵江汉》，武汉大学出版社。
12. 齐赤军、梁茂林著《贵州草鞋兵》，华文出版社。
13. 王晓华、戚厚杰主编《抗日战争正面战场档案全纪录》，团结出版社。
14. 曾小丹、马合省编《原国民党将领抗日战争亲历记·徐州会战》，中国文史出版社。

15. 曾小丹、马合省编《原国民党将领抗日战争亲历记·武汉会战》，中国文史出版社。

16. 曾小丹、马合省编《原国民党将领抗日战争亲历记·湖南会战》，中国文史出版社。

17. 曾小丹、马合省编《原国民党将领抗日战争亲历记·闽浙赣粤桂黔滇抗战》，中国文史出版社。

18. 遵义市政协文史办编《遵义民国军政人物》。

19. 杨天石、臧运祜编《战略与历次战役》，社会科学文献出版社。

20. 张明金、刘立勤编《侵华日军历史上的105个师团》，解放军出版社。

21. 马振犊著《血染辉煌·抗战正面战场大写意》，广西师范大学出版社。

22. 中国第二历史档案馆编《抗日战争正面战场》（上、中、下册），凤凰出版社。

23. 郭汝瑰、黄玉章编《中国抗日战争正面战场作战记》（套装上下册）。

24. 程奎朗著《毛定松师长抗日战争中的二三事》，载《贵州文史资料选辑》第二十辑。

25. 陈宏远《黔军纪略》，载《贵州文史资料选辑》第二十辑。

26. ［日］日本防卫厅防卫研究所战史室著《中国事变陆军作战史》：第2卷第1分册［M］．北京：中华书局，1979。

27. ［日］伊藤正德著《日军东南亚战史》 ［M］．北京：中华书局，1980。

28. 宋波著《抗战时期的国民党军队》，华文出版社，2005。

29. 杨克林、曹红编《中国抗日战争图志》，广东旅游出版社，1995。

30. 陈真著《寻找英雄——抗日战争之民间调查》，广西师范大学出版社，2006。

31. 《纪念抗日战争胜利六十周年专题》，载北京《环球军事》2005/7。

32. 《纪念中国人民抗日战争胜利六十周年专题》，载北京《军事历史》2005/7。

33. 文闻编《国民党中央训练团与军事干部训练团》，中国文史出版社。

34. 马正建,《湘水潇潇——湖南会战纪实》。
35. 张宪文主编《抗日战争的正面战场》(1987年6月版)。
36. 茅海建主编《国民党抗战殉国将领》(1987年6月版),成都出版社。
37. 孙挺信著《中日长江大决战》(1991年12月版)。
38. [日]稻叶正夫编《冈村宁次回忆录》。
39. 中国·台湾STUKA19著《赣北会战》。
40. 方明著《中国抗战大写真系列 仇天恨海——海空抗战纪实》,团结出版社1995年。
41. 陈诚著《陈诚回忆录》,东方出版社2009年12月出版。
42. 黄仁宇著《从大历史的角度读蒋介石日记》,九州出版社。
43. 《抗战胜利六十周年重访历史系列》,载北京《生活周刊》2005/26。
44. 《抗战胜利六十周年特刊》,载香港《凤凰周刊》2005/18。
45. 张福兴编著《同仇御寇》,军事科学出版社2000年版。
46. 萧桦著《1927-1937年蒋介石抗日思想的形成及其特点》,载《民国档案》1995年02期。
47. 遵义政协文史委员会编《遵义百年珍影》,成都时代出版社,2004年出版。
48. 周明编《抗日战争——中日大决战》,黄河出版社,2004年出版。
49. 《三捷长沙》1942年忠文书店出版。
50. 董学生主编《长沙会战》,岳麓书社出版。
51. 民革贵州省遵义市委员会编《遵义民革党员传略》第一辑。
52. 耿晓红主编《贵州省抗战损失调查》,中共党史出版社。
53. 日本防卫厅防卫研究所《长沙作战——中华民国史资料》,中华书局。
54. 曾景忠著《抗日战争正面战场研究述评》,《抗日战争研究》1999.3。
55. 吴相湘著《中国对日总体战略及若干重要会战》[A]。
56. 中国·台湾"国防部"史政局编印《抗日战史》。
57. 军史研究室编纂委员会编著《抗战胜利四十周年论文集》,黎明文化事业股份公司出版发行。
58. 刘凤翰著《陆军与初期抗战》。
59. 新铭著《国军军史——军级单位战史》,知兵堂出版社。

60. 薛光前《对日八年抗战中之国民政府》，[C]．中国·台湾：商务印书馆，1978。

61. 樊建川著《兵火の大地——日本側の战时报道写真て见ゐ抗日战争》，外文出版社。

62. 全国政协文史资料委员会编《中华文史资料文库》，中国文史出版社1996年版。

63. 曹聚仁、舒宗桥编著《中国抗战画史》，中国文史出版社。

64. 徐平主编《侵华日军通览》，解放军出版社。

65. 陈冠任著《国殇》，团结出版社。